U0722006

大鱼

有爱的青春陪伴者

冬日野望

安藤 / 著

天津出版传媒集团

天津人民出版社

图书在版编目（CIP）数据

冬日野望 / 安藤著. -- 天津：天津人民出版社，
2024. 11. -- ISBN 978-7-201-20804-6

Ⅰ．I247.5

中国国家版本馆 CIP 数据核字第 2024BR3930 号

冬日野望
DONG RI YE WANG

安藤 著

出　　版	天津人民出版社
出 版 人	刘锦泉
地　　址	天津市和平区西康路35号康岳大厦
邮政编码	300051
邮购电话	022-23332451
电子信箱	reader@tjrmcbs.com
责任编辑	玮丽斯
特约编辑	雪 人　 听 听
装帧设计	Insect　 孙欣瑞
责任校对	言 一
制版印刷	长沙鸿发印务实业有限公司
经　　销	新华书店
开　　本	880毫米×1230毫米　1/32
印　　张	10
字　　数	307千字
版次印次	2024年11月第1版　2024年11月第1次印刷
定　　价	42.80元

版权所有 侵权必究

图书如出现印装质量问题，请致电联系调换（022-23332451）

目 录

▼

目 录

▼

/第一章/
马上青年

▼

1

冬日的康城，人群稀疏。

清晨八点的街道依旧笼着一层灰蓝的色调，阳光藏在云后，懒懒散散。

"咕噜噜——咕噜噜——"

行李箱的滚轮划过地面的声音显得格外清晰，顾朝曦抬头辨认了下方向，继续往前走。

先前使用的租车软件突然说她落脚的小镇太偏，无法提供送车服务。

无奈之下，她只能同酒店前台打听了最近的租车行，打算临时找辆车凑合。

小镇不大，她很快找到了藏在几条街巷之后的目的地。

还算宽敞的门店外停着几辆半旧不新的车子，一个高壮的中年男人坐在门边打着哈欠刷抖音，外放的音乐震天响。

顾朝曦走过去，随手指着一辆白车问："这车租一天多少钱？"

男人听到"钱"字，迅速抬头看向她："二百五！"

顾朝曦："……"

他顿了下，解释道："不是，我不是骂你。我是说这个车租一天二百五十块！"

他的普通话不太标准，带着浓厚的口音，但还算流利。

顾朝曦"嗯"了一声，开始讨价还价："租一周，一千四。"

男人拿着计算器戳了一下，摇头："姑娘，你这一下砍太多了！一千六！不能再少了！"

顾朝曦扯了扯嘴角，作势要走："没人租你的车，车放着也是浪费，一千五。"

"行行行！租！租！租！"男人从店里一个铁皮盒里摸出一把钥匙扔给她，"这大冬天的，又临近年关。你一个小姑娘，不回家过年，怎么还跑来我们这儿旅游？"

顾朝曦接了钥匙打开车后备厢："距离过年还有半个月，我在这儿待一周再回去，来得及。"

她转身去拎行李箱，高壮的汉子已经帮她搬了起来："啧，这么沉？小姑娘力气还挺大啊！"

"还行。"她笑了下，跳上驾驶座，发动汽车。

连续的低温导致不少路面结了冰，汽车行驶得一顿一顿的，晃得人难受。

中午，天空忽然下起了大雪。没有预兆，没有缓冲，像是被人直接从天上倒下来似的。

雨刮器来回摩擦着挡风玻璃，发出"吱嘎吱嘎"的声音。

车子慢悠悠地不知又开了多久，忽地停了下来。

顾朝曦踩着离合器，又不死心地用力转动了几次车钥匙。车轮陷入积雪之中，车身"嗡嗡"颤动了两下，彻底没了声息。

"这破车！"顾朝曦气得拍了下方向盘。

纷纷扬扬的雪还在继续往下落，地面上积起了厚厚的一层雪堆。

周遭苍茫辽阔，除了蓝天和旷野，只有远处银灰色的山脉随着游动的云变换着光影。

美得叫人失语。

她不恼了，提着相机下了车拍无人的雪中旷野。

大约过了十几分钟，顾朝曦吸溜着鼻子带着满身风雪跳上车，从包里找到保温杯灌了口热水驱逐满身的寒气。

发动机失灵，空调失效，车内温度渐渐降低。

顾朝曦检查完片子，趴在车窗口期待有过路的车辆将她捎上。

只是她等了半天，鼻子都快跟玻璃黏上了，也不见这空荡荡的路上有车经过。再看一眼手腕上的机械表，已经下午两点。

没办法了，走着去吧。

车门打开，寒风裹挟着雪花打在人脸上，冷得人牙关紧咬。

顾朝曦迎着风雪，微眯了下眼眸，抬手将帽子向上一翻跳下车。

右脚落到地上，被踩下去的雪堆瞬间化作结实的冰块。雪地靴两侧的积雪坍塌下来，将浅卡其色的鞋面浸染成深色。

她跑到后备厢处，将行李箱搬了出来，双手拎着。

走出几十米再往后看，雪花已经将白色的小小面包车覆盖。

天地相连，她竟像这片时空的遗弃者一般，孤零零。

雪越下越大，丝毫没有停滞的样子。顾朝曦舔了下被风吹得有些干裂的唇，对着指南针确认了下方向。

抬脚又踩进一个雪坑，冰凉的雪花化作雪水顺着裤脚往里渗，冻得她脚尖微蜷。

她低头抖落鞋面上的积雪，耳边隐约有马蹄声响起，伴着清脆的铃铛闯入这茫茫天地间。

顾朝曦抬眸，遥遥看见一个身着暗红色袍子的人影躬身伏在马背上奔驰。

她立马放下行李跑了起来："喂！朋友！帮帮忙！"

风将她的声音送至远方。

雪花飞旋，顾朝曦眯着眼睛望见青年踏雪而至。

嘹亮的嘶鸣声后，马蹄高扬又落下，露出一张俊秀的脸庞。他的眼眸清亮，像盛了一汪清泉，又带着一种浑然天成的野性直直出现在她的眼前。

顾朝曦指尖微动，撞上青年的视线。他的双眼皮很深，微微弯起时透露出最纯真的笑意："来旅游的？"

字正腔圆，普通话标准得不像这里的人。

她喘了口气："是……雪太大，车子抛锚了……"

"大雪天的，还跑来我们这儿玩？"他从马背上跳下来，拎过地上的行李掂了掂，屈起食指放在口中，吹了声口哨。

顾朝曦下意识地反驳："天气预报没说会下雪啊。"

远处有马匹飞奔而来，青年转头又吹了声口哨，笑："南桑可从不归天气预报管。"

大雪落到他长长的睫毛上，闪出光来，叫人想到野外森林里斜照的阳光和氤氲的水汽——明亮又温和。

青年摘下小马身上的一道彩条，将地上的箱子绑住，挂在小马身上，惹得它不高兴地哼了两声。

马蹄飞溅，青年好笑地从口袋里摸出一根萝卜条犒劳它。

新鲜的气味惹得刚刚跑来的马群纷纷将马头凑了过来。

"黑云，你看！你害我又损失了一捆萝卜。"明明是责备的话语，却丝毫不带责备的语气。

吃完一捆胡萝卜条的马群贪婪地低头拱着青年的手，他拉住缰绳道："好了，先干活。"

顾朝曦："你这马养得不错啊！"

青年嘴角一勾，眉梢间染上一层得意："跑起来更好。"

他挑了匹浑身雪白的小马牵到顾朝曦面前："上马吧。"

小马看着温顺又乖巧，尽管体型相比一旁的大马显得娇小不少，但仍高出顾朝曦不少。她犹豫了下，偏头道："我不会骑马。"

青年指了指马肚子边上的镫子："踏着这儿上去，坐直后小腿贴着马肚子就行。"

顾朝曦抿了下唇，抬手抓住马鞍。

小马因为她突如其来的触碰晃动了下身子。顾朝曦被它浑身散发着的热气和鼓动的肌肉烫了一下，抬起的脚跟不自觉地落下。

"别怕。"青年勒住缰绳，轻抚小马的身躯，墨色的眸光柔和，叫人心生安宁，"上去吧，我看着。"

顾朝曦再次抓住马鞍，右脚挂进马镫里，手上一使劲，整个身子腾空而起。

顷刻间，视线陡然升高。被雪水冻得发凉的裤腿处贴着白马火热的身躯，一下子变得温暖无比。

右脚忽然被人握住，顾朝曦条件反射地踢了过去。

"别动，你这小腿想被冻残？"青年解下脖子上的围巾，缠上她的右腿，正好挡住深了一块颜色的布料，温热的气息贴着裤腿向上蔓延。

"不用。"顾朝曦松了一边手，俯身要去解围巾。

身下的白马被她的动作带着晃动了两下，鼻腔里喷出白雾似的水汽。她慌忙扶住马鞍，再次直起身来。

青年拍了拍白马，仰头笑着看她："抓稳了，这儿最近的医院可也得几小时的车程呢！"

他说完，把缰绳放进她手里，动作迅捷地上了一匹高大的黑马。清脆的铃铛声再次响起，马群跟随着他小幅度地跑动着。

2

小白马跑得安稳，顾朝曦渐渐适应了它的节奏，放松了身子。

呼啸的狂风将她头顶的帽子吹下，蓝色的毛绒围巾拱起她一头黑色的长发。几缕发丝被风雪吹散，露出一对发红的耳朵。

围巾的一角被吹起，顺着风向慢慢离开她的脖颈。她抬手将围巾拉住，右脚晃动，踢上马肚。

身下的白马忽然嘶叫起来，前蹄翻腾，一下跃了出去。

马身扭动，激动得想将她甩下去。

突发的状况惊得顾朝曦猛然抓紧了缰绳，风刮过脸颊，胃被顶得难受。

她死死咬着牙，背上冒出了一层冷汗。

"白雪！"男人反应极快地追了上来，扯过风中的围巾，冲顾朝曦喊，"坐稳了！抓着缰绳往后拉停！"

顾朝曦浑身紧绷，听着他的指挥用力拉住了缰绳。

白马甩着脑袋想要挣脱桎梏，隔着厚厚的手套，她依然清晰地感受到了皮绳摩擦过掌心带来的痛感。

跳跑的马儿让她觉得自己的内脏好像在身体里打架，左脚突然脱镫。整个人不受控制地向前扑去，那一刻她甚至已经听到了马蹄踩在身上时发出的骨裂声。

闭眼的瞬间，一个火热的身躯罩了上来。天空和积雪翻滚交错，她听见男人的心跳——

"咚咚！咚咚！"

好像过了很久，又好像只有短短几秒。后背贴着大地的踏实感，真实得叫她几乎落下劫后余生的眼泪。

男人撑起上身，翻跃而起。稀疏的雪块从他身上滑落，一只手落在她面前："没事吧？"

顾朝曦深吸了口气，搭着他的手站起来："没事。"

男人的掌心炙热，清晰的纹理略有些粗糙却十分有力。他只握了一下便松开，那份触感偏带着温度残留在她的指尖。

她拍了拍身上的雪，心有余悸地问道："它怎么突然就……"

男人从袍子里扯出围巾递给她："白雪年纪轻，胆子小，容易受惊，一会儿你骑我这匹。"

剧烈的心跳还未彻底平复，顾朝曦点头接过围巾层层绕紧扎好，低声道："谢谢。"

小白马从不远处跑了回来，大概是知道自己刚刚差点伤了人，它低垂着脑袋凑到青年身边轻轻磨蹭、撒娇。

他用力揉了揉它的鬃毛，叹了口气道："你这小家伙，快跟姐姐道歉。"

小白马转过头来，湿漉漉的眼睛眨巴眨巴。

"白雪。"她记得他是这样叫它的。

顾朝曦一只手掐着围巾，另一只手试探性地摸了摸它的脑袋，轻道："对不起，是姐姐吓到你了。"

它慢慢向前踱了一步，收起后腿蹲了下来。

青年微微挑眉："它在邀请你。"

睫毛轻颤，顾朝曦顿了顿，抬脚上马。

翻过农场，通往南桑的路变得越发难走。

幸运的是，雪势终于缓了下来。

随着海拔的升高，视野渐渐开阔。远处庞大的雪山群连绵起伏，天空湛蓝，云落了下来。

一小时后，顾朝曦站在民宿门口的篝火旁翻着手掌道："哎，刚都忘了问你叫什么名字了。"

她搓了搓双手，捏着耳垂道："我叫顾朝曦。朝阳的朝，晨曦的曦。"

"顾朝曦……"男人低低地将她的名字念了一遍，抬起眼眸认真说道，"谢睿，我叫谢睿。"

顾朝曦有些惊异："汉名？"

他"嗯"了一声，翻身上马，背脊笔挺："我阿爸是汉人。"

不知道为什么，顾朝曦从他的话里听出几分隐藏的情绪来。像深埋在雪地之下的草芽和掩在乌云之后的红霞，有种隐蔽而浓烈的意味。

思忖间，马头掉转，谢睿骑着马打算离开。顾朝曦回过神来，快步上前抓住他衣服下摆："多少钱？"

"什么？"青年没有反应过来，清亮的眼眸中透出一丝疑惑。

"送我过来的报酬。"顾朝曦举起手机，晃了晃，"微信转你？"

他反应了两秒，笑着矮下身来，漆黑的眼眸中映出她的脸庞："有现金吗？"

顾朝曦顿了下："没有。"

在如今这个电子支付的年代，很少有人会带着现金出门了。

他的视线扫过民宿大门，依然在笑："那就下次见面的时候，再给我吧。"

下次？什么下次？

在顾朝曦怔愣的间隙，他抬手挥了下缰绳。

刹那间，风雪、天空、马群和青年的背影融成一幅画。

顾朝曦跳起来喊："谢睿！谢谢你啊！"

青年背身挥了挥手，暗红色的身影渐渐被白色吞没。

坐在篝火边上烤火的大叔看着顾朝曦欲言又止，终又忍不住仰头道："姑娘，你这要微信的方式啊……生硬了点。"

拖着行李走进房间，顾朝曦第一时间打开了空调，而后从行李箱里翻出一套衣服，走进卫生间更换。

目光触及小腿处的红色围巾时，青年的身形自动浮现在脑海中。

阳光、纯粹、自然，带着仿佛来自另一种世界的清新在一片白雪茫茫中出现在她的生命里。

洗了个热水澡出去，室内温度已经舒服得叫人想要扑进被窝，睡上一觉。

顾朝曦给拖车公司打了个电话，拎着洗好的围巾放在烘干盒里。

南桑有上下之分，她住在下南桑新开的一家民宿里。民宿房间不算大，但有一面四四方方的大窗，可以接收冬日的暖阳和窗外如梦如幻的景致。

此时，漫天的大雪已经停了下来。临近夜晚的天空仿佛蒙了层雾似的，和莹白的地面分割开来，中间是水墨画色调的雪松和大山。彩色的经幡随风晃动，几头牦牛慢吞吞地走着，为这冷淡的画卷增添了一抹生气。

心底蠢蠢欲动，顾朝曦绕过小沙发走到床边拿了一台相机，装上稳定器出门。

路过民宿前台时，她顿住脚步，拐了个弯同前台小姐姐换了点儿现金。

走出大门，入目皆是雪色。顾朝曦举着相机，将这一切美好收藏。

民宿边上有一家小小的咖啡馆，木质的小房子，开了个大大的窗口，里面只有一个十六七岁的藏族女孩儿，头发梳成两个小辫儿，没什么装饰，也很漂亮。

她搓了搓冻得有些麻木的十指，走过去指着招牌道："你好，一杯热拿铁。"

"没有拿铁。"女孩儿解释说，"老板到上南桑找朋友喝酒去了，我不会做咖啡。柚子茶喝吗？暖暖甜甜的，我泡得很好。"

顾朝曦想到了某快餐店的蜂蜜柚子茶，很久以前是她最钟爱的饮品。女孩儿还看着她，她无意识地敲了敲吧台的桌面，笑着应道："行。"

女孩儿转身从架子上挑了个透明玻璃杯，开始泡茶："来旅游？"

热水从藤编的水壶中倾泻而下，先奔腾出来的是滚滚热气。少女轻轻搅动勺子，偶尔发出一点"叮叮"声。

顾朝曦闻到柚子的清香："嗯。"

"那你运气不好呀，今天正好下了大雪，进山的路难走得很。"女孩儿把泡好的柚子茶递给她，"尝尝。"

顾朝曦捧着玻璃杯笑了笑："没，我运气挺好的。"

3

民宿的晚饭是颇具藏族特色的当地菜，价格不算便宜，但味道不错。

晚上七点。

天空变作墨蓝，月亮带着几颗星星爬上枝头，雪山在夜里发光。

院子里生起了篝火，木柴燃烧发出的噼里啪啦的声音伴随着盛大的火花，仿佛能烧去所有烦恼。

小伙子伴着音乐开始舞蹈，有人打着节拍为他们喝彩，有人跳了下去，一齐加入这场自然的舞会。

顾朝曦喝了两杯民宿特制的酸奶酒，白皙的脸颊烧得通红。

她想到小时候村里的小伙伴总爱到处捡一堆枯枝烂叶，跑到小河边的石板上烤橘子和红薯。被大人逮到后免不了一通骂，但依然我行我素地继续。

人好像天生就爱火，爱一切热烈而自由的东西。只要它出现，就能勾起你所有的向往和渴望。

手机响动，是民宿推荐的向导发来的信息。长长一串登山注意事项，她懒得细看，只随意回复了个"好"的表情包。

过了片刻，对方又发来一句：【早点休息。】

她看了眼在人群中大笑的少女和头顶晃动的星河，伸出食指弹了弹酒瓶，心道：早不了，这么好的夜晚，怎么舍得早睡呢？

第二天早上，顾朝曦迷迷糊糊地被微信语音闹醒。埋在被子里的手机锲而不舍地叫着，她伸长手臂摸了个来回，总算在另一个枕头底下摸到了它。

手机屏幕亮着，向导的雪山头像在正中间发光，她腾地坐起来，接通电话："起了！起了！"

对方被她先发制人的话语堵得失声，顿了顿才道："我在大堂，你好了下来吧。"

清澈如泉水的声音里含着笑，听着有些耳熟。

顾朝曦看了眼时间，来不及细想，抓了把昏沉的脑袋，飞快地冲到卫生间洗漱。

透明的镜子里映出一张稚态又深邃的脸，像一头野心勃勃的小鹿，敏感又坚韧。不笑的时候，有种颓丧疏离感。

她吐掉满嘴泡沫，被冷水冰得龇牙。这儿的设备出热水太慢，所幸她在生活上一贯擅长将就。

抽出房卡，顾朝曦咬着面包袋子跑下楼。

民宿大堂内静悄悄的，只有一个穿着黑色冲锋衣的身影背对着她坐在沙发上，身姿笔挺。

听到她的脚步声，那人转过身来。

顾朝曦张嘴，用力咽下最后一口面包，梗着嗓子道："谢睿？！"

谢睿起身，清亮的眸子里盛满了笑意："好巧。"

顾朝曦："你是我向导？"

不知是因为起太早，还是刚刚的那个面包太干，她说话时，嗓子有些发紧。

谢睿点头："如果你微信名叫'野火'的话，是。"

她揉了揉乱糟糟的头发，试图将它理顺："你一早就知道了？"

所以昨天对她说"下次"？

"猜的。"谢睿从包里翻出一瓶水递给她，"这个季节来旅游的人不多。"

应该说是，很少。

顾朝曦接过水，道了声谢。

她左手还拿着相机，没法拧瓶盖。谢睿伸手又将水抽了回去，拧开递给她："出发？"

她喝了口水，忽然想起被她放在烘干盒里的围巾："哎，你等等，我回去拿个东西。"

暗红色的围巾被烘得暖洋洋的，顾朝曦拎在手上忍不住又蹭了蹭。

再次跑下楼的时候，她总觉得自己的心情发生了些微妙的变化。除了即将奔赴美景的期待，还有一种想要吹口哨的冲动。

谢睿等在大堂，黑色的人影笔挺挺地站着，看上去分外乖巧。

屋外不知什么时候又下起了雪，扑棱棱、明晃晃地照映在他身侧，像电影海报。

顾朝曦跳下最后两级台阶，朝谢睿伸手："给！"

围巾被她仔细地绕成了一个球，静静躺在手心，上面有一股淡淡的香气。谢睿微微低头，抬手拿起这一团围巾球："洗过了？"

距离拉近，她感受到他身上传来的温度，灼热又不烧人："嗯！"

右手突然空了下来，周遭的冷空气缠上她的手掌。

顾朝曦看着他将围巾仔细放进背包里，把手插进冲锋衣的口袋里，眼角轻轻上挑。

天边亮起第一缕微光，谢睿走在她前面推开门。

积雪将沿途的道路全部覆盖，他却不受缚，好像清晰地熟知雪山脚下的每一寸土地。

从下南桑走到上南桑，村户渐渐多了起来。

酥油茶的香气从一间铺子里飘出来，她看到一个小男孩儿坐在屋檐下捧着一个牛肉饼"呼哧呼哧"地啃着，黑红的小脸皱在一起，有些好笑。

相隔不远的窗下，有老翁手摇转经筒面色安宁地吟诵着经文。牛羊被大雪冻得懒洋洋，睡醒了也趴在地上一动不动，偶尔转动脑袋，叫上一两声已是极致。

顾朝曦半趴在雪地里拉了个长镜头。

谢睿问："你是摄影师？"

她这架势太专业，也一点不矫情。关键是那一双手，即便是在这样的天气里，也丝毫不抖，稳得很。

"没那么高级，就自己玩玩。"顾朝曦站起来，从包里翻出一根棒棒糖，自来熟地凑到男孩儿面前，"吃糖吗？"

小男孩儿圆滚滚的大眼睛噌地亮了起来，快速站起来把吃了一半的牛肉饼递给年轻的母亲，两只小手在衣服上擦了擦，迫不及待地接过棒棒糖。

女人笑着问她要不要尝尝刚煮好的酥油茶。

顾朝曦毫不犹豫地点头："喝。"

谢睿看着桌上的美食，禁不住失笑道："早上不是吃了面包？还吃得下？"

顾朝曦翻着自己刚刚拍摄的画面，闻言端起杯子喝了一口冒着热气儿的酥油茶，幸福得眯起了眼："美食当前，哪有吃不下的道理？再说，不还有你嘛。"

她放下相机，把一个牛肉饼掰成两半，鲜嫩的汁水顺着饼皮流下："尝尝。"

一瞬间，谢睿觉得自己仿佛成了外乡人，正被当地人热情招待。

女人走过来，和谢睿说了些什么，交谈间，语气熟稔。

顾朝曦心不在焉地咬了两口牛肉饼，待女人离去，问谢睿："你们认识？"

"南桑就这么点大，村子里谁跟谁不认识？"谢睿解释说，"他们家取暖器坏了，让我晚上帮忙看看能不能修。"

顾朝曦眨眨眼，生出些兴趣："你会修电器？"

谢睿："会一点。"

顾朝曦扬起眉毛："怎么不现在去？"

谢睿抬眸："我现在的时间不是你的吗？"

他说这话时姿态认真，眼神清澈，简直要命。

她低头喝茶，心跳有片刻的混乱："也不差这一点半点，你去看看呗。说不定很快就能修好呢？"

"行。"谢睿也不扭捏，"那你自己吃。"

女人的早餐铺是自家院子改造的，边上挂块木牌，上面写着一行藏语和几个歪歪扭扭的汉字——德吉早餐。

取暖器就在铺子后的一楼房间里，门没关。

顾朝曦向后一仰，就能看见谢睿蹲在地上，卷着袖子查看电器。小臂上的肌肉微微隆起，线条流畅又好看。

他做事的时候很专注，眉头微微皱着，浓密的睫毛长得让人嫉妒，顺着高挺的鼻梁连成一条线。下半张脸埋进冲锋衣里，嘴唇在拉链处摩擦……

她舔了舔唇，早上那股子想吹口哨的冲动又涌了上来。

4

"吃点牛肉面。"女人走出来，又端了碗牛肉面放在顾朝曦面前。米白的面条静静地躺在漂着薄油的骨汤底下，散发出一股奇特的清香。

吃了牛肉饼，喝了酥油茶，顾朝曦这会儿已经有些撑了，连忙摇了摇手道："不用啦，我已经吃饱了。"

女人却直接塞了双筷子给她，红彤彤的脸蛋上有着羞涩的笑意："不要钱。"

顾朝曦看着女人干净的眼眸愣了下。

这个几近于世界尽头的村落，用一种古朴的、原始的淳朴和热情吸引着一拨又一拨的游客前来。

不去天堂，就去南桑。

人们带着疲倦的灵魂来，携着满身的暖意走。

她垂眸挑起面条，略硬的面质筋道十足，青稞的香气弥漫口中。一口一口嚼下去，面条渐渐变得软嫩起来。

顾朝曦竖起大拇指，毫不吝啬地称赞："好吃！"

女人满足地弯了弯眼眸，年轻的脸颊因为气候的缘故早早有了些皱纹，但并不妨碍她的美丽，反而为她平添了一份故事感。

她开心地指指木碗，又指指厨房，同顾朝曦强调："还有！"

顾朝曦滚了滚喉咙，急忙摆手："够了！够了！"

隔着几米的距离，她听见谢睿闷笑了一声。

她扭头，看到他薄薄的嘴唇微微勾起，眼睫毛弯出一个月牙似的弧度。

顾朝曦端着碗筷走过去，蹲在他旁边面无表情地控诉："你笑我。"

"没。"他挪了下身子，单手挡在她面前，"别靠太近，一会儿把你头发燎了。"

顾朝曦顺从地向后退了一步，注意力被他的话引走："你修好了？"

"应该是。"他旋上最后一颗螺丝，给取暖器连上插座。

温热的气息慢吞吞地冒出来，笼到她脸上。她发现谢睿这人每次嘴上说着不确定，心里却笃定得很。

他站起来，朝女人喊了一声，低头对着她又笑了下："吃饱了吗？"

顾朝曦捧着面条蹲在地上，被他这么一问，只觉自己的胃被塞得喘不上气来。她仰头泪眼汪汪道："吃撑了。"

幸好这木碗只有巴掌那么大，碗口又浅，不然她就不是"吃撑"，而是"吃吐"了。

她面上的神情实在是可怜巴巴得好笑，谢睿反手挎上背包道："走吧，带你去消食。"

从烟火缭绕的铺子里出来，她总觉得这天气又冷了几度。阳光被云层挡在后头，天空像是被裹了圈金边。

沿途，矮个儿的小松树东倒西歪，横倒在路边的杉树上盖了一层圆润的雪被。偶尔有花栗鼠从雪地里冒出来，探头探脑地张望着林中访客。

穿过冷杉林，一条冰封了一半的小河出现在眼前。河面上，几根圆木搭就的"桥梁"下方有水流状的冰条。

顾朝曦摘掉厚重的手套，踩着一块石头，对谢睿说："拉我一下。"

说话的同时，她压低了重心，左手还空伸着，右手已经抓着相机向河水中央伸去。她整个人横斜在水面上，只要一个不稳便可能直接摔进去。

谢睿几乎没有犹豫的时间，抬手便抓住了她。

女孩子的手带着天然的柔嫩落入他的掌心，细长的手指扣在他的手背，又有一种截然相反的力量在拉扯。

她没有回头，冲锋衣的帽子下一头黑色的、不算太柔顺的鬈发随着倾斜的姿势跑出来，在风中张扬。

一如冬雪覆盖的地表之下，有藤蔓悄悄攀上了树根，只待春风一吹，便肆意生长。

顾朝曦拍了几段片子，直到右手开始发抖才扣着谢睿的手道："拉我起来吧。"

她原本以为这是一个不算太快的过程，至少足够她调整下自己的姿势。结果谢睿猛地一用力，导致她一个转身，直接把手中的相机砸向了他的胸口。

"砰"的一声，听上去就很疼！

顾朝曦抽了口气，手腕翻转扣住晃动的相机急道："对不起！我不是故意的！你疼不疼？"

她仰头直视着谢睿的眼睛，丝毫没有注意到两人之间的距离已经近到他一低头，下巴就能抵上她的额角。

谢睿身形一顿，放开顾朝曦的左手，右脚下意识地向后退了一步："没事，不疼。"

冷意席卷而来，顾朝曦左手指尖微动，眉尾轻抬："真没事？"

"真没事，我穿得多。"谢睿不以为然地勾勾唇，墨色的镜片遮住了他的瞳仁，叫人看不清眼底的情绪。他偏头，单手指着小河上的木桥道，"你拍好了吧？咱们过河？"

顾朝曦看他一眼，轻笑着应了声"行"，把还挂在右手腕上的相机收进包里。再抬眸，谢睿已经走到了桥头。男人双手插兜，微微侧头看向她。

高挺、立体的五官被空气中的白雾刻画出一个鲜明的轮廓，同现在流行的"奶油小生"好像两个审美的极端。

顾朝曦戴上手套，快步走过去，小心地踩上略有些湿滑的原木。

"你抓着我衣服。"谢睿的声音低低的，顺着风的方向传到她的耳朵里。顾朝曦伸手揪住了他的衣服下摆。

男人的体温将她一半的手掌染上一层热气，顺着毛线的缝隙往里钻。她悄悄翻动了下手掌，把整只手都放在了他的外套里侧。

小桥不长，他们没走多久便下了地。她不想放手，干脆一路拽着谢睿的衣服走。

绵延的山路，这人被她拖油瓶似的缠着，居然也没意见。只在一个上坡时，忽然抬手拉住了被她扯得卡脖子的衣领，转头无奈道："你这么大力，是不是想谋杀我，好省一笔向导费？"

顾朝曦微怔了下，垂头轻笑："省钱的方式又不是只有这一种。"

"什么？"谢睿从包里翻出一根登山杖，一头握在自己手里，另一头递给顾朝曦，并没听清她的话。

"没什么！"顾朝曦抓住登山杖，嘴角弯了弯，透出几分狡黠，"向导，你能不能走快点？我想吃饭了。"

谢睿："……你早上吃得不少啊！"

又饿了？

顾朝曦理直气壮："可我运动量也大啊！"

一路跋涉，谢睿终于拖着她赶在饭点来到了云夕牧场登山大本营。

说是大本营，其实不过两间破旧的木房子。顾朝曦跳过去拉开木门时，上头扑棱棱地掉下来几团白雪。

她缩了缩脖子，向后退了一步。原本还在收登山杖的人不知什么时候走到了她身侧，伸手替她挡住雪团，低声道："进去吧。"

木屋里头空空荡荡，什么都没有。长短不一的木块甚至还漏着风。

顾朝曦从她那一大背包的零食里找到两桶珍藏的泡面，递到谢睿面前："喏！你挑一个。"

他愣了下，挑了桶海鲜味的，而后抬手晃了晃，弯眉浅笑道："谢谢老板。"

顾朝曦看了眼手里剩下的泡面，奇道："你喜欢海鲜味的？我还以为你喜欢牛肉味的呢。"

她一面说话，一面拉开背包的拉链准备掏出她的巨大号保温杯。

谢睿看着她掀开的帽子下毛茸茸的鬓发，自然接道："是吗？我也以为你喜欢牛肉味的。"

找保温杯的手顿了顿，顾朝曦低头眯了眯眼悠悠然道："嗯，是挺喜欢的。"

5

经过三个多小时的攀爬，水杯里的水温度已经有些下降。顾朝曦吃着半软半硬的泡面，哈了口气。

她把调料包全挤了下来，辣味涌进嘴里，将味蕾攻陷，一张被风雪吹得发白的小脸由内而外地开始翻红："好辣，好好吃！"

顾朝曦吸着鼻子，看向谢睿。她的眼睛圆润、漂亮，此时此刻被辣油激得蒙上了一层雾，湿漉漉的，像淋了雨的野玫瑰。

这朵"野玫瑰"吃着最辣的泡面，趴在小窗前欣赏最美的风景。

说小窗其实并不太确切，那是一个因为短了几截木块而露出的小洞。小洞规整而方正，瞧着便像是扇天然的窗口。

透过这扇窗口，可以清晰地看到坐落在云雾之中的雪山。

顾朝曦抬手指了指最高的山峰，问谢睿："那就是卡瓦尼格吗？"

谢睿点头："是。"

卡瓦尼格，他们的神山。海拔 6740 米，至今无人攀登。

1991 年，两国联合登山队试图征服这座高峰，却在一个夜晚永远地留在了雪山之上。

被高楼钢铁包裹久了的人们总有一颗高高在上的心，以为这世上的一切都能用同一套规律计算。

自然博大，接受所有的生命姿态；人类渺小，却偏好统一与同化。

顾朝曦快速吃完了一整杯方便面，开始慢吞吞地喝着汤底："谢睿，你说如果没有下雪的话，我是不是可以看到日照金山？"

据说天气好的时候，这里连绵的雪山顶会被日光笼罩，染成一片金橘。那种盛大而绚烂的美几乎是每一个奔赴南桑的旅人的执念。

"有可能。"谢睿看了她一眼，突然转了个话头，"你知道卡瓦尼格是什么意思吗？"

顾朝曦眨眨眼，好奇地求教："不知道，什么意思？"

她知道这里的每一座山都有自己的名字，从未想过深究它们的意思。

谢睿指指窗外，道："白色的雪，卡瓦尼格的意思是白色的雪。顾朝曦，雪里南桑才是真正的南桑。"

所以，没有看到日照金山也没什么遗憾的。

因为你比其他人都更幸运，看到了大雪弥漫的卡瓦尼格。

顾朝曦舔了舔唇，只觉嘴里的辣味一下子跳到了心尖："是吗？那我可得抓紧多看两眼。"

她笑了下，上半身压在横木上望向神山。过了片刻，看似专注的视线却顺着雪落的方向缓缓游移到身边青年的侧脸。

这是一张让她一眼就想收藏进相机里的脸。

在此之前，她从来没有想过野性和温柔这两种截然不同的气质能够在一个人的身上融合得这样恰到好处。

谢睿察觉到她的目光，抬手摸了摸自己的脸："我吃到脸上了？"

顾朝曦顺势点头："嗯，一点点。"

他单手用力抹了把脸，低头看自己的手掌。因为没有发现设想中的水痕，俊秀的脸上露出些许疑惑的神情。

顾朝曦面不改色地迅速伸手在他的眉心处擦了一下，音色轻快道："好了。"

男人的皮肤并不光滑，反而带着点磨砂质感。是风吹的结果，有一种奇特的舒服。

谢睿愣了下，抬手抚上被她触碰过的地方，温声道："谢谢。"

顾朝曦笑着眨眨眼："不客气。"

她的指尖搭在泡面盒上缘，轻轻摩挲着，一下又一下，似在回味。

小木屋外，雪势又大了一些。

谢睿微拧眉头，伸手感受着风从他的指尖穿过，偏头对顾朝曦说："检查下冰爪，我们得走快点了。"

顾朝曦收回视线，问道："怎么了？"

"一会儿有一片爬坡，雪积厚了，总不太安全。"谢睿单手戴上墨镜，从背包里拿出登山杖递给她。

顾朝曦低头扫过他指节上突出的骨骼，接过登山杖跟着他朝外走去。

翻越云夕垭口，再往后一路都是雪地。快到冰湖的时候，她见到了谢睿说的那片爬坡。

雪很厚，路很陡。

她喘得耳边只剩自己的呼吸声。

和前半段路程游玩似的性质不同，这会儿她才有了雪天徒步的感觉。脸被冻得发麻，身上却涌起阵阵热意。脚下生钝，心底却生出一股韧劲。

谢睿转头看了看她，停住脚步伸手道："包给我。"

眼望前路，她瞥了下谢睿伸出的手，微微抬起眼皮浅笑："只拿包？"

谢睿顿了下，干净的声调里染上一层薄薄的笑意："手也给我，我拉你。"

"算了。"顾朝曦挑了挑眉，抬眸道，"物理帮助不要了，给点精神支持吧。"

大约是没有料到刚刚在不算崎岖的山路上一路拽着他的衣袖不肯撒手的人，这会儿在这最难的大陆坡上反而改走自立自强人设了。谢睿收回手，张了张嘴缓缓道："加油！"说完，立在原地静静看着她。既不说话，也不动。

顾朝曦等了片刻，才听他又抿唇补充了一句："再坚持一下，马上就到了。"

他应当是极少做这种鼓励女孩子的事，好不容易才憋出那么几个干巴巴的词。隔着风雪，她仰头笑得肆意："谢谢向导爱的鼓励，我会努力跟上您矫健的步伐的！"

谢睿看着她忽然勾唇，转身大跨了两步："行，那你就努力跟跟看吧。"

"喂！"顾朝曦撑着登山杖朝着他的背影喊道，"谢睿！你别那么认真啊！我就那么随口一说！你走慢点！"

白茫茫雪坡上，青年速度不算太快地在前头开路，身后一人用力戳着登山杖向上攀登。

垭口到冰湖的路虽然又陡又窄，并不好走。但所幸路途不长，他们仅花了一个小时便到达了山顶。

预想中的深绿色湖泊却被厚厚的白雪掩埋，垂直的岩壁及延伸至湖面的冰川和它融为一体。

山间云层翻动，带起她心底的波澜。

顾朝曦放下背包，迫不及待地拿出相机开始拍摄，白色雪层下隐约透出的那份湖光引得她忍不住想要靠得更近，背后的衣料却被人拉住。

"靠这么近，想冬泳？"青年干净的声调里带着关心和调侃伴着她后退的脚步落在她的头顶。

顾朝曦移开相机，看了看自己即将踏进湖里的脚，嗖地向后一缩。

别说冬泳，就是夏泳她都不太擅长！

她道了声谢，寻了个安全的位置拍摄近景。青年安静地站在她身旁，像个守护神。漫长的镜头里没有人说话，只有风划过天地、吹跑雪花。

结了冰的冰湖边缘倒映出两个模糊的身影，顾朝曦端着相机忽然对着影子里的人按下了快门。

彼时的她尚且以为那不过是一场普通的相逢。

彼时的她并不知道，这张照片会在往后的漫长岁月里伴随她很久、很久。

/ 第二章 /

日照金山

▼

1

下山的途中，他们遇到了另一群徒步者。两男两女的搭配，一看就是结伴情侣。

其中一个男生留着一头短脏辫，穿着明黄色的始祖鸟冲锋衣。鼻子很挺，皮肤很白，整个人都散发出一股有钱酷帅的气质。

这会儿他拉着一个妆容精致的女生，手忙脚乱地哄着人："哎哟，我的小祖宗，真的马上就到了！我不骗你！"

笨拙又焦急的样子，看着还怪可爱的。

瞧见他们下来，男生像是遇见了救星一般，一面挤眼一面朝谢睿喊道："兄弟，从这儿到山顶还多久啊？"

只是他忘了自己此时还戴着墨镜，这番动作落在谢睿眼里只剩两条舞动的大眉毛。

谢睿轻咳一声，回道："再二十分钟就到了。"

男生立马甩着小辫子，扭头高高兴兴地对女生说："你看，我没骗你！真的快到了！"

顾朝曦向下走了一小段路，回头瞥了眼身后一路吵吵闹闹的小情侣，凑到谢睿跟前揶揄道："看不出来啊，谢睿，你还会撒谎呢？"

"不算撒谎。"谢睿笑了笑，认真道，"按我的脚程，二十分钟能到。"

顾朝曦想到他们上山时耗费的光阴沉默了下，一时不知该说什么，只能缓缓朝他竖起一个大拇指："你体力真好！"

四十分钟后，寂静的山林间突然冒出一道男声："啊——冰湖——我们来了！"

紧接着，另一道男声比赛似的跟着喊道："啊——好美啊！"

随着他们的大喊，远处突然传来一声山体断裂似的巨响。顷刻间，隆隆的翻滚声由远及近地席卷而来。

谢睿神色一凝，反应迅速地拉住顾朝曦朝着山体侧面的转弯处疾奔。

巨大的雪浪在几秒内就从山顶冲到了眼前，被气浪吞噬的那一瞬间，顾朝曦恨不得穿越回他们相遇的那条小路，拎起那男生的衣领将他一脚踹下山去！

强烈的窒息感持续了一分多钟，身上被雪浪压覆的感觉褪去。她动了动指尖，僵硬的身躯竟是有些使不上力气。

巨大的恐惧笼罩着她，顾朝曦闭着眼睛将指甲用力向下抓去。雪崩时，他们正好跑到了山体侧面。最后一刻，谢睿将她向前推了一把。她知道，她身上的雪层一定比谢睿的薄得多。

顾朝曦咬紧牙关，发了狠似的抓住手下的雪，挣扎着露出脑袋。被挤压了许久的肺部骤然接收到新鲜的空气，使她不由得剧烈咳嗽起来。

来不及平复呼吸，她折腾着抽出两条手臂将身边的积雪推开。身上覆盖的雪层因为她的动作向两侧倒去。她深呼吸了几下，撑着手臂把腿抽出来，手脚并用地向身后的雪层爬去。

"谢睿。"顾朝曦跪在地上，一边喊着他的名字，一边用力刨着积雪。

她不知道谢睿被埋得多深，也不知道人在窒息的情况下能够坚持多久。时间和呼吸一样沉重，天上的雪每落下一分，便令她心底的慌乱增加一分。

忽然，一只被冻得紫红的手挣开冰雪抓住了她。

"谢睿！"她惊叫一声，加速拨开附近的雪层。平整的雪面变得坑坑洼洼，谢睿抓住空隙猛地撑起身子，从雪堆里抽身而出。

抖落的积雪灌了她一身，压在心底的重量却一下子放松了下来。她跌坐在雪地上，终于无声地红了眼眶。

他的身上还挂着散乱的雪片，墨镜被甩掉，露出一双干净的眸子。他冰凉的手指扣住她的胳膊，一把将她拉了起来："你没事吧？"

这人自己被埋在雪里那么久，刚出来的第一句话居然是问她有没有事。

顾朝曦抹了把脸，低头舔了下唇，轻声道："谢睿。"

"嗯？"

她仰头："我忽然觉得，我这向导钱花得挺值。"

谢睿愣了下，微微弯了弯身子："哦，难道不是超值吗？"

顾朝曦从善如流地点头："嗯，超值。"

谢睿弯唇拍了拍她头顶的雪花道："走吧，赶紧下山洗个热水澡。"

"等等！"她把身后的背包旋至身前，拉开拉链小心翼翼地掏出相机仔细端详，"先让我检查下我的宝贝有没有坏。"

回到民宿，顾朝曦开好空调，脱了外套走进卫生间，水龙头里却怎么也出不来水。

头发上的雪已经融化，渗入发间，她打了个喷嚏，用毛巾简单擦拭了下，重新穿上外套走到前台处询问，被工作人员告知由于连续的大雪，村子里的水管都被冻住了，村委会的人现在正在想办法抢修。

顾朝曦只好又回了房间，所幸电没停。她用吹风机吹了吹头发，换好睡衣，坐在被窝里查看相机里的素材。结果不知不觉间，竟昏昏沉沉地睡了过去。

吵醒她的是一阵微信语音铃声，顾朝曦迷迷糊糊地摸过枕边的手机查看。

是谢睿。

"喂？"她按下接听键开口，被空调烘了一个小时的嗓音又沙又哑，难听得她瞬间清醒了过来。

电话那头的人顿了下，低声问道："你在睡觉？"

"没。"顾朝曦揉了揉发酸的脖子，直起身来，"怎么了？"

谢睿隔了两三秒才继续说："我在大堂，给你带了点东西，来拿吗？"

"什么东西？"顾朝曦从床上跳下来，跑到行李箱边上开始翻衣服。

谢睿回答："你用得到的东西。"

顾朝曦挑了挑眉，单手抓着衣服冲进卫生间："行，那你等我一下啊！"

谢睿捏着手机，刚想说"你可以慢慢来"，就听到手机里传来一声"叮"响——对面已经挂了电话。

他盯着手机屏幕，轻笑着按了按眉角，坐在大堂静静等待。

大堂里放着轻缓的音乐，引着他的思绪飘散到一小时前。

他趁着烧水的时间打算整理下登山的背包，拉开拉链的第一眼，映入眼帘的便是顾朝曦早上递给他的那一团围巾球。

抓着围巾的一角慢慢展开，只见一颗粉色糖纸包装的糖果晃晃悠悠地从里边滚了出来。

居然还暗藏了玄机。

他垂下眼眸，放在口袋里的手指轻轻捏了下糖纸，听到"簌簌"的轻微响声，唇角不自觉地又向上勾了勾。

民宿大堂的音乐换到第三首时，顾朝曦的身影便出现在了楼梯口。最后两级台阶，她直接从上面跳了下来，蹦到谢睿面前："什么好东西？神神秘秘的，让我瞧瞧。"

谢睿站起来，指了指脚边的四个热水瓶笑："怎么样？够好吗？"

顾朝曦惊了一下，问他："不是说村里的水管都被冻住了吗？你哪儿来的水？"

"南桑冬天经常停水停电，我们一般都会在家里备些储藏水。"谢睿说着，拎起水壶递过去，"拿得动吗？要不要找人帮你？"

"不用。"顾朝曦接了两个水壶，左右手拎着，"我要这些就够了。"

谢睿看她一眼，拎着剩下的两壶水直接朝楼梯口走去："我帮你拎上去吧，带路。"

"哎！你等等我！"顾朝曦转身追上去，靠近他身侧，神秘兮兮地低声道，"谢睿，你对我这么好。是不是……"

谢睿垂眸，只见她扬着一张得意的小脸，继续说道："想让我再买你一天？"

"嗯。"谢睿静了静，笑着开口，"第二天半价。"

他走了几步，停下来问她："买吗？"

顾朝曦看着他眼角勾起的弧度，毫不犹豫地应道："买！"

谢睿把人送到房门前，放下水壶看着她的眼睛又笑了下："那……明天见？"

顾朝曦抖了抖睫毛，压下心跳自然道："明天见。"

2

第二天，顾朝曦难得起了个大早，光脚捧着杯热茶，慢吞吞地晃到落地窗前看天色渐亮。

屋外的景色像被装在了一个慢镜头里，木炭还在烧，雪还在落。她裹着温暖的毛毯，好像不经意间便实现了童年的愿望。

不知过了多久。

"丁零丁零——"

有牛羊苏醒了过来，缓缓走在空旷的雪地里。顾朝曦看见一个人影从光影深处走来，他们之间的距离明明远得什么都看不清，但直觉告诉她，那就是谢睿。

热茶雾气蒸腾，染上透明玻璃窗。她抬手擦玻璃，擦着擦着，便对上了一张干净纯粹的眸子。

他今天穿了件藏蓝色的袍子，戴一顶传统牛皮帽，浑身上下透着一股来自山林大地的洒脱劲儿。站在民宿前抬头浅笑时，让人想到日出时分的雪松。

手机铃响，顾朝曦接起电话，听见他说："下来，带你去吃饭。"

她应了声"好"，拉上窗帘，丢掉毛毯，穿上外衣，飞跑下楼。

推开民宿的大门出去，清晨冷冽的空气迫不及待地往她身上钻，叫她忍不住打了个哆嗦。她还未开口，就听一旁传来一声："哟，小姑娘，又见面了啊！"

顾朝曦侧身望去，好嘛，是那天那个说她要微信方式太过俗套的大叔。

这人大白天的，拎着个酒瓶靠在火堆旁，探究的眼神从她身上划到谢睿身上，再对上她的眼睛。他浓密的眉头一挑，神情里全是"小姑娘，有点东西啊"的意味。

顾朝曦迎着他的目光朝谢睿又挪了一步，朗声道："早啊，大叔，吃早饭了吗？"

男人笑了下，应道："吃了，民宿的早饭香着呢！"

"那我们也去吃早饭了，回见。"顾朝曦嘻嘻哈哈地拉着谢睿往外走。

此时天还未大亮，天地间还笼着一层瓷蓝。远处的雪山却是白色，走在道路中间的人像被雪山拥了怀中。

男人从口袋里掏出根雪茄，就着炭盆里的火光点上，呢喃道："啧，两个人一起吃早饭啊……更香！"

谢睿带她去的地方依旧是昨天女人院子里的铺面。

进了上南桑，沿着弯弯曲曲的小路，迎面遇上几个背着厚厚经书的女人。顾朝曦好奇地看了两眼，谢睿注意到她的视线，低头向她解释道："那是绕山诵经的人。"

"绕山诵经？"

"嗯，我们信仰山神。传闻绕山而行，可以洗去身上的罪孽，在轮回中免入无间地狱。南桑，在藏语里就是经书的意思。"

顾朝曦又看向那些女人，她们嘴里吟诵着她听不懂的语言，面色宁静甚至带着满足的微笑，慢慢向前走去。

雪山群连绵庞大，绕山诵经，可以说是一场虔诚而漫长的修行。

她想要上前询问自己能否给她们拍张相片，却又怕打扰了这份安宁，最终只站在原地静静地目送她们远去。

打破寂静的是她肚子的一阵咕噜响。

声音不大，但格外清晰。

几秒的空白后，谢睿向前踱了一步，不紧不慢地回头看她："走吧，德吉做了炸土豆条和甜茶等你。"

顾朝曦摸摸肚子，问："炸土豆条？和薯条一样吗？"

谢睿摇头："不一样，比薯条厚实，刚出锅的时候很酥脆。"

她咽了下口水，两条腿忽然迈得像风火轮："那我们走快点吧！"

进了小院，顾朝曦闻到一股浓郁的焦香。在厨房忙碌的女人看见她，高兴地打了个招呼。原本蹲在墙角抓着头发写作业的小男孩儿也趁机跳下凳子，跑向她："姐姐！"

顾朝曦被人扑了个满怀，向后退了几步撞到谢睿。他伸手撑了下她的背部，很快松开，走上前去揉了揉男孩儿的脑袋，又弯腰用食指刮了下男孩儿的鼻子道："有了姐姐，就忘了哥哥？"

小男孩儿立马人精似的抱住谢睿，甜甜地叫着"哥哥"。

女人炸好了一锅土豆条，端着碗筷从厨房出来，温柔地叮嘱小男孩儿赶紧回去写作业。

男孩儿黑漆漆的大眼睛顿时垮了下来，慢腾腾地走回桌子上写作业。

女人招呼着他们坐下，把土豆条放在顾朝曦面前，再放下一小碟辣椒酱。看见顾朝曦悄悄拿眼睛张望小男孩儿的背影，她笑道："这孩子就是皮，不好好学习。"

她汉语一般，这句话倒是流利。顾朝曦怀疑可能是在学校老师那儿听多了，学来的。于是她宽慰她说："小孩子这个年纪都皮。"

"皮就算了，成绩也不行。"女人看看谢睿，语气里透着无限羡慕，"不像阿睿，大学生，厉害。"

顾朝曦有些惊讶，南桑修路、通电，都是近几年的事情，十几年前的南桑，别说教育，就连生活都相当不便……

谢睿敲了敲桌面，提醒女人："德吉，甜茶还在煮。"

"啊！"女人叫了一声，回头跑进厨房。

屋檐外，雪花还在零星地往下掉。谢睿把冒着热气的土豆条往顾朝曦面前推了推："尝尝吧，德吉做的炸土豆条是村里最好的。"

顾朝曦咬了一小口土豆条，托着下巴叫他的名字："谢睿……"

"嗯？"

她盯着他的眉眼，觉得如果是谢睿的话，好像怎样都不算稀奇："你当向导算是勤工俭学吗？"

谢睿抬眸："算。"

她"哦"了一声，想了半天道："那……要不还是不要半价了吧。"

"不用。"谢睿被她逗笑，"我有奖学金。"

顾朝曦眼睛亮了一下，原本松松散散的背脊也挺了起来："很多吗？"

谢睿点头："还行。"

她还想再说些什么，德吉已经端着煮好的甜茶走了出来："你们、今天、去哪儿玩？"

谢睿答："去桑吉家印经幡。"

德吉继续说："午饭来我家吃？"

"不了，昨晚和桑吉说好，在他家吃。"

德吉锲而不舍："晚饭呢？"

谢睿失笑："德吉，你这是一定要请我们吃饭？"

德吉也笑了："我做饭挺好吃的。"

"行，晚饭来你这儿。"

德吉转头嘱咐顾朝曦："中午少吃点。"

她反应了片刻，笑着答应道："好。"

随着天色渐渐变亮，铺子里的客人也慢慢多了起来。顾朝曦趁机拍了些客人吃饭、聊天的镜头，很平常，但又有种说不上来的惬意。

其间，有不知名的小鸟从山林间窜出来，叽叽喳喳地叫两声，又很快飞走。

她捧着甜茶忽然想到了很久以前的那个小镇，每天清晨也有鸟叫，有炊烟，有人牵着她的手走在一段匆匆忙忙的路上。

只是这路走着走着，便只剩了她一人。

杯子被敲响，谢睿单手转着根筷子对她说："雪停了。"

顾朝曦错愕了一秒，偏头看到云层后有光透过缝隙钻出来。

"今天也许能看到日照金山。"他将筷子倒转，轻敲在桌面上，一双墨色的眼睛直直看着她，"要跟我一起等等看吗？"

3

顾朝曦接过杯子，温热的甜茶在手里荡出几道浅浅的波纹，很快归于平静。她低头笑了下，应道："好啊。"

那就和你一起等等看吧。

毕竟等待，真的是一件很有意思的事。

时间的流逝在这个过程中似乎成了主观的附庸。不再是一分一秒的刻度，而是一场心跳、一次妄想的旅程。

很多次，顾朝曦都觉得那光就要跳脱出云层的束缚落在山尖了，可再一睁眼，它依旧被阻隔在云层之后，卡瓦尼格依旧一片苍茫。

早上九点，阳光终于穿透云层落在了卡瓦尼格的顶峰。那是一种夺目的金，同火焰燃烧时冒出的火星子一个颜色。

一开始只照亮了一个山尖，而后慢慢覆盖至山腰。靠近下沿的地方，那金变得有些泛红，成了橘粉色，真像火在烧了。

顾朝曦跑出院子，爬到外头的石栏上拍摄，贪婪地将雪山、树丫、屋顶以及最接近天空的阳光全部收入镜头。

花栗鼠从树上跳下来，邻家的羊趴在地上"咩咩"叫。她仰着脸，蹲在石墩上朝院子里喊："谢睿！我拍到日照金山了！"

院子里空荡荡的，没有人。

"恭喜你。"身后突然传来熟悉的声音，她回头正好对上他的眼睛，深邃好看、带着笑意。只是距离有些近，近到她下意识朝后退了下。

石栏很窄，上面的积雪被她一踩成了冰，不动还好，一动便很容易滑下去。

"小心！"

脚下打滑的瞬间，谢睿一把抓住她的小臂，将她重新拉回来。

顾朝曦缓了口气，听到他说："我很好奇，你这要是摔下去了，是打算保自己还是保相机？"

她抓着他的小臂，闻言想也不想地答道："当然是保自己，我又不傻。"说着，手上用力撑起上半身，另一只手也顺势搭上谢睿的右臂。

谢睿微仰起头，半眯着眼睛看见她在阳光底下扬起的笑脸："不过我有一个好向导，他一定不会让我面临这种选择的，对吧？"

她笑起来的时候眉毛会微微向上抬，许多小卷毛从她的脑袋两侧跑出来遮住两边脸颊，但遮不住一双亮晶晶的眼睛。

他没说话，她已经自己撑着他的手臂跳了下来。飞扬的头发像蒲公英的绒毛擦过他的下颌，有些轻微的痒。

他喉结滚动，低头轻笑了下道："走吧，去桑吉家。"

顾朝曦回头朝着空荡荡的院子喊："德吉！我们走啦！"

德吉从厨房里探出头来也喊："少吃点！"

从德吉家到桑吉家需要步行二十分钟，顾朝曦走在路上，总觉得脚下的积雪也因阳光的降临变得柔软了几分。

拐过一个分岔路口，有一段又窄又陡的斜坡。斜坡的尽头，一个身穿橘色袍子的青年扔了个雪球砸到谢睿身上，大笑着说："扎西德勒！"

谢睿挑眉轻掸下身上的雪渍，抬手从树丫上握一捧雪砸到桑吉胸前："扎西德勒！"

青年依旧笑得灿烂，蹬着双马靴快步朝他们走来，一面走一面双手合十又对顾朝曦说："扎西德勒！"

等走到了近前，他单手握拳捶了下谢睿道："你们怎么才来？我那墨都要干了！"

谢睿笑："那就从墨水瓶里再倒点出来。"

"喊！赶紧走赶紧走！给你看看我新买的马鞍！"桑吉勾着谢睿的脖子朝院子里跑。

桑吉家有两栋小楼，一栋自己住，一栋给旅客落脚。收费很便宜，一晚六十元，包吃。

十几年前，村里偶尔有徒步的旅人来访。当时压根儿没有民宿或青旅的概念，都是遇上谁家住谁家，一碗面三块钱，管饱。

南桑这地儿，最美的是风景，其次是人情。

顾朝曦走进院子时，桑吉的父母正端着酥油茶出来。

和甜茶不同，酥油茶制作时要往里边撒盐，味道偏咸。许多人不习惯它的味道，但她偏偏很喜欢，是喝一次就会刻在记忆里的那种特别。

喝酥油茶之前，得用手指蘸一下茶水朝着天空洒上三下，意为献天地，能够保佑吉祥。

桑吉妈妈把茶水递给院子里印经幡的旅客，他们像是有某种奇妙的默契，等到所有人手里都捧好了茶，便齐齐朝空中洒上三下，而后举着杯子道一声"扎西德勒"。

顾朝曦放下杯子，好奇地问桑吉："这些都是老客吗？"

"对。"桑吉点头，"我们家位置偏，很多都是老朋友。有些人每年都会到南桑来住上一段时间，甚至跟我们一起过年。"

顾朝曦舔舔唇，不问了。

这世间，本就散落了各式各样的故事和各式各样的情绪。

连同她自己，都是一样。

桑吉把他们引到一张桌子前坐下，进屋去拿他新得手的马鞍。

桌子上整齐地摆放着印经幡的工具，顾朝曦照着谢睿的指示拿刷子蘸了些墨汁，把刻了经文的石板刷上一遍，就要盖上彩色的娟布。

"等等。"谢睿突然伸手拢住她的袖口，移开底下的墨汁，"你把袖子挽一下，不然一会儿弄脏了。"

顾朝曦垂眸看了眼，注意力全在手头的工作上，不甚在意地微微向上提了下手腕道："你帮我挽一下吧，我这还压着布呢。"

谢睿瞥一眼她毛茸茸的脑袋，提着她右手袖子细细地卷上两圈。

"左手。"

顾朝曦配合地提了下左手。

桑吉拿着马鞍兴冲冲出来，看见这一幕，原本要喊出口的"谢睿"又硬生生吞了回去。他低头看了看手里的马鞍，忽然觉得这新得的宝贝也不是很香了。

挽好袖子，顾朝曦仔仔细细地印了第一幅经幡，小心翼翼地从拓印版上揭下来举到谢睿眼皮子底下问："怎么样，我印得还不错吧？"

谢睿抬头看了一眼："很好，很有天赋。"

"什么呀！"顾朝曦嘟囔了一声，"你根本没仔细看！不行！你再看两眼！"

谢睿轻咳一声，盯着经幡看了足足十秒，缓缓点头："很好。"

他答完，看着顾朝曦期待的神色，挠了挠后脖子，又补充道："每一处细节都印得清晰可见。"

"是吧？"顾朝曦满意地将经幡对着阳光左右翻看，"我也这么觉得。"

桑吉抱着马鞍靠在房门口，觉得自己简直进退不得！

印经幡是做风马旗的第一步，印好的经幡要按照颜色搭配缝好"舌头"，再缝到线上串成长长的一条。最后，挂到院子里最高的树上。以风为马，将平安幸福带到这世间所有受苦难人的手上。

午饭前，顾朝曦终于做好了一条风马旗。谢睿把它缠在腰间，动作矫捷地上了院子正中央的大树。

冬日里的阳光和着清凉的白雾，晕成一层很淡的暖橘色，覆上青年的发间。

日照金山，也照着雪山下的一切。

4

午饭就在院子里吃，桑吉把桌面上的东西一收，摆上碗筷便成了餐桌。

桑吉妈妈做了包子，和一般的包子不一样，它是淡黄色的元宝形状，看起来像个开了口的饺子。里面是小块的牦牛肉，很香也很瓷实。

桌上摆着一大罐刚从冰箱里拿出来的自制老酸奶和一大盆米饭。

桑吉抱着个空碗挖了一大勺米饭和一大勺酸奶，拌在一起低头吃得欢快。

顾朝曦第一次见这样的吃法，睁大了眼睛，悄声问谢睿："这样，好吃吗？"

这人自然而然地就着桑吉挖进他碗里的米饭和酸奶搅拌，动作不快不慢，和对面吃得狼吞虎咽的桑吉形成鲜明对照，看起来更具有客观意见的参考价值。

谢睿对上她的眼睛，看了看手下的酸奶拌饭，思忖道："还行。"

桑吉"啧"了声，把酸奶和米饭推到顾朝曦面前："问什么，尝尝不就知道了？"

她犹豫了下，小心翼翼地夹起一小筷子沾了酸奶的米饭盯着看了半天。晶莹饱满的米粒和浓稠丝滑的酸奶，怎么看都是八竿子打不着边的东西。

这能好吃？

顾朝曦深吸一口气，闭着眼睛把米粒送进嘴里。

浓郁绵密的酸奶味道很厚重，弹性十足的米粒像夹杂在其中的没有味道的果粒。一开始入口觉得很奇怪，吃着吃着又觉得莫名和谐。

谢睿看着她一张小脸从紧皱到放松，像即将赴死的壮士忽然发现对方子弹打偏了的惊喜，不禁觉得有些好笑："怎么样，好吃吗？"

顾朝曦用力点头，一双圆眼睛亮亮的，仿佛闪着光："还行！"

谢睿扬了下眉，自然拿起桌上属于她的那只木碗，问："那要再来点吗？"

顾朝曦看着他的动作，弯了下眼角回答："好！"

她忘了德吉的嘱咐，不知不觉又吃下了一小碗米饭。

桑吉妈妈塞了个包子给她，一张慈祥而温和的脸带着笑意用藏语说了些什么。

顾朝曦听不懂，抬起手肘戳了戳谢睿："桑妈妈说什么？"

"她说……"谢睿单手抵在腿上，朝着她的方向压了下身子，"想不到你这么瘦，居然这么能吃。"

印经幡的桌子原本就不大，一群人围成一圈吃饭便显得更小了。

谢睿倾身时，隔在他们之间的阳光被藏进他的眼里，残留的温度却留在阴影里发酵。

顾朝曦抓着筷子的指节突起，脑子里词汇量枯竭到只够蹦出一句："你瞎讲！"

她只吃了两个包子加一小碗酸奶拌饭，怎么算得上能吃呢？

"嗯？被你看出来了？"谢睿微微直起身，勾着眼睛笑，"桑吉阿妈说你太瘦了，叫你多吃点，别客气。"

顾朝曦瞪了他一眼，扭头对桑吉妈妈展开一个大大的笑脸："阿姨您做的包子太好吃了！我肯定要吃很多的！"

她说完，用手肘撞了下谢睿的胳膊道："翻译。"

"嘶……下手这么狠？"谢睿垂下眼眸笑着揉了揉胳膊，用藏语把顾朝曦的话重复了一遍，哄得桑吉妈妈又往顾朝曦手里塞了一个包子。

此时正是晌午，他坐在阳光里撑着头，眉眼斜斜地看向她，睫毛的阴影打下来，是一种放松又舒服的姿态。

顾朝曦用力咬了口包子，含混不清地说："我吃得多，力气自然大。"

桑吉捧着碗悄无声息地哽了下，继续埋头吃他的酸奶拌饭。

桑吉爸爸是个文静的性子，慢吞吞吃完了饭，便走到屋子大厅去画唐卡。

大厅的地上摆满了各种色泽浓郁的颜料，有的装在碗里，有的放在研磨钵里。林林总总，琳琅满目。

顾朝曦把包子往嘴里一塞，也拿着相机跟过去。

唐卡是藏族文化中一种独具特色的绘画艺术形式，通常以明亮浓郁的色彩勾画出神圣的佛像。

整个画面恢宏大气，又精细到经得住无限地放大和细看。

每一位唐卡画师作画时都需要极其静心与细心，这一过程对于他们来说就是一场修行。

桑吉爸爸新开了一幅画稿，画布很大，直接挂在墙上。底稿已经打了一半，只见度母端坐在莲花台上，俯瞰众生。

她站在一旁，静静地看了许久，趁着桑吉爸爸停笔的空隙，小声问道："叔叔，您画完这一整幅画要多久？"

桑吉爸爸抬眼看了下院子里的桃树，缓缓道："等窗外的桃花开上三回，就画好了。"

顾朝曦顺着他的视线看向窗外，积雪还趴在枝头。但就着这话，不知道怎的叫人轻易便想到了枯木生春、粉意满园的样子。

而后便是花落、雪落、花开、雪化……

日复一日、年复一年，这画便在这样静默而平淡的日子里一笔一画地成了。

"小姑娘，"桑吉爸爸收了视线，笑着问她，"你要不要也来试着画画看？"

顾朝曦愣了下，回道："我不会画画。"

她爱摄影，但很少动笔，上一次认认真真画一张画还是小学美术考试的时候。

桑吉爸爸却已经俯身从案桌里找了块画布出来装在架子上说："不会没事儿，叫谢睿那小子教你。"

"谢睿？"顾朝曦有些惊讶。

"是啊，这小子小时候跟过我一段时间，说起来也算我半个徒弟吧。"桑吉爸爸又挑了根称手的画笔出来，递给顾朝曦。

"怎么是半个？我以为是一整个儿呢。"熟悉的声音从身后传来，她还没来得及回头，手里的画笔便被人拿了去。

宽大的藏袍划过她的指腹，微微粗粝的质感和他的指尖十分相似。

桑吉爸爸低"嗤"了声，道："就学了点皮毛，能算你半个就不错了。"

"行，我是半个徒弟，你是整个师父。"谢睿转着笔笑了下，搬了把椅子放到顾朝曦身后，"想画什么？"

她环顾四周，挑了个最简单的图样："莲花吧。"

谢睿眼神微动："你确定？"

"嗯……"顾朝曦被他瞧得虚了下，再次看了眼四周各色繁复的图案问，"莲花……很难画吗？"

她怎么看都觉得这好像是最简单的了啊！

"不难。"谢睿噙着淡笑摇了下头，拉过一把椅子坐到她旁边，一条腿搁在画架边上，侧着身子打底稿。他薄唇轻抿，眼神专注，鼻梁和下颌线条分明。

他动作很快，三两下便画出了莲花的雏形，果真是不难。

接着，他从满地颜料里找到白色的那一碗，连同画笔一块儿交到顾朝曦手里说："上色吧。"

顾朝曦伸手接笔，轻快道："好。"

谢睿握着画笔的末端，用了点劲儿，对着顾朝曦的眼睛补充道："上二十五遍。"

"……"顾朝曦怀疑自己听错了，"什么？"

谢睿屈起食指敲了下颜料碗，解释道："白色是最难呈现的颜色，为了让唐卡有最好的效果，画师一般都得上二十五遍色。"

顾朝曦："……"

她接了笔，整个下午都沉浸在"数数"中，等她终于将二十五遍颜色仔仔细细地上完，再为荷花添上枝叶，屋外的阳光已经变成了暖橘色。

谢睿坐在她身边靠着椅背假寐，浓密的睫毛垂下来，直直地连成一片，叫人妒忌。

顾朝曦屏了呼吸，悄悄抬起手想要扯下一根来。

洛桑突然从房厅门口跳出来叫她："顾姐姐，我阿妈叫我来喊你吃饭！"

5

顾朝曦抖了下，一个激灵揪住谢睿的下眼皮，硬生生掰开了他半边眼睛。

"……"谢睿被迫睁眼，一双黑色瞳仁静静地看着她。

因为她刚才的动作，两人间此刻的距离近到她可以在他眼里清晰地看到自己眼中一闪而过的慌乱。

沉默。

空气仿佛被按下了暂停键。

呼吸变得小心翼翼，心跳在一片寂静中喧嚣。

顾朝曦轻抿下唇，佯装镇定地松开手，向后收回身子："你睡得也太死了吧！我怎么叫都叫不醒！"

她说着，朝房门口指了指："她来喊我们吃饭了。"

洛桑靠在门边，眨巴着他那闪闪的大眼睛点了点头。

谢睿盯着她看了几秒，唇角似笑非笑地弯了下，支着腿低头轻揉眉心："画得怎么样了？"

他说话的时候，右手还覆在眼皮上，遮住上半张脸。

她的视线不自觉地便落到了他的唇上，色泽饱满、唇线清晰、唇角微微上翘，是和她刚画的莲花一样的形状："挺好看的。"

谢睿顿了顿，忽地笑了："你还挺自信。"

顾朝曦回过神来，轻咳一声："实事求是嘛。"

虽然是第一次画唐卡，但她在艺术方面着实是有那么一些天赋异禀："难道不是吗？"

谢睿看向画布上的莲花，白色花瓣一层一层勾勒得非常细致，莲芯和枝叶都用的绿色，透出一分淡雅和清净来，的确是不错。

他微微颔首，还没来得及说话，等急了的洛桑跑过来钻进二人中间："哎呀，别看画了。顾姐姐，咱们去吃饭吧！我阿妈今天做了牦牛火锅！可香了！"

"牦牛火锅？"顾朝曦的注意力瞬间被拉走，急急忙忙收好画布站起来，"那赶紧的！走走走！"

谢睿跟在后头，看着她飞扬在空中的发梢儿，低笑着道了声"是"。

桑吉拎着袋坚果坐在院子里逗花栗鼠，瞧见他们出来，拍了拍手过来一把将洛桑抱起来挂在自己脖子上："啧，小洛桑，你又变重了啊！你阿妈每天都给你做什么好吃的，桑吉哥哥能去蹭一口不？"

洛桑抱住他的脑袋，眼珠子骨碌碌地转："那桑吉哥哥你能不能帮我阿妈一个小忙？"

桑吉："什么？"

洛桑低下头凑在他耳边悄声道："开学初的家长会你替我阿妈去吧。"

桑吉忍不住笑："怎么寒假还没过完就开始担心这个了？"

"作业太多！数学太难了！我肯定写不完的！"洛桑叹了口气，十分忧伤，"到时候老师肯定得找我阿妈！"

桑吉安慰他："没事，桑吉哥哥教你。"

洛桑思索了两秒，低下头不确定地问："桑吉哥哥，你会吗？"

桑吉被他气笑："小学的题我还能不会？！"

二十分钟后。

桑吉抓着头发问洛桑："你们什么时候开学？"

洛桑叼着支铅笔，稚嫩的脸上飞快地闪过"我就知道"四个大字，低声道："我到时候通知你！"

德吉跟谢睿一块儿把火锅从厨房搬到院子里，看着两人交流学习的背影欣慰地喊道："洛桑，先来吃饭吧，作业晚点再写好了！"

"好——"洛桑拖着长音欢快地从长椅上跳下来。

顾朝曦摆好三脚架，看着镜头里的袅袅烟火，觉得自己仿佛改行成了吃播。

藏式火锅和北方的涮锅有些相似，用的都是铜锅，里头加上炭火，那白汽儿便贴着铜壁往外冒。

青稞酒煨暖了，就着牛肉片灌上一大口当真是神仙也不换了。

顾朝曦一手抓着筷子一手抱着酒杯，吃得双眼眯起："德吉，这汤底太鲜了！酒也好喝！"

冬天正是酿青稞酒的季节，刚酿好的青稞酒清香醇厚、绵甜爽口，叫人停不下口。

"好喝，多喝点。"德吉笑眯眯地说，"这酒不上头，没事。"

顾朝曦快乐地应了声"好"，提着酒壶又给自己倒了一小杯，捧在手心小口小口地喝着。

桑吉逮着机会，勾住谢睿的脖子，同他炫耀自己新的马鞍。德吉安静地听着，偶尔看管下洛桑乱七八糟的吃相。

南桑的夜晚，如同一部漫长的电影。

天幕盛大璀璨，人间陷入妄想。

顾朝曦爱喝但不贪杯，没醉过也不知道自己的酒量究竟几何，只是在这夜里，多少有些微醺。

篝火丛蹿起的火光打在她透红的脸上，平日里清晰明澈的眼眸此时蒙了一层雾。谢睿勾过她手中的酒壶，把刚泡好的蜂蜜水放在桌上道："这杯归你，这壶归我。"

蜂蜜水的颜色和青稞酒很像，只是那甜腻的香气顺着夜风飘出来，挡也挡不住。

顾朝曦低头盯着蜂蜜水看了半晌，蹙着眉头道："谢睿，你不会觉得我已经喝醉了吧？"

谢睿轻笑了下，不答她的问话，只用指尖敲了敲杯壁说："下村的桃花蜜，一年只产一次。不尝尝吗？"

她轻挑眉尾，晃了晃杯子，慢吞吞地喝上一口。

水温不冷不热，是刚刚好可以入口的程度。蜂蜜不淡不浓，是恰到好处的那种甜度。氤氲的水汽里透着一股似有若无的桃花香，叫人喝上一口便停不下来。

桑吉叼着根筷子斜眼瞅着谢睿，捞起一捧雪丢他："不是吧，兄弟，就她有我没有？"

顾朝曦抬起眼眸，反应极快地辩驳道："你有酒！"

德吉搬出来的酒坛子，除去倒进壶里的，余下的全被他霸了去，一杯接一杯地灌着，活活一个酒桶子。

"那哪能一样！"桑吉放下筷子叫道，"不行！你得一碗水端平！"

谢睿拍掉肩头的雪痕，握了个更大的雪球砸过去："要喝，自己去厨房泡。"

"行啊！"桑吉笑了下，灌下最后一口酒，长腿一跨，俯身抱起一团巨大的雪堆，"你俩联合起来欺负我！那就别怪我不客气了！"

洛桑尖叫着从椅子上跳下来，兴奋大喊："哇！打雪仗了！"

谢睿推开椅子，动作迅速地拉着她往外跑。德吉笑着，也丢了个雪球过去："桑吉！外面！快去追！"

一顿火锅吃了一半，突然演变成了雪球大战。

没有人劝阻，没有人觉得不对。南桑的夜晚，好像怎样都可以，怎样都不算错。

晚风划过她的脸庞，星空在头顶变成一条条虚线，酒精和蜂蜜混合的热气袭上她的身躯。

顾朝曦停住脚步，扯着谢睿的衣袖，抓住一团雪朝后撒去："来啊！谁怕谁！"

反正她有一个人形大盾牌。

/ 第三章 /

万物有灵

▼

1

一场雪仗闹下来，几人都成了半个雪人。

头发上、衣服上全是细细碎碎的白色雪花，只有一张脸和一双手是通红的。

德吉等在院子里，见他们回来，立马拣了些柴火丢进火盆里。羸弱的火苗被劈开、压下，过了片刻又更凶猛地燃烧起来。

洛桑玩累了，被温暖的火光烤得趴在桑吉身上睡了过去。

顾朝曦捧着一碗新烫的肉片蹲在篝火边烘手时，民宿恰巧打来电话确认她的安全。

谢睿看了眼天色，拎起她的背包小声道："走吧，送你回去。"

她咽下最后一口肉片，用手势和德吉打了个招呼，跟着谢睿走下山去。

入了夜的南桑村很安静，沿途没有路灯，但月光照在雪上反出的光芒足以让他们看清归路。

"你明天有安排吗？"顾朝曦走着走着，忽然开口。

谢睿回头，看见月光柔和地附着在她身上，勾了勾唇角道："没。"

"那……"顾朝曦顿了顿，过了片刻才说，"要不你明天，陪我去看神瀑？"

谢睿笑着说："好。"

月光下，他的影子长长斜斜。顾朝曦抬脚蹭了蹭，半晌，拖着尾音问："第三天还是半价？"

谢睿看了她一眼，轻笑："半价的半价。"

顾朝曦"哦"了一声，踩着他的影子继续问："那第四天呢？"

谢睿："半价的半价的半价。"

顾朝曦忽然生出了些奇怪的兴致，快走几步，挨着他的身侧问："第五天？"

"半价的半价的半价的半价。"谢睿偏头看了她一眼，眼角微微上挑。

"谢睿。"顾朝曦歪着头，盯着他淡色的嘴唇。

谢睿垂眸，对上她的视线："嗯？"

顾朝曦跳起来，跑到他面前倒走着笑："你学相声的吧？"

她那一对眉眼生得淡漠又野艳，不笑的时候有种隔世旷野的寂寥感，笑起来又是小太阳似的明艳。

谢睿放缓了脚步，音调里是不灭的笑意："不是……"

他才起了个话头，顾朝曦忽然低低地惊叫一声，整个人不受控制地向后趔趄了一下。

"小心！"谢睿眼疾手快地抓住她的手腕，将她拉回到身前。

骨头和骨头相撞的触感分外清晰，鼻尖是陌生的洗发水味儿和淡淡的酒香，脖颈处有柔软的发丝划过。

他退了一步，迅速收回手："没事吧？"

被晚风吹过的藏袍冰冰凉凉，还带着一丝棉织品特有的柔软。男人身上森冷又温热的气息像火，而她是那只飞蛾，不管不顾地撞了上去。

心跳慌乱繁杂，冷月叫人清醒。

"嘶……"顾朝曦低垂着脑袋站在原地，揉了揉额头泪眼婆娑道，"谢睿，你这锁骨也太硬了吧！"

"很疼吗？"他急急俯下身，眼神专注地看着她，指尖抬起又不知所措地放下。

她笑了下，放下手朝着他眨眼："骗你的！你怎么那么好骗啊？"

谢睿瞬间无言，抬手敲了下她的头顶："好好走路。"

顾朝曦捂着脑袋，老老实实地转过身子。

从上村到下村全是下坡，她一路乖乖巧巧地紧着步子走也只用了半小时不到便抵达了民宿。

遍地雪色中，只有民宿的大堂还亮着灯。谢睿站在光缘处将背包递给她："早点休息，有事给我打电话。"

她点点头，接过背包唰地甩到肩上："那我走啦！"

"嗯。"谢睿应了声，看她一蹦一跳地走上两级台阶，忽地喊道，"顾朝曦。"

她回头，听见他极轻极缓地对她说："晚安。"

月下人影交叠，酒香缠绕，男人墨色的瞳仁清澈得足够装下一片星空。

顾朝曦忽然觉得她的心脏变成了一汪湖水，有人朝湖心打了个水漂，小小的石子便在湖面上一下一下地跳动起来，连一向清冷的月亮都在湖心舞蹈。

回房间的路她走了六十三步，刷卡用了五秒，找到空调板花了半分钟。

等她站在镜子前，终于意识到民宿的水管里又有热水时，墙上的钟表已经不知不觉地溜达了好几圈。

顾朝曦拍拍脸，敛了心神，舒舒服服地洗了个澡，躺在床上却睡不着。

被酒精侵袭的大脑放电影似的想到谢睿站在民宿门口抬眼对她说"晚安"的场景。

他背脊挺直如松柏，额角的碎发因为沾了雪水显得有些凌乱，但眼神清亮，连月光都较之失色。

她翻了个身，又想到他扣住她手腕时掌心的温度和说"好好走路"时敲到她脑袋上的指节。

顾朝曦闭着眼睛摸到自己的头顶，一寸一寸地回忆着他那会儿是敲在了哪个位置？什么力道？

还有额头和他相撞的地方，仍有些隐隐的疼痛，也不知道这人的骨头是什么做的，居然如此坚硬。

房间里的暖气呼呼地打着，她想着想着，不知什么时候就睡了过去。

梦里，数学老师站在讲台前，指着黑板上长长的算式问她："$1+1/2+1/4+1/8+1/16=$ ？"

她掰着手指头算了半天也算不清楚，严厉的老师抬手敲了下她的脑袋说："算不出来，别想听我讲相声！"

"不要！"她大叫一声，铺天盖地的草稿纸落下来，每一张上面都是速写的男人锁骨。

线条流畅、利落，关节处凸起，带着一丝无法言说的感觉……

顾朝曦蹬了下腿，突然睁开眼睛。黑漆漆的天花板和灰蒙蒙的天空预示着此刻的时间。

她呆愣了片刻，抬手蒙住自己的脑袋，两条腿如同搁浅的游鱼一般在床上翻腾。

她闭上眼睛，却又忍不住回想梦里的速写。那些灰黑的线条像有了灵魂一般游动着钻进她所有思想的缝隙里，搅得她无法安眠。

这乱糟糟的一梦直接导致她面对谢睿时，眼睛不受控制地往他锁骨上瞄。

只是他今天穿的是那件黑色的冲锋衣，拉链严丝密合地拉到最上面，完全看不出半点骨骼的起伏。

"怎么了？"谢睿被她看得不明就里，低头摸了摸下巴，确定自己没沾上什么酱汁。

顾朝曦摇摇头，咬着热乎乎的牛肉饼，遗憾地垂下眼眸："没什么。"

昨日的好天气延续到了今天，蔚蓝的天空伴着金色的暖阳，四周一片晴朗。

昏沉沉的脑袋被阳光一晒，困意便席卷而来，她懒洋洋地打了个哈欠，连咀嚼的速度都慢了些。

谢睿打开一瓶水递过去，关心道："昨晚没睡好？"

顾朝曦捏着水瓶的指尖微微收紧，塑料瓶身发出一点轻微的响动。她就着牛肉饼喝了一大口水，说："嗯，梦回高考，做了一晚上题。"

谢睿笑："那还真是个噩梦。"

"也不完全是……"顾朝曦舔了下唇，轻声道，"至少……教题的老师还是挺帅的。"

2

"什么？"谢睿没有听清她的话，微微低了下头看她。一张清俊的脸骤然拉近，让梦里的画面再次浮现在她心头。

"没什么。"顾朝曦咽了下口水，迎着阳光摇了摇头，驱散混沌的意志。

接着快走几步，朝上山的方向挥手道，"赶紧带路吧，谢导！"

通往神瀑的路比冰湖要好走得多，突然繁盛的旅游业让村子里有了些钱，修了条两人宽的台阶路。

沿途阳光灿烂，天然的木香萦绕在空气中。偶尔有倔强的紫地丁从土里钻出个脑袋，观望世界，也给人带来惊喜。

顾朝曦一手攥着相机，一手摸出袋果干来，哪儿哪儿都不停歇。

她咯吱咯咯吱嚼了几个，瞄了眼身边的谢睿，伸手抓了一把悬在空中问他："来点儿？"

谢睿看着她捏得紧紧的小拳头，顺从地摊开一只手放在正下方："好。"

她的手白皙粉嫩，掌背微微鼓起，有种可爱的柔嫩感，和他形成鲜明对照。

顾朝曦松手让果干自由下落，薄薄的指甲擦过他的掌心，酥酥麻麻的，和山林里的花栗鼠抢食时挠上来的小爪子一样。

她放了果干很快把手收回，谢睿合拢掌心，两指轻捻，筛出一颗腰果来往上一扔。

胖乎乎的腰果在天空划出一道漂亮的抛物线，再准确无误地落入他的口中。

男人仰起的下颌骨清晰流畅，随意的动作有着说不出的潇洒。

顾朝曦瞥了他一眼，悄悄捻起一颗核桃，在心中默念一遍"一、二、三"，假装不经意地向上一抛，抬头去接。

耀眼的阳光打在她的面庞，本该落入嘴中的核桃却不知所终。

谢睿看她蒙在原地，满脸"怎么会这样"的表情忍不住笑出了声："你扔那么高，怎么可能接得到？"

"啊……这样吗？"顾朝曦挑了下眼皮，再接再厉地摸出一颗果子，用求教的目光看着谢睿，"那我这次扔低一点？"

"嗯。"谢睿点头，提醒她，"眼睛盯着果子。"

"好嘞！"顾朝曦郑重其事地看着果子，手腕轻抬，向上一抛。坚果飞在空中，从她的唇角边缘沿着下巴一路滑落。

他轻咳一声，打算安慰她新手尝试，能做到这样已经不错了。

她却跳起来，激动地睁大了眼睛道："谢睿！谢睿！你看到了吗？我刚刚差一点点就成功了！天啊！我也太厉害了吧！"

谢睿微怔，随即笑道："看到了，很厉害！"

车子抛锚了就自己扛行李，大段的雪路自己爬，遇上雪崩能自救，还能顺道拉他一把——她好像不会失落，永远积极。

这样的女孩儿，怎么不算厉害呢？

"嘻！我再试一次！一定能成功！"顾朝曦弯着一对圆眼，兴奋地又掏出一颗坚果来。

谢睿悄然移了位置，将她护在内道："加油！"

花栗鼠探头探脑地从树林里窜出来，亦步亦趋地跟在他们身后，捡了满嘴满怀的粮食。

半小时后，顾朝曦扔完了口袋里的坚果，也终于掌握了这项技能。

此时，山路边上的指示牌显示他们已经走完了五分之一的路程。台阶两边的树干上，开始三三两两地出现悬挂的经幡，越到上面越是密集。

在南桑，一道经幡就是一个虔诚的祈愿。

顾朝曦抱着相机，从镜头后抬起头来自言自语似的问道："这么多经幡，得有多少人来过这儿啊？"

"这里是藏族群众转经的必经之路，每年深秋都会有超过十万的朝圣者来接受神瀑的洗礼。"谢睿顿了顿，对上她惊讶的神色补充道，"藏历羊年会更多，因为那是卡瓦尼格的本命年。"

顾朝曦眨了眨眼，重复道："卡瓦尼格的本命年？"

她从来没听说过这世上有哪座山还像人一样拥有本命年的。

谢睿明白她的言下之意，解释道："我们相信万物有灵，太阳、月亮、湖泊，世间万物的内在都一定住着他们的灵魂。这些山脉和森林从很早以前便在这儿了，他们见过了比我们更多的岁月，也比我们更懂时间的真谛。"

正午的阳光打在绢制的经幡上，透出一种微弱的五颜六色的光芒。这种光芒相互交叠、辉映，同山峰一起变成一抹奇异的壮观景象。

顾朝曦看着他，忽然明白了他身上那种说不出的谦逊和温柔源自何处。

冬季的山路基本遇不上什么人，山间补给站的小哥百无聊赖地坐在简陋的木窗后刷手机。

窗边挂着块木牌，上头用红色粉笔横七竖八地写着炒饭、青稞酒、牦牛奶等出售的食品名称和价格。

顾朝曦跳上石子台阶，敲了敲木窗道："两份炒饭，谢谢！"

小哥将目光依依不舍地从手机上抽离，懒懒散散道："炒饭没啦，泡面要不要？"

"真没了还是你懒得炒？"谢睿从后面探出半边身子，靠在木窗的栏杆上。

小哥猛然抬头，黝黑朴实的脸上写满了"惊喜"二字："阿睿哥！你什么时候回来的？"

"前几天刚回。"谢睿倚在窗边看着他挑眉轻笑，"多吉，你阿爸知道你这么做生意的吗？"

多吉摸了摸头，笑得一脸憨厚："哎呀，阿睿哥，你别跟我阿爸说。这冬天根本没几个游客，我天天坐这儿闷都闷死了，哪还提得起劲儿炒饭啊！"

多吉："你等等！我马上给你们做！"他放下手机，快速退到木窗里头背身抄起铁锅。

顾朝曦趴在窗台边上好奇地往里瞅，小小一间木房子里摆满了各种各样的吃食，里头居然还有一个小灶台和一张小床，当真算得上是麻雀虽小五脏俱全了。

酥油扔进锅里，发出声音。多吉一面炒饭，一面对顾朝曦说："姑娘，你这向导可真是找对了啊！阿睿哥人又好，对这山路又熟……"

顾朝曦笑着应了声，歪着脑袋看向谢睿。一对形状好看的野生眉微微上扬，连带着撑开深邃的眼皮，椭圆的杏眼里透着点儿调侃。

谢睿轻咳一声，提醒多吉："专心点，别煳了。"

"怎么可能！"多吉说着，左手打开配料盒，抓起一把切好的牛肉粒不要钱似的往里丢。小小的木屋子里，顿时飘出阵阵肉香。

多吉右手架着锅柄，动作熟练地把炒饭倒入两个大碗中，左手从货架上掏出两副一次性筷子，往他们面前一放，说："来！南桑第一炒饭！

尝尝！"

热乎乎的白米饭淋了特制的酱汁，配上新鲜牛肉可以说是这高山上不可多得的美味。

谢睿吃了一口，夸赞他："可以！一年不见，手艺见长！"

"那是！"多吉洗了锅和他们闲聊，"你们一会儿下山还走这条路吗？还是从色农下去？"

顾朝曦抬起头来问："有什么不一样吗？"

多吉说："色农那边的村子这两天搞了个什么市集，还挺热闹。你要是感兴趣的话，可以去那边逛逛。"

顾朝曦睁大眼睛看向谢睿："我们一会儿去看看吧！"

只吃炒饭有些干，谢睿要了瓶牦牛奶开了盖子递给她："好。"

3

过了补给站，再往上有一段高耸的台阶路。半腿高的跨度对任何一个登山者来说，都不是什么轻易的小事儿。

但或许是经历了前两天的冰湖之行，她的体力和耐力有了质的飞跃，这一路崎岖走得倒也不算过分吃力。

台阶的尽头，道路两边围满了五彩的经幡。风吹一遍，经幡上的祈福便被吟诵一遍。

四方经幡的最终归属是神瀑边上的崖壁，崖上水流微弱，正中间攀附着一串串壮观的冰溜子。

它们从上而下地挂下来，依然保持着水流的形态，时间在这里仿佛被冻结。

崖壁的缝隙里，有枯黄的野草执着而顽强地生长着。谢睿看了眼她的镜头，说："这半边崖壁到了春天，会重新铺满绿色的植被，和解冻的瀑布一起。"

顾朝曦眯着眼睛，笑了下："那一定很美。"

和这世上所有带着裂缝固执地迎向幸福的生命一样美好。

穿过神瀑往色农方向下山的路要相对陡峭一些，不少道路窄得只够一个人贴着石壁横向通过，顾朝曦收了相机，绑了个小型摄像机在手上。

山脚处，几个藏族群众牵着骡子招揽代步生意。她好奇地多看了两眼，机灵的小哥立马走上来问道："美女，骑骡子吗？二百块一趟，不贵。"

谢睿回他："从这儿到市集步行也才二十几分钟，你这二百一趟，还不贵？"

小哥挠挠头，朝他挤眼："呀！小哥哥攻略做得挺足啊。那这样，一百！行不？"

谢睿没答话，偏头扬眉用眼神询问顾朝曦：想骑吗？

顾朝曦看着他，极缓慢地眨了下眼睛。

谢睿嘴角轻挑，转头朝那小哥勾起一个温和的弧度："五十……"

小哥一拍大腿，眉毛眼睛全皱在了一起，开始表演："不是，哥！你这也太狠了！这真不行！我这骡子也得花钱养着不是……"

"我还没说完呢。"谢睿拍了拍小哥的肩膀，面上的笑容更加温和。

小哥停下表演，大大的眼里是满满的期待。

据说一些大城市里来的客人流行给小费，五十块一人，要是再加点小费，也不是不行。

他屏了呼吸，只见谢睿伸出两根手指，左右晃了晃，温声吐出后半句话："两匹。"

"……"小哥倒吸一口气，眼睛瞪得像铜铃。

这个时间游客不多，本地人根本不会来图这骑骡子的新鲜感。谢睿瞅准了这一点，直接砍了个底价："不行，我们就找别人了哦。"

他语气轻轻飘飘，尾字的"哦"甚至还微微上扬了一下。小哥咬着牙，确定他不会更改价码后，艰难点头道："行！五十就五十！"

他特意牵了两匹灰黑色的骡子出来，上头还贴心地垫了层粉色碎花小毡子。风一吹，黑色的骡子毛和粉色的小毛毡齐齐迎风飘扬，别提有多招摇了。

顾朝曦坐在上面，看着身侧的谢睿抿唇偷笑。

骡子腿短，他腿长，这一搭配，怎么瞧怎么怪。偏偏这人混不在意，挺直了身姿坐在上头的模样，仿佛底下是驰骋草原的骏马。

"姑娘，我跟你说……"小哥悄悄瞄了谢睿一眼，凑过来低声道，"找男朋友，还是得找大方的！"

谢睿五官深邃，但相比这里的人又显得清秀。加上他一口流利的汉语，这人会将他们认作一起来旅游的小情侣倒也不稀奇。

顾朝曦放下悄悄抬高的手腕，应声道："你说得有道理。"

小哥面上一喜，还欲再说，就听顾朝曦降低了声调，俯身正色道："但我看脸。"

小哥神情麻木地朝天轻哼一声，牵着缰绳只求赶紧将这对送走。

临近过年，色农集市里聚集了各种各样的小商铺，有卖酸奶渣、青稞、糌粑、牛肉干、山货水果的，也有卖铜制品、编织用品和一些手工艺品的。

顾朝曦下了骡子，买了不少零食一路走一路吃，街道正中心围了一圈又一圈的人。音乐声、喝彩声从里面传出来，此起彼伏、热闹非凡。

她叼着块酥油粑粑踮起脚尖，看见戴着巨大面具的人群在中间舞蹈："这是什么？"

"藏戏。"周围人群拥挤，谢睿伸出一边手臂为她开辟出十厘米的独立空间，另一只手点了点正在舞蹈的演员说，"这个戴红色面具的是国王，代表威严；绿色面具的是王妃，代表柔顺。"

顾朝曦看得津津有味："这是你们的传统艺术吗？和京剧一样？"

"是。"身后有人撞了一下，他绷紧了身上的筋肉没有叫她察觉，"最早的藏戏以雪山江河、草原大地作背景，观众席地而坐，艺人们的唱腔、舞蹈可以随意发挥，有时演个几天几夜也不停，比天上的鸟儿还要随心所欲。"

顾朝曦听着听着，忽然想起很早以前一个昏黄的午后，讲课的老师在台上神色激动地和他们介绍一部电影——那是一部很小众很小众的电影，讲述了一个男人变卖自己所有财产买了一艘船来到尼罗河畔，顺流而下孤独表演的故事。

他在人间游历数十年，终于完成了自己对生活的全部理想。他无所谓成败，无所谓观众，他因无所求，所以无所欲。

"那不一样，藏戏有所求。"她不知什么时候说出了心里的故事，谢睿笑了下，低眉道，"藏戏一开始就是唐东杰布为了在雅鲁藏布江上修桥，用歌舞说唱的形式劝人行善积德而诞生的。每一出藏戏就是一根索条、一道桥梁，一个被咆哮的江水卷入其中的生命。"

他说话时声音很轻，落在她耳里却有千斤重。

进村时那段艰难的山路又在她眼前铺陈开来，酥油茶的香气、牦牛奶的醇厚、风马旗的飘动、绕山诵经的虔诚，他们对"吉祥"的执念全部涌进她的大脑。

她第一次用一种亲近的眼光正视这片雪域高原，这个辽阔洒脱的民族。

他们被这个世界授予最艰难的生存环境，却同时拥有着世界上最平静乐观的心态。

表演到了最高潮的地方，周围的人群发出快乐的欢呼。

顾朝曦仰头看向谢睿。

天色晴朗，青年笑得纯粹，干净柔和的眸光像一片湖水，叫她心底的小石子直直落入其中。

4

为了这一出戏，他们直接在色农待了一晚上。

第二天清晨，再搭一辆拖拉机回南桑。

顾朝曦一夜未眠，此时竟也不困。她跷着腿半躺在草垛上，单手捏着一根狗尾巴草，饶有兴致地对谢睿说："你看，星星还没回家。"

拖拉机的轰鸣把她的声音掩埋，谢睿坐在另一边草垛上，扭头问道："什么？"

顾朝曦侧过头，朝谢睿那儿靠了靠，提高音量冲他耳边喊："我说！天上还有星星！"

随着她的话音落地，行驶中的拖拉机突然遇上一堆风干的牛粪，本就上了年纪的车子顿时"哐哐哐"颠得不行。

顾朝曦侧着身子，慌忙抓住谢睿的肩膀稳定身形。

等车子平稳下来，顾朝曦撑起上半身发现谢睿已经被她挤在了角落里，仰面看着她。

男人的眼尾因困倦微微发红，狭长的睫毛轻轻颤动，像美丽的燕尾蝶，连呼吸都成了打扰它休憩的风。

热气涌上心头，顾朝曦腾地直起身来，略有些尴尬地挠了挠头道："对不起啊！我不是故意的！这车它刚刚晃！"

"没事。"谢睿看着她慌乱的神色，忍不住笑了下。

他单脚支在草垛上，双手拉住车厢边缘，撑起上半身向后挪了一下，瞬间恢复了原本的坐姿。

顾朝曦抿唇悄悄往边上蹭了蹭，双手抱胸，假意闭目养神。

拖拉机慢腾腾地向前开着，她闭着眼睛不知不觉真睡了过去。只是半梦半醒间，听见有人轻声道："流浪的星星，我看到了。"

中午，阳光热烈地洒向人间。

开车的大伯把拖拉机停在路边拿出备好的糌粑作午餐，顾朝曦揉着眼睛接过谢睿递来的面包。

被德吉喂养了几天的嘴再吃这干巴巴的面包，难免生出些落差来。她抬手一小块一小块地撕着塞进嘴里，呈现出一副难得的淑女做派。

大伯落脚的地方正好对着一大片草场，成群结队的小羊"咩咩"叫着东奔西跑。

其中一只个头偏小的落了队，傻乎乎愣在原地数十秒。忽然朝着他们的拖拉机奔来，羊嘴一张就要啃他们坐着的草垛子。

可惜，拖拉机的后车厢对于这羊崽子来说还是高了些。它仰着头，调整了无数遍角度依旧没能啃上心心念念的干草。

顾朝曦从草垛上挪过去，一手攥着面包，一手甩着手里的狗尾巴草逗它玩。

小家伙浑身毛茸茸的，身上的羊毛一团一团地卷曲在一起，看起来就像一朵行走的白云。

它瞧见狗尾巴草，两只前蹄扑腾着搭上拖拉机车厢的挡板拼命去够这眼前的美味，笨拙又好玩。

放羊的小孩儿发现了这离群的小家伙，从草场中间跑来，对他们说了声抱歉，抱着两条羊腿将它拖回羊群。

小羊盯着渐行渐远的大堆干草，挣扎着发出两声绝望的"咩"叫。

谢睿看着她依依不舍的眼神，淡笑着问："喜欢？"

"嗯！"顾朝曦点头，攥紧了手中的面包舔了舔唇道，"谢睿，我们晚上吃烤全羊吧！"

谢睿愣了半晌，忽然"扑哧"一下笑出了声："好。"

拖拉机开在大路上尚且还算平稳，上了山路那叫一个轰轰烈烈。

天空、树林、整个世界都在上下抖动。

连续几天的太阳融化了路上的积雪，露出底下最原始的泥土地。

顾朝曦抓着后车厢的栏杆，低头眯着眼睛防止飞扬的尘土吹进自己的眼睛里。

"抬头。"谢睿的声音从头顶传来。她从臂弯里小心翼翼地抬起半边脑袋，想说话，又怕吃进一嘴沙。

风沙满天，她拧着眉头一脸纠结的样子可爱得要命。

谢睿情不自禁地勾了勾嘴角，微垂着眼眸，抬手抚开她一边的长发。

他单膝跪在草堆里，矮身朝她倾覆过来。

顾朝曦抓着栏杆的指尖不自觉地握紧，周遭的巨大声响也没能掩盖她剧烈的心跳。

冰凉的触感划过脸颊，落到耳尖。

眼前蒙了一层黑，却叫她能够自由睁眼。

拖拉机还在"噔噔噔"地颠，谢睿轻咳一声，迅速收回身子，将脑袋低垂了下去。

顾朝曦撑着眼皮，有些呆愣地摸索着给鼻梁上的墨镜调整了个更好的角度，然后捂着嘴巴大声喊："谢谢！"

湛蓝的天空不知何时燃起一片瑰丽的云霞。火烧似的颜色，给飞扬的尘土也镀上一层金。

顾朝曦揉着一张震得发麻的脸抖着腿从拖拉机上下来时，恍惚间觉得这个世界好像就该是晃动的。

谢睿塞了张纸币给大伯，拉着她的衣袖直直地往民宿跑。

陌生的藏语在身后响起，像在急切地呼唤着什么。片刻后，那声音弱了下来，拖拉机的轰鸣声"哐哐哐"地渐行渐远。

顾朝曦隔着墨镜看见他抓着她衣袖的手晃动着，和她的手掌交叠在一起。

这种对时空的错觉一直持续到她回到民宿房间，洗完澡打开吹风机吹头发的时候。

昏黄的灯光、巨大的噪音和穿过黑色发丝的手，全都叫她想起谢睿在那个摇摇晃晃的拖拉机上收紧了眼眸俯身为她戴上墨镜的样子。

他明明一根手指都没有碰到她，却轻易让她红了耳根。

突然的走神让她一不小心将吹风机拿得过近，灼热的温度烫得她瞬间回了神。

头发隐隐发疼，顾朝曦啪地关了吹风机，转头扑进柔软的床铺里。

迟来的困意和懊恼的情绪在打架，未干的发丝在白色床单上描绘出一幅混乱的心意。

睡意蒙眬间，扔在床头柜上充电的手机忽然响动了一下，屏幕亮起，是谢睿发来的一张图片。

化了雪的院子里，德吉正给烤全羊刷酱汁，多吉、桑吉、洛桑举着筷子两眼放光地等在一旁。

手机屏幕闪了下，谢睿紧接着发来一条信息：【赶紧来，这群狼崽子可不等人。】

顾朝曦猛地从床上坐起来，快速回道：【给我十分钟！守住小羊羊！】

不论怎样的心思都影响不了她干饭的速度！

顾朝曦收起手机，动作敏捷地冲到洗手间。刚刚还半干的头发在她短暂睡眠的时间里，已经被屋里的暖气烘了个全干。

只是因为她天生的自然卷，再加上不太好的睡姿显得有些凌乱。

顾朝曦挠了挠头，从背包里找出两根皮筋自我拯救。

在德吉给烤全羊刷上最后一层酱汁、桑吉举刀霍霍向羊腿时，谢睿抬眼看到顾朝曦喘着气出现在了院子门口。

她扎了两个松松垮垮的麻花辫，白嫩的脸上泛着淡淡的红晕，漂亮得像刚刚从山林里跑出来的精灵。

她巴掌大的脸上一对水汪汪的大眼睛直勾勾地盯着烤全羊，薄唇轻启，大声喊道："刀下留羊！"

5

桑吉看了她一眼，笑："你来得倒正是时候。"

刷了最后一层酱汁的烤全羊散发出浓郁的香气，油水滋滋往外冒着，渗入被划来的刀口处。

顾朝曦跳进院子里，笑得眉眼生动："那是！来得早不如来得巧嘛！怎么样，能吃了吗？"

"快了。"德吉将早就准备好的筷子递给她。

洛桑挪了挪屁股，空出一小块位置来朝她招手："顾姐姐，来坐这儿！"

桑吉轻哼一声，屈膝将挤到他身边的洛桑推了回去："你这点地儿还邀请人家过来，好意思吗？"

他说着，扬起下巴指了指对面的长椅道："喏，那儿空，你坐谢睿旁边吧。"

顾朝曦偏头看去，谢睿安安静静地坐在多吉边上。右侧空了个位置出来，像在等着什么人。

夜色撩人，明火落在他的眼里，让她想到他们第一次见面时苍茫雪色里的那一抹红。

他捞了罐可口可乐，单手扣着瓶身拉开递给她："再等会儿，马上就好了。"

半米的距离，空气被火烤得形成淡淡的波纹。他坐在边上，平常的语调也被烫得熨帖，似温润的安抚。

可乐冒着泡从易拉罐里跳到她的手上，顾朝曦接过可乐，仰头往自己喉咙里灌了一口，放下背包，跨步坐在长椅上："嗯。"

多吉歪了个脑袋出来问她："色农那边的市集怎么样？好玩吗？"

"好玩！"顾朝曦用力点了下头，把可乐自然地塞进谢睿手里，弯腰将刚放下的背包又提了起来，"对了，我还给你们买了点小东西。"

她一边说，一边从包里掏出一把木铲来。上头仔细地系了个蝴蝶结，很是漂亮。

众人淡笑着看向德吉，德吉微红了脸小心地将沾了点儿酱汁的手在擦布上抹了抹，准备去接。

顾朝曦却伸出右手臂，绕过谢睿身前把木铲递给了多吉："以后就用这把新铲子稳住你南桑第一炒饭的地位吧！"

多吉愣了下，接过木铲挠了挠头："这……还有我的份儿呢，谢了啊！"

"客气什么！"顾朝曦又把手放回包里，摸出第二件礼物，"当当！马术手套！给桑吉的。"

桑吉挑眉道了声谢，接过手套，左右把玩着。

"我的呢？我的呢？我的呢？"洛桑两眼放光，从长椅上跳下来跑到顾朝曦身边。

顾朝曦故作神秘地在背包里翻腾了一阵，快速抽出个长方形扁平状的小礼盒，放到洛桑手里："小洛桑的礼物我挑得最用心了！来，自己打开看看吧！"

洛桑迫不及待地拆开礼物盒，只见一本深绿色的习题册静静地躺在里面，凝视它的小主人。

"《王建平数学习题册》，喜欢吗？这本里面有很详细的解题步骤，你好好学，肯定会有所提升的！"

洛桑面上的神情一秒垮掉，桑吉在一旁笑得没心没肺："哈哈哈哈！你可得用好这本习题册，别辜负了你朝曦姐姐的一片心意啊！"

顾朝曦拍了拍洛桑低落的小脑瓜，最后从背包里掏出一个精巧的礼物盒递给德吉："德吉，这是给你的。"

德吉紧张地接过礼盒打开，里头端端正正地放着一条红蓝相间的藏族头珠。

正中间是一张方形的小卡片，上面用不太熟练的笔触写了一行藏语：【你是母亲，也是永远的小姑娘。】

德吉捏着卡片没有说话，眼底却有波澜晃动。上一次给自己买首饰是什么时候，她已经记不起来了。

这几年，她好像已经习惯了穿旧花样的衣服，编一条最简单的辫子。生活把她从一个明朗肆意的少女变成敦厚质朴的母亲，无声无息。

顾朝曦抓着筷子，微微直起上半身道："这款式是谢睿挑的，你要是觉得不好看，就怪他。"

谢睿坐在长椅上，像忽然被老师点名的学生般条件反射地挑起眼皮看她，指尖在可乐罐上敲了敲，发出一点清脆的响声："这么快就把'锅'

甩给我了？"

德吉被他们逗笑，明亮的眼眸弯起，因长期劳作而变得有些粗糙的双手轻柔地抚过头珠，低声道："很漂亮，我很喜欢，谢谢。"

顾朝曦乐了，勾着唇扬起眉毛问她："不戴上试试？"

德吉抿着唇，有些犹豫。

"妈妈，我帮你戴。"洛桑爬上长椅，朝她伸手，"头珠给我。"

德吉仰头看她小小的男孩儿，平日里调皮得要命的人这会儿竟显出一分难得的郑重来。

她鼻子一酸，急忙低下头深吸了口气，而后睁大了眼睛将头珠交给他。

冰凉的触感划过额头，桑吉吹着口哨喊："哇哦！这是哪里来的仙女啊！太美了吧！"

洛桑高兴地跟着喊："妈妈好漂亮！"

晚风温柔地吹起她耳边的几缕碎发，燃烧的木柴散发出点点星火，更为她添上一分颜色。

顾朝曦单手转着筷子，咧着嘴笑。

谢睿支着腿偏头看到她飞扬的侧脸，天真烂漫，像个小孩儿。

德吉被夸得满脸通红，血色一路从脸上染到了脖子上。她不好意思地咬了下唇，余光扫到中间的烤全羊，忽地站起来失声叫道："焦了！焦了！"

多吉猛然拎起烤全羊问："哪里？哪里？"

顷刻间，一群人为了一只羊乌泱泱地急成一团。烧焦的烤全羊的味道便至此刻在他们心里，永难磨灭了。

从德吉家的小院离开时，风里还带着浓烈的孜然香。

顾朝曦打着饱嗝，在月光下踩大树的影子，谢睿慢悠悠地跟在她身后。

这段异乡的路来回走了几遍，好像就变得熟悉了起来。再过几十米，会有一户养了大鹅的人家。向下拐个弯儿，是一头失眠的牦牛。

"顾朝曦。"在临近民宿的野草地里，谢睿突然拉住了她的背包带子。

她回头，看见他眉眼低垂，淡声问道："你什么时候走？"

顾朝曦动了动睫毛，惊讶于他的敏锐。

按计划，她明天下午便要动身下山去附近的修理厂取车，开到南桑和康城中点的小镇休息一晚。接着继续上路，还车，搭中午的飞机回 S 市。

而她今晚的礼物原本是打算明天上午临走时送出的，只是刚刚时机到了，便也顺理成章地拿了出来。

"明天。"顾朝曦把手缩到羽绒服的口袋里，揪着内里的衬布说。

刻意忽略的奇怪心情不顾她的阻拦，像酸气泡一样冒了出来。

谢睿隔了一会儿继续问："要我送你吗？"

顾朝曦抬头，答得很快："不用。"

在所有人与人的交际之中，她最喜欢遇见，最害怕分离。

谢睿慢吞吞地"哦"了一声，扯着她的背包带子，在手指上绕了两圈又松开，最后摊开手心问她："那我的礼物呢？"

顾朝曦低头看他的手掌，没有说话。

逛市集的时候，她给每个人都买了礼物，却独独没有准备谢睿的。

那条长长的街道和苏格拉底故事中的花田一样，她走遍了每个角落，却寻不到一朵最满意的鲜花。

"你的礼物……"顾朝曦静了静，抬眸道，"等下次见面的时候，再给你吧。"

如果有机会的话。

谢睿笑了笑，双手插着冲锋衣的口袋道："好，那就下次见面的时候，再给我吧。"

/ 第四章 /
落日星辉

▼

1

飞机上的空调向来给力，暖风吹得人昏昏欲睡。

顾朝曦开了点窗，从小小的玻璃口望出去，依稀可以见到雪山的身影，记忆里的冷冽透过透明的窗子扑到她脸上。

随着飞机起飞，雪山的面目变得越发清晰也逐渐遥远。她看着云雾缭绕的山尖，像在告别一场梦。

从阳光灿烂的正午时分，经历漫长的飞行抵达 S 市，已是深夜。城市的夜晚，灯火通明。

亮堂开阔的机场里满是拖着行李步履匆匆的人，她跟着拥挤的人群随波逐流，却没有和他们一样可以奔赴的怀抱。

等待出租的队伍很长，疲惫又清醒的人们动作统一地刷着手机。

顾朝曦坐在行李箱上成为其中一员，重新开机的手机上有一条谢睿发来的信息：【到了吗？】

她思考了半天，回道：【到了。】

对面"正在输入"了许久，终于冒出来一句：【回去路上注意安全。】

她动作迅速地秒回道：【好。】

对方没再发来新的信息，聊天对话框到这里陷入沉默。离了南桑，他们好像没有更多的话可以再说。

顾朝曦刷新了几遍页面，跳出去找了部最近热门的综艺来看。

队伍慢慢向前挪动，半明半暗的隧道里，白色的灯光和汽笛的鸣叫交织在一起。

好不容易快排到了，她关了屏幕，把手机往包里一放，早早拎好了箱子。候车处的管理员在催促前面的女孩儿，在Ｓ市打车有时候跟打仗差不多。

机场距离她租住的公寓不远，下了高架再拐个弯儿便是。楼下自带的商业综合体挂满了大红灯笼，俨然一幅过年的热闹景象。

她上午补了个觉，又在飞机上混混沌沌地睡了一路，此时倒也不困，沿街飘扬的食物香气叫她只吃了点儿干巴巴的飞机餐的胃蠢蠢欲动。

24小时营业的便利店就在眼前，顾朝曦推开门进去买了杯热乎乎的关东煮。

付钱的时候，她又瞥了眼好友列表，白色的页面干干净净，没有任何新消息的提示。

她抿唇收了手机，推着行李箱坐到收银台边上的小椅子上。

收银小哥看到她巨大的行李箱，笑着问："刚出差回来？"

顾朝曦吃着鸡翅串点头："嗯。"

旅游从某种意义上来说也的确是她的工作，说是出差归来也算合理。

后头没有其他的客人，小哥杵在收银台边上和她聊天："哎，现在年轻人工作是苦啊，这都要过年了，还得到处跑。"

他这语气像个老人，可那一张脸分明清秀如高中生。

顾朝曦失笑："你不也是年轻人？"

"哎！"小哥夸张地叹了口气，"所以我也苦啊！"

她笑了下，举着一串海苔鸡肉棒，倾身从柜台前拎了两瓶气泡水放在台子上，而后将其中一瓶推给收银小哥道："喏，请你喝，给你送点甜。"

从便利店出来，饥饿感已经消失，顾朝曦拖着行李箱直奔公寓大楼。

她租的是个五十平方米的单层，房间朝南，有个巨大的落地窗。

靠窗的梳妆台上放了台大屏电脑，变成了她的工作区，后面紧跟着一台小小的跑步机。

占地最多的是房间正中央的白色大床，左边是个小沙发，对面是个落地衣柜。顶端安了个投影仪，可以自由升降。

落地衣柜边上是个小厨房，冰箱里没有吃的，只有各种各样的酒，连洗菜的水槽都不能幸免。

厨房对面是洗手间，面积相对其他户型来说算是宽敞，隔壁的收纳柜放下来可以做餐桌。

只是她从不开火，外卖通常在工作台上解决，这餐桌也就从来没有使用过。

顾朝曦开了暖气，收拾好行李便进了浴室洗澡。

出来时，夜里的星星仿佛趁着人群离散偷偷亮了几分。

她在床上躺了会儿，又爬起来坐到舒适的转椅上，睡意全无。那幅白色莲花唐卡画被她放在了工作台上，关于南桑的记忆潮水一般涌来。

相机就在白墙的架子上，她拆了储存卡塞进电脑里，寻找剪辑的灵感。

漫天飘零的大雪、日出时分的卡瓦尼格、被时间冻结的神瀑、自由洒脱的藏戏……

她看着看着，忍不住笑。

宋竟择曾经问过她为什么这么爱到处跑，她那会儿正和李女士吵完架，恹着自己那点儿悲风伤秋的情绪告诉他：四海为家也是家啊！

她闭眼按了按眉角，弯腰从桌底拎出一瓶矿泉水。

电脑屏幕上，视频软件正巧播到谢睿骑在骡子上闲庭信步的画面。

他有漂亮的骨骼，挺直的背脊蕴藏着隐隐的力量，像草原上散步的小野狼。

可偏偏，又温柔得只会对她提出的所有要求低声说"好"。

窗外的街道逐渐安静，没了声音。一片黑暗中，只有电脑屏幕还在发出荧荧幽光。

她咬开瓶盖喝了口水，"啪"地按灭了电脑，倒头睡觉。

醒来时，已是第二天上午十二点。

公寓的窗子上蒙了一层白雾，外面的世界一片朦胧。拿指尖擦一擦，只看到拥堵的汽车和盘旋的高架。

顾朝曦顿时没了兴致，收回指尖慢腾腾地走到洗手间洗漱。

午饭和晚饭都叫的外卖，她在公寓黑白颠倒地窝了两天，终于剪好视频上传到某音。

晚上十点，正是网络世界最热闹的时段之一。账号后台的私信、评论、点赞在视频发出几分钟后开始不断增长。

顾朝曦看了一会儿丢掉手机，仰面躺在转椅上发呆。人在高度紧张的工作后突然松懈下来会有一种强烈的虚无感。

她抬脚踢了下窗台的栏杆，椅子打了个转，她直直摔进柔软的被窝。

"丁零丁零——"凌晨五点，急促的铃声将她吵醒。

顾朝曦睁眼盯着黑漆漆的天花板蒙了一会儿，背手抓住手机，拇指扣在屏幕底部，食指用力扯掉充电线。

白色USB接口掉落地面时发出一点轻微的响动，她皱眉看向手机屏幕，语气里带着火："宋竟择，你要是没什么大事，我真的会谢……"

"顾朝曦。"电话那头传来一个男人低哑的声音。

"给我送一套新衣服来。"他顿了顿，强调，"一整套！"

2

S市的君怡酒店可以说是网红中的网红，超五星中的超五星。

整个酒店明晃晃的灯光和充斥着整个大厅的甜香无不镌刻着"昂贵"二字。

顾朝曦穿着一身最普通的黑色羽绒服，提着她刚花了五百块钱买的全套男士服装，径直走向酒店前台："你好，顶楼总统套，麻烦帮忙刷下电梯卡，谢谢。"

前台小姐姐化着精致的妆容挂着职业的微笑，问她："小姐，请问您是忘带房卡了吗？这边出示下身份证，我可以帮您……"

"我来找人。"顾朝曦垂眸，点了点前台的电话，"你可以给这个房间的客人打个电话确认，我姓顾。"

前台小姐姐迟疑了下，十分礼貌地请她稍等片刻，给房间打去了电话。

短暂等待后，顾朝曦被人带领着乘上金灿灿的电梯，穿过铺着厚软地毯的走廊，走到小说男主必备的顶楼总套前。

她抬手按了下门铃，宋竟择很快裹着酒店浴袍拉开了房间大门，一对狐狸眼微微泛红，衬着眼角的一滴泪痣越发勾人："衣服呢？"

顾朝曦举起手上的购物袋，晃了晃："这儿。"

"谢了。"宋竟择抓过袋子，穿过硕大的客厅和凌乱的吧台，绕过

360度全景落地窗，冲进卧室，拐到洗手间换衣服。

顾朝曦走进房内，侧边的单人吧台七零八落地倒着许多酒瓶子。即便在空气循环系统的作用下，依旧萦绕着一股淡淡的酒气。

她环顾四周，走到沙发上坐下："你怎么知道我回来了？"

"妹妹，现代网络，没有秘密。"宋竟择的声音隔了一个房间，显得有些朦胧，"我醒来一看手机，那消息提示就告诉我你发了条新视频。"

"哦……忘了你是我忠实粉丝。"沙发柔软舒适，她轻笑着向后靠了下，半合着眼等宋竟择出来。

窗外的阳光透过落地玻璃洒进房间，从里面向外望去，几乎可以俯瞰S市的所有建筑。它们整齐、规范地坐落在这片土地上，没有空余，没有闲暇。

顾朝曦看了一会儿，转头盯着茶几发呆。阳光在地面上游移，有东西随着阳光的照射闪闪发光。

她俯身从茶几脚下捡起一颗男士衬衫的纽扣，圆润莹白的扣子上刻着一串"Armani"的英文……

"顾朝曦！你买的什么衣服！"宋竟择换完了衣服，从洗手间出来开始挑三拣四，"这上面居然还有线头！"

他五官清冷秀气，鼻梁高挺，一双长腿又细又直，整个人自带一股贵公子气质。就算是五百块钱的衣服，穿在他身上也有一种五万块钱的即视感。

可惜，长了张聒噪得媲美菜市场大妈的嘴。

她靠在沙发上，懒懒散散地掀起眼皮问："衣服合身吗？"

"合什么身！"宋竟择扯着衣摆还在抱怨。

顾朝曦点点头："也是，毕竟我买的最大码。"

她顿了顿，而后笑着补充道："一、整、套都是！"

宋竟择盯着她看了两秒，眯着眼睛咬牙强调："非！常！合！身！一整套都是！"

"合身就好，服装费五百，打车费六十八。"顾朝曦淡淡瞥了他一眼，点开手机屏幕，"支持支付宝、微信扫码转账。"

"顾朝曦，你有毒吧！"宋竟择凑近看了眼屏幕，一面转账一面吐槽，

"你居然给自己的付款码做了个拼图？"

顾朝曦听着悦耳的转账提示音——"支付宝到账一千元"，笑了下："生活不易，感谢老板。"

她收完钱，干脆利落地站起身来朝外走去。

宋竟择快步跟上："不是！你收完钱就走？都不关心一下我？我好歹是你哥啊！"

顾朝曦按了电梯下行键，回头纠正他："继的。"

宋竟择哽了下，说："那也是你哥！"

从君怡酒店出去，街道上已经满是汽车。宋竟择工作的地方就在距离不远的写字楼，顾朝曦和他道别后，走到最近的地铁口准备搭地铁回去。

李女士的电话就在这个时候打来："曦曦，你回来了？"

顾朝曦淡淡道："嗯，怎么了？"

李女士顿了下，依旧是温温柔柔地说："也没什么，就是妈妈最近见了一个朋友的小孩儿，觉得还不错。他们家是做对外贸易的，条件很好……"

顾朝曦攥着手机，站在地铁口对着地铁站硕大的广告牌发呆。

当年她父亲因车祸意外离世后，李女士独自一人带着她从小县城来到S市谋生。

刚开始的日子真的很苦，地下室就那么点大。每个月的工资只够基本生活，看到漂亮的裙子只能隔着玻璃橱窗默默欣赏。

但美丽又忧愁的女人总是能够吸引男人的目光，宋鸿声就在这个时候出现了。他幽默风趣、温柔体贴，而且早早在这里赚下了第一桶金。

面对这样一个人的追求，李女士几乎很难有拒绝的理由，在恋爱了短短几个月后，就带着她嫁给了宋鸿声。

那个时候，她是真心诚意地为李女士能够再次收获自己的幸福而感到高兴。

人这一生像一条不知尽头的道路，如果只是抱着回忆过下去，那真是一种无声又漫长的折磨。

可是生活改变一个人的速度真的太快了。

当她意识到母亲越来越少提及父亲，甚至在提到这段曾经的过往便不自觉地皱起眉头时，她猛然发现李女士好像在不知不觉间变了个人。

李女士再记不起自己当初是怎样因为她父亲的浪漫和才华而义无反顾地爱上了他，再记不起他们一家平凡而温馨的日常。

从艰苦求生的小城妇女到养尊处优的富家太太，李女士变得越来越美丽，越来越温柔，也越来越陌生。

她们之间的第一次争吵就是在她大学毕业时，李女士借着庆功宴的由头在她不知情的情况下安排了一场相亲局。

李女士固执地将这套生活教给自己的道理强塞给女儿，不知疲倦地为她规划好一个又一个被圈养的后半生。好像一个女人，除了绑定一个有钱的男人以外再无出路。

而她的家，也在她彻底遗忘父亲的那一刻，散了。

3

"曦曦，你在听吗？"电话那头的人语调微微上扬，似有不悦。

顾朝曦回过神来，答复道："在听。明天晚上吗？我知道了，你把地址发我吧。"

她不愿再因为相亲的事和李女士争吵，人与人之间的关系，有时无非就是你退一步，我退一步，大家和和气气地粉饰表面的太平。

电话那头的人得了想要的反馈，很是高兴："好！那我把地址发你。对了，妈妈给你约了美容室，还是老地方，你记得去啊！小姑娘嘛，就是要把自己打扮得漂漂亮亮的呀！"

顾朝曦"嗯嗯"两声，挂了电话。

地铁站里来来往往都是匆忙的人群，她站在原地叹了口气。

相亲的地点是家S市老牌的法国餐厅，位于S市最高的标志性建筑的中上层。整个餐厅呈半环形，沿窗的位置能够欣赏到S市中心的绝美夜景。

传说中条件很好的男人晃着红酒杯同她笑道："这店里的红酒到底是比不上家里的，年份新了些，这味道就少了点意思……"

他留了个二八分的短发，穿一件深蓝金扣大衣，但因为身材偏瘦，不显挺拔反倒被衣服压了下去。

"是吗?"顾朝曦低头浅抿了一口,眉间轻颤,心道:的确,不如南桑的青稞酒清香爽口。

男人见了她的表情,微微一笑,持着副老成的腔调说:"这红酒啊!差了一年,那出来的味道就差了许多……"

他大约是对红酒颇有研究,点评完了店里的酒,继续向她科普法国的庄园、酿酒的工艺以及他们家有多少收藏级红酒。

无聊的谈话叫顾朝曦有些不自觉地犯困,只能悄悄低头捂着嘴打了个哈欠。

为了防止眼泪从眼眶里流下来,她拼命睁大了眼睛,以求泪水自然风干的速度大于其溢出的速度。

只是男人不知道她此刻的心理状态,还以为她是因为娇羞才如此表现,顿时眼睛一亮、眉头一挑,继续再接再厉地向她科普红酒的功效。

顾朝曦吸了吸鼻子,盯着新上的栗子汤,悄悄掐了下自己的大腿。

隔壁桌有新的客人过来,她偏头看了眼,握着汤勺的指尖缓缓收紧。

那是一对情侣,两人即使没有过多的亲密动作,但相处间透露出来的气氛足以说明彼此的关系。

顾朝曦闭了闭眼,想起她那会儿找到宋竟择时的样子。

这个以往每根头发丝的角度都要仔细琢磨的男人,失了风度、折了骄傲,红着眼睛倒在酒吧里的模样如同一条可怜的丧家犬。右手小指微微弯曲,竟是彻底废了。

红酒在透明的玻璃杯里随着手腕的力道轻轻转动,顾朝曦笑了笑,问对面的相亲对象:"红酒洗头会有什么功效?"

男人愣了下,大约是没想到她会突然问出这么个问题,语气迟疑地重复了一遍:"红酒洗头?"

顾朝曦面上笑意更浓,她弯了一对眉眼,推开椅子站起身来走到隔壁桌前:"沈医生?"

沈辰海扶了下眼镜,放下手中的菜单,低声问道:"你是?"

"真是您啊,太巧了!"顾朝曦轻拍了下手掌,"我哥哥之前在您那儿看过病,他那人一把年纪了,还跟个小孩儿似的和人打架,把自己弄骨折了。多亏了您……"

甲片微微嵌入指腹，顾朝曦垂了下眼眸，转头看向他对面的女人："两位这是出来约会？"

女人羞涩地说："今天正好是一周年纪念。"

一周年。

顾朝曦笑着放下酒杯，从服务员手里拎起整瓶红酒。

随着她手腕翻转，深红色的液体顷刻间顺着他们的发梢迅速流淌下来，浓郁的酒香在这一方小小的天地弥散开来。

女人惊叫起来，对着她喊："你干什么！"

环境幽雅的餐厅顿时陷入一片混乱，平日里瞧着再高贵的人也避不开骨子里爱凑热闹的心理，一个个伸长了脖子窃窃私语。

服务员夹在他们中间左右为难，餐厅经理从后厨跑来。

顾朝曦举着空荡荡的酒瓶眨了眨眼，表情无辜又冷淡："在替我哥哥感谢你们呀！"

她接着打了个响指，像是突然想起了什么似的说："啊！对了！忘了告诉你们我哥哥的名字了呢。"

顾朝曦俯身凑近两人轻声道："我哥哥叫……宋竟择。"

两人擦拭红酒的动作瞬间冻住，顾朝曦把酒瓶放回到自己的座位上，对目瞪口呆的男人说："不好意思，浪费这么好的酒了。今天的单，我买。"

她没带包，双手往大衣口袋里一揣，便越过店内无数探究的视线朝外走去。

距离过年还有三天，凛冽的寒气和满街的花灯撞了个满怀。

顾朝曦站在餐厅门口眯着眼睛顿了半天，猛地打了一个喷嚏。

出门前忘了充电，手机还有 5% 的电量，她想也不想地打开通讯录拨通了一个号码。

"宋竟择，来我家喝酒吧。"

4

宋竟择改稿改得头大，把笔一丢，双手抱头仰躺在舒适的电竞椅上，长腿不羁地架上办公桌："干吗？突然喊我喝酒？有什么阴谋？"

顾朝曦踢了踢路边的小石子，用脚尖小心翼翼地将它挪回花坛："没什么，就是家里的下酒菜快坏了，扔了怪可惜的。"

宋竟择被她气笑："顾朝曦！我不是垃圾桶！"

"嗯。"顾朝曦低笑。

宋竟择微拧眉心，说："你今天怎么了？怪里怪气的？"

她说话时的语调和平日里相差无几，但他不知怎的，就是听出来一股不高兴的意味。

手机即将自动关机的振动声在耳边响起，顾朝曦"嘁"了声，淡声道："你才怪呢！不喝拉倒，手机没电了，挂了。"

宋竟择举着已经跳转到主屏幕界面的手机愣了一下，隔空抛到桌上："神经。"

黑暗拥抱明炽，他盯着桌面上的手机一动不动，须臾，揉着头发烦躁地放下长腿，拿起手机，拎着昨天下午新买的大衣冲出门去。

市中心的地铁，不论何时都拥挤异常。所有人都皱着眉，所有人都在抱怨。

顾朝曦好不容易寻了个扶手，又被后来的人群推到一旁。

混乱中，一个剪着寸头、穿着破洞牛仔裤的男人大喊："挤什么挤！没看见这儿有个孕妇吗？"

透过交叠的人群，她看见车厢角落的位置上坐着一个年纪不大的孕妇。小姑娘大约性情比较内向，即便离她最近的人手里的公文包已经快要怼上她的肚子，她也只晓得用手捂着肚子，努力往后缩。

"不是……后……后面的人在挤……"白领男被男人吼得连话都说不利索了，急忙将公文包改抱在胸前。

车里的人被男人震慑，车外的人却不管里头的情况，还在一个接一个地往里拥。

白领男被后面的人挤得又往前挪了一小步，小孕妇避无可避，只好拿手顶住公文包，涨红了一张小脸，拼命摇头。

男人猛地站起来，凌厉的眼睛对上白领男。他那张刚硬的脸上不知怎么落了条疤，脖子上有黑色的英文刺青延伸到下颌，看起来就一副不好惹的样子。

他伸手，扣住白领男的肩头。

白领男睁大了眼睛："这后面的人要挤上来！我能怎么办啊！"

男人没说话，手腕用力将人向下一拉，按在他的座位上，自己则转身站到小孕妇面前。

"外面的人别挤了！里面有孕妇！"不知是谁跟着吼了一嗓子，车厢内的人纷纷应声。

拥挤的车厢像被谁按下了缓冲键，终于得到片刻安宁。

"嘀嘀——"

地铁门终于关上，这场小小的喧嚣突然发生，突然谢幕。

她看着那个男人忽然想起了谢睿递给她的那罐可乐。

一面紧贴雪地，是冰的；一面靠近火堆，是热的。

地铁缓缓启动，发出一道轻微的类似易拉罐扣被打开的声音。

巨大的茶色玻璃窗被拉成一面黑色的镜子，上面映出车厢内众人的面庞。

一种奇妙的、无形的气泡跳跃到他们眉间，所有人都往边上挪了一小步，人与人之间变得更加拥挤，但所有人都不再抱怨。

整个地铁车厢仿佛变成了一罐巨型可乐。

下了地铁，顾朝曦踩着零碎的月光慢吞吞地蹭回公寓。

临近过年，楼道上静悄悄的。

一个颀长的人影靠在她家门口，深色金扣大衣配上楼道里昏暗的灯光，颇有点像八十年代港片里的忧郁贵公子。

她手上提着塑料袋，行走间发出窸窸窣窣的响动。那人见她回来，迅速直起身质问："顾朝曦！你去哪儿了？"

她微微勾唇，抬手晃了晃沉重的袋子："去买新鲜的下酒菜了啊。"

"……呵，你请我喝酒就是过期菜。"宋竟择指了指自己，又指了指她，"自己吃就是新鲜的？"

"嗯！"顾朝曦抿唇，"有什么不对吗？"

宋竟择忽然觉得放下手头的工作，跨越半个城市来找她的自己简直就是个绝世大冤种。

他指尖轻轻颤抖，深吸一口气，用力接过她手里的塑料袋，下巴一扬，语气不善道："开门！"

他今天不把她冰箱里所有的酒都喝完就不姓宋！

顾朝曦轻挑眉头，抬手按上指纹。

她出门的时间不算太久，小小的屋子里还残留着一丝暖意。

宋竟择换上拖鞋，把地毯上的小饼干坐垫摆到沙发前坐下，熟门熟路地放下投影仪，随意开了部电影。

顾朝曦从冰箱里拿了几瓶梅子酒出来，和下酒菜一起摆到茶几上。

他俩喝酒从不用杯子，一人一瓶抱着喝，喝完再换下一瓶。

投影仪上，电影片头已经开始播放，交响乐配合高速移动的铁轨，引出电影名字——《爱在黎明破晓前》。

顾朝曦不爱穿拖鞋，赤着脚跳上沙发窝在扶手边："老片子？"

宋竟择看了看手机："1995年的片子，不算太老。"

顾朝曦看他一眼，挑了挑眉，眼底透着调侃："哦，跟你一样大，不算太老。"

宋竟择白她一眼，懒得计较。

黑夜铺散开来，顾朝曦渐渐沉浸于电影之中。

男女主角在一列火车上相识，像普通情侣一样走在陌生的城市。他们的话题从生到死，从爱情到婚姻，从战争到和平，从神灵到欲望。

夜幕降临，他们在餐厅假装给朋友打电话。

"我在火车上认识了一个人，和他在维也纳下了车。我喜欢他偷偷看我的感觉，他征服了我。"

"在欧洲最后一晚我认识了一个人，有句老话说我们是对方的魔鬼和天使，她无疑是波提切利画笔下的天使。"

只是这流星般的爱情只有一天，第二天一早他们就要分开在大洋两岸，一个要回美国，一个要回法国。

影片的最后，他们约定六个月后在此重逢。

宋竟择看着幕布说："啧，我打赌他们六个月后肯定不会赴约。"

顾朝曦看他一眼："为什么？"

"他们回到现实了，妹妹。"宋竟择低低地笑了下，似嘲讽。

梅子酒的香气在空中飘荡，故事没有结局。

顾朝曦拿自己的酒瓶撞了下他的酒瓶："宋竟择，知道这世界上有多少人吗？"

她比画了个数字："七十亿！就算大部分人屈于现实，丢掉勇气，也总有人会选择赴约，陪你做梦，不是吗？"

宋竟择轻"嗤"一声"小姑娘"，单手又开了瓶新酒。

一夜宿醉，顾朝曦醒来时被窗帘缝隙间透出的晚霞映红了半边脸。

手机丢在一堆空酒瓶中，一直忘了充电。

她踮起脚尖，从工作台的架子上取下相机，伸长了手臂拉开窗帘，拥抱醉酒的云霞。

临近过年还有两天，S市仿佛一夜之间被抽空了似的静悄悄。

隔着窗户，顾朝曦忽然想听海鸥的叫声。

她抱着相机，赤着脚跑到卫生间洗漱，而后急急地越过一地酒瓶找到手机和充电宝塞进白色帆布包里。

她身上还穿着皱巴巴的毛衣，头发乱糟糟的。但她一刻也等不及了，蹦跳着给自己套上白色棉袜，踩着毛拖鞋便往外冲。

公寓的门"咔哒"一声关上，几秒后又"咔哒"一声被打开。

顾朝曦拎起流理台上莫名出现的外卖袋子，翻面看到宋公子的名号。

这人不知道什么时候走的，居然还记得给她点个早餐。

她拿着刚开机的手机，打开微信给他发了个"谢主隆恩"的表情包。

5

S市不算旅游城市，但因地理位置绝佳，往来人流较大，机场附近有几个规模不小的租车行。

顾朝曦租了辆白色跑车，把手头的东西往副驾驶上一堆，踩下油门。

风吹过脸颊的感觉美妙到难以言喻，傍晚的天空压得很低，随着汽车的跑动叫人有一种它在努力打破天地界限朝你奔来的错觉。

S市最边缘的无人深处，落日和大海在安静地亲吻。

她停了车，脱掉鞋袜走在柔软的沙滩上。

海鸥在头顶盘旋，她莫名有一种强烈的分享欲。

顾朝曦打开微信，谢睿的头像紧贴着她的，雪山与野火相依，有一种奇妙的悸动在蔓延。

她点开对话框，想要送他这一片橘红色的海，手机屏幕顶端上的那一行"对方正在输入中……"却先跳到了她的心口。

莹莹灯光下，淡粉的花苞以雪山为背景颤颤巍巍地展开了自己的第一片花瓣。

谢睿：【高山杜鹃开了。】

顾朝曦抬手抚上屏幕，仔细划过花瓣上丝丝缕缕的纹路。

海浪一下一下扑到沙滩上，落日带着最后的余温跌入深蓝大海。

她点开摄像头，告诉他：【傍晚的浪花也很美。】

隔了半分钟，谢睿说：【南桑的太阳已经落山，星星出来了。】

顾朝曦抬头望天，犹豫两秒，掐着手机壳拨通视频电话。

很快，男人线条流畅的下巴出现在屏幕里，因着天色的缘故，镜头里的脸显得有些模糊，但那双清澈的眼眸依旧明朗。

四目相对，她拢住被海风吹得乱七八糟的头发问："星星呢？"

谢睿调转摄像头，把镜头对准天空："这儿，看到了吗？"

小小的屏幕里，烟蓝色的夜空像谁往天上泼了几道颜料，深深浅浅地晕染开来。底下的雪山白得耀眼，再往下，是大片浓郁的树林和几家亮了灯的农户。

此时还不算太晚，只有三颗星星偷跑出来遥望人间。

她把音量调到最大，听到南桑的风声和眼前的海浪交缠在一起。

还有很浅很浅的呼吸声，从手机底端小小的孔隙里钻出来。

他们相隔千里，又仿佛近在咫尺。

"看到了。"她看着手机里的烟蓝天空和眼前的橘色大海弯了眉眼，语气里透着欢愉，"谢睿，你知道吗？小时候，我觉得这世上最奇妙的事情就是地球是圆的。"

我们拥有同一片天空、同一个太阳，却看到了完全不同的景色。

"现在呢？"

"依然如此。"她顿了顿，弯弯的眉眼处染上些得意的神色，"不，还得再加上一个手机。你看，我现在同时拥有了落日和星辉。"

"不加上我这个人形手机支架吗？"他略微有些低沉的声音顺着电磁波和海风敲在她的耳膜上，有种酥酥麻麻的感觉。

"行吧……"顾朝曦任由海风将长发吹上她微微泛红的脸颊，"那就把你也加上吧。"

谢睿轻笑了下，没有说话。

海边亮起了第一颗星，她听到对面传来一阵草木翻动的声音："你下山了？"

谢睿："嗯。"

她听着他平稳的脚步声，看着屏幕里移动的星空间："你今天上山做什么？"

对面静了片刻，缓缓道："多吉说，山上的杜鹃花开了。"

我想，你一定喜欢。

顾朝曦举着手机愣在原地，有那么一瞬间，她的心跳似乎停滞了，而后越发猛烈地跳动起来。

夕阳消散后的冬日大海是萧瑟的，海浪拍打礁石跳起的水花落在脚尖上，冰凉刺骨。

但她全然感受不到了。

只觉得心底那股子从下飞机以来一直压着的、说不出的、混乱的坏情绪，在这一瞬间消失殆尽。

他不是遇见杜鹃才想到了她，而是想到她才去遇见了杜鹃。

"只有那一朵吗？"顾朝曦压着心跳问。

谢睿笑了笑，说："明天也许会开得更多。"

太阳刚刚离去，星星坠满银河，她没有哪一天比现在、此刻更期待明天的到来。

然而第二天清晨八点，顾朝曦迷迷糊糊地睁开眼睛，脑袋却有些昏沉。

昨天从海边回来后，她有一些轻微的感冒，本以为过一夜便好了，谁知竟越发严重了。

她不知怎么想的，操着一副鼻音满满的嗓子给谢睿发了条语音："谢睿，我感冒了。"

等消息发出去了，顾朝曦点开语音一听，发现自己那语气软绵绵的，像撒娇。

明明就只是陈述一个客观存在的事实啊……

她着急忙慌地想要撤回语音，谢睿却已经回了文字消息过来：【量体温了吗？】

顾朝曦摸了摸额头，发语音："没，家里没体温计，但我觉得我没发烧。"

她从小体质好得没话说，就连在康城的时候，也就头两天有那么一些高反。后来去南桑时，已经活蹦乱跳得不行。

谢睿被她自信的言论堵得失语了一秒，打字回道：【家里有人吗？可以比一下温度。】

顾朝曦侧躺在床上，戳着手机，语音回复："我一个人住。"

她发完这条消息后，对面很快拨来一个视频。

顾朝曦迅速抓了抓头发，不动声色地找了个好看的角度，按下接通键。

和昨晚模糊的夜色不同，今早的镜头格外清晰，她看到他收了眼角的弧度，眉头微微拧起："手机拿远一点。"

顾朝曦："？"

她一脸蒙地把好不容易调整好角度的手机拿远了一些。

谢睿仔细观察了下她的面色，说："你叫个外卖，买一支温度计、一盒复方氨酚烷胺片……"

顾朝曦被那一个绕口的药名整得头晕："什么安？"

谢睿看她皱巴巴的小脸，一字一句道："复方氨酚烷胺片。"

沉默。

半晌，他对着她迷茫的眼神自我更正道："算了，我发你微信，你复制下来去搜。"

"哦。"顾朝曦抓了抓下巴，"你怎么这么专业？"

谢睿笑："可能因为正好专业对口吧。"

她张了张嘴，混沌的脑子里跟通了电似的突然想到他们第一次见面时，谢睿在她小腿上绑的那一个结。

方形的，反向交叉。

她那时还觉得有些怪，如今想来："你学医？"

谢睿："嗯，药名发你微信了。"

顾朝曦舔了舔唇，状似不经意地问起先前在南桑被德吉打断的话："哪个学校？"

谢睿说："第二军医大。"

她跳转页面打开搜索引擎——第二军医大，创办于1949年，现位于S市兰路区。

顾朝曦盯着屏幕里那两个小小的"S市"，只觉心跳如雷，热气直往上涌。

她把被子往下拽了拽，遮住半张脸说："那你高考分数挺高啊！"

谢睿笑了笑："还行，药买到了吗？"

"买到了。"顾朝曦答。

"嗯，那你一会儿起来吃点东西，再吃药。吃完药睡一觉，醒来就好了。"他语气轻柔，像哄小孩儿。

顾朝曦缩在被子里，老实道："哦。"

对面的镜头晃动了片刻，她看到一片棕色的木质屋顶和一闪而过的金色光晕。

谢睿开了门，起身朝外走去，南桑的清晨一如既往的清新。

顾朝曦问："你要上山了吗？"

她心心念念记着他昨天说的杜鹃，不知一夜过去，那层层叠叠的枝叶上是否又冒出了新的花骨朵儿。

"没，先去牧场喂马。"谢睿说，"等下午阳光最好的时候，再带你看花。"

顾朝曦想起那匹调皮的黑马和胆小的白马，用下巴蹭了蹭被子，靠近屏幕道："这也是你勤工俭学的一部分？"

她的手机前置摄像头被隆起的被子压得向下倒了点儿，谢睿对上镜头里陡然凑近的灵动双眸，脚步微顿："不是……"

他才说了两个字，屏幕突然卡住，上方跳出来硕大的"李女士"三个字。

上扬的嘴角顿住，而后缓缓拉成一条直线。她舔了舔略有些干燥的嘴唇，给谢睿发了条消息，按下通话键。

"顾朝曦，我倒不知道你跟宋竟择感情这么好？"她搞砸了相亲，昨天又关了一天机，电话里李女士平日里的温柔不再，平稳的语调下是隐隐的火气。

"嗯……"顾朝曦拖着长音道，"是还行。"

至少在她因为天生的自来卷被班主任质疑烫发而罚站时，是宋竟择从高中部跑到初中部，拉起了被夏日猛烈的阳光晒到胸闷的她。

时隔那么多年，她依然记得少年把白色棒球帽扣到她头上，皱着一双好看的眉头骂她的样子。

也记得他冲进教师办公室，单手插着裤兜一脸不耐地问"谁找顾朝曦家长？我就是"的背影。

更记得他对她班主任说"别拿你那点儿见识来污蔑我妹妹"时认真又不羁的神色。

盛夏的骄阳透过办公室老旧的玻璃窗将他颀长的身影投射在她身上，她第一次在这个陌生的城市感受到了归属感。

电话那头的李女士被她这一句"还行"气得不轻，语调里带了些尖厉道："顾朝曦！你要替他出头也看看场合行吗？你已经二十五岁了！你以为自己还很小吗？女人过了二十五岁那就是一个分水岭……"

顾朝曦翻了个身，把手机丢到枕头上。

每次相亲失败，她都会被类似这样的言论教育一番。

社会好像给女人划了几条分界线——十八岁、二十五岁、三十岁……

十八岁是女人最美的年纪，二十五岁之后便走了下坡路，三十岁那就是没人要的老姑娘了。

它奇怪而又稳定地延续着狩猎时代绵延下来的男性主权，形成一种约定俗成的观念，连有些女人自己都深以为然。

李女士依然在发表她的长篇大论，顾朝曦躺在床上看着天花板发呆，偶尔对李女士的教诲给予一些必要的反馈。

外卖小哥的敲门声响起，她爬起来开门拿药。

李女士听到电话这头的动静，皱着眉问："你又点外卖了？妈妈跟你说了多少次了，外卖不好……"

她吸了吸鼻子，拎着水壶打断她："我叫的感冒药。"

李女士沉默了一秒："你感冒了？"

"啊……"顾朝曦把手机放在台面上，开了免提解外卖袋的包装，"是啊。"她以为自己这一腔鼻音还挺明显。

"……那你好好休息吧。"李女士终于大发慈悲放过了她，"但妈妈跟你说的话你别不当回事，要放在心上，知道吗？"

顾朝曦仰头吞下感冒药，从善如流道："知道了。"

从被窝出来一会儿工夫再钻进去，强烈的战栗顺着背脊蔓延上来，叫她忍不住鼻子一酸，打了个喷嚏。

干涩的眼底泛出些湿意，紧接着就是漫天的困意席卷而来，她抓着被子缓缓闭上了眼睛。

再次醒来已是晌午，她窝在闷热的被子里出了一身汗。嗓子不再发痒，鼻子也通畅了不少，只是身上黏糊糊的，很是难受。

手机攥在手里，手心里也全是汗。

顾朝曦看了眼时间，急急冲进浴室洗了个澡。待头发吹干，对着镜子里那张素面朝天的脸犹豫片刻，抹了点口红上去。

抹完以后才想到自己还没吃饭，只好找几个小面包应付一下。

因为怕蹭花口红，原本三四口一个的小面包，她撕成一小块一小块，慢吞吞地吃了许久。

柜子里衣服不多，她挑了件彩色条纹毛衣穿上。

手机响动，谢睿发了一小段视频来。

高耸入云的云杉丛里，斜斜地冒出几株高山杜鹃的枝丫来。上头点缀了几个将开未开的花苞，淡绿色的小球儿中间挤出点儿艳粉来。

不顾风雨，不顾烈阳，只顾引人遐想。

她拨了视频电话过去，对方秒接。

绿意深邃的大山和干净纯真的青年一同撞入她的眼波。

"不是说要等到下午阳光最好的时候吗？"顾朝曦盘腿坐在工作台的椅子上问。

晌午的阳光透过落地窗前的薄纱将她温柔包裹，她笑着，和光融为一体。

谢睿站在杜鹃树前，微微上扬的眼角映衬着深绿山间偶然的一抹红，撩人心魄："嗯，本来是这样打算的。但我走着走着，发现阳光不论什么时候都很好。"

朝霞很美，正午的阳光灿烂，傍晚日落西山时的红霞也叫人沉沦。

桌边的日历上圈着她刚搜到的第二军医大开学的日子，但她有那么一瞬间等不及时间的细流，只想化作一只飞鸟飞到南桑，落在他的肩头。

"谢睿。"顾朝曦舔了舔唇，叫他的名字。

他微微低头，凑近屏幕："嗯？"

她架起一边腿，笑得随意又克制："你能把镜头对着杜鹃吗？"

别总叫她分心。

谢睿愣了下，咧嘴道了声"好"，大大方方转了镜头。

南桑的森林奇异，各种植被混杂。只要有一片地，有一颗种子，有一根枝丫，他们就会抓住机会肆意生长。

即便在冬季，你也能感受到那种蕴藏于大地深处的生命力量。

他用一个下午的时光陪她漫游山野，她在现实的边缘重新入梦。

/ 第五章 /
冬日限定
▼

1

大年三十的晚上，顾朝曦回了一趟宋鸿声位于景华区的别墅。

她借着感冒没好，怕传染给宋锦书的由头，放下礼物，和众人打了声招呼便离开了。

年前连站票都抢不到的高铁，在这个合家欢聚的夜晚空空荡荡。

顾朝曦买了回慈城的票，在座位上看了一路的灯火，终于在天光乍亮前到了站。

凌晨三点的慈城，雾蒙蒙的，隐约透出些红色灯笼的轮廓来。月光还未散去，空气里飘着淡淡的水汽。

路上没有风，一切都很安静。

小城不大，她顺着柏油马路走了两个小时，见到了记忆中的青石台阶。台阶的尽头掩在薄雾中，朦朦胧胧。

走到一半的拐角处，是熟悉的黑白老照片。顾朝曦放下捧了一路的鲜花，低声道："顾大诗人，我来陪你过年了。"

照片上的人年轻、英俊、儒雅，带着浅浅的微笑。

她每每梦见他，都会回到小时候。他牵着她的手去上学，叮嘱她不许调皮；中午偷偷叫她到办公室，吃一个削好了皮的苹果；晚上躺在床上，给她念一首新写的诗。

日子那么平凡，他却总能发现闪光的地方。

路边偶然冒出来的一丛狗尾巴草，学校操场后地里长出来的土豆，霸占了整面灰墙的爬山虎……

他站在原地，便胜过了她的千万里路。

"这些年没来看你，你别怪我。"她蹲在地上，轻轻擦拭墓碑上的尘土。他刚走的那几年，她成长得一点也不好。

她住在一个年轻的身体里，灵魂却在渐渐老去。她对什么都提不起兴趣，她的青春干涸得像一汪死水。

梭罗说："大多数人都生活在平静的绝望中。"

她在川流不息的日子里归入人潮。

这样面目全非的女儿，她不想叫他看到。

十八岁那年，她一个人去了一趟金沙。在那里做了一个蓝色的梦，安纳西的湖水填补了她的灵魂……

她开始行走，她看过了烂漫山花，看过了山川河流，看过了沙漠胡杨，直到生命重新年轻，才敢出现在他面前。

黎明的曙光和雾气交融，顾朝曦笑了下，絮絮叨叨地同他说起自己的旅程。

远处，有人点了一串鞭炮。在噼里啪啦的声音中，她最后说："这个冬天，我去了一个世界尽头的村落，遇见了一个……"

顾朝曦停顿了片刻，眯着眼睛歪了歪头笑："我不知道该用什么词去形容他。但是爸，我想我好像有点喜欢他。"

从山上下去，这座临水小镇已经在朝阳中活了过来，家家户户张灯结彩，好不热闹。

顾朝曦买了些水果和礼物，踏上一幢上了年纪的楼房。老旧的扶手已经锈迹斑斑，灰白的墙上贴着各式各样的小广告。

这儿多住着老人，此时天虽刚亮，但已有晚辈前来拜年，狭小的楼道便显得更加拥挤。

顾朝曦走到三楼时，邻家的房门开着，里头传来阵阵朗朗的笑声。

她放下东西，腾出一只手来敲门。

过了片刻，屋子里才有人问："谁啊？"

"奶奶，我是朝曦。"她大着嗓门喊。

门"咔哒"一声迅速开了，慈眉善目的老人惊喜地看着她："小曦？你怎么回来了？"

顾朝曦把水果和礼物往里头一塞，笑着拉住老人的手："想你了呀！"

"呀！小曦回来了？"

她一转头，对着听见动静从房里出来的爷爷撒娇："是呀！爷爷我好想你呀！"

老人乐得不行，急匆匆地从柜子里拿出一双拖鞋来："来来来，穿这个。你奶奶新纳的鞋子，暖和着呢！"

顾朝曦接过拖鞋换上，大小正好："大伯呢？"

"他们昨晚刚来过，今天去你大伯母家了。"奶奶一边说，一边拿了一堆小孩儿吃的零食放到她手里。

她陪老人在沙发上聊了会儿天，奶奶不经意间问起李女士的现状，她笑着回道："除了有个不省心的女儿，其他都挺好的。"

奶奶反驳："怎么不省心了？我瞧着哪儿哪儿都好！"

中午，老人张罗着做了一桌子菜。顾朝曦吃得肚子滚圆，一夜未眠的倦意爬上眉梢，奶奶拉着她走到客厅旁的房间。

门一开，她仿佛又回到了小时候。里头的摆设一点没动，墙上还贴着她当年最爱的百变小樱贴纸。

奶奶拍了拍床上的被子道："这房间一直给你空着，没别人睡过。被子我前几天刚晒过，软乎着呢！床单和被套都是一个月洗一次，小曦你放心睡。"

顾朝曦鼻子一酸，不知道该说什么。

她在慈城住了几天，其间大伯和大伯母又带着自家儿子儿媳和刚上幼儿园的小朋友来了一趟家里。

圆滚滚、胖乎乎的小肉团子话还说不利索，吃个东西口水流得到处都是，但不妨碍人人都喜欢他。

大伯母看她逗小孩儿，笑着说："曦曦也不小了吧，可以早点结婚生一个了！"

堂哥"啧"一声道："妈，结婚这事儿哪能按着年纪来算，曦曦遇着喜欢的人，自然会结婚的呀！"

他说着，朝堂嫂抛了个媚眼："比如我和婷婷，就是因为相爱走到了一起。是吧？老婆。"

堂嫂翻着白眼把他的脸转回去，一屋子人笑成一团。

顾朝曦趁机悄悄往大伯母包里塞了一张银行卡，她无法常年陪在老人身边，只能用这种最俗气的方式尽一点自己的孝心。

离开慈城那天，天上下了点小雨。她撑着一把蓝色格子纹样的大伞，动身前往动车站。

她来的时候身无一物，走的时候被装了满满一个行李箱的地方特产。

几天前还空空荡荡的车站，此时满是回城务工的人，大包小包堆了满地，滴落的雨水在地上蔓延。

顾朝曦不好意思弄湿身边人的包裹，翻开背包想找个袋子将伞装起来，却看到背包的角落里藏着一个厚厚的红包。

临到站前，宋竟择闲着无聊给她打了个电话，听闻她刚从慈城回来，大发慈悲地要来接她。

顾朝曦勾了勾唇角，没有揭穿他馋她奶奶做的芝麻糕的事实，买了杯热乎乎的咖啡，在拥挤的人群中等他。

"借过！借过！"有人举着把伞从她身边擦身而过，粗硬的伞骨划过她的眉梢，有些微疼。

顾朝曦抬手摸了下，有淡淡的血痕落在指尖。

她想拿手机照一下伤口，宋竟择正巧打来电话："顾朝曦！地下停车口堵住了！你到外面来！我在 D 区这边的路口等你！"

他应该是开了免提对着手机直接吼出来的，雨刮器的"吱吱"声和乱七八糟的汽笛声响成一片，让人莫名焦躁。

她顾不得照相，扔了咖啡，拖着行李往 D 区奔去。

路口车辆混杂，顾朝曦顶着细密的雨线寻找宋竟择的车。

"嘟嘟！"

斜方 45 度角的树荫下，宋竟择开了车窗对她喊："顾朝曦！这里！"

她拎起行李箱，踩着满地雨水大刺刺往车上冲去。

车里开了空调，她拍了拍身上的水珠，坐在后座上打了个响亮的喷嚏。

宋竟择看着她毛茸茸的头顶，扯了两张纸巾盖上去用力揉搓了两下，骂道："下雨天你不知道打伞吗？"

顾朝曦吸了吸鼻子，不甚在意地说："就这么点路，打什么伞！"

宋竟择懒得理她，把纸巾盒往后头一丢，发动了汽车。

车内光线昏暗，他开了十分钟的路程，才用余光瞟到后视镜里顾朝曦眉尾的伤口。

细细长长的几道擦伤在隔着车窗闪过的暖黄灯光下分外明显，他咽下嘴里的芝麻糕，皱眉问道："顾朝曦，你这脸怎么回事！"

"啊？"她茫然抬眼，牵动眉尾的伤口。

突然的刺痛叫她低低地"嘶"了一声，后知后觉道："刚在车站被人伞骨刮了一下，很明显吗？"

宋竟择看了眼导航，调转车头向最近的医院开去："丑得辣眼睛！"

2

宋竟择踩着油门，风驰电掣般驶向医院。

医院门口排着长长的车队，红色的灯光亮成一条彩带，交相辉映出一段世界上最遥远的距离。

顾朝曦扒在副驾驶座的头枕上做最后的挣扎："不是，我这点伤，自己去药店买个药膏擦一擦就行了。来医院干什么？"

宋竟择瞥她一眼："万一划你那人的伞生锈了呢？不得打个破伤风？"

她拨开头发，倾身朝前挤去，眯着眼睛对着后视镜仔细打量，暗自嘀咕道："没有吧……"

宋竟择冷哼一声，懒得和她掰扯，直接往她手里塞了把伞，将人赶下车去："你先去挂号，我停好车来找你。"

顾朝曦撑着伞在雨中静立片刻，抬脚朝医院大门走去。

医院的门诊大楼永远人满为患，她好不容易拿到号走到看诊室，门外又是长长的队伍。

走廊上有来复诊拆线、妄图插队的人；有擦伤了手臂的孩子趴在妈妈怀里哭；有等急了的人，打电话和朋友抱怨……

引导站的护士疲惫地处理着各种诊疗单，空气中弥漫着焦虑的情绪。

顾朝曦在铁制的座椅上玩了大约半小时的消消乐，终于听到头顶的小电视喊出她的名字。

诊室里，中年医生盯着电脑噼里啪啦地打着字。等她坐下好一会儿了，才抬头问道："小姑娘怎么了？"

顾朝曦清了清嗓子，指着眉梢道："这儿，擦伤了。"

中年医生看着她的伤口沉默片刻，扭头朝里屋喊："小谢，你来给这小姑娘处理一下。"

顾朝曦这才注意到这间诊室边上还有一间小小的操作室，米色的门开着，里面有人不轻不重地应了声"好"。

声音清澈好听。

顾朝曦心头一跳，转头看到一个人影从小门里走出来。

他穿一件干净的白大褂，脸上戴着浅蓝色的医用口罩。裸露在外的黑色瞳仁在看到她的那一瞬间，微微扩张了一下。

眼角上扬的弧度在看到她眉尾的伤口时，缓缓向下收拢，连同半隐在额前碎发下的眉头一块儿皱了起来："到里面来吧。"

顾朝曦蹦跳起身，跟着他走进操作室。

小小的屋子里飘散着浓浓的酒精味，他背对着她拿起操作台上的弯盘，银色的剪子在小小的铁盘子里滑行，发出清脆的响声。

顾朝曦按下意外相见的惊喜，舔了舔唇，低声道："我这伤……不需要这么兴师动众吧？"

他顿了下，把整理好的器械往边上一放，抽出一副一次性橡胶手套，转头拖了把椅子到她面前："过来，坐着我看看。"

顾朝曦老老实实地坐下。

下一秒，男人熟悉的气息靠近。

白色的衣领正对着她的鼻尖，戴了橡胶手套的指尖带着他自有的温度小心地撩开她的额发，触碰到伤口周围的皮肤。

顾朝曦绷直了身子，抬眸向上，看到他浓密的睫毛在明亮的白炽灯下根根分明："谢睿……"

他停了动作，垂眸看她："疼？"

她摇摇头，抓着圆椅的边缘，小声道："你穿白大褂真好看。"

和南桑落了雪的神山一样，叫人无法不心动。

谢睿呼吸一滞，转身从架子上取了些碘伏和膏药，俯身动作轻柔地替她消毒："怎么弄伤的？"

顾朝曦熟练地进行今晚的第二遍解释："出高铁站的时候被人用伞刮了一下。"

"来玩？"他问。

"不是，我住这儿。"顾朝曦说。

他"嗯"了一声，没再说话，只专注于上药。

顾朝曦抿了抿唇，抬头说："我本来想等你开学，去你学校找你的。"

谢睿指尖一颤，伸手抵住她的脑袋："别动。"

他说着，低眉稍稍向下看了一眼，对上她的视线道："我实习，跟的医院时间。"

"哦。"顾朝曦转了转眼珠子，乖乖做一个木头人。

小小的操作间里顿时陷入一种温良的寂静，冰凉的药膏和柔软的棉签碰到伤口，有一种酥痒的感觉。

轻微，又强烈。

她不可避免地沉浸其中。

"好了！"

谢睿很快处理好伤口，退开去收拾架子上的一次性医用物品。

顾朝曦眨了眨眼，同他确认："好……好了？"

谢睿轻笑了下，肯定道："好了。"

她站起来凑到他身边："不是，我这伤，虽然不用太过兴师动众，但你好歹也得再仔细看看呀！万一划到我的那把雨伞生锈了呢？那我不得打个破伤风什么的啊……"

谢睿收拾好东西，转身看她："破伤风通常是由深窄且有污染的伤口引起的，你创面干净、伤口也浅，不用担心。"

顾朝曦还想说些什么，门口的中年医生伸长了脖子朝着里头喊："小谢，那小姑娘的伤口处理好了吗？好了给这个病人拆下线。"

谢睿应了声，快速往她手里塞了药品，交代注意事项："洗脸的时候记得避开伤口，早晚用生理盐水清洁、上药。"

顾朝曦伸手揪住他白大褂的口袋急道："你几点下班？"

有人敲响操作间的门，他迟疑两秒，低头轻声道："十二点半。"

墙上的时钟正巧指向"9"，她出了诊室，飞跑到宋竟择车上催他回公寓。

宋竟择千辛万苦才找到一个停车位，连火都没熄，又要马上离开，当下郁闷得砸了下方向盘问："这么快就好了？"

顾朝曦替他开了导航，找好路线，闭着眼睛往座椅上一倒："嗯，赶紧开车。我困了！要回家睡觉！"

凌晨一点。

雨已停，向来人声鼎沸的医院也逐渐安静下来。谢睿整理好诊室，快步走出大楼。

细长连廊边的路灯下，一个白团子似的人影蹲在地上刷着手机。暖黄的灯光照亮无叶的枯枝，平添一份寂寥。

他心下微动，小跑几步上前。

走近了，听到她骂骂咧咧的声音："哎！哎！哎！你上啊你！愣着干什么！啧！会不会打啊！"

他轻呵一口气，忍不住低笑出声。

顾朝曦闻声侧着半边脸抬头，看到摘了口罩、穿着黑色大衣的男人笼在淡淡的光晕下勾唇弯眉的模样，恍惚间以为自己回到了南桑的月夜。

手机响动，灰色屏幕上显示出"Defeat（击败）"的字样。

她按灭屏幕，手压着膝盖就要站起身来，然而，长时间蹲坐的双腿又酸又麻，设想中流畅的动作进行到一半卡住。

顾朝曦咬着牙蹲了回去，哭唧唧道："谢睿！我腿麻了！"

夜色浓重，她眉角的白色纱布白到发光，配上一张皱巴巴的小脸，可怜又好笑。

谢睿弯腰扣住她白色大衣的袖子，动作轻柔地将她拉起来："你慢慢站起来走一走，我扶你。"

"嘶……"顾朝曦一拐一拐地跳着，双手拽着他的小臂抱怨道，"谢睿，你下班也太晚了吧，我都等饿了。你得请我吃夜宵！"

"好。"他斜了一边肩膀，温声答应。

路灯下，一高一矮两个身影慢慢朝外走去，伴着夜里的微风被拉成某种预告。

3

医院门口，各式早餐店和中餐厅都已歇业。夜幕落下来，像一层黑色的薄纱盖住了世界的喧嚣。

老城区的街道两边栽的全是上了年纪的树，树干上覆盖着斑驳的白漆，映着路灯的白光便显出几分冷清来。

顾朝曦缓过了腿上最初的那阵麻意，依旧揪着谢睿的半边衣袖没有放手。他身上有种很舒服的暖意，她不知道怎么形容，但就是让人上瘾。

至少，让她上瘾。

谢睿看一眼身侧的人，勾着唇角任由她将衣服拽得皱巴巴的。

路上没有人，整个S市好像只剩下他们的脚步慢吞吞地踩过时间，留下记忆。

月光如水，顾朝曦低头默念"一二一"，配合他的步调。

走过一条街道时，青石板路边一家的陈旧老店突然打破黑暗，在寂静的夜里染出一片光晕。

铺子外面，摆了张小桌子，里头挖空，放了炭火，温热的气息一阵阵扑出来。

走近了，屋外穿着军绿色袍子的男人半合着眼打了个哈欠，靠在座椅上朝谢睿打了个招呼："这么慢，我还以为你不来了呢？"

他剃着寸头，五官硬挺而飒爽，即便是懒散地坐着，也有一种下一秒就会站起来挺立如松的凌厉感。他狭长的眼睑扫过顾朝曦的脸庞，淡笑道："女朋友？"

谢睿顿了下，熟门熟路地从小桌子下抽出两把椅子，解释道："不是，朋友。"

男人低笑一声，沙哑磁性的嗓音里带着些调侃意味悠悠道："哦……朋友……"

顾朝曦伸手烤着火，眯了眯眼没说话。

谢睿轻咳一声，问他："店里还有什么吃的？"

"你来，什么都有。"男人把手里来回把玩的柿子抛给谢睿，站起身朝里屋走去。

顾朝曦抬眼看向谢睿，他扬起下巴点了点男人离去的方向道："我老师，之前带过我实操。"

她点点头，没多问，注意力放到他手中那颗红彤彤的柿子上："这柿子熟了吗？"

瞧着硬邦邦的，像颗石头。

谢睿把柿子往烧烤网架上一放，说："烤烤就熟了。"

顾朝曦拿指尖戳了戳柿子，看它扑落落地滚到网盘正中间，无声浅笑。

男人踢开厚重的门帘，左手端着一大盘肉串，右手提着一打啤酒三两步走到他们面前，把东西往边上一放，对谢睿说："明天上午不上班吧？"

他对军医大实习医院的制度了如指掌，这话虽是问句，语调里却透着肯定。

谢睿笑了下，颔首道："不上班。"

"行！那咱俩走起来！"男人抬脚勾了下椅子，大刺刺坐下后又从口袋里拿出瓶旺仔牛奶放到顾朝曦面前道，"我这儿没什么小姑娘喝的东西，旺仔牛奶行吗？"

顾朝曦看他一眼，倾身拿了瓶啤酒抵着食指上的戒指，哒地扣开瓶盖，仰头灌了一口。

金属圆盖掉在地上，滚了一圈落到男人脚边。男人愣了下，大笑："小姑娘可以啊！"

她歪了下头，挑起一边眉毛，学着谢睿的口吻道："还行。"

男人"啧"了声，弯腰去拿酒。

谢睿支起一边腿侧身靠近顾朝曦，低声提醒她："少喝点，你这脑门上还负着伤呢。"

他说话时，温热的气息裹上她的耳尖，沿着耳郭慢慢向下蔓延，只一瞬，又被冬日冰凉的空气覆盖，只余残留的战栗吸引她所有的向往。

顾朝曦偏过半边脸，抱着酒瓶子抬眸道："那你看着我点儿？"

炉子里淡淡的火光照在她的脸上，明暗不定，衬得她那双灵动的小鹿眼雾蒙蒙的勾人。

谢睿盯着她看了一会儿，弯了弯唇线道："好。"

油水和炭火碰撞发出的"滋滋"声，在这安静的夜里有一种奇异的治愈人心的力量。

男人收紧了眼眸和谢睿聊专业上的事，顾朝曦捧着烤串吃得津津有味。

不知是因为男人手艺了得，还是今晚的夜色太美，总之她在心里默默地将这顿烤串设置为了她吃过的所有烤串中的NO.1（第一名）。

吃到一半，男人喝上了头，又进屋去找酒。

顾朝曦看了看自己空空如也的啤酒瓶，认命地拉开旺仔牛奶的拉环。

红彤彤的柿子被炭火烤得表皮皱起，谢睿从筷桶里抽了双筷子出来，搁在指间打了个转儿戳了戳柿子，而后抬手将烤熟了的柿子夹出来。

等那柿子稍凉了些，剥开表皮、垫上纸巾递给顾朝曦："冬日限定烤柿子，尝尝甜不甜。"

剥了皮的烤柿子泛着莹润的光泽，看起来十分诱人。她叼着串五花肉，咧着嘴撞上他的视线。

他今天穿了件灰蓝色的连帽卫衣配黑色大衣，看起来干净柔和，又有一种游离于繁华都市之外的独特气质。

眼睛又黑又亮，专注看人时像冬夜投放人间的天空。睫毛一动，云雾翻涌，便叫人觉得自己仿佛成了他眼底的星。

顾朝曦心脏乱跳，面上不显。她斜着身子扯了张纸巾用力擦了擦嘴，接过柿子咬下一口。

大块的果肉和着浓郁的汁水滑入口中，浓郁的甜味沁人心脾。

"好甜！"她惊喜地睁大了眼睛。

谢睿笑："那再烤一个？"

"嗯！"她捧着柿子，欢快应道。

静谧夜幕下，唯一亮着暖黄色调的店铺，连同她的一整个冬日，都成了独一无二的限定。

男人拎着酒出来，又喝了一轮。

酒过三巡，一晚上没怎么吃东西的人，突然伸手抓起一串鸡翅。

顾朝曦咬着烤柿子，注意到他拿串时食指颤动了下，而后紧跟着中指使力拎起了鸡翅。

整个动作迅速而细微，但她因为宋竟择的缘故，对此格外敏感。

男人拎起烤翅后，又猛灌了一口酒，把鸡翅往谢睿手里一塞，起身去上厕所。

桌面中央，烤炉里的火光渐渐微弱。

谢睿偏头问她："吃饱了吗？"

他喝了酒，声音变得有些哑。低低的，有种磨砂质感。顾朝曦咽下嘴里的食物，点了下头："吃饱了。"

"那走了？"他抵着桌腿将椅子向后挪了挪。

顾朝曦应了声，擦着手站起身来。

谢睿勾起自己的背包，把钱压在啤酒瓶下，朝里屋喊："老师，我们走了。"

屋里静悄悄的，过了一会儿，男人撩了门帘出来："这么早走了？"

他皱着眉，狭长的眼眸拧起。顾朝曦站在一旁，闻到一股淡淡的燃烧的烟草味。

谢睿举起手机晃了晃："三点多了，再不走天都该亮了。"

"行吧。"男人看向顾朝曦，拖着调子道，"小姑娘以后常来玩啊。"

顾朝曦揣着兜说："我不认路，得谢睿带我来。"

男人挠了挠额头，改口道："谢睿，记得带小姑娘来玩啊。"

谢睿抬眸瞥了眼顾朝曦，笑说："没问题。"

晚风缓缓地走过大地，在街角拐弯的路口，顾朝曦回头看到男人咬着烟靠坐在椅子上，猩红的火光在黑暗中忽明忽暗。

树影抚上他的脸庞，读不懂他心底的故事。顾朝曦吸了吸鼻子，拢住脖子上的围巾。

4

昏黄路灯下，谢睿看着眼前的十字路口，转头问顾朝曦："住哪儿？我送你回去。"

"保利公寓。"顾朝曦说，"机场附近那个。"

"……机场？"谢睿眉尾轻挑，视线不自觉地掠过她的身侧。他以为她是出了高铁站，放好了行李才来的医院，便自以为是地判断她的住所应当距离不远。

可机场和老城区像楚河汉界的两端，怎么都算不上近。

顾朝曦迎着他的目光，反应了两秒解释道："我这次出去没带行李。"

晚风慢悠悠地吹动月光，寂静又尴尬的氛围飘荡在两人中间。

谢睿垂了眼眸打开手机没说话，片刻后抬眸问她："我们到地铁站等一会儿，行吗？"

她没什么意见，点点头说："行。"

S市凌晨四点的地铁站，站门被厚重的铁帘封闭着。

天空仍是暗色的，没有光。

此时距离第一班地铁运行还有一个小时。

顾朝曦转了一圈，目光落在站台侧边的大理石台上便有些抽不开。跳跃了一天的神经在安静的氛围里松懈下来，急切地需要一个休憩之地。

谢睿顺着她的视线看去，抬手解了围巾铺在台子上，对顾朝曦说："坐吧。"

昨夜下了雨，空气中全是湿冷的味道，光滑的大理石台上落了好些雨渍，干涸后凝固在上面，肉眼可见。

顾朝曦愣了下，说："这台子脏。"

谢睿半垂着眼眸笑了笑，连带着眉尾一并微微上扬，随意道："铺都铺了。"

冬日凌晨的空气依旧冷冽，顾朝曦低头看了眼黑白台子上的暗红色围巾，心底似有洪流涌过。围巾宽大厚实，她扯开叠起的边角，转头道："那一起坐。"

怕他拒绝，顾朝曦故意打了个哈欠，捂着嘴说："我困了，需要一个靠背。"

谢睿唇角轻佻，放下背包，抽出一本书来背对着她道："靠吧。"

青年挺拔的背脊同她仅有一拳之隔，顾朝曦舔了舔唇，小心翼翼地将自己的脑袋搭上去。他身上的短棉服初触时冰冰凉凉，慢慢地却从里头透出份温热来。

她靠着靠着，不自觉闭上了眼睛。

谢睿屏了呼吸，掐着书页的指尖像被按下了暂停键，一动不动。女孩子的头发柔软、浓密，带着淡淡的香气，打个弯儿蹭在他空荡荡的颈间，叫他想到南桑粘人的小羊。

医书上的文墨开始跳舞，他好像回到了大一时的状态——书上的字明明每一个都认识，连在一起却成了乱码。

枯黄的树叶偶然飘下，时间从第一缕破晓的日光开始变成某种具象的存在。安静的街道上有人骑着小电驴开启一天的奔波，老城区的早餐铺开始升起白雾似的炊烟。

地铁站的卷帘门伴随着"哒"的一声响动，缓缓开放闸口。

顾朝曦歪了下脑袋，从浅眠中惊醒："……地铁开了？"

"嗯。"谢睿睫毛轻动，收起医书塞进包里，起身道，"走吧，回去好好补个觉。"

顾朝曦"哦"了声，仍坐在台子上没动。她刚醒，整个人还有些蒙蒙的。背上暖烘烘的热意散去，叫人平白生出一丝不舍的情绪来。

谢睿单肩挂着背包，站在原地看她，浅淡的微光将他颀长的身姿勾勒成好看的剪影。

顾朝曦揉了揉眼睛站起来伸了个懒腰，眼角的余光瞥见他修长的指尖朝着台子上的围巾伸去，迅速转身，抢了围巾抱在怀中道："围巾我来洗！"

他顿了顿，左边眉梢轻抬偏头看她一眼："医院宿舍有洗衣机。"

"我家也有！"她快速接道。

谢睿收起指尖，虚虚搭在背包肩带上，斜立着小幅度地点了下头说："那就……辛苦你了？"

他音色清朗，但也带着几分男人特有的低沉，勾着尾音向上挑的时候，格外撩人。她条件反射般站直了身子，不假思索道："为人民服务！"

四目相对。

谢睿轻咳一声，称赞道："思想觉悟很高。"

经过长长的扶梯下到地铁口，顾朝曦站在安检处迫不及待地同他告别："我自己进去就好啦，你回去吧。"

谢睿忍住笑意，沉吟道："嗯……我一定要走回去，不能搭地铁回去吗？"

她眨眨眼睛静了几秒，一张脸突然涨得通红，但依旧故作镇定道："当然可以！那一……一起走呗！"

藏在口袋里的手心渗出细密的汗珠，顾朝曦攥紧了手中的衣料，转身走向安检口，步子快得像要飞起来。

下一秒，地铁安检工作人员伸手拦住了她潇洒的步伐："小姐，麻烦手张开，转一下身。"

谢睿看着她低头张开双臂，小企鹅似的踩着小碎步在安检台上转圈的样子，终于忍不住低笑出声。

他们要搭乘的地铁各自开往不同方向，谢睿慢腾腾地跟在她身后，看她蒙头冲上地铁，隔着一条黄线的距离挥手道："到家给我发个信息。"

顾朝曦点点头，木着一张脸比了个"好"的手势。

地铁门即将关闭的嘀嘀声响起，她就着门边的扶手转了个圈儿坐下。

车厢对面的黑色玻璃上倒映出她的面庞，顾朝曦面无表情地盯着自己看了一会儿，抱头用力挠乱了卷曲的长发。

出了地铁站，雾蓝色的天空似乎更亮了一些，呈现出一种令人动容的生机。

宽阔的街道上虽算不得拥挤，但也称得上是人来人往。

她靠在站台边，掏出手机给谢睿发了条信息：【我到家了。】

手机响动，他很快回道：【好。】

从老城区到机场，那么长时间的跨越，他没睡，只守在手机前等她这一句消息。

顾朝曦盯着屏幕上的这一个"好"字，只觉得她的青春在二十五岁某个冬日的凌晨开始倒流，重塑起一场兵荒马乱的少女心事。

马路上的喇叭开始喧嚣，她压着心跳问他：【你今天几点下班？】

绿色的聊天框上反复横跳了许久的"对方正在输入中……"，终于显出完整的消息来：【医院规定下班时间五点半，但一般不会那么早，最起码六点吧。】

过了一会儿，在这条长长的消息底下，又跳出一行短字：【你要

来吗？】

顾朝曦捧着手机，很慢很慢地将早早输入的字眼发送：【嗯。】

5

晚上六点二十分。

微风扇动云层，阳光变作晚霞。

谢睿从医院门诊大楼里出来时，一眼看见了某个和昨晚一样守在路灯下的人。

她换了身明黄色的毛衣，底下套一条棕色细格纹路的宽松长裤。长长的鬈发被包在一顶白色毛线帽里，整个人像个发光的电灯泡。

这人今天学聪明了，自带了一把折叠小凳坐着。并拢的双腿处摆着手机，手上捧着一盒香喷喷的鸡柳自顾自地看着视频。

边上，几个被炸鸡的香味引得直流口水的小孩儿一步三回头地被自家大人拖走。

谢睿弯了弯唇线，抬脚走到她面前，低声道："好吃吗？"

顾朝曦被他吓了一跳，手一哆嗦，即将送入口中的鸡柳条便掉到了地上。

她沉痛地闭了下眼睛，捡起鸡柳收进透明塑料袋里，仰头用一种责备的眼神盯着他："好吃，但刚刚那是最后一根了。"

谢睿指了指她手里的鸡柳盒，道："这儿不是还有吗？"

顾朝曦站起来，把鸡柳盒往他手里一塞，道："一人一半，这是给你留的。"

说完，她又弯腰拎起地上一堆七七八八的零食挂到他的另一只手臂上，说："喏，这些也是给你的。"

谢睿低头看向手中突然出现的大包小包：有还带着余温的奶茶，有袋装的芝麻糕，还有满满一袋子各式各样的面包。

丰盛到不行。

他笑了下，抬眸道："怎么送我这么多吃的？"

顾朝曦拍了拍手，收了小凳子拎在手上说："路上看到，顺手就买了。不喜欢？"

谢睿愣了下，见她眉头轻轻抬起，眉尾处还贴着自己新换的医用胶布。

睫毛横扫过来，带着点儿漫不经心的意味，又乖又酷。

他收拢了指尖，弯着嘴角道："喜欢。"

轻飘飘的两个字，像路边偶然生长的蒲公英，被风一吹，便落到土里生了根。

顾朝曦拉住背上双肩包的带子，借着低头翻包的动作悄悄咬了下嘴唇。

这人明明说的是吃食，她却莫名红了耳尖。

"还有你的围巾！"顾朝曦掩饰性地抓了下耳边的头发，从背包里翻出折叠整齐的围巾道，"我可是洗得干干净净呢！"

她出门前掐好了时间烘洗围巾，还用挂烫机仔仔细细地熨烫了一遍，可以说发挥了她家务方面的全部天赋。

谢睿抬手接过，围巾柔软舒适，带着股新鲜的洗衣液的香气。他轻挑眉梢，勾起的眼角处带着明晃晃的笑意："的确比医院宿舍的洗衣机要好。"

顾朝曦眯了眯眼，压低了点儿声调说："就夸洗衣机，不夸洗衣机的主人吗？"

谢睿一面系上围巾，一面勾唇道："嗯……主人的操作技术也很棒。"

他省略了"洗衣机"这个大前提，只留下"主人"这个叫人容易想入非非的词，成功让顾朝曦耳尖上平复下来的热气再次翻涌，且越发猛烈。

"那当然！"她匆匆蹦出一句话，用力将耳边的头发拨乱，转身甩上背包朝外走去，"走啦！请你吃饭！"

谢睿下意识向后掠了下，向前跟上她霸气的步伐笑："还有饭吃，我这围巾脏得这么值当？"

顾朝曦不理他，低头看着手机上的点评软件问："火锅行吗？"

他看着她毛茸茸的头顶，慢悠悠地说："但凭君意。"

傍晚的老城区，和机场路附近被高楼大厦分割得一块块的视野不同，大片广阔的天空铺展开来，仿佛抬手就能触及。

路边的红墙砖和生了锈的栅栏诉说着岁月的漫长，头顶纵横交错的电线上偶尔停了一两只小鸟。

长久静立，忽而飞走。

她找的火锅店距离医院不远，沿着街道穿过一条马路便到了。

店铺门面不大，但里头弯弯绕绕的别有洞天，沿路的拼花墙贴、圆桌木椅、旧日海报组合在一起，颇有一种八九十年代的市井气息。

这个时间点，店里头已经坐了不少人，穿着长袍的服务员抱着菜单将他们引到一张小桌前坐下。

电子化的年代，这家店铺用的居然还是牛皮纸页菜单。上头的菜品是用彩色铅笔勾画打印的，可以看得出来老板的用心。

两人都能吃辣，顾朝曦毫不犹豫地点了个川味锅底。

谢睿看她一眼，抬手按下菜单："顾朝曦，又是酒，又是辣，你就不怕脑门上留个疤？"

她点在辣锅上的指尖微微移动，妥协道："那……要个鸳鸯锅吧，我就尝点辣味，绝对不多吃！"

谢睿以退为进："牛肉也不能多吃。"

顾朝曦深吸一口气，被迫放弃脑内奔腾的雪花牛肉、牛腱子肉、玫瑰牛舌等一系列美味，含泪点了半份肥牛、两份鸡肉片和一堆蔬菜。

等菜的间隙，顾朝曦盯着隔壁桌满满的牛肉垂涎欲滴。

谢睿戳开奶茶，问她："喝吗？"

她快快地摇了下头，说："给你买的你喝吧，我已经喝过了。"

谢睿垂眸喝了一口，评价道："和甜茶很像。"

顾朝曦咬着筷子收回四处张望的眼神，放下仰起的下巴摇头说："还是有些不一样。"

她从南桑回来后，每每回忆起甜茶的清香就会忍不住下单一杯奶茶，但那么多各式各样的奶茶店，始终没有哪一家比得上德吉刚煮好的冒着热气的甜茶。

"想喝甜茶？"谢睿听出她话里淡淡的遗憾，轻轻摩挲着奶茶杯壳问。

顾朝曦点头："嗯。"

他半抬着眸子，指尖敲在奶茶塑封层上："下次我做给你喝。"

店内光线昏暗，自上而下地投在他俊秀立体的五官上，更显深刻。路边有人走过，交错的光影浮动，如同心底的水波荡漾。

他脱口而出的下次，弥补了所有的遗憾，变成她得寸进尺的砝码。

"还要酥油茶！"顾朝曦抿唇舒缓不受控制的嘴角，举起一只手说。

服务员端了一大盆红白相间的锅底过来，谢睿后仰了下身子笑道："没问题。"

桌子中间，锅还没开。

谢睿敲了敲桌面说："你先去拿蘸料。"

"那你呢？"顾朝曦下意识问。

他扬起眉毛，看向她随手甩在椅子上的背包道："看包啊。还有你送我的这些零食……我怕被人拿走了。"

在这样遍地大牌包的地方，没人会要她那普通帆布包和几袋不值钱的零食。

但他自然保护的姿态，叫她莫名有一种被珍重感和陷落感。好像某种极细微的可能，在烟火缭绕处被热气熏得膨胀起来。

小料台在火锅店的中央，她穿过长长的步道走到小料台边。这儿人很多，嘈杂的环境允许她偷偷发一会儿呆，偷偷听一会儿自己的心跳。

等他们先后打好蘸料，锅底已经翻腾起来。浓郁的辣味在这一方小小的空间里弥散，勾得顾朝曦食指大动。

她伸手一捞，从桌边端了刚上的肥牛拿公筷仔细拨动，小心翼翼地倒了几片下去。

肥牛易熟，在锅里漂了没一会儿，就变了颜色。

顾朝曦夹起一大块送入口中，吃得一脸满足："这家店不错，锅底正宗！不像有些店分不清川城火锅和渝城火锅。"

"怎么说？"川城火锅和渝城火锅都以辣出名，再多旁的，他倒也不清楚。

顾朝曦解释道："川城火锅以牛油为主，爆香时还会加入大量的香料提香，比如丁香、八角、小茴香、三奈、肉豆蔻等等。如果说渝城火锅是五分麻加五分辣，那川城火锅就是五分香加五分辣。"

谢睿将熟了的牛肉片夹起来放到她面前的碟子里，说："你对牛肉和辣味倒是情有独钟。"

"嗯！"顾朝曦说，"我小时候的梦想就是有个前面养牛、后面种辣椒的房子。饿了就宰一头牛，想想就美！"

"……"谢睿听着她这前半段温馨，后半段血腥的梦想，默默向桌上剩余的牛肉片投去同情的目光。

/ 第六章 /
蓝色手绳

▼

1

碗里的肥牛很快被吃完，顾朝曦悄悄瞄一眼谢睿，伸手就要将剩下的牛肉片倒进辣锅里。

只是这运输工作做到一半，手腕上就被抵了双筷子。

顾朝曦舔了舔唇，抬眸对上谢睿似笑非笑的眼神低声道："谢睿，就一片，再一片行吗？"

透过薄薄的白烟，她眉心微蹙的样子竟带上了几分撒娇的意味。

谢睿愣了下神，就见顾朝曦手腕一翻，动作迅速地将肥牛哗啦啦倒了下去。

肥牛归入辣汤，溅起滚烫的水花。

"小心！"谢睿反应敏捷地就着筷子将顾朝曦的手往边上一推，红辣辣的汤底便被他挡在了方寸之外。

白色的盘面上还沾着几片半掉不掉的肥牛，顾朝曦心下一沉，再顾不上什么口腹之欲，随手将它往桌边一丢，起身就要扣住他的右手："你没事吧？"

长长的筷子挡住了她毛衣的袖口，她的指尖同他屈起的指节交错而过。

谢睿拿起桌上的毛巾慢条斯理地擦了擦手背上零星的几点红汤，朝她笑了下："只尝点辣味？"

他顿了顿，面上的笑容越发温和："绝对不多吃？"

昏黄的小灯下，他麦色的皮肤完好如初。顾朝曦抿了抿唇，收回指尖乖巧地坐了回去。

"我没事。"谢睿垂着眼眸放下毛巾，又抬头看向她，"但顾朝曦同学，你有事了。"

他食指一勾，配合着中指一块儿重新夹住筷子，轻敲了敲辣锅："这个，"又调转方向，指了指肥牛，"这个，"最后弯着嘴角，总结陈词，"你都不能吃了。"

顾朝曦深吸一口气，忍着鼻酸老实道："好的，谢医生。"

预想中的大鱼大肉泯灭，变成一片清汤寡水。她抱着小碗啃着白菜帮子吃得一脸生无可恋。

谢睿看着她微微鼓起的腮帮子，忽然理解了情窦初开的男孩子总爱欺负自己喜欢的女孩子的奇怪心理。

就……真的很可爱啊！

从火锅店出来，整个 S 市已经被各色明亮的灯火包围。

顾朝曦消沉的意志被满街的小吃激起，她仰头看向谢睿大声道："锅贴！大饼！臭豆腐！我可以吃吧？"

他垂眸看着她亮晶晶的眼睛，笑道："可以。"

顾朝曦得了准许，如同一只欢腾的小鸟飞奔向沿街各色商铺。

这个时间点，是老城区最热闹的时候，出来散步的老人、下班回家的年轻人共同编织出一个松弛的世界。

她买了一盒鲜肉锅贴，跳到谢睿身侧，举着锅贴含混不清道："谢睿！快吃！快吃！超香超赞的！"

炸得金黄酥脆的锅贴伴着浓烈的猪肉香气勾引着他的味蕾，谢睿接过顾朝曦手中的竹签咬了一口，鲜嫩的汁水和焦香的面皮让他忍不住也眯了眼。

顾朝曦盯着他面上的变化，睁大眼睛问道："好吃吧？要不要再来一个？"

谢睿笑了下，颔首道："好。"

满满当当的一盒鲜肉锅贴，被他们两人一人一个，没一会儿便消灭光了。

隔壁的大饼铺子正好出炉了一批冒着热气的饼子，顾朝曦凑上前道："大叔，来一个咸的、一个甜的，再要两杯豆浆！"

"好嘞！"卖大饼的男人应了声，动作轻快地从铁桶边上捻了个袋子，两指夹着两侧用力一抖，手掌穿过塑料袋抓了两个大饼进去，最后再将袋子反方向一翻，便交到了顾朝曦的手上。

刚出炉的大饼很香，也很烫，她勾着袋子在晚风中晃着散热："谢睿，你吃咸的还是甜的？"

"都可以。"老城区的街道上有不少电瓶车来回穿梭，他不动声色地将她护在马路内侧。

"嗯……我也都可以。"顾朝曦低头看了看大饼，抬眸道，"那我们一人一半吧！"

谢睿想到她下午留给他的半盒鸡柳，难以抑制嘴角的弧度，抿唇点了点头。

咸味大饼中间裹了酥油和葱花，表皮酥软、内里咸香；甜味大饼中间包了厚厚的白糖，遇热后化成糖浆，合着薄薄的饼皮变得脆生生的。

两种截然不同的口味先后在嘴里碰撞，却并不让人觉得突兀。

顾朝曦咬一口咸大饼，再咬一口甜大饼，最后再配上一口热乎乎的豆浆，快乐得不行。

等扫荡完这条街巷，她被白菜帮子伤害的心灵总算得到了完美的慰藉。

谢睿看了眼时间，问她："送你回家？"

顾朝曦吸干净最后一口豆浆，抬手将纸杯丢进垃圾桶里："行。"

依然是昨晚告别的地铁站，她朝谢睿挥了挥手，赶着地铁门即将关闭的嘀嘀声快速冲了上去。

地铁缓缓启动，天然的惯性令她脚下踉跄了一下，整个人不自觉地向后退去。

有人伸手托住了她的后背，顾朝曦站稳脚跟转身想要同这陌生的好心人道谢，映入眼帘的却是一抹熟悉的身影："谢……谢睿？"

黑衣黑发的青年轻挑嘴角，眉眼弯弯地看着她："说好的送你回家，怎么还跟我告别？"

他一手拉住地铁顶上的圆环，另一只手揣进兜里一幅随意自然的样子。顾朝曦张了张嘴，忽地笑了："谁说我在跟你告别，我那是在叫你跑快点！"

谢睿扬了扬眉没说话，一旁的车窗随着高速移动的地铁缓缓变成一片黑色，映出车厢内生动的人影。

出了地铁，回公寓的路上需要经过一座天桥。

冬日的深夜，寒风阵阵。

这儿除了萧瑟的月光，再无人光顾。

谢睿走在她身侧靠前一些的位置，挡住些许凛冽的风。

他手里还拎着她买的一堆零食，宽大的手掌落在身侧被风吹得发红。

顾朝曦一步步走着，想到他们重逢后的每一分钟。从凌晨的烧烤到晚上的火锅，时间在相处的每一个缝隙里都显得如此漫长。

她走得慢了些，谢睿回头问她："要不要拉我的衣服？"

月光下的青年眉眼干净、声线清澈，顾朝曦看着他，第一次发现冷风也能鼓动人心中膨胀的欲望。

她没谈过恋爱，本想学着刘备三顾茅庐的精神循序渐进。但今晚的夜色太美，她莫名起了贪念，想比刘备少努力一次，想提前和他成为不需要借口、随时都能见面的关系。

顾朝曦吸了吸鼻子，从口袋里伸出手来，却没有去拉他的衣服，而是站在台阶上摇了摇头，轻声道："谢睿，你拉我吧。"

天桥底下来来往往的车辆交织出一片五彩的世界，相隔几十米的天桥之上却是暗淡的墨色，只有微弱的路灯照亮他们前行的路。

谢睿垂眸，目光落在她莹白的手掌上。

在她离开南桑的那个夜晚，他确信他喜欢上了她。他们只认识了六天，但喜欢这种情绪毫无道理。

理智告诉他，他们之间几乎没有可能，感性又驱使着他不自觉地向她靠近。在重逢的 24 小时里，他逐渐意识到自己的心意，是即便只能到喜欢，也无法停止心动的程度。

他静立片刻，缓缓道："顾朝曦，我还有半年就要回康城了。驻守在海拔 4800 米的雪山上，一年只有 50 天假期。"

从这一次牵手开始，接下去的每一次牵手或许都隔着数千米的长路和无数个分离的日夜。

顾朝曦笑了下："谢睿，我从18岁那年开始独自走过了78个城市，一年365天我有300天都在路上。以前是这样，以后也是。我不会让时间和距离限制我的脚步，也不会因为它们放弃喜欢。"

这世间山河万里，不是叫人胆怯，而是教人勇敢。谢睿看着她，只觉得今夜的月光和星辉都不及她黑色的眸子耀眼。

他伸手，握住她的手掌。

从此，再没有放开过。

2

之后的几天，顾朝曦去了趟附近的旅游小镇拍摄宣传视频。

二月底的时节，气温才刚刚回暖，杏花已经开了漫山遍野，环山而建的民宿和茶馆幽静雅致。她在那儿等了许久，终于等来一场雨。

细密的雨丝打在手背，清凉的温度叫她想到那天夜里谢睿握住她的那双手。

被风吹了半天的皮肤带着些寒气，掌心却是热的。两只手交叠在一起，有一种从未有过的奇异的满足感从心底蔓延。

原来喜欢一个人，真会将万物诗篇都变成他的幻觉。

顾朝曦低低地笑了下，从口袋里摸出手机发了条信息告诉谢睿自己即将完成拍摄返回市里。

她发信息的时候是下午三点，接到谢睿的电话是晚上六点。

彼时，她正行走在人群拥挤的出站口拖着行李从卡包里摸身份证。

手机铃声骤然响起，她单手点开接听键，耸着肩膀、歪了脑袋奋力夹住："谢睿？"

他站在站台外，一眼就在翻涌的人潮中找到了她的身影。她没化妆，唇不点而红，披散的鬟发中混杂几缕彩色的编发，就是狼狈也带着灵气。他上前几步，低声道："回来了？"

"嗯。"顾朝曦终于在帆布包的内层摸到了身份证，此时正夹着手机艰难地将它往外掏。

谢睿看她跟着人群的队伍慢吞吞地往外走，继续问：“要我来接你吗？”

顾朝曦咬着下唇将身份证在闸口上刷了下，拖着行李闷头向前："不用……"

“哦……”谢睿笑了下，缓声道，"可是怎么办？我已经来了。"

流动的空间仿佛暂停了一瞬。

顾朝曦歪着脑袋往包里塞身份证的动作顿住，下意识抬头扫视前方，耳下夹着的手机刹那间向下落去。

一只骨节分明的手突然出现，及时拯救了即将掉落的手机。

顾朝曦呆愣在原地，顺着他袖口处露出的一小节手腕内侧凸起的骨头，抬眸对上一张熟悉的脸。

她眨了眨眼睛，心脏不可抑制地剧烈跳动，隔了好半天才捏着身份证的边缘问：“你怎么知道我坐这班车？”

谢睿拿着手机在手里转了一圈放到她手里，勾唇道：“猜的。”

他说完这话，顺势倾身接过她身侧的行李牵着她往外走。顾朝曦呼吸一紧，目光不自觉落在他们交握的双手上。

高铁站台的灯光很亮，使她能够清晰地看到他宽大的手掌怎样包裹住她的五指。

她忽然想起在南桑映着火光的民宿，他也曾这样低垂着眼眸随意淡笑着对她说“猜的”。

那是他们第二次见面，她还在心底想着当真有缘，他已早早有了预料。

顾朝曦用了点力，扣住他的手背向下拉了拉，努力用一种尽可能平静的语调道：“谢睿，你是不是第一次见面的时候就喜欢我了？”

他有些意外地看了她一眼，轻咳一声掩住嘴角的弧度低声道：“怎么突然这么问？”

怎么突然这么问？

徐徐燃烧的少女心忽地被扑灭，顾朝曦骤然停了脚步，咕噜噜的行李滑动声也同时停止。

她盯着他沉默片刻，指着自己的脸说：“什么意思？难道我这张脸不能让你一见钟情？”

谢睿感受到她掐在他手上的力道，低头对上她面无表情的小脸，好笑地抬手揉了揉她看着就十分好摸的蓬松头顶。

而后他俯身对上她的视线认真道："你能让人一见钟情，更能让人日久生情。"

玫瑰也好，野草也罢，总之这颗名为"顾朝曦"的种子真实地埋在了他心口，彻夜不眠地肆意生长。

他脸上没有多余的表情，那双纯粹干净的眸子就那么静静地看着她，也只看着她。

顾朝曦怔了下，只觉得自己的灵魂仿佛在这一刻陷入他温柔的沼泽，不可自拔。

接下来的几百米路她只晓得自己正被谢睿牵着往前走，却连基本的方向也分不大清了。

直到眼前明亮的光线骤然暗淡，耳边响起阵阵汽笛声时，她才猛然意识到他们这是到了地下车库。

顾朝曦捏了捏他的掌心，仰头提醒他："谢睿，你是不是走错路了？"

"没。"他从口袋里摸出一把车钥匙按了下，走到一辆黑车边上打开后备厢放好行李道，"我跟同事借了辆车。"

顾朝曦不明所以地跟着他走到副驾驶座边上："借车做什么？坐地铁不香吗？"

现在这个时间点，按照市里的交通状况开车简直能把没脾气的人堵得有脾气，有脾气的人堵得没脾气。

谢睿替她开了车门，扬眉朝车内偏了下头笑道："地铁禁餐食。"

车顶暖黄的小灯亮着，她顺着他的视线看见汽车中控台上还摆了两个白色的保温杯。上头仔细地贴了两张标签，标注杯子里面装着的是甜茶还是酥油茶。

"哇！"她飞快地钻进车里开了杯盖，浓郁的茶香随着蒸腾的热气跑出来，侵占了整个车厢。

"两杯都给我吗？"顾朝曦抬头，黑亮的眼珠子好像闪着光，像冬日森林里偶然寻到坚果的花栗鼠。

谢睿拿着刚从背包里掏出的一次性杯子，摸了摸鼻子，说："好歹分我一口？"

顾朝曦抱着两个杯子左右为难，最后举起酥油茶杯小心翼翼地倒了一点儿问他："这么多够吗？"

杯子里的茶水浅淡得几乎可以透过车顶灯看到杯底的颜色，他说一口，她还真就只给了一口。

谢睿眉头一跳，被她打败："其实我还准备了其他的……"

他话才说了一半，手上的杯子忽然多了些重量。顾朝曦笑眯眯地给他倒了小半杯酥油茶，满怀期待地问道："其他的什么？"

她这"鸟为食亡"的姿态实在太过可爱，他垂着眼眸借热茶的白雾挡住嘴角的笑意，右手指尖搭在中控台的按钮上稍一用力，开了盖子取出藏在里面的小巧饭盒道："牛肉炒饭。"

银色的金属光泽闪亮登场，顾朝曦惊喜又激动："我可以吃牛肉？！"

"嗯。"谢睿点点头，拿出一副新买的便携餐具递给她，不太谦虚地谦虚道，"没有刚出锅的好吃，但应该也还不错。"

顾朝曦看他一眼："你做的？"

谢睿轻挑眉头表示承认，她低头尝了一口。嫩滑爽口的牛肉粒、浓香四溢的酱汁轻易攻陷她的味蕾，她咽下嘴里的米粒，抬头道："这个味道……跟多吉做的好像。"

谢睿拿着两个一次性杯子替她调着酥油茶的温度，说："一个师父教的，味道当然一样。"

顾朝曦有些惊讶："你还学过做饭？"

"小时候在多吉家住过一段时间。"他说，"他阿爸就是我们的师父。"

"谢睿，我发现你小时候还学了挺多东西的啊，骑马、唐卡、做饭……跟我那会儿上兴趣班差不多。"顾朝曦掰着手指头算。

谢睿笑了笑："你小时候上什么兴趣班？"

"奥数、钢琴、书法……我到现在还记得第一次上奥数课的时候，我听不懂题目就坐在位置上发呆，结果你猜怎么着？"

"怎么着？"谢睿配合着问。

顾朝曦摇摇头，笑盈盈地说："老师夸我上课认真！因为我发呆时正好对着黑板！"

她笑的时候，眉毛连着眼睛一起弯成一道月牙。他们待在狭小的车厢内，好似回到了南桑的半山腰，席地而坐，谈天说笑。

3

酥油茶见底时，谢睿缓缓发动了汽车朝外驶去。

绵密的雨丝从遍地杏花的小镇一路跟随她来到 S 市，顾朝曦开了点车窗迎接这场漫长的细雨。

空气清新，和着雨丝落在她被车内空调烘得热腾腾的脸上。风吹起她的长发，遮住大半张脸，却遮不住她亮晶晶的眸子。

谢睿瞥了眼后视镜，左手轻按下车窗键。忽然升起的车窗蹭到她的下巴顿了顿，又缓缓降下去。

顾朝曦偏头眯着眼睛看他一眼，重新转过头去。隔了一会儿，车窗再次升起蹭到她的下巴，轻轻痒痒的，像在逗趣。她微仰了下头回身警告他："谢睿！你别动车窗！"

红成一排的车尾灯被玻璃窗上的雨丝划成一道道细线，交叉闪烁。他神情放松地靠在座椅上轻敲着方向盘，眼角轻挑撞上一抹红，染成一道魅惑的艳色："那你抓着我吧……"

他笑了下，慢悠悠地把左手搭在方向盘上，右手落到中控台上，看着她继续道："你抓着我，我就没手动车窗了。"

四周的人群因为堵车躁动着，她眼睫低垂，像受了蛊惑般在一片汽笛声中抓住他的手。

谢睿的手很漂亮，和漫画里的一样，骨节分明，又细又长。但又不仅仅是漂亮，它粗糙、带着茧子，有一种令人着迷的力量感蕴藏其中。

她挑起来一根一根绕着玩，绕到中指时他忽然指尖用力扣住她的手背，温柔地倾覆上来。

十指交缠，远处的信号灯从红色变成绿色，车道缓缓向前挪动。他轻轻地压了下她的掌心，慢慢抽离，重新握上方向盘。

车窗不知什么时候已经被关上，空调的热气毫无保留地灌到她的毛孔里。繁忙嘈杂的马路在这一刻变成一条柔软的长河，顾朝曦把手藏进口袋一寸一寸重复着心跳。

车到公寓时，这场绵长的细雨终于停下。谢睿踩了刹车，去挂挡位："走吧，我送你上去。"

她一动不动地陷在座位里，叫他："谢睿……"

"嗯？"他眉尾轻动，转头看着她。

她悄悄抿了下唇，按下安全带的扣子，伸手拉过他的指尖，将一早准备好的蓝色手绳绕上去。

"之前答应你的礼物我一直没找到合适的，这次去奉贤看到民宿老板戴的手绳很漂亮，就请老板娘教了我。这东西看着难，编起来更难！"顾朝曦调节好手绳的长度，抬头道，"你可不许不喜欢啊！"

谢睿低头动了动手腕，亮色的彩绳上便流转过一道道淡淡的光晕。他反握她的指尖，食指一勾捏着她的手腕问："只编了一串？"

他力道很轻，像是怕捏痛她。顾朝曦甩了甩头，指着自己的辫子道："还有一串，在我头上。"

谢睿低头，才发现她那堆繁复的粉色彩绳里还藏了一串细细的红色手串。他抬手抚上她的发间，看着靠在一起的两串手绳低笑："要不要我帮你戴到手上？"

她眯了眯眼睛，发出灵魂提问："你会吗？"

他笑了下："我试试？"

事实证明，谢睿不仅会甚至非常熟练。顾朝曦忍了忍，还是忍不住问："你怎么这么会拆辫子？"

她已经做好了被薅掉一头毛的准备，却发现他手法细腻又轻巧。

"经验所致。"他挑了挑眉，替她戴上手串继续说，"毕竟拆线也算是我的专业。"

顾朝曦了然点头，得寸进尺地把脑袋凑过去："那专业的谢医生，你能不能帮我把辫子都拆了？"

"行。"谢睿揉了揉她的头发，仔细地替她拆着辫子。

车内昏暗，气氛一下子沉静下来，像一个独立的小世界。偶尔有交杂的灯光淌进来，转瞬即逝。

谢睿忽然开口："顾朝曦，我没喜欢过别人。"

她盯着墨色车窗上倒映的人影控制不住上扬的嘴角，缓缓道："好巧，我也是。"

月光轻柔地划过人间，他们的视线在光线交汇处相撞。

谢睿心神微动，勾着皮筋的指尖不自觉地绷起。顾朝曦"嘶"了声，抬手拎住自己的辫子皱着一张小脸调侃他："谢睿，你这心理素质不行啊！"

他淡笑着说了句抱歉，不再看她，只专注地拆着辫子。

等到满头的辫子拆完，顾朝曦看了眼自己乱蓬蓬的头发，咬着皮筋干脆全扎了起来。

一切做完，再没有待在车上的理由了，她转头问谢睿："下车？"

"等等。"他回身去够汽车后座上的背包，脖颈线条撑开，漂亮又有张力。顾朝曦抬了眼皮，挪不开聚焦的目光。

他很快拿到背包，从里面掏出管铝制的药膏道："虽然你这伤口已经没什么大碍了，但以防万一，还是要涂点药膏避免留疤。"

顾朝曦看他拧开盖子，挤了一点儿在手上虚心求教："这个药膏跟你之前给我的那管有什么不同？"

"之前那个是消炎的，这个是去疤的。"谢睿伸手扶住她的后脑勺，轻轻地将药膏点涂在她眉梢。

没了一次性手套的阻隔，她真切而清晰地感受到他温热、粗粝的指腹打着圈儿在她的皮肤上按摩的触感。

头碰头的距离，他身上淡淡的消毒水味和轻缓的吐息和着车内的热气一块儿扑到她的面前。

束起的长发遮不住泛红的耳尖，谢睿悠悠然涂好药膏弯唇将她的碎发别至耳后，低声道："顾朝曦，你这心理素质也不怎么行啊……"

回到公寓，顾朝曦洗完澡站在洗手间里看着镜子里被自己抓得乱糟糟的一头乱发发了会儿呆，慢腾腾地躺到床上。

室内没开灯，窗外的灯光洒进来时她好像又回到了那个暧昧丛生的车厢。

墙上的挂钟滴答滴答地走着，她在这个温柔的、逐渐走向春天的冬夜揪着被角看夜幕渐沉、白昼亮起。

在她意识混沌，即将昏沉入睡之前，顾朝曦终于福至心灵般抓住了谢睿的漏洞，迅速发了条信息质问：【去疤药膏，你之前怎么不给我？】

医院、路灯下、烧烤店……明明有那么多机会，他偏偏都没给她。

手机响起，谢睿坐在医院宿舍的书桌前翻译论文资料。

距离毕业仅有半年，研究、实习、训练一个不能落，他的时间简直是揉碎了拆开也不够用。

但……

他点开屏幕，在晨光熹微的清晨一字一句地回复道：【因为想见你。】

因为想见你，所以偷偷藏下一个见面的借口。

因为想见你，所以悄悄掰开一段段时间拼凑出一个完整的夜晚。

因为想见你，所以这颗平凡跳动的心脏里忽然装满了星星、月亮和所有美好的一切。

公寓房间内，顾朝曦翻来覆去地滚了几圈，看着对话框里的消息再次清醒。

手机屏幕一次又一次地暗淡、亮起，她的心脏好像被什么东西填满，膨胀得令人无法呼吸。

白昼的光透过厚重的窗帘倾泻进来，顾朝曦彻底睡不着了，干脆裹着被子坐到工作台前，抽出相机里的 SD 卡整理素材。

几小时后，正午的阳光带着暖意打在她身上。她终于理好了视频，仰面躺在椅子上开始构思文案。

墨色的笔尖落在白色的稿纸上，顾朝曦写下第一行字"杏花微雨"，脑子里顺势冒出后半句"我想见你"。

她顿了片刻，划掉这句重新写下"杏花疏影"，脑子里又是一句"我想见你"。

她把稿纸一扬，握着笔自我放弃式地闭上眼睛，阳光笼上她安静的面庞时，也一定没有预料到她心底的海浪波涛。

最终的视频定稿，顾朝曦仍然不可避免地在视频的末尾写上一句：【看见那片杏花海的瞬间，我脑海里的所有词汇全部褪去，只留下你的

名字。】

视频上线后的一个午后，她接到了宋竟择的电话。这人大约是画图画烦了，专程跑来吐槽她的视频："顾朝曦，你这文案也太酸了吧？不知道的人还以为你谈恋爱了呢……"

她站在床上随手比画着墙上的地图毛毡，懒洋洋应道："啊……是啊。"

宋竟择愣了下，指间转动的画笔咕噜噜地滚下来，顺着光滑平整的画纸掉落在地。

他张了张嘴，缓冲了半天才道："你真恋爱了？谁啊？不会是你妈给你介绍的相亲对象吧？"

"不是。"

"那是什么人？"

顾朝曦敲着地图上渺无踪迹的南桑，想了想说："一个温柔的、生机勃勃的人。"

宋竟择一时无话，吸了口气道："顾朝曦！你给我说得具象点！怎么认识的！怎么在一起的！高不高！帅不帅！干什么的！"

别整那些虚头巴脑的文艺调调！

她听着电话那头密集的提问，忍不住转了个身靠在墙上低低地笑："宋竟择，你怎么跟我爸似的……"

他捏着手机想到许多年前那个怯生生的小女孩儿，莫名有种自家养的白菜被不知名野猪拱了的愤恨感："别扯东扯西的！坦白从宽，抗拒从严！赶紧老实交代！"

"哦……"顾朝曦低头看了看自己的脚踝，决定从那场突如其来的大雪开始叙说。

她舔了舔唇正要开口，耳边蓦地传来一阵轻微的响动。

是谢睿发来的信息：【我到了。】

顾朝曦跳到落地窗前，看到他挺直的身形出现在楼下。

阳光陷落云层，他仰头朝着她看过来的时候刚好有一阵风吹过。

于是这世间所有耀眼，全部散落于他眼中，叫人再难挪开视线。

"宋竟择，"她勾了勾唇角，对着电话语调轻快地说，"我要去约会了，恋爱故事什么的，下次再跟你说吧！拜拜。"

等了半天等来一阵"嘟嘟嘟"的忙音的宋竟择："……"

拜什么拜！到底是谁？

你给我说清楚再走啊！

4

另一边，顾朝曦三步并作两步地跑出公寓大楼，奔向谢睿。他依旧穿着那件黑色的大衣，里面换了身灰色毛衣。这样冷冽的颜色放在他身上，却不显得疏离。

"谢睿！"从公寓大厅到阳光底下的几十米路，她叫着他的名字，像从一个世界跑到了另一个世界。

他笑了下，自然地拂开她飞扬的头发："跑那么快做什么？"

"不快啊。"顾朝曦喘了口气，看一眼手机上的时间道，"你饿不饿？"

"我还好。"他摇摇头，问她，"你饿吗？"

"饿！"顾朝曦毫不犹豫地点头。她早上起得晚又赖了会儿床没吃早饭，就等着中午这一餐。

谢睿忍不住又笑了下，半低着头牵过她的手道："那走吧，去吃你说的那家烤肉店。"

冬末初春的日子里，空气中依旧泛着阳光也无法驱散的冷意。但他的掌心总是带着滚烫的温度，顾朝曦动了动指尖，把自己的手指一根一根扣入他的指缝："好！"

烤肉店距离公寓不远，但也得过一条马路。红灯闪烁的人行道上，偶尔会有悄然的目光落到谢睿脸上。

金色的光线在他立体的五官上跳跃，她忽然意识到这是他们自在S市重逢以来，第一次在一个阳光灿烂的日子里相见。

只是不知是因为他身上的气质太过温暖，还是相遇的心情过分美好。这个同往日一般森冷的冬季，她竟半分没有为阳光的吝啬而感到遗憾。

路口处一辆辆的车开过去，绿色的交通信号灯亮起。

一瞬间，静止的行人像被按下了某个开关，收回短暂的放空，抬脚快速穿梭过马路。

街道拐角处，已经过了饭点的烤肉店门口依旧三三两两地坐着几人。

顾朝曦取了号，拿着张菜单寻了两个座椅坐下对谢睿说："你看看吃什么？"

他接过笔低声询问："有什么推荐？"

"嗯……"顾朝曦捏着菜单的边角凑过去，"这个调味牛五花超级好吃！特别香！还有这个炒杂菜，是他们家特色……"

烤肉店的菜单是一张正反打印的 A3 彩页，她不按顺序，照着自己的口味东跳西跳地看。

燕麦色围巾蹭到他大衣的翻角，他垂着眼帘，看见她松软的黑色鬓发被随意地包进围巾里："五花肉是一定要点的，牛舌你要葱味的还是盐味的？"

她偏头很认真地同他讨论一道菜的口味，深色的瞳仁里清晰地倒映出他的面庞。

很简单、很平常的一瞬间，他觉得自己一下子变柔软了。

和刹那的心动和欢喜不同，那是一种很奇妙的感觉，是他对着松果味的山风、对着酒渣色的晚霞才有的松弛和平静。

"都可以。"他不挑食，什么口味都能接受。

顾朝曦抬了下眉毛，伤口处新生的粉色皮肤淡些痕迹也依旧显眼。但她无遮无拦、毫不在意，只关注于笔下的菜单。

点完菜，服务员正好叫到他们的号。

店内地方不大，客人又多。他们挤在一张小桌前，面对面坐着。服务员很快上了炭火和小菜，谢睿夹着猪油一圈一圈地围着铁盘绕圈。

蒸腾的热气冒上来，他脱了外衣，将毛衣的袖边微微卷起，手腕上的蓝色手绳便露了出来。

顾朝曦盯着晃动的绳结看了会儿，小声叫他："谢睿。"

"嗯？"他接过服务员刚端上来的五花肉，一块块放到烤盘上，半抬着眸子看她。

顾朝曦单手托着下巴说："你戴这个手绳真好看。"

"我们医院的同事也这么说……"谢睿笑了下，抬眸看她一眼，继续道，"他们还问我这手绳哪儿来的？"

她心跳快了一拍，扶着脸颊的指尖紧贴着下颌骨微微用力："你怎么说？"

　　"我告诉他们……"他说了一半，想到那群围着他的手绳嗷嗷叫的单身汉，慢条斯理地夹起五花肉翻了个面，看着她说，"这是我女朋友编的。"

　　五花肉遇到滚烫的铁盘，发出"滋滋"的声音，诱人的香气随着白烟迫不及待地入侵人们的嗅觉。

　　顾朝曦抿了抿唇压住笑意，一时不知道该说什么。

　　在听到他说"女朋友"三个字之前，她向来觉得人与人之间的亲密关系应该是一个眼神、一次牵手、一场拥抱。

　　在听到他说"女朋友"三个字之后，她忽然发现原来尘世间的某些特定字眼具有这样强烈的情感依附，足够独立成诗。

　　片刻后，她模仿着他医院同事的语气说："那你女朋友真是心灵手巧啊。"

　　谢睿笑道："嗯，她什么都好。"

　　他说这话时，那双干净纯粹的眼睛里全是真诚。

　　顾朝曦张了张嘴，没有出声。须臾，她按下心头浓烈的情绪，抓着筷子点了点烤盘问："可以吃了吗？"

　　"再等等。"谢睿拿了剪子一块块剪好肉，再整整齐齐地码成两排放到她面前。

　　服务员端着金枪鱼拌饭上来的时候，烤盘上的五花肉已经变得焦黄酥脆。

　　顾朝曦就着一片生菜，放上烤好的五花肉，叠一层酱料，再挖一小勺拌饭，最后再铺上一点烤熟了的泡菜包成大大的一团塞进嘴里。

　　谢睿瞧见她鼓起的腮帮子，低着头轻笑。

　　顾朝曦听见他的声音，努力咽下嘴里的烤肉包饭，抬眸道："你笑什么？"

　　谢睿摇头，看着她圆溜溜的眼睛和皱起的眉头，忍不住又笑了下："没什么……"

　　顾朝曦眯了下眼睛，语气危险："谢睿！"

　　"对不起。"谢睿举了下手表示投降，"我只是觉得……"他顿了下，微微颔首道，"你这样很可爱。"

顾朝曦忽然想到日剧里的台词：可爱是最高级的形容词，如果认为对方很可爱，无论对方做什么都会觉得好可爱，就会对你全面服从、五体投地。

她抓着小毛巾，莫名觉得炭火的热气一下旺盛起来，烧到眼前。

谢睿看着她红彤彤的脸颊，舔了舔嘴唇，夹起一片牛肉放上烤盘。白色的烟雾弥漫，遮不住他眼底温柔的笑意。

吃过午饭，顾朝曦胡乱裹上围巾被谢睿牵着走出烤肉店。

室外的冷空气顺着她脖颈上的空隙钻进来，她吸了口气忍不住打了个哆嗦："好冷……"

谢睿偏头看她一眼，松了手站在她面前。他拆下她乱糟糟的围巾仔细展开，而后低头一圈一圈绕到她的脖子上，低声道："怕冷还不好好围围巾？"

他一面说，一面细心地将缠在里头的长发撩出来，神情专注得像在对待什么重要的事情。

顾朝曦缩了缩脖子，仰头顺着他漂亮的下颌线看向他低垂的、黑色的睫毛，用一种分享秘密的语气小小声地说："谢睿，你要不要吃糖？我刚刚在他们前台那儿多拿了一颗。"

谢睿微眯着眼，看向她摊开的掌心——橙色包装的糖果安安静静地躺在上面，橘子汽水味儿的。

和她刚刚凑近说话时的味道一样，清新又好闻。

他笑了笑，拿起糖果撕开包装纸扔进嘴里。顾朝曦拽了下他大衣的袖口，眨着眼睛问他："好吃吗？"

她嘴里含着糖，腮帮子鼓起小小的一块。谢睿看她一眼，移开视线："好吃。"

顾朝曦挑了挑眉，难以自制地为这小小的认同感到雀跃。她蹦了两步，看了眼再次被云层遮盖的阳光翻出手机："三点了……你是不是得回医院了？"

她不遮掩情绪，开心与失落都明显。谢睿"嗯"了声，说："还可以再走一会儿。"

顾朝曦紧了紧手上的力道，任由他牵着她漫无目的地走在喧闹的街道："那你送我回家吧。"

谢睿淡笑着回答："好。"

回去的路途像刻了倒计时的幕布，顾朝曦一块块数着脚下的方格走到公寓电梯前，看一眼屏幕上跳动的楼层问他："你明天上班吗？"

"上班。"谢睿说。

顾朝曦"哦"了声："那我明天能来找你吃饭吗？"

"明天我没多少休息时间，没法去外面吃。"谢睿顿了下，继续道，"食堂可以吗？"

他看着她，目光澄澈地向她开放自己的世界。

"叮！"

电梯门缓缓打开，顾朝曦跑进去回头道："可以！"

"那……"谢睿挥挥手说，"明天见。"

顾朝曦点点头，笑："明天见。"

5

出了电梯，黄昏的斜阳从公寓走廊处照射进来，映出一个金灿灿的人影。顾朝曦抬手挡住刺眼的光线，迟疑道："宋竟择？"

靠在门边的人听到她的声音，满脸不可思议地抬起头来："……顾朝曦？你不是去约会了？这才多久就回来了？"

他把手机往兜里一揣，上前两步："什么情况！你们是不是吵架了？他敢跟你吵架？"

顾朝曦按了下指纹，打开公寓的房门无奈道："宋竟择，你想象力能不能不要那么丰富？他回去上班了。"

她褪去鞋袜，踩着拖鞋走到沙发上坐下："话说，你今天怎么不用上班？"

"你八卦讲一半不讲，我哪里还有心思上班？"宋竟择跟着走进来，熟练地抽出把椅子来，往上一瘫，"请假了。"

顾朝曦"扑哧"一声笑出来："就为这个，你大白天蹲我家门口？"

"我关心你好不好！"宋竟择坐起身来，右臂搁在膝盖上朝着顾朝曦倾了点身子道，"赶紧说！"

顾朝曦轻挑眉头，缥缈的记忆重新回到南桑。那些本以为模糊了的画面在她眼前清晰地放大，包括那些淡淡的烟火香气和一触即离的温度。

她慢慢地叙述着，窗外的天空也慢慢变换着颜色。

一切都很温柔，一切都刚刚好。

直到第一颗星星爬上天空时，顾朝曦终于抱着枕头结束了回忆。

室内静悄悄的，过了半晌，宋竟择舔了舔唇，说："顾朝曦，你知道的，你们两个……根本不现实。"

这世上一切事物，越是美好，越是惑人，也越是易碎。

顾朝曦笑了笑，从茶几上拿过投影机的遥控器道："宋竟择，还记得我们之前看的那部电影吗？"

宋竟择偏头回想了下，说："那部老片子？"

"嗯。"顾朝曦按下了开关，沙发对墙上的幕布缓缓落下。她起身，从冰箱里拿出几瓶酒来，叩开递到他手里矮身问，"后面的故事，要一起继续往下看吗？"

宋竟择看了眼手里的酒，轻笑着灌了一口道："行。"

顾朝曦点开电影，白色的幕布逐渐变暗，投影出彩色的世界来——

因为女主祖母的去世，她没能如期赴约。约定好的见面没有实现，他们的生活最终变成了两条平行线。

九年后，他们再次重逢在一家书店。男人长了红色的胡子，女人长了细细的皱纹。

他为她写了一本书，她为他写了一首歌。

他说："我觉得我写这本书，就是为了找到你。"

"为什么？"

"为了让你能在巴黎读到。"

她为他弹一首歌，他们再次如同九年前一般漫步在黄昏日落的街头，在小船上、在公园里、在车厢内讨论过往和人生。

"你开始的时候可能会这么做，但当你受过几次伤之后，你就会拒绝那些虚幻的想法，接受生活中的现实。"

"我本来是好好的，直到我读到你那本该死的书。它把陈年旧事又翻起来了，它让我想起了我曾经真正的浪漫过，我对于世界有过多少希望。"

"我不想成为那种完全不相信任何奇迹的人。"

"你会错过你的班机的。"

"我知道。"

……

屏幕上电影结束，小小的茶几上乱七八糟地摆着几个酒瓶子。宋竟择陷在座椅里，像是睡着了。

黑夜包容一切，让所有微弱的、渺小的光找到存在的方向。

顾朝曦歪了脑袋，看着窗外。每到这种时刻，她总觉得有什么重要的东西就藏在那片昏暗后面，蠢蠢欲动。

她喝了口酒，缓缓道："宋竟择，从南桑回来的时候我犹豫过。尽管我从来没有开启过一段感情，我也知道这不是一件容易的事。但当我看见大海、杜鹃、黄昏日落的时候，我忽然明白了，很多时候，重要的不是我喜欢他，或者他喜欢我。而是我愿意喜欢他，还有，他也愿意喜欢我。"

第二天，顾朝曦在柔和的光线中苏醒，白色的天花板映入她的眼帘。

她想到和谢睿的约定，想到自己昨晚的豪言壮志笑了笑，从床上爬起来洗澡，吹头，挑衣服。

对着镜子画眉毛的时候，她脑子里闪过民国电影里的女诗人划了火柴，倚在梳妆台前用熄灭的烟灰描眉赴约心上人的样子——

朦胧又清晰，柔软又勇敢。

在那个缄默的年代，去醒悟、去闯荡、去飞蛾扑火、去明明白白宣告自己的内心。

她想着想着，不自觉又笑了下，为自己狂妄的比拟。

一切做完，时间还早。

窗外的天空一片湛蓝，沿路的树枝上长出了隐隐约约的绿，粉色的、白色的小花在木箱里一块一块地开着。

哪怕是在这个钢铁铸就的世界，你依然能够从所有的细节中感受到春天来了。

静默的屋子里只有暖气的呼呼声在响着，顾朝曦想：不只是花草，不只是阳光。

　　她拢上围巾开门出去，走上一辆公交车，挑了个靠窗的位置坐下。

　　车门嘭地关上，她拉开窗户遇见慢悠悠的微风和晃晃荡荡的景色，闭上眼睛和春天撞了个满怀。

　　但……

　　不只是吹过耳畔的风，不只是混在空气里的泥土香。

　　顾朝曦点开手机，看着她藏在聊天背景里的合影半眯着眼睛笑。

　　她的春天里，还有一个有着干净眼眸的青年。

　　而现在，她正在奔向他的路上。

/ 第七章 /
一起做饭

▼

1

颠簸的公交车走走停停，从机场路到医院没有直达的线路，顾朝曦换了几趟公交车终于在正午十二点时到达医院大门。

春日的气息洗刷了整个城市的雾霾，她走到门诊大楼处，给谢睿发了条信息，站在路灯下等他。

诊室里，王建华整理好病例，转了下脖子走到操作间看谢睿拆线："恢复挺好，回家以后自己注意饮食别留疤啊！"

病人点头说了声"好"，他继续对谢睿说："这最后一个了，处理完吃饭去吧。"

口袋里的手机振动了一瞬，谢睿专注地看着缝线挑了下嘴角说："老师您先去吧，我一会儿拆好线收拾下东西再去。"

"行，"王建华走到衣架前脱了白大褂说，"那你记得去，别老忘了吃饭。"

谢睿点头，拆完最后几针收了工具，给病人擦上药膏又嘱咐了几句注意事项后去看手机。

顾朝曦的头像在微信列表的第一个，他一点开微信就看到了她发来的消息和一张门诊大楼的图片。

谢睿走到门诊室，撩开半边窗帘朝外看去，她就穿着一件白色羽绒服站在第一次等他下班的那盏路灯下。红色的长围巾只裹了一圈，剩下的部分和黑色长发一起尽数垂下来。

他笑了笑，按住语音键说："你对我的下班时间估摸得是越来越准了啊。"

语音发出去几秒，顾朝曦立马回道："没办法，我聪明嘛！"

谢睿站在窗边看到她素净的脸上扬起一个明媚的笑容，眼神狡黠又可爱。蓦地，那双黑亮圆润的眼睛直直地撞入他的眼波。

隔着十几米的距离和一面透明的玻璃，她抬头笑着冲他挥手。

眸子里是掩不住的惊喜。

他听不见她的声音，也知道她在叫他的名字。

"谢睿！谢睿！"

于是天地辽阔、草木皆兵，他心跳得像荒野上的风声。

突然有人大力敲开诊室大门，满头是血地走了进来。

谢睿回头看了眼，快速放下帘子发了条语音："有病人，等我一会儿。"

脑袋上被人敲了个口子的男人随意靠在桌边，将挂号单往桌上一扔，抬起血糊糊的眸子冲谢睿笑："哟，女朋友在外面等呢？"

谢睿眉头轻动，拿起桌上的挂号单扫了下。发现这人挂的是下午的号，但这伤势显然等不到下午。他没说话，快速输入病例，带着男人来到操作间。

男人脑袋上的伤口是被人用工地里的毛边木棍砸的，里头混杂了不少木屑和灰土。

伤口看着吓人但好在并不深，谢睿拿酒精清理前，低声提醒他："会很痛，忍一忍。"

男人哼笑了下，面上仍是一副漫不经心的样子。

只是松散的十指在酒精淋上头的那一刻，到底无法自制地将手下椅凳上的皮料直接抓了个破洞。

等他清理完伤口，男人背上已经出了一片的汗。

谢睿盯着伤口一面缓缓推动麻药针剂，一面问："怎么伤的？"

痛意逐渐褪去，男人吐出口气，隔了几秒低头闷笑了下说："坏事做太多，被人打了呗。"

谢睿丢掉针头，转身拆开器械包，没再多问。缝针的过程很快，相比清理伤口时的难挨显得轻飘飘的安适。

男人一个恍神，谢睿已经收了工具，走到一边去摘手套："这段时间忌酒忌辛辣，也别剧烈运动，避免碰水，避免伤口再次崩裂……"

他回头扬起眉毛指了指男人的脑袋继续说："如果你不想这儿秃一块的话。"

男人垂着眼眸"扑哧"一声笑了出来，对着操作室柜子门上的玻璃看了看自己脑袋上的伤口说："那可不行啊！我这还靠脸吃饭呢！"懒洋洋的语调里，全是玩笑的意味。

谢睿似未察觉，看着他，神色认真道："那就保护好你的伤口，两周后过来拆线。"

男人愣了下，低眉轻笑着说了句"行"，站起身推开房门走了出去。

门诊大楼前，顾朝曦坐在大理石阶上，百无聊赖地看着来来往往的人群发呆。

拥挤的人们在某一瞬间齐齐避让，怪异的目光半遮半掩地落在一个衣衫带血、头顶带伤，脖子上还文着一串英文刺青的男人身上。

她盯着那男人看了一会儿，猛地想起这是前些日子里在地铁上偶遇的那位。

谢睿跟在他身后出来，顾朝曦上前几步指了指男人的背影问："你的病人？"

"嗯。"谢睿应了声，"怎么了？"

她轻咳一声，用一种不算太大，但足够周围人听见的音量说："之前碰到过，是个见义勇为的好人。"

周围窃窃私语的人群顿时陷入沉默，谢睿低头看着她清澈的眼眸弯了弯唇角，俯身在她耳边轻道："你也是。"

温热的气息染上耳郭，十指交缠，他身上淡淡的消毒水味儿和空气中的草木香混杂在一起，侵袭她的感官。

后来的很多时日，每逢春日降临，她看着满街绿意总觉得空气中弥漫着一股似有若无的酒精香气。

"顾朝曦！"突然有人叫了她一声，很温柔的声线却透着些愠味。

她僵在原地，敛了神色慢慢回头——

不远处的灰色环形台阶上，一个优雅美丽的妇人安静地看着他们。她祥和平稳，得体端庄。但顾朝曦知道，有些不可避免的事情提早一步发生了。

她低头看了看阳光下二人交叠的影子，仰头道："谢睿，我……晚点再来找你吃饭，行吗？"

他对上她们相似的面容，捏了下她冰凉的指尖说："你什么时候来都可以。"

2

医院门口多的是各色各样的花店，其中一家在花丛中摆了几张小木桌，开辟出一个喝咖啡的角落来。

顾朝曦坐在李莞对面，低头抿了一口摩卡："怎么来医院了？身体不舒服？"

"你弟弟玩的时候不小心磕破了皮，留了点疤。"李莞说，"军医院的去疤膏最好。"

顾朝曦"哦"了声，摸摸自己今日上了妆的眉角没再说话。

店里流淌着轻缓的音乐，空气中弥漫着花香。穿棕色围裙的姑娘小心地放下一块蛋糕，拎起水壶去门外浇花。

三角形的千层蛋糕看着香甜又诱人，上头小心地点缀着几朵白色的小花，很是漂亮。但她们相对而坐，谁都没有吃甜品的心思。

桌面上的手机响动，李莞看了眼收到的信息沉默片刻道："顾朝曦，前几天你王阿姨给我说了一个男孩儿，我觉得挺好的，你明天去见见吧。"

她慢慢地说着，好像很平静，但细细听去，每个字都在发抖。

午后的斜阳透过氤氲的水汽，隐约显出些七彩的光泽来。顾朝曦垂眸，一圈一圈地搅动着咖啡说："我不想去。"

李莞看着她，冷声道："因为刚刚那个男孩儿？"

"是，"顾朝曦顿了下说，"也不是……其实我一直都不太想见你说的那些人。"

每一次赴约，每一次谈话，她都觉得自己仿佛在走向某一种既定的规则和一眼望到头的生活。

他们喜欢她年轻的容颜，喜欢她伪饰的乖巧，喜欢她沉默的无知……却独独不爱她走过的千万里路，遇见的千万个灵魂。

爱与平等，少了哪个，她都不要。

咖啡馆里的音乐声停了一瞬，而后很快切换了一首新歌。安静的氛围里，李莞哼笑一声："那些人？什么人？"

她把手机扔到顾朝曦面前，语带嘲讽地说："顾朝曦，你自己找的又是什么人？"

小小的手机屏幕上，清清楚楚地投放着谢睿的实习信息。

顾朝曦猛然想到今天意外遇到李莞时，她身边还站了一个穿白大褂的中年男人。

"南桑？康城？你疯了吗？"李莞缓了口气，抓着她的手说，"小曦，你相信妈妈！妈妈是过来人，妈妈不会害你的！这个谢睿，他根本就不适合你！你跟他断了！听到没？"

顾朝曦紧紧地盯着那一方小小的屏幕，忽地笑了："哪儿不合适？"

她抬眸，重复道："我跟谢睿，哪儿不合适？"

"哪儿都不合适！"李莞压着嗓子道，她努力保持着自己高雅的形象，但吐出来的每一句话里都带着歇斯底里的情绪，"这种小地方出来的男人除了嘴巴里会说几句好听的话，会哄你开心，他还会做什么！他什么都没有！也什么都给不了你！

"军医大？呵，别说他现在就是个学生，就是等他毕业了，最好也不过就是当个医生。一个医生，一个月能有多少工资？嗯？你要跟着他，你会后悔的！"

顾朝曦看着她的眼睛，恍惚间仿佛回到了小时候——

在她所有关于童年的美好记忆里，那些晦暗的、细小的、裂缝般被掩埋的存在顺着时光的轨道慢慢爬上来。

半夜的风声和压抑的抱怨重新交杂在一起，她睡不着，抱着毛茸茸的小熊走到父母门前敲门。

父亲开了门将她抱起，温柔地问她怎么了，母亲静静地躺在床上，已然熟睡。

房间里只有残碎的风声飘散，她盯着被风吹得猎猎作响的窗帘把头埋进父亲的脖颈，将所有的疑惑藏在心里。

而此刻，那些刻意忽略的细节被无声放大，过往的一切都变得有迹可循。

"所以……"顾朝曦听见自己说，"你那个时候后悔了，是吗？"

在热恋的激情退却之后，在生活的欲望膨胀之后，你后悔嫁给那个男人了，是吗？

李莞愣了下，抬起眼皮来一字一句地说："是，我后悔了。"

她曾经深爱过那个男人，但也很快厌倦了那些无用的诗文，厌倦了那些普通的裙子，厌倦了那些平凡的日子。

她同胞的妹妹因为嫁了城里的富人，从此穿上了最漂亮的裙子，买了最昂贵的护肤品。

妹妹坐着豪车无所事事地提着各种精致的甜品来看望嫁给爱情的姐姐时，那个姐姐正站在小巷的街道为了几毛小钞同人讲价。

可是凭什么！凭什么？她明明比妹妹更漂亮！她明明应该有更好的生活！

顾朝曦张了张嘴没发出声音，喉咙好像突然被谁捏住了似的生疼。

一位作家曾说："人世间的太多感情，不是败于难成眷属的无奈，就是败于终成眷属的厌倦。"

他们本不是一个世界的人，命运偶然地让他们相遇，她短暂地被吸引，而后便是漫长的悔意和无尽的争吵。

她不爱顾沉舟，她爱的只是她某一段生命中对生活的幻想。当幻想被现实打破，爱意就不复存在。

一片静默中，李莞握紧拳头，又松开。

终于，她微仰着头，看似高高在上，她说："小曦，你也会后悔的。"

不论你当下喜欢他的理由是什么，那都不重要。

面容会老，灵魂会变。

喜欢是最易逝的东西，它起初坚如磐石，最后脆如薄纸。

"你现在喜欢他不过就是一时的冲动，你觉得他有那么一些和别的男人不一样的地方。但到最后，他们都是一样的，只有生活不同。妈妈不想你浪费时间，不想你将来后悔。你听妈妈的话，行吗？"

窗外的暖阳不知何时被云层挡住，顾朝曦一下一下抠着指腹想，顾沉舟也会后悔吗？他也会像李莞这样劝告她吗？

没有人回答她。

"叮咚！欢迎光临！"

她下意识偏头，看见浇花的女孩儿拎着水壶、捧着一丛高山杜鹃进来。

那明明是来自雪山的品种，却也在 S 市的春季开得热烈。

海浪的声音拍打在她耳边，她又想起了那个温柔的良夜。

在重新联系谢睿之前，她曾对着日落思索自己的喜欢。当纷杂的记忆裹挟着他们相处的所有细节先于条框理由浮现在她脑海中时，她最终选择臣服于自己的内心。

"年轻的时候，我们总是相信我们还会遇到更多人，但后来才知道这样的事其实很有限。"

顾朝曦抬眸，很浅很浅地笑了下，摇头："或许你说得对，或许我们走不到最后，或许我会后悔。但谁知道呢？也或许你说错了，或许我们能走到最后，或许我永远不会后悔。

"尽管在你看来，那几乎毫无可能，你可以继续反对。"她背身从包里翻出一张银行卡来，推到李莞面前，"可我想我有选择喜欢的权利，也有坚持喜欢的能力。"

她不是需要依附别人生存的菟丝花，她经历了那么多事，走过了那么多路，见过了那么多人，她没有办法心甘情愿地坠入他人的生活。

她要自由的恋爱，要摒除所有尘世的喧嚣后最真挚的情感。

她要，像父亲笔下的散文诗一样活着，无法言说，难以辩驳，又的确存在。

3

从咖啡馆出去的时候，顾朝曦走到抱花的女孩儿面前买下了那盆杜鹃。

下午一两点的阳光最是浓烈，她怀中小小的花苞尽数绽开，簇拥成一个粉色的春天。

长长的街道两旁，苍老的树木不知何时又年轻起来，盛放了斑驳的绿意。天空湛蓝深邃，显得又远又大。

顾朝曦站在咖啡馆门前等了一会儿，慢吞吞地朝着医院走去。

有那么一瞬间，她希望李莞能够放下所有的体面不顾一切地拉住她，像她们独处时那样同她争吵。

但是没有，什么都没有。

她回头望去，李莞挺直了脊背端着咖啡，平静得像是什么事都没有发生。

于是春日的微风抽走了她残留的余温和所剩无几的期待，不算太长的路途她走了很久很久。

一直到人来人往的门诊大楼处，她看见碎金色的阳光下，有人倚着路灯朝她弯眉浅笑。

顾朝曦捧着杜鹃愣了下，控制不住地跑上前，说："你下午不是要上班吗？"

谢睿勾了勾唇，伸手将她被风吹乱的长发抚平，哑声道："怕你回来找不到我，跟别人换班了。"

他的眼睛漆黑沉静，她在抬眸的那一刹那感到一种不知名的热意涌上她的眼眶。顾朝曦舔了舔唇，向来明朗的声线变得生涩："谢睿，我想抱抱你。"

谢睿低头看见她微红的眼角，俯身接过她手里的杜鹃，张开双臂。

"抱吧。"

顾朝曦凑近一步环上他的腰腹，带着消毒水味儿的温热顺着她冰凉的脸颊一路烫到心头。她蹭了蹭他柔软的毛衣，忍不住抱得更紧了些，像是为了掩埋某种深刻的情绪。

谢睿低头，小心翼翼地拢住她瘦小的肩头，轻轻地、一下又一下温柔地抚摸她的背部。

他不知道她刚刚扮演了怎样脆弱又勇敢的角色，她也不知道他度过了怎样漫长的午后。但在这一个拥抱面前，那都不重要了。

半晌，顾朝曦抓着他的毛衣抬起头来："谢睿，我饿了。"

她额前的碎发被蹭得乱七八糟，发尾还缠在他的毛衣上不肯离去。漂亮的眼睛带着未干的湿意，委屈又倔强。

谢睿单手虚扣着她的腰，低头问她："想吃什么？"

顾朝曦吸了吸鼻子道："牛肉炒饭！"

谢睿看着她："好。"

顾朝曦揪了下他胸前的工作牌，得寸进尺道："我还没说完呢！"

谢睿挑挑眉，示意她继续。

顾朝曦退开一步，一个接一个地报着菜名："牛肉炒饭、酸奶拌饭、牛肉饼、炸土豆条、甜茶，我都想要！"

谢睿默默地等她说完，而后弯腰敲了敲她的额头："点这么多菜，你这是打算在我那儿吃几餐？"

顾朝曦对上他的视线，一时没反应过来："你那儿？"

"不然呢？"谢睿嗤地笑了一声，"我们医院附近可没藏族餐厅，还是说你想让我去你那儿做？"

他漫不经心地说着，完全没意识到自己说的话具有怎样的歧义。

顾朝曦悄悄抽了口气，努力压制住危险而暧昧的联想和翻涌上头的热气，严肃正经道："我那儿太远了，还是去你那儿吧。"

谢睿瞥一眼她泛红的耳尖，食指一勾，牵着她的手低笑："行。"

医院宿舍里没有现成的食材，谢睿带着顾朝曦来到最近的一家超市，拉了辆推车往里走。

买菜的生鲜区在超市右侧，顾朝曦拽了拽谢睿的衣袖提醒他："谢睿，你是不是走错了？生鲜区在那边。"

她说着，伸出一根手指歪着脑袋指了指正确的方向。谢睿停下脚步，学着她的样子偏头扬了下眉梢，笑道："不买零食吗？"

顾朝曦眨眨眼，转头搭上推车把手，言简意赅道："买！"

货架上的零食琳琅满目，她挑了两包薯片举到谢睿面前询问他的意见："你喜欢哪个口味？"

谢睿无所谓："都可以。"

顾朝曦皱着眉头，把薯片举得更高了些："不行！一定要选一个！"

他抓了抓额角，随手指向其中之一："这包吧。"

顾朝曦拿着两包薯片左右看了看，睁着一双渴求答案的眼睛抬头道："为什么？"

谢睿不明所以："什么？"

顾朝曦晃了晃被他选中的薯片，真诚发问："为什么选这包？"

谢睿："？"

接下来的半个小时，他经历了比高考语文还艰难的即兴连环问。从包装颜色到口味浓淡，无不具体、无不详尽。

买完东西走出超市的那一刻，他看着头顶的蓝天，禁不住长舒了口气。

医院宿舍距离超市步行不过五分钟路程，六层高的小楼上了点年岁但依旧干净整洁。

顾朝曦走着走着，踮脚凑到他耳边小小声道："你住几楼？"

他看她一眼，故意说："六楼。"

顾朝曦抬头看了一下近在咫尺的三楼，快乐地说道："那还有三楼就到了！"

谢睿顿了下，还没来得及说话。她已经一步横跨两个台阶，快速上了三楼平台。紧接着，她又爬了一段转向四楼的楼梯，俯身趴在栏杆上比了个小喇叭的姿势朝他招手："谢睿，你快点！"

他忍着笑意应了声，不紧不慢地走到三楼楼道口，说："顾朝曦，你下来。"

她站在楼梯上转了个身："干吗？"

谢睿轻咳一声："我住三楼。"

顾朝曦呆在原地，一只手不知所措地上下挥舞道："……你刚不是说你住六楼？"

谢睿被她满脸的难以置信逗乐，垂头按着自己的眉头忍了忍，仍然忍不住低笑出声："骗你的。"

他站在斜铺的阳光里，毫不克制嘴角的弧度："赶紧下来吧。"

顾朝曦一时气闷，脚尖蹭着楼梯边一步步滑下来，滑到最后两级台阶时瘪了瘪嘴道："不下了！"

谢睿看着她，眼角微勾："真不下？"

"不下！"顾朝曦硬邦邦道。

"行。"谢睿轻点了下头，放下购物袋，忽地上前一把挽住她的腰直接将人从楼梯上带了下来。

突如其来的动作惹得顾朝曦控制不住地睁大了眼睛。

她想说话，但剧烈的心跳覆盖了她的身体。她张着嘴，连一声惊呼都发不出来。

落地时，谢睿弯身在她耳畔低声道："顾朝曦，你也挺好骗的。"

男人有力的臂膀还环在她的腰侧，蛊人的气息铺天盖地而来，轻易将她攻陷。

她垂眸看到他细长好看的右手紧扣着那盆粉色的高山杜鹃，脑子里忽然想到一句话：杜鹃开遍山野之时，爱神降临。

4

谢睿住的是个单人间，进门几步右手边是一张木制的小床。军绿色的被子整整齐齐地叠成一个标准的豆腐块放在里头，床单没有一丝褶皱，平整到不可思议。

小床对面是一张不大不小的书桌，上头堆满了各式各样的医学书籍，只留下一点儿小小的空间用来安置电脑。

书桌边上另外放了张白色的小桌子，桌面上铺了块干净的桌布，上头摆着一个电热水壶、一个电饭煲、一个电磁炉、一组刀具和一些调味品。

房间里没有阳台，但有一个半人高的飘窗。春日的气息随着窗外的暖阳洒进来，更显室内光线充沛、一尘不染。

谢睿把手头的东西搁在小桌子上，抽出书桌前的椅子，对顾朝曦说："坐吧。"

她"哦"了声，乖乖坐下，仰头发自内心地由衷感叹："谢睿，你们医院这住宿条件也太好了吧！"

谢睿倾身将桌面清理出一小片空间，把袋子里的薯片、牛奶、巧克力一样样挑出来放在她面前说："这栋楼早前是建给正式职工休息的，后来才用作实习生宿舍。楼里也有双人间和四人间，只是我正巧抽中了单人间。"

顾朝曦了然地点点头，撕了包薯片，好奇地问："单人间多吗？"

穿着外套不方便做饭，谢睿脱了大衣挂进衣柜，转头道："不多，每层楼就两间。"

顾朝曦挑挑眉，环顾四周道："那你运气很好！"

谢睿挽着袖口抬起头来，看到她抱着包薯片眼睛亮晶晶地看着他，低笑一声道："嗯，的确。"

三月气温回暖，他穿了件普通圆领毛衣，露出漂亮的喉结。清润低醇的声线掺着似有若无的笑意微微振动着，像新绿的鼠尾草挠在她的心尖。

顾朝曦舔了舔唇，看着他拎了牛肉和土豆走进洗手间，亦步亦趋地跟过去问："要我帮忙吗？"

谢睿想了想，说："帮我把电脑打开吧。"

她不明所以，但依旧配合地跑过去开了电脑。等屏幕亮起，她朝着洗手间喊："好啦！"

谢睿应了声，拎着洗好的食材出来，倾身点开网页，进入一个视频网站道："你先看会儿电视，半小时后吃饭。"

顾朝曦愣了下，看着自己面前这一方被《佐林格外科手术图谱》《消化外科手术图谱》《钱礼腹部外科学》包围的娱乐小天地，无声地勾起嘴角。

谢睿做饭动作很快，米饭煲上，牛肉、土豆洗净切块装盘。等水开了，油热了，便开始炸土豆条，泡甜茶。

那么多事儿同时进行，他却并不慌乱，反而给人一种有条不紊的感觉。

金色的光线勾画出他侧脸的线条，从光洁的额头到高挺的鼻梁，再到唇际和下巴。顾朝曦关了电脑，侧手撑着脑袋正大光明地欣赏这一美景。

谢睿泡好甜茶，端到她面前垂眸道："怎么不看电视？"

顾朝曦抬头看着他狭长的睫毛，伸手递过去一片薯片，噙着笑懒洋洋道："电视哪有你好看？"她圆润的眼睛真诚又坦荡，连这样调戏人的话都说得自然顺当。

他咬下薯片，眯了眯眼睛忍不住捏了下她的脸。

肉嘟嘟软乎乎的触感从指尖传来，叫人几乎舍不得松手。他拿余光瞟了眼锅里的土豆条，俯身凑近了些……

暧昧的阴影投下，顾朝曦看着眼前逐渐放大的俊脸手下微顿，耳根处爬上一股淡淡的热意。

谢睿抬手，同时抚上她两边的脸颊，一掐、一捏，发现新大陆似的，乐此不疲："顾朝曦，你的脸好软。"

热意褪却，她垂着眼皮，腮帮子一鼓一鼓的，面无表情道："谢睿，你够了。"

他看着手下面团似的小脸，笑得眉眼弯弯："不够。"

顾朝曦啪啪两下拍掉他的手，气势汹涌道："别捏了，做饭去！"

谢睿看了看自己的手腕，低眉一笑："遵命！"

一顿饭做好，阳光已经藏到云后偷偷喝起了小酒。暖橘色的光照着地面上的人影，亲密无间。

浓郁的食物香气弥漫在屋内，顾朝曦迫不及待地帮着谢睿把台面上的厨具都搬到飘窗上，摩拳擦掌地上了桌。

小小的台面上，除了牛肉饼需要和面无法实现，其余所有她期待的美食全部呈现在了她面前。空荡荡的胃遇到难得的美味，千言万语也只化作一句"好吃！"

中途，桌上的手机突然亮了下屏幕，她斜斜看了眼，是桑吉发来的信息：【你不在，这个冠军拿得真没意思。】随之而来的还有图片。

消息提示里看不见图片，顾朝曦歪着脑袋问："什么冠军？"

谢睿打开手机，指尖捏着屏幕一转推到她眼前说："赛马冠军，每年三月村里都会举行赛马比赛。"

顾朝曦低头，看见桑吉捧着个金色的奖杯对着镜头笑得肆意。

她忽然想到自己第一次遇见谢睿时他穿着一身暗红色的袍子飞驰在大雪纷飞的荒野上，是从天而降的天使，也是命中注定的意中人。

"所以你以前经常和桑吉争夺冠军？"顾朝曦问。

谢睿纠正她："不是争夺。"

顾朝曦："？"

谢睿笑，勾起的嘴角染上一层得意的色彩："他从来就没赢过我。"

顾朝曦扬扬眉毛，垂眸安慰似的拍了拍照片上桑吉的肩膀。

我男人太厉害了，你担待点吧。

"叮叮叮——"

手机响动，桑吉大约是见他没回应，直接拨了个视频过来。

顾朝曦吓了一跳，慌乱间碰到接通键，抬眸看着桑吉张扬的笑脸逐渐扭曲。

静默。

空气仿佛凝固了一般。

半晌，她挥了挥手打破僵局："嗨，Surprise（惊喜）！"

谢睿坐在对面，"扑哧"一下笑出声来。

桑吉听见他的声音，缓过神来："顾朝曦？"

"啊……是我。"

"你跟谢睿在一起？"

"嗯……是啊。"

"你们怎么在一起？"

顾朝曦眨眨眼说："因为我们在一起了啊。"

赛马场尘土飞扬，桑吉站在原地被这个"意料之外，情理之中"的突如其来的消息"秀"到。

他深吸一口气，微笑着憋出一句"打扰了"，过了两秒又补上一句"恭喜"，实在没话了，干脆"叮"一下挂了视频。

嘚嘚的马蹄声从身后传来，他心爱的傻马快乐地蹭了蹭他的右脸，喷出一捧湿漉漉的水汽。

多吉冲到他面前，高声道："桑吉！你刚刚是在跟阿睿哥打电话吗？他说什么？"

他用力掰开马头，冷笑一声道："他说他在忙！"

5

吃过饭，顾朝曦抢着收了碗筷去洗手间清洗，狭小的台子上干净得没有一点儿水渍。所有洗漱用品全部整齐地放在悬空的置物架上，连正反朝向都是一致。

她小心翼翼地放下碗筷，挤了点洗洁精仔细清洗着。

空气里全是浓郁的泡沫香味，刚挽到耳后的长发不听话地掉了几簇下来。顾朝曦举着盘子仰了下头，试图让它自动回归原位。

谢睿不知何时靠在门框处看着她，明亮的镜子里长身玉立的男人斜站着，抬起的眼眸正好对上她的视线。

顾朝曦猛地收回高扬的下巴，问："你收好桌子了？"

"嗯。"他笑了下，探过身来将她的头发撩到耳后。微凉的、粗粝的指腹擦过她的耳郭，酥酥麻麻的。

顾朝曦条件反射地缩了下脖子，而后偏头将另外半边脑袋转过去，抬眸道："还有这边，这边头发也掉了。"

她流畅的侧脸线条半隐在垂落的鬓发里，上扬的眼角带着点儿孩童般的天真与纯然。谢睿顿了顿，弯唇将她另一边的长发也撩至耳后。

片刻后，他低眉看着顾朝曦已经洗了三遍，即将要洗第四遍的碗筷，第N次替她挽好掉落的长发，伸手关了水龙头道："好了，够干净了。"

顾朝曦"哦"了声，恋恋不舍地捧着碗筷出去。

收好碗筷，谢睿把椅子搬到书桌前转头问她："陪我看会儿书？"

顾朝曦点点头："行。"

医学书籍晦涩难懂，偶尔还穿插着点儿素描版的人体器官和手术器械。她瞄了两眼，移开视线拿了张白色稿纸构思视频脚本。

暖黄的灯光下，墙上的时钟滴答滴答地走着。顾朝曦写着写着，笔尖慢慢开始打转，最后化作长长的一道弧线，停在一个小圆点上静止不动。

谢睿偏头看去，只见一个黑漆漆的脑袋闷头趴在书桌上，不像在睡觉，倒像在拜佛。

他抿了抿唇，动作轻柔地从柜子里抱了条小毯子出来披在她身上。

人在浅眠的时候身体触觉格外敏感，外来的重量覆盖上来时，顾朝曦迷迷糊糊地睁了下眼，小声叫他的名字："谢睿……"

"嗯？"他倾身靠近了些。

顾朝曦侧着脸，把小毯子拉到下巴底下垫着蹭了蹭："我睡一会儿。"

谢睿笑了笑："好。"

飘窗边上的帘子被拉上，屋子里静悄悄的，偶尔有书页翻动的声音很轻很轻地撩在她的耳畔。

如同一支别样的催眠曲。

顾朝曦合上眼眸，抵不住困意沉沉睡去。再次睁眼的时候，天色已经整个昏暗了下来。小屋里没开灯，但有一些光线从窗帘的缝隙处透进来。

宿舍里隔音一般，入夜的街道上有嘈杂的人声和汽车的鸣笛交错着回响。她刚醒来，人还有点迷糊，但依旧分得清视野的变化，谢睿不知道什么时候将她抱到了床上。

军绿色的被子带着点儿熟悉的洗衣液和消毒水混合的香味，柔软又令人安心。暗的房间里只有她一个人。

顾朝曦试探性地叫了下谢睿的名字，无人应答。

桌子上的电饭煲亮着提示灯，小小的、橙色的光，在一片宁静中闪烁。

顾朝曦坐起来，开了灯。

电饭煲的盖子上贴了一张便笺，上面写着：【我去上班了，看你睡得香就没叫醒你。电饭煲里煮了粥，保温杯里是甜茶，到家记得给我发个信息。】

她捏着便笺弯了眉眼，按下开关给自己盛了一碗粥。

晶莹剔透的白米中散落着几颗煮烂了的红枣，甜滋滋的香气从里头冒出来，在这个平凡的透着凉意的夜晚抚慰人心。

很奇怪，明明是第一次踏足的屋子，明明这里面只有她一个人，她却一点儿不觉得陌生，一点儿不觉得孤寂。

墙上的时钟指向"7"，顾朝曦慢吞吞地喝了粥，洗好碗，叠好被子，带上保温杯和她那张潦草的草稿开门出去。

关门的瞬间，她瞥了眼地上一大一小的拖鞋。粉色的小鲨鱼和蓝色的小鲸鱼安静地靠在一起，既温柔又可爱。

她嘴角不自觉地勾起，顾朝曦裹好围巾，掏出手机拍了张照。

下楼的路上，她给谢睿发了条信息，告诉他粥很好喝，甜茶很香，自己准备回家了。

隔了大约半个小时，谢睿回了条信息过来：【路上小心，到家给我发个信息。】

顾朝曦不想打扰他工作，只回了一个简单的"好"字。

另一边，医院院长室。

谢睿敲了敲门，在得到里面人的回应后推门进去。

干净整洁的办公室里，面容儒雅的男人端坐在办公椅上。他敬了个礼，低声道："院长，您找我。"

"啊……是！"陆柯桥站起来，引着谢睿坐到沙发上，抬眉道，"谢睿，对吧。我记得你，你跟过我一台手术，表现很好。"

谢睿颔首："谢院长夸奖。"

陆柯桥淡笑着俯身鼓捣着茶几上的茶具，没说话。过了片刻，他不经意似的问："谈恋爱了？"

"嗯。"谢睿干脆承认。

陆柯桥晃了晃手中的茶壶，抬头看他一眼："想清楚了？认真的？"

谢睿直直回望，眼神真诚："不能更认真了。"

"行，那我也不绕弯子了。"陆柯桥笑了笑，抬起手腕将茶壶里的茶水倒入杯中，斟酌道，"今天下午医院门口那个是她母亲。你们分开后，她向我要了你的资料。"

陆柯桥一边说，一边将其中一个茶杯递到谢睿面前："没有征得你的同意，私自将你的资料泄露给她。这一点，我要向你道歉。"

谢睿倾身接过茶杯，静静地攥在手心。

陆柯桥继续说："但我实在理解一个母亲的心情，因为我也有一个女儿。和那个小姑娘差不多大，都是自以为是又令人担忧的年纪。所以尽管抱歉，我还是给她了。"

他低头喝了口茶，两指转着小小的茶杯说："给她那份资料时，我预料了两种结果。第一种，她不会再来找我了，这说明那个小姑娘低头了。换句话说，那个小姑娘在开启这段感情之前并没有认真地去思考过一些什么，而她的母亲替她做了分析，她也认同了。

"第二种，她还会再来找我。那说明那个小姑娘在某种程度上拥有独立的思想和能力，至少她对这段感情不是一时兴起。我想过这第二种可能发生的局面，但是没想到会来得那么快。她大概知道自己无法撼动自己的女儿，于是试图让我用你的实习成绩作为要挟，让你主动和她女儿分开。"

陆柯桥笑了下："如果是其他的事情，作为多年的老朋友，我都愿意帮她。可是她不知道……一个优秀的医生，尤其是一个优秀的军医意味着什么。"

他眯了眯眼，那双黑漆漆的眸子里有些说不出的东西："你们拿着最好的成绩进了最苦的大学，毕业后还要领着和工作强度完全不匹配的薪资，过着和舒适轻松几乎搭不上边的生活。如果我今天因为这种私人的原因否认了你的付出，那我下半辈子怕是怎么也睡不着觉了。"

"所以……"陆柯桥缓缓摩挲着紫砂茶杯说，"我拒绝她了。"

"不过……"陆柯桥放下茶杯说，"我同时也告诉她，你还有三个月就要回康城了。与其让你继续留在 S 市实习，不如让你顺利毕业。

"很多时候，他人的劝阻没有办法扼制两个年轻人的感情。但时间和距离可以，所有的爱意都会在时间的长河中、在岁月的洗练中慢慢被消磨成一种难熬的执念。我见过许多太过理想而不成熟的感情，最终都变成了遗憾，甚至怨怼。"

"谢睿……"他停顿了下，那双上了年纪但依旧犀利的眼紧紧地盯着眼前的年轻人，"等你回了康城，你觉得你们能坚持多久？"

小小的会客区内，空气静然。

谢睿舔了舔唇，垂眸看着手中的茶杯没说话。清澈的茶水在室内明亮的灯光下泛起一层淡淡的波痕。

他看到自己的眼眸在这一片波痕中一次又一次地回荡，心脏好像被什么东西撑开。为他们无法预见的未来和自己。

陆柯桥等了一会儿，低头很轻很轻地叹了口气，朝他挥了挥手站起来，往办公椅走去。

那个瞬间，陆柯桥几乎以为自己已经猜中了谢睿的犹豫和迷茫，挣扎和退让。他听到茶杯底碰到玻璃茶几时发出的一声脆响，他听见人从沙发座上站起来时发出的皮革摩擦声。

但下一秒，这个年轻人站在他身后不急不缓地说："我不知道……我不知道我们能坚持多久。可是我想，即便是不成熟的爱情，也应该被允许有成长的空间。如果前路坎坷，我们就摸索着蹒跚前行，如果前路黑暗，我们就寻找可以点燃的火把。命运不在未来，而在脚下。"

他回头，四目相对。

谢睿拉直了唇线，露出一个浅浅的微笑："不是吗？"

屋子里的白炽灯照得人心敞亮。

陆柯桥定定地看着谢睿，须臾，轻呵了一口气，大笑起来："走吧！谈你的恋爱去！"

谢睿笑了笑，同来时一般端正地敬了个礼，推门出去。

许久后的一天，他无意间听见陆柯桥对王建华说："咱们这和尚庙里好不容易出了一个脱单的，我怎么可能棒打鸳鸯？我只希望，那是一对真鸳鸯。"

毕竟现代社会，热烈往往同短暂相伴，勇气比真心更少。

打从一开始，他就没想过要帮着李莞拆散他们。他只想知道他们是不是清醒且坚定地喜欢着对方。

至少，在面对外来的诘问的那一刻；在这段漫长又孤寂的旅途开始的前一夜；在每一个爱意随风，忽明忽灭的故事的开头。

/ 第八章 /

橘子汽水

▼

1

从院长室出去，医院行政走廊尽头的窗户外星星一闪一闪，同天上的流云絮絮叨叨地说着话。

谢睿盯着看了片刻，忽然很想同他的星星也说说话。手机就在白大褂的口袋里，号码是 136×××××78。

他低头按下通话键，听着手机铃"嘟嘟"响了两下，很快变成熟悉的声音——

"谢睿。"

很普通的两个字，落在她嘴里，却好听得出奇。

他"嗯"了声，低声问："在干吗？"

顾朝曦坐在地铁上，看着品牌方发过来的新消息说："在努力降低甲方对乙方的非正常期待。"

谢睿轻笑了下，问："那我是不是打扰你的发挥了？"

"没。"她仰了下酸楚的脖子，切出"企鹅号"，跷着脚说，"我已经对说服他们不要把我当超人这件事绝望了。"

谢睿被她语气里的无奈逗乐，抬头看见不远处闪烁着彩色灯光的电影院，忽然开口问道："顾朝曦，你周末有空吗？"

顾朝曦眨眨眼睛："有啊，怎么了？"

他抬手抹掉玻璃窗上模糊的雾气，自然道："请你看电影，去不去？"

春日的露水为男人的声线蒙上了一层哑意，在这样浓墨重彩的夜晚显得尤为撩人。

顾朝曦拽了下围巾，笼住微微发烫的脸颊，跟着笑："什么电影？"

"随便什么电影。"谢睿顿了顿，改口道，"你想看什么电影？"

顾朝曦故意说："反正不要随便什么电影。"

"我错了，顾大人。"谢睿淡笑道，"你说吧，你想看什么电影？爱情片？喜剧片？还是恐怖片？"

"恐怖片？"顾朝曦眯着眼睛延长了些音调，慢吞吞道，"谢睿，你能不能不要那么老土？"

谢睿沉默了两秒，大致明白她指的"老土"是什么。他翻了翻影院最近上线的电影，平静道："那战争片？"

顾朝曦："打打杀杀的，不要。"

"文艺片？"

"容易睡着。"

谢睿："……"

他划拉了一圈，实在找不到什么电影了。突然，听见顾朝曦在电话对面说："谢睿，我们看这个吧！"

"什么？"

"《寻梦环游记》，三天后重映。"顾朝曦发了张电影海报过来，"可以吗？"

谢睿没什么意见，也不敢有什么意见。他点点头，说："可以。"

几天后，周日的傍晚。

懒洋洋的光惬意地躺在淡蓝色的天幕之上。晚风吹着树叶，哗啦啦，哗啦啦。

顾朝曦下了地铁，蹦蹦跳跳地走向医院。快到门诊大楼时，她低头打算从包里翻出手机来联系谢睿。

突然，尖锐的汽笛声划破天际，医院里的人群纷纷朝两边退去。

顾朝曦抬头看到一辆辆救护车停在自己面前，白色的后车门"哐"一下被打开。

紧接着，一个个血肉模糊的身影被人从里面艰难地抬了下来。

医生拼命呐喊："担架不够！"

围观的人们捧着手机张望着，议论着。

有孩子被吓得哭叫起来，尖锐得刺人耳膜。

一片嘈杂中，她不知被谁推了下，猛然对上一张被破碎的玻璃划得乱七八糟的脸。

遥远的记忆刹那间被一把利刃狠狠割开，顾朝曦站在原地，只觉手脚冰凉，呼吸困难，隐藏多年的情绪在这一瞬间尽数崩塌。

那些碎片一样的画面，一片一片向她扎来。

她看到顾沉舟被重新缝补过的脸，看到他了无生机的躯壳，看到他安静地躺在白色的床上，再不会起来给她一个拥抱。

她在看到他的那一刻，无法自制地落下眼泪。

没有哭泣，没有动作，只有眼泪。

她甚至来不及感到悲伤，来不及多看他一眼，视线已经模糊。

她拼命地擦掉眼泪，可它们总是源源不断地落下。

心脏收缩得难受，淡蓝色的天空顷刻间变得暗沉，她好像来到了那条荒无人烟的小路。

下雨了，殷红的血水蔓延开来。

他躺在地上，浑身是伤。他那么痛苦，但无人救他。

天空陷落，翻转。

她一个人跪坐在万清寺的蒲团上，祈求一件不可能的事。彻夜的钟声没有治愈她，漫长的旅途没有填满她。

梦境的另一面没有救赎。

她的灵魂被困在那个小小的身躯里，无声呐喊："救他！救救他！"

透明的大门被用力推开，一群穿着白大褂的人飞奔而出。顾朝曦站在路灯下，抬眸看到了谢睿。

他冲到那人面前，他白色的衣衫染上鲜血，他没有偏头看她一眼。

于是落日西沉，她在他眼里没有她的那一刻，爱上他。

S市春日凌晨的凉意透着些潮湿，依附在顾朝曦的身上。

路灯好像坏了，只闪闪烁烁地发出一点儿微弱的光。她站在冷色的石板路上，愣愣地看着彻夜未眠的医院。

压抑的哭声隐隐约约地从里面传来，和她的记忆混为一谈。

不知过了多久，路灯彻底熄灭。天色已经沉闷，细密的雨丝从半空中落下来。她愣了下，心脏跟着一紧。

杂乱的脚步声响起，驻守医院的记者急急忙忙地打着电话从里头跑出来，顾朝曦清晰地听到他们飞奔下台阶时嘴里喊的"抢救成功"。

沉重的、压抑的情绪瞬间被松绑，她轻呵出一口气，像刚从一个真空的世界里挣脱出来。

透明的玻璃门后，那道熟悉的身影终于出现。他疲惫又慌乱，只穿了一件衬衫就跑了出来，手机屏幕在羸弱的夜里亮起。

顾朝曦低头看了眼来电提示，抬头就撞上了一片熟悉的阴影。肥皂水的香味被浓烈的酒精味覆盖，谢睿努力平缓着呼吸，低声道："顾朝曦，对不起……"

夜间的晚风吹动他的睫毛，冷冽的月光被他满身的柔意晕染成一片模糊的光点。

她看着他黑色的眼眸，摇了摇头，伸手抓住他的衣领，踮脚吻上他的唇瓣。

温热的气息慢慢裹上她的身躯，心脏剧烈跳动。黑暗中，一颗晶莹的泪珠顺着她的眼角慢慢滑落，宣告一场盛大的心事。

顾朝曦攥紧了指尖，蓦地想到一句话——

"爱和死亡是相似的，它们都是人世间最隆重也最卑微的，最无可奈何也最无法回头的大事。你无法预料它何时来临，一旦发生就不能回头。"

从十八岁到二十五岁，她花了七年的时间给自己塑造了一个庞大的梦境。她试图回避那些真实的痛苦，试图用一些鲜活、强烈、勇敢的东西来证明她活着。

她好像成功了，又的确失败了。

人们说陈年旧事可以被埋葬，然而那终究是骗人的，因为往事会自行爬上来，痛苦会一遍遍重演。在那些隐约的哭声里，她看到另一个顾朝曦迷茫无措地站在那儿。

只是这次，有人救他，也有人救她。

四周一片安静。顾朝曦垂下脚跟笑了笑，额头抵着他的下巴："没关系的……谢睿，没关系的。"

雨丝落下来，亲吻她的头顶、她的发梢、她的睫毛、她的脸颊。

她什么都没说，但他依然感知到她的情绪，抬手拥住她微微颤抖的肩膀，笼住她的脆弱与坚强。

许久，顾朝曦抬起头来，淡淡地说："谢睿，我带你去见一个人吧。"

他低眉，看着她的眼睛道："好。"

2

医院距离火车站不远，凌晨时分的马路畅通无阻，她牵着谢睿的手在相隔不远的日子里又一次在朦胧的雾霭中踏上了回慈城的地铁。

春日的黎明比冬天来得早些，自行车丁零丁零地穿梭在大街小巷中，早餐铺已经出摊。

她看着天边淡淡的光晕，买了两个糍饭团，慢吞吞地同谢睿讲述一个平凡又幸福的故事。

突如其来的转折出现时，他们正好走到那条长长的青石台阶下。

拐角处，那个黑白老照片上的人依旧温和地笑着。

顾朝曦放下鲜花，蹲在照片前。她想像上次一样同他打一声招呼，她想像上次一样向他介绍自己喜欢的人。但她看着他照片里完整的脸，脑子里难以自制地想到昨日傍晚那个血肉模糊的场景。

鲜花的包装被抓得泛起褶皱，她跪在地上，死死咬住自己的眼泪。

就在上一秒，她还天真地以为自己释怀了，放下了。但下一秒，在看到顾沉舟的那一刻，她知道，她没有。

医院里被救的人终究不是顾沉舟，她的父亲到底躺在那片冰凉的荒地里，丧失了生命的温度。

宽大的手掌环上她的腰间，谢睿抱着她，轻抚着她的长发，问："冷不冷？"

干涩的喉咙疼得厉害，顾朝曦抓着他的毛衣闭上眼睛："冷！"

谢睿静了一会儿，俯身在她耳边道："顾朝曦，你可以遗憾，可以软弱，可以不释怀，可以不坚强，怎样都可以的。"

在爱你的人面前，怎样都可以的。

顾朝曦顿了下，终于不顾一切地哭了出来。

这么多年，她害怕他看到她失意的模样，害怕他担心她独自前行的背影。她假装乐观，假装坚强，假装勇敢。

但事实上，她也常常觉得孤独，常常想念过去，常常期待一个没有意外发生的平常的二十五岁。

死亡的残忍在于它曾经给了你一种关于生活的假设和想象，而后在某一个毫无预兆的日子里，那个你以为会陪伴你一生的人便被留在了昨天。

他活在一张照片里，他永远那么年轻，而她踽踽独行，日益沧桑。

所幸，她遇见一个温柔而强大的灵魂，她带着私有的目的迷恋他、缠绕他，迫不及待地占有一段不知去路的关系。而他不惧怕，不退缩，不迟疑，任由命运在他们身上铺开一场未来。

这么多年，她终于可以告诉他：顾沉舟，有人像你当年牵着我过马路一样牵着我的手走过人生了。所以，别担心我。如果有天堂，你就去；要是有轮回，你就走。

我在人间，过得很好。

下山的时候，太阳已经完全出来了。经历了一夜的雨水，沿途枝繁叶茂、春草疯长。

顾朝曦拽着谢睿的衣袖，提醒他："不用买那么多水果，我爷爷奶奶年纪大了，吃不了太多甜的。"

水果摊老板看过来，她抿唇笑笑，继续拉他的衣袖。

老板咧了嘴角，大声道："小姑娘，这你就不懂了啊！吃不吃是老人的事，买不买是他的事！小伙子，你放心！我肯定给你扎两个最漂亮的果篮！"

她没说话，悄悄看一眼秤上的价格，眉头紧皱。

他们这一路走来已经买了茶叶、糕点、牛奶、坚果……这会儿再加上两个果篮……她都怕他下个月没钱吃饭。

谢睿道了声谢，转头瞧见她担忧的模样，沉着一张脸故意逗她："顾朝曦，一会儿我要是没钱付账了，你能借我点吗？"

她正愁这事儿，闻言立马点头，捧着手机，迫不及待地问："你要借多少？"

他愣了下，没见过这样急着借人钱的。他忍不住捏了捏她的脸，笑道："逗你的，我有钱。"

顾朝曦瞥一眼老板的背影，小脚一挪，小手一搭，攀上他的肩头用一种说悄悄话的音量道："谢睿，你在我面前不用逞强的。"

她不知道用的什么沐浴露，身上总有股茉莉花和檀木香混合的味道。他晃了下神，偏头对上她认真的神色。

大约是见他不说话，这人干脆直接低头点开微信，开始转账。

谢睿回神抽掉她的手机，倾身放进她大衣的口袋里。他抬手抚平她皱起的眉头，轻笑一声道："顾朝曦，不瞒你说，我的笔记还挺值钱的。"

顾朝曦想到自己曾经也干过期末前求购学长学姐笔记的事儿，转了转眼珠问："有多值钱？"

谢睿略一思索，轻声报了个数。

顾朝曦深吸口气，眉头一挑，微仰着脑袋转头喊道："老板！再加两个杧果！"

买完水果，再走几步路就到了目的地。谢睿站在小区门口，攥紧了手里拎着的一堆礼品跟着顾朝曦往里走。

走到半道，这人忽地回头，睁大了眼睛盯着他问："谢睿，你紧张吗？"

他顿了顿，实话实说："紧张。"

顾朝曦"哦"了声，拍了拍自己贫瘠的胸膛，很有义气地说："别紧张，我罩着你！"

谢睿笑了下："好，你罩着我。"

顾朝曦郑重其事地点点头，转身悄悄深吸口气平复心跳。

走过进门第5幢楼的时候，她转了个弯看到不远处的单元门楼下站着两个年迈的身影，跳起来挥挥手喊："爷爷！奶奶！"

老人一愣，随即立马张开双臂。那是一个准备拥抱的姿势，和她蹒跚学步时奔赴的怀抱一样："哎！小曦啊！我们小曦回来喽！"

顾朝曦飞扑过去，而后止住脚步，弯身小心地抱住奶奶。

等抱够了，一旁的爷爷已经上上下下地将谢睿打量了个遍，抱着茶杯道：“小伙子当兵的吧？”

谢睿挺直了本就挺拔的身姿，微笑道：“是，军医。”

爷爷点点头：“不错，好好干！”

在老一辈人眼里，保家卫国是分外光荣的事。

谢睿垂眸，认真道：“一定。”

顾朝曦放下悬了一路的心，勾了勾嘴角，挽着老人问：“你们怎么下来？不是让你们在家等着吗？”

奶奶笑眯眯地看着他们，没说话。爷爷看她一眼，道：“你奶奶最近听力下降得厉害，你得大声些，不然她听不到。”

顾朝曦一愣，低眉对上奶奶温和的脸庞，蓦地鼻子一酸。老人做什么都是慢慢的，唯独身体的变化快得猝不及防。她抿了抿唇，大声道：“奶奶，我们上去吧！”

奶奶仍旧笑眯眯的：“好，好，上去。”

等上了楼，半旧不新的防盗门一开。她低头发现玄关处的地上早早放好了一大一小两双新拖鞋，抬头看到客厅茶几上摆满了各种零食，几乎不知道要说什么才好。

奶奶却总觉做得不够，不好意思地对着谢睿说：“哎哟，小曦突然说要带你回来，时间太匆忙，你看奶奶都没准备什么好东西，你别介意啊！”

谢睿放下提了一路的礼物，看着奶奶笑：“没有，奶奶，已经很好了！”

他眼神清澈、声音诚恳，专注看人时总有种抚慰人心的力量，只是考虑到奶奶的听力，说话时中气难免过足了些，像在喊口号。

顾朝曦捂着耳朵，眯眼看过去忍不住“扑哧”一下笑出声来。奶奶不晓得孙女在笑什么，只是看到她笑了便也跟着笑。

爷爷拎着泡好的茶壶出来，看着笑成一团的三人只觉莫名其妙：“什么事儿这么好笑？”

顾朝曦缓了口气，道：“没什么。”

爷爷抖抖眉毛，也不追问，俯身给谢睿倒了杯茶，开始上课。老头儿教了半辈子的历史，对国家曾经的那段过往可以说是如数家珍，难得遇上一个年轻的军人一聊便是一个上午。

晌午的阳光落进窗子里时，奶奶握着铲子从厨房出来叫人："吃饭啦！"

爷爷顿了下，意犹未尽地放下茶杯，对谢睿说："一会儿吃完饭，我们再聊！"

谢睿乖巧应道："好。"

餐桌上，红烧土鸡、西红柿炒蛋、玉米排骨汤、葱油白蟹、葱烧鲳鱼……各式各样的菜摆得满满当当。

奶奶搓着手招呼着他坐下："小谢啊，奶奶也不知道你喜欢吃什么，就随便做了点家常菜。你别嫌奶奶手艺不好，多吃点啊！"

"怎么会！"谢睿帮忙拉开椅子，大着声说，"太丰盛了，奶奶！"

顾朝曦笑了笑，分好碗筷，坐到两个老人边上，得意扬扬道："爷爷，这里边也有我的功劳！"

"是吗？"爷爷惊奇地斜觑她一眼，挑着眉问，"哪道菜？我避避雷。"

顾朝曦："……"

吃过午饭，谢睿抢了洗碗的活儿，端着碗筷进了厨房。

老房子层高不低，但当年的装修流行给房顶做包边设计。除了中间挂灯的地方，四周都会显得矮一些。

谢睿站在那儿，有些局促，有些不和谐，又有些动人心弦。

尤其是，当明媚的春光从厨房的窗口照进来时，他高大的背影被衬得闪闪发光，耀眼又温暖。

顾朝曦剥了个粑粑柑，走过去塞一瓣到他嘴里。她侧腰抵着洗手台边，凑过去一张小脸问他："甜吗？"

他低眉看她一眼："甜。"

顾朝曦收回脑袋，安安心心地大快朵颐起来。

谢睿眉头轻挑，不动声色地冲干净手上的泡沫，环上她的腰低声道："拿我做实验？"

顾朝曦吃得正欢，仰头发现自己不知不觉处于某种危险境地后倒也不慌，反而挨近了，眨着眼问："不行吗？"

"行。"谢睿笑了下，弯身道，"实验费怎么算？"

顾朝曦抬手又塞了一瓣水果到他嘴里，淡色的唇角弯起："这样够吗？"

洗洁精的香味弥散在日光下，她黑色的瞳仁被染上层漂亮的金棕，像只漂亮的小猫。

谢睿想到昨晚她靠近时柔软的温度，手上稍稍用力，将人拉得更近了些，缓缓低下头道："不够。"

浓郁的橘香缠绕在一起，顾朝曦伸手攀上他的脖颈。

隔着一道墙的距离，"咿咿呀呀"的京剧和"扑通扑通"的心跳一齐传入耳内。

洗了碗出去，两个老人已经听着京剧，躺在客厅沙发上睡着了。人到了一定年纪，早上醒得早，晚上睡不着，偏偏这中午，就容易犯困。

顾朝曦进屋拿了条薄薄的毯子，小心地盖在两位老人身上。谢睿走到电视机边，调小了音量。

毯子碰到胳膊时，奶奶动了动，手里攥着的红包发出一声轻微的响动。顾朝曦吓了一跳，后仰的身子被谢睿接住。

两人对视了下，蹑手蹑脚地蹿出门去，谢睿扣着门闩一点点挪动把手生怕弄出些声响来吵醒两个老人。

房门关上时，顾朝曦靠在墙上低低地笑："谢睿，这会儿要是哪个人路过看到咱们这架势，保不齐会把我们当成小偷抓进去。"

谢睿笑看着她，还没说话。

顾朝曦挑了挑眼皮，又补充道："不过跟你一起关几天，也挺好。"

他们已经很久没有在一起相处一整天了，从南桑回来后，她第一次发现时间是这样宝贵的东西。

谢睿敛了笑意，低眉道："顾朝曦，对……"

顾朝曦快速伸手捂住他的嘴巴："别说，我不想听。谢睿，你以后都别跟我说这个词。"

你在做你应该做的事，所以别说对不起。

没什么好抱歉的。

他抬眸抓着她的手，一根根收紧："好，不说。"

顾朝曦重新笑起来，低头看了眼手腕上的表说："走吧，送你回去上班。"

谢睿淡笑:"嗯。"

返程的路上,奔波了一天一夜的两人坐在动车上靠着彼此沉沉睡去。

窗外,雨后的阳光洗晒着这个世界,让碧波更绿,野草更旺。蓝色的天空和红色的晚霞一起被驰骋的时光拉成一道明媚的油画。

3

回 S 市后的一周,顾朝曦勤勤恳恳、日夜奋战地拍摄、剪辑、改稿,终于达成了品牌方的要求。

结束磨难的那个晚上,她第一时间给谢睿打了个电话,打算好好挥霍一下这笔来之不易的报酬。

谢睿思考了三秒,犹豫着表示他今晚已经被陈松原约了相聚烧烤店。

顾朝曦同样思考了三秒,想起那个生着一双狭长眼眸的男人,挑眉道:"正好,你之前说要带我再去玩的,那就一起去吧。"

谢睿轻笑着点了点头:"行。"

他今晚没有夜班,两人到达烧烤店时,天色还早。老店门上还挂着"休息中"的木牌,铺子外头的小桌子上却坐了个漂亮的女人。

短发、杏眼、双眼皮窄但瞳仁大,面上没什么神情。瞧见他们的身影,她眼皮微垂斜斜一扫,又掀起来去看陈松原。

男人依旧是那懒懒散散的样子,靠在一旁抖了抖手里的烟,吐出最后一口气。他将烟蒂扔到地上,拿黑色的军靴碾了碾道:"陆向晚,你看我这儿今天真不开张,就招待朋友呢。你要吃烧烤,隔壁街多的是烧烤店。"

陆向晚没说话,转头盯着谢睿看了几秒,薄唇轻启,准确无误地叫出他的名字:"谢睿。"

谢睿顿了下,牵着顾朝曦走过去道:"陆老师。"

陆向晚点点头,目光游移到他和顾朝曦紧扣的十指上,淡淡道:"女朋友?"

谢睿捏着顾朝曦的手承认:"是。"

陈松原"啧"了声,调侃道:"身份变挺快啊!"

陆向晚站起来,朝着顾朝曦伸手,自我介绍:"你好,陆向晚,第二军医大临床医学系病理解剖学讲师。"

"啊……"顾朝曦迅速伸出右手，礼貌相握，"您好，顾朝曦，第二军医大临床医学系……学生家属。"

陆向晚抿了抿唇，面上露出一个极淡极淡的笑容，颔首问她："晚上多加我一个，介意吗？"

顾朝曦偏头看了眼陈松原，感受着手上微微收紧的力道，万分识相地弯眉道："不介意，当然不介意。"

陆向晚松手，重新坐回到小桌子前，仰头看向陈松原。

男人低头望进她清亮的眸子里，蓦地呵笑一声，转身踢开厚重的门帘，进屋去拿碗筷。

原定的聚餐从二人变成三人，再变到四人。桌上的吃食还算足够，备好的酒水却早已空了大半。这桌上四人，除了谢睿还算克制，剩余三人全跟灌水似的喝着酒。

顾朝曦前段时间因为那一个小小的伤口，被谢睿压着限制饮酒，这会儿逮着机会，敞开了喝得起劲。

陆向晚更甚，安安静静坐着不说话，光一口一口地喝酒。

喝完一瓶，再去开下一瓶时，陈松原俯身抽走了酒瓶，懒洋洋道："陆向晚，我这儿酒不够了。你要还想喝，去别地儿。"

陆向晚抬眸，棕色的瞳仁定定地盯着陈松原看了会儿，腾地站起来便朝着外头走去。片刻后，她抱着一箱啤酒稳稳地放到陈松原面前，半垂着眼皮问："够了吗？"

陈松原看着她抱来的啤酒，深吸口气，几乎要被她气笑："行，你要喝喝吧。一会儿喝高了，没人管你。"

陆向晚闻言，几不可见地勾了勾唇，伸手捞了罐啤酒"咔啦"一声打开。

顾朝曦左右看看，递了串五花肉给陆向晚道："陆老师，你别光喝酒，也吃点串儿啊。你看这五花肉，腌得可香了！"

陆向晚愣了下，垂眸看着眼前的烤串，笑容淡下来。她低低地道了声谢，捏着五花肉没动，半晌低头咬下一口。

明明是香气四溢的美味，她却吃得难受，几欲落下泪来。

一个天才的诞生需要经历无数漫长的时光与艰苦的打磨，而一个天才的陨落却只需要一秒钟。

她仰头灌了一口酒，只觉这事儿不公至极，又无奈至极。

一旁的陈松原单手握着酒瓶有一搭没一搭地和谢睿聊些体育、新闻一类的话题，似无察觉。

晚上九点，风吹月落，星河长明。

小桌子上凌乱地铺散着一堆竹签和空酒瓶，谢睿拎起背包，拖着醉醺醺的顾朝曦同人道别。

走到街道拐角处，原本红着脸瘫在他身上，好似喝晕过去了的人忽地有了劲儿，拉着他趴在墙角处眯着眼偷偷往里望去。

昏黄的灯光下，陆向晚歪着身子抱着空酒瓶脑袋一点一点地晃着，向来淡漠的脸上因为沾了酒意，变得红彤彤的。

利落的短发和睫毛一同垂下，一贯挺直的背也一道松弛下来。在这微凉的夜里，无端生出些柔软的气息来。

陈松原靠在椅背上静了一会儿，屈起食指敲了敲桌面道：“陆向晚，我要打烊了。”

藤椅上，低头坐着的人一动不动。

陈松原伸手戳了下她的脑门，陆向晚仰头晃了晃，又定格在原先的姿势上。

他叹了口气，倾身将人拉起放到背上。

明亮的月光下，陆向晚埋头在他脖颈处蹭了蹭，低声道：“陈松原……”她顿了顿，音色哽咽，“你回来，好不好？”

陈松原停了脚步，将她搭在自己手腕上的腿向上托了托，缓缓道：“陆向晚，我回不去了。”

几十米外的墙角处，顾朝曦伸长了耳朵也听不见任何声音，只看着他们的背影，乐呵呵道：“春天啊，真是个好季节！”

谢睿瞥一眼她快乐的眉眼，没说话。须臾，他揉了揉她毛茸茸的头发道：“走了。”

顾朝曦应了声，蹦蹦跳跳地攀着他的胳膊往前走。从烧烤店到地铁站的路，她是第二次走。

不过上一次他们还是“朋友”，这一次已经成了“男女朋友”。

顾朝曦笑了笑，踩着满地月华突然想到自己应该履行下女朋友报备行踪的义务，于是扯了扯谢睿的衣袖道："谢睿，我过两天去郁水苗寨。要不要给你带点什么礼物？"

谢睿看着她满脸娇憨的笑容，低头替她将松散的围巾理好，轻声道："不用礼物，你把自己平平安安地带回来就行。"

他想了想，又掰着她的脸说："在外面不许喝酒，手机二十四小时开机，有事给我打电话。"

顾朝曦眨眨眼，埋头撞进他怀里，抱着他问："一定要有事才能打电话吗？我要是想你了，能给你打电话吗？"

谢睿笑了下："能。"

顾朝曦吸了吸鼻子，举着一根手指头又问："那我要是很想很想你了，能多打一个电话吗？"

谢睿低头亲了亲她的指尖，拥住他醉酒的傻姑娘，道："能，打几个都行。"

"哦……"顾朝曦感受着他身上的热气，黑溜溜的眼珠转了转。

她抬手揣进兜里掏啊掏，掏啊掏，从口袋里掏出手机，举着黑屏凑到耳边小声道："那谢睿，我现在就想你了。很想很想，想到……"她转了转混沌的脑子，兀自笑了笑道，"我都不想去郁水了。"

心脏剧烈跳动，浓烈的情绪膨胀得几乎要将他淹没。谢睿盯着她看了许久，抬手将人整个儿压到怀里。

春日的夜风撩人，吹动所有不可名状的羁绊和爱意。

静谧的光晕下，顾朝曦忽然挣扎着推动他的胸口，磕绊道："谢睿……闷……闷死了！"

他愣了下，难以自制地低笑起来。

顾朝曦出发那天，谢睿换了半天班去送她。

宽敞明亮的机场大厅内，难舍难分的情侣像电影里一样深情相拥，用力挥手，久久徘徊。

顾朝曦悄悄拉了拉谢睿的手，转着眼珠子示意他看去。

谢睿目光扫过，顿了脚步，将她拉过来搂进怀里，深邃的眼眸弯了下，俯身隔着几缕细碎的鬓发，在她眉间轻落下一个吻。

周围人群攒动，行李箱划过地面的咕噜噜声传入耳内。

顾朝曦呼吸一滞，仰头看到他黑色的瞳仁在白炽灯的照耀下流转着明朗的光，后知后觉地抬手抚上自己的脑门，小声道："谢睿，你干吗？"

谢睿挑挑眉，笑道："你刚那样……不是让我学学人家吗？"

顾朝曦对上他眼底难掩的得意，睁大眼睛笑着推了下他的手："不是！我就是单纯地叫你看看！"

"是吗？"谢睿无所谓地勾起一边嘴角，歪了下脑袋道，"那我理解错了。"

他笑着矮身，淡淡的阴影随之投下，温热的呼吸彼此纠缠。顾朝曦缩了缩脖子，听见他说："要不……让你亲回来？"

她仰了下身子，一手捂住嘴巴，一手挡住某个危险人物，噔噔后退两步道："不用！"

提醒登机的广播响起，谢睿憋着笑轻咳一声道："那就欠着，等你回来。"

顾朝曦捶他一下："说了不用。"

谢睿顺势抓着她的手，垂了眼眸将行李递到她手里。

顾朝曦低头盯着两人相握的手看了两秒，敛了笑意，接过行李低声道："我走了。"

谢睿最后捏了下她的手心，轻声道："路上小心。"

顾朝曦"嗯"了声，拖着行李小跑两步进了安检口。隔着一道短短的红线，回身再看几米外的人影，浓烈的离愁别绪忽地涌上心头。

"谢睿！"她抬手，比了个电话的手势放在耳边冲他无声地笑。

他抬眸，同样比了个接电话的手势放在耳边无声浅笑。

明亮的灯光下，男人弯起的嘴角像南桑化了雪的冰湖。风一吹，便荡起涟漪，温柔得要命。

4

顾朝曦到达郁水的时候正值午后，阳光眷顾着这座位于祖国西南内陆腹地的小城。

从民宿窗口望去，层层叠叠的吊脚楼紧密地分布在山谷、平地和斜坡之上，组成一幅别具魅力的迷人图卷。

到了晚上，日光弥散、星辰浮现，吊脚楼上的马灯也会随之亮起，使它化身为《千与千寻》中的神秘世界。

有时天气阴沉，云雾缭绕山尖，叫人疑心这天上是否真有一条小白龙和一个小姑娘在无忧无虑地穿梭其间。

她趴在窗口看了会儿，迫不及待地挂好相机，背上背包出门去。

沿途，各色小吃店、手工艺品店、苗族服饰租借店开得琳琅满目。顾朝曦一家一家逛过去，遇着什么新奇有趣的小玩意儿了，便拍个照发给谢睿。

等逛饿了，便走进一家饭馆，吃上一顿当地特色美食。再出来时，这山间已经不知不觉亮起了无数小灯。

顾朝曦扛着相机游走在街头街尾，寻找合适的拍摄点。

突然有人拍了拍她的肩膀，回头正对上一张黝黑的脸："姑娘，拍照呢！我跟你说，你搁这山脚下拍不到什么好景。你要拍好景，得去对面那个山头！"

他说着，伸手指了指方向道："就那儿，瞧见没？那儿地势高，能把这整个儿的景都拍出来，肯定漂亮！"

顾朝曦顺势眯着眼睛看了看远处的山头，偏头道了声谢，朝前走去。

"哎！"那人拦住她，从怀里掏出张宣传单来，"姑娘，你去那儿肯定不可能两条腿走过去啊！远着呢！得租车！你看看我们车行，全郁水最老牌！最可信的！你要什么车都有！"

顾朝曦笑了下，敢情这是来拉客的。

也难怪，三月中的时节算不上旅游旺季。租车行跟饭馆不同，没了游客就只能跟空气玩。

她看他一眼，点头："行！去看看！"

男人的租车行就在距离景区不远的街道上，铺面大，车子多，那宣传单上的说辞倒还真不算吹牛。

顾朝曦绕了一圈，东瞧瞧西看看挑了辆坦克300。男人看她选了这车，"嚯"了声提醒她："姑娘，这可有点浪费啊！"

从景区到对面山头基本都是修好的水泥路，普通越野已是足够，拿这种大家伙完全是烧钱。

顾朝曦抬手拍拍车门，道："这车高，出片。"

男人点点头，明白她这是打算爬上车顶去拍夜景，于是找了钥匙递给她："姑娘，这车一般得七百五十块一天。我看咱俩有缘，给你算便宜点，六百！六六大顺！怎么样！"

顾朝曦挑挑眉，想到谢睿砍价时的模样，抿唇冲人笑了笑，伸出四根手指道："四百！"

男人愣了下，眉头一皱，大腿一拍："不是，姑娘！这可是坦克300啊！新的！顶配！怎么可能四百！"

他斜眼看了看顾朝曦不为所动的样子，狠狠心道："这样，姑娘，咱俩各退一步，五百怎么样？"

顾朝曦抬手勾过钥匙，边掏出手机对着柜台上贴着的二维码扫码，边笑："行！"

郁水苗寨四面环山，各山头间看着近，实际开起来弯弯绕绕的，得把人转晕，她跟着导航盘了一个多小时终于找到一块视野绝佳的地方。

夜间的凉风吹动远方的烛火，这梦中世界便像水中倒影一般摇晃起来，美得不可捉摸。

顾朝曦把相机往车顶一放，长发一扎，手攀着前车盖用力翻身上去。

她拍素材的时候常常意识不到时间的流逝，只沉浸在镜头里。谢睿打来电话时，口袋里突如其来的响动将她从自我的世界里唤醒。

她接起电话，开了免提："谢睿！"

他听到电话那头"呼呼"的风声："还在外面？"

"嗯……要回去了。"顾朝曦低头检查素材，"谢睿，我刚拍到了一组特美的视频。风吹马灯山雾绕，美呆了！回去发你看！"

谢睿应了声："好，你先回去。"

顾朝曦盘腿抱着相机，看一眼搁在一旁的手机笑："行。"

谢睿站在医院走廊尽头，看着窗外暗沉的天色沉声道："手机别挂。"

"没问题！"底下车窗开着，顾朝曦把相机放进背包，甩到副驾驶座上，自己踩着另一边窗沿儿滑进驾驶座里。

回去的路上，她架着手机一面看导航一面和谢睿说话，郁水山路错杂，这未开发的地界又往往是隔了老远才有一盏路灯。

她一个不留神，开进了一条只修了一半水泥路的岔道。枯枝乱石遍布的地面开得她摇摇晃晃，她停了车，慢慢向后倒去。

四周黑漆漆一片，风吹树丫，吞没灯光。

车后忽然传来"咚"的一声闷响，她心下一惊，慌忙踩住刹车。

"怎么了？"电话那头传来谢睿的询问。她心跳如雷："谢睿，我、我好像撞到人了。"

5

郁水医院。

"嗞……疼！护士姐姐你轻点儿，轻点儿！"

身材干瘦的女孩儿皱着脸，故作夸张地高声喊道。

护士头也不抬地将她身上的擦伤处理完毕，手脚麻利地收起工具："行了，自己洗澡时注意点儿，别碰水。"

"好，谢谢。"顾朝曦应一声，伸手要去扶女孩儿。

女孩儿"唰"地抬头，摊开一只手来"行啦！我现在伤口也处理好了！给钱吧！说好的两百块赔偿，可一分不能少啊！"

她年纪不大，看着也就读小学五六年级的样子。说起话来，却有一股子久经沙场的市侩感。

这两百块从顾朝曦下车查看她的伤势起，她一路念叨到现在。

生怕顾朝曦反悔了，赖账。

可事实上，护士上药时，她看得一清二楚，女孩儿侧身擦伤处混杂着不少树皮、泥土。

看起来不像是被车撞到，更像是不慎滑落山坡所致。

况且那路上就她一辆车，周围也没什么视觉死角。她倒车速度不快，还有那么亮两个大灯泡闪着。

怎么会没看见呢？

但女孩儿伤得确实不轻，要的赔偿金额也不过分。

"给！"顾朝曦便不计较真假，摸出两张纸钞，放到她手里，"你住哪儿？我送你回家？"

"我住……"女孩儿举着钱往灯光下照了照，突然改口道，"我不用你送，你给我钱，我自己坐公交车就行！"

顾朝曦："这么晚了，哪还有公交车？"

女孩儿愣了下，跺脚道："你不用管！你给我钱就行！"

顾朝曦看一眼她满是泥泞的鞋面，直起身来："没钱，但有车。你坐不坐？不坐我走了。"

女孩儿一看就是打着拿了钱走回家的主意，她不放心。

"哎！你等等！"女孩儿权衡利弊，迅速跟上，"谁说我不坐了？我坐的！"

郁水医院不大，出了急诊室就是停车场。

两人上了车。顾朝曦扣好安全带，正准备发动车子。

"姐姐，你是来旅游的吗？"女孩儿抱着书包，突然开口问道。

顾朝曦："是啊。"

女孩儿凑过去，眼睛亮亮的："那你要不要买点我们这儿的土特产？"

顾朝曦挑眉："特产？什么特产？"

女孩儿拉开书包："干巴菌，就咱们这儿有。做汤、泡药都行，可补了！你想要的话，我给你算便宜点。"

说实话，顾朝曦一直都很奇怪这个时间点，她一个小女孩儿怎么会出现在山里。

现在看来，大概就是为了这菌菇。

"你摘的？"顾朝曦侧眸瞄了两眼，抬头道。

这种菌菇她不认识，但松茸她是知道的。因为生长缓慢、产量稀少，且无法人工培育，所以价格高昂。

每年松茸季，藏区的大人小孩都会带上工具钻进山里，就指着这些松茸挣钱。

女孩儿点头："对啊，今天刚摘的，可新鲜了！你要吗？"

顾朝曦垂眼："多少钱？"

女孩儿想了想，伸手道："一百五！"

她包里就五六朵菇子，个头不大，样子黑漆漆的，卖相很是一般。

"这东西，一百五？"顾朝曦被这报价惊了下，反问。

女孩儿："当然！一百五还算便宜了！不信你自己上网查查！"

顾朝曦看她两眼，也是好奇了。

打开手机一查，这东西居然是什么菌中之王，比松茸还贵。

小姑娘摘的这一把，放精品店里包装一下得卖不少钱。

"行，我买了。"顾朝曦收起手机，看着女孩儿高兴得弯起眉眼。

而后女孩儿抱着自己的旧书包，问她："你有塑料袋吗？我给你装起来？"

"没。"顾朝曦四处摸了下，抬眸瞥见她的书包，"我再给你五十，你把你书包也一起卖我吧。"

五十块钱，买个旧书包。

她本以为女孩儿会很高兴，谁料女孩儿一改先前的财迷样，果断拒绝："不行！书包不卖！"

顾朝曦不懂她为什么突然变了态度。

"算了……"静默的气氛里，她顿了下，想着没袋子，就随便放在车里吧。

女孩儿以为她不要菌菇了，又急道："不行！你……你说话得算数，我……我少收你五块钱，你不要袋子行不行？"

顾朝曦很奇怪："这书包对你很重要？"

女孩儿理所当然："我要读书的！"

顾朝曦眯了眯眼，倒差点忘了她的确还在读书的年纪："五十五，够你买个新书包了。"

"那不一样！"女孩儿摇摇头，扬起下巴，"这个书包是花花姐姐用过的，她能背着它考上大学！我也能背着它考上大学！"

她说这话时，夜风拂过山岗，月光洒向大地。

十几岁的山里少女肤色斑驳、头发杂乱，脸上也是脏兮兮的，沾着泥土、灰尘和一些黑色的、不知油污还是什么的东西。

唯有一双眼睛，黑黢黢的，亮得通透。

顾朝曦送女孩儿回村、再到民宿，已经临近子夜。

她洗漱完，正打算查查这菌菇之王的做法，大数据就给她推了个户外博主的旅游 vlog。

vlog 很长，里头有博主登山徒步的实景记录，还有他偶遇干巴菌，当场洗净、烹饪、品尝的片段。

顾朝曦躺在床上，看得津津有味。

屏幕骤暗，手机上蓦地弹出来电提示。

谢睿低沉的嗓音，伴着急促的脚步声传来："你住哪个房间？"

顾朝曦心头一跳："308，你问这个干吗？"

谢睿轻笑了下，等不及电梯，直接拐进安全通道里："不知道房号，我怎么来找你？"

顾朝曦愣了下，抬眼看着墙上细碎的光点，结巴道："不是……你怎么来了？你……不用上班吗？"

谢睿三步并作两步，动作敏捷地跨上台阶："请假了。"

顾朝曦顿了两秒，跳下床去打开房门："你们不管得挺严的吗？能随便请假？"

谢睿从楼梯口出来："看女朋友，不算随便。"

昏暗光线下，青年俊朗的五官被阴影笼罩，只留颀长挺拔的身姿，逆光而现。

顾朝曦眼看着他快步走来，也不管走廊里会不会有人突然出现，直接飞奔过去，扑进他怀里。

"这么想我？"谢睿抱着他的女孩，还没说话，就见她抬起头来，漂亮的眼睛里满是嗫嚅。

他笑，顺势亲了亲她的额头："当然，唯一的女朋友，不想你，想谁？"

顾朝曦挣出来："你还想要两个？"

谢睿伸手，把人拉回来："怎么可能？我的心没那么大。装你一个，都快不够。"

他很少说情话，但每次说，都有一种极度撩人的真诚感。

顾朝曦"啧"一声："你什么时候这么会说话了？"

"和你在一起后。"谢睿抬手，卷起她的发丝，"怎么又没吹头发？不怕感冒？"

顾朝曦蹭着他的锁骨："懒，你帮我吹？"

谢睿刮一下她的鼻尖，带着人进门："遵命，我的女友大人。"

房间里，几捧菌菇错乱地摆放在床头柜上。

谢睿一眼认出："干巴菌？"

顾朝曦拿着吹风机，从洗手间出来："嗯，你见过？"

"听说过，哪儿来的？"谢睿接过吹风机，插到床头的插座里。

菌菇多在雨季生长，这时节可不常有。

顾朝曦："就我跟你说的那女孩儿，她卖我的。"

谢睿："多少钱？"

顾朝曦："一百五。"

谢睿动了动眉头："那不贵。"

这种菌菇产量少、采摘难，和松茸一样。上山的村民需要至少步行七八个小时，才能深入原始森林，找到数量极为有限的菌子。

"我知道，我查过了。"顾朝曦两腿一盘，坐在床上，等着享受男友的服务，"你知道这东西要怎么吃吗？"

谢睿："据说炒饭吃，很香。"

顾朝曦眼睛一亮："真的？那我们明天找个小饭店，让老板帮忙加工下？"

谢睿试了试温度，抬手穿过她的头发，覆盖住她的头顶："可以。"

他掌心宽大，动作轻柔，粗粝的指腹蹭过她耳畔时有种令人心颤的酥麻感。

顾朝曦咽了咽口水，按下脑子里的遐想，仰头问他："谢睿，你订房间了吗？"

"什么？"他偏头，将吹风机拿远了些。

男人温热的吐息和她湿润的发丝混在一起，莫名暧昧。顾朝曦深吸口气，再次问道："我说！你订房间了吗？"

谢睿顿了下："没，我一会儿下去……"

顾朝曦没等他说完，返身拽住他的衣袖："那咱俩 AA 吧，你睡沙发我睡床。房费一人一半，行吗？"

这种好事，无论哪个男人都不会拒绝。

谢睿俯身看着她明媚的眉眼，颔首："行，我全付也行。"

"那不行。"顾朝曦摇头，极有原则地表示，"我不能占你便宜。"

谢睿伸手，揽住她的腰肢："那请问，我能占你便宜吗？"

男人低沉的嗓音勾人，顾朝曦抓着他的衣领，挑眉："你说呢？"

她面色绯红，心跳如雷，明明很是害羞，却要摆出一副老练姿态。

谢睿莞尔，扣着她的后脑，倾身吻了下去。

民宿里淡淡的香薰像某种助燃器，烧起一捧火焰。

顾朝曦抵抗不住，向后折倒。谢睿抓着她的脚踝，抱着人翻了个身让她跨坐在他身上。

亲吻继续。

男人的好体力在这时候展现得淋漓尽致，以至于她刚吹干的头发又被汗水打湿。

最后，重新洗净，又吹了一次。

翌日晌午，阳光明媚。

含蓄了许久的桃花绽开了粉嫩的花瓣，绿色的植被覆盖了整片春日的情怀。

顾朝曦打了个哈欠，抱着被子滚到侧边。

"醒了？"谢睿放下手机，走到她面前，"起来吃饭？"

顾朝曦不想动，两手一伸："你拉我。"

谢睿顺着她的腰线，将人从床上抱起："早饭还吃吗？"

"不了吧。"顾朝曦抬头看看墙上的时钟，"都这个点了，我换个衣服直接吃午饭好了。"

她动作很快，也没化妆。从洗手间出来时，手上捏着支口红，边涂边套上鞋子。

见谢睿习惯性地将床上的被子叠成了个豆腐块，她忍不住笑："谢睿，你要哪天搞个家政公司，肯定赚翻了！"

"是吗？"他扭头，自觉接过她手里的包，再扣住她的指尖，"那你要不先付我点服务费？"

顾朝曦踮脚，在他嘴上啄一口："走啦，我肚子都快饿扁了！"

谢睿弯眉，漆黑的眼眸里盛满了温柔："走。"

顾朝曦订的民宿算是在热门地段，这个时间点，往来观光的游客不少。

他们吃饭时，还碰到一个小姑娘举着牌子进来推销："美女姐姐，你要不要租套衣服拍照呀！你这么漂亮，拍照肯定好看！"顾朝曦对写真其实没有特别大的兴趣，而且谢睿……

看他平时给她发的食堂饭菜、沿途风景就不是个会拍照的。

她抿了抿唇，刚想说"不"。

"姐姐，你放心。我们店价格不贵的，一小时就五十块。"小姑娘见她没应，继续劝道。

她大概已经跑了一上午，黑黢黢的小脸热得通红，嘴唇上裂了皮。

一双不大不小的眼里，全是期待和恳求。

顾朝曦一时心软，抬眼笑道："好吧。"

服装租赁的店铺距离饭店不远，小姑娘领着他们进到里头时，正好有个女孩儿抱着牌子往外跑。

顾朝曦眼尖，一下认出小女孩来："你怎么在这儿？"

刘妙回头，也是没想到还能再遇见她。

怎么说？

还怪有种奇妙的宿命感。

"我怎么在这儿？我工作呀，你来拍照？啧，早知道找我呀！还能给我加点业绩。"她停了脚步，难得愿意分点时间给顾朝曦。

带着她过来的小姑娘立马道："不行啊，刘妙，你可不能抢我生意！"

"想什么呢？我就随便一说。"刘妙挥挥手，朝外走去。

"等等！"顾朝曦皱眉，看着她身上的伤口，"你不用读书？"

今天周二，照理说她这会儿应该在学校。

"读书？她都初中毕业了还读什么书呀？等过段时间农忙结束了，就该出去打工了。"店老板抱着顾客试完的衣服从试衣间出来。

刘妙回过头来，反驳："谁说我要去打工了？等我再干几天，攒够了钱，立马就去读书。"

老板"呵"一声："得了吧，这都开学快半个月了，你还没去。老师早当你不来了，还会给你留着名额不成？"

刘妙："我请假了！老师知道！"

老板挑眉："哟，了不起！那我就等着看你考上大学！"

刘妙深吸口气，懒得说话，一溜烟跑得没影。

老板转头笑呵呵地看向顾朝曦："美女，看在你们认识的份上，我今儿就给你个大优惠。这衣服你随便借多久，都按一小时算！"

小姑娘顺势推销道："哇！那姐姐你要不要多挑几件？"

顾朝曦下意识提问："你们这儿读书很贵吗？"

小姑娘："那当然！就妙妙考上的高中，一学期学费五百、住宿费一千二。再加上生活费、学杂费什么的，不得小几千？这么一大笔钱，哪是轻易就能拿出来的？更何况……"

顾朝曦："什么？"

小姑娘轻道："更何况，我们是女孩子。"

从小到大，所有人都说女孩子读书没用。

比起上学，大人们更希望她们做家务、干农活、打零工、嫁人。

"妙妙她奶奶不同意她上学，所以她只能靠自己。"小姑娘攥着晾衣杆，小声说。

顾朝曦默然，片刻问她："你呢？"

她笑笑："我？我爷爷奶奶去世了，爸妈在外打工。我要出去读书，家里弟弟妹妹怎么办？"

/ 第九章 /
找到方向

▼

1

刘妙回村的时候，意外看见了一辆熟悉的越野车。

顾朝曦抱着相机站在边上，身边还有个身材高大的男人。

她勾了勾唇，本想打个招呼，转念，又放下手，急急朝里走去。

谢睿似有所觉地抬起头来，侧头轻唤了下顾朝曦。

顾朝曦偏眸，对上她的视线，直起身来叫她："刘妙！"

刘家村偏僻，也谈不上什么风景。刘妙顿了下，不明白她为什么千里迢迢跑到村里来找自己。

难道……是发现自己昨晚借机讹她的事了？

不会吧？

她抿唇，下意识摸上裤兜："找我？什么事？"

顾朝曦言简意赅："送钱。"

刘妙愣了下："怎么？还想吃干巴菌？今儿没有，最快也得明天。"

顾朝曦摇头："我是想请你帮个忙。"

"帮忙？"刘妙眨眨眼，来了兴趣，"什么忙？多少钱？"

顾朝曦说："我想拍个片子，请你当女主角，价格好商量。"

下午，从服装店出来后，她发现郁水旅游区内，出来营生的女孩儿不在少数。

支小摊的、卖水的、唱山歌的，甚至他们沿路看到的苗族婚嫁习俗秀里的新娘，看着也就高中生的年纪。

这个年纪，本该是家里的掌上明珠，学校的青春少女，而不是举着牌子在街上四处拉客，或背着背包在山里挖掘菌菇。

她想帮刘妙，但不只是刘妙一个。

可……

"这里这么多人，你就是把自己的积蓄掏空也没用。而且并不是所有人都像刘妙一样坚定。"谢睿从小在山区长大，很清楚长远而缥缈的希望，在眼前的既得利益前是多么脆弱，"你给出的资助，有多少人会真的用在读书上？"

爷爷奶奶一句话、爸爸妈妈一附和，再加上村里大妈大姨的劝阻，她们或许就会放弃，会妥协，会臣服于现下的生活。

顾朝曦顿住："那怎么办？"

谢睿反问："你的特长是什么？"

顾朝曦垂眸，看向手里的相机："摄影。"

"那就用你的镜头，记录下这里真实的样子。"谢睿说，"让她们被看见，然后，有选择。"

他的话像一阵清风拨开了她混乱的思绪。

顾朝曦静下心来，思忖良久。

她打算拍一个以刘妙为中心视角的小片子，刘妙听后，却不打算配合。

"不拍！"

普通人面对镜头，总是会下意识地抗拒。

顾朝曦喊她："刘妙！你就只想逃出这片大山吗？你就不想，改变它吗？"

刘妙哼笑一声："改变？怎么改变？我只是个普通人，能管好自己就不错了。"

顾朝曦沉默两秒，忽道："太行、王屋二山，方七百里，高万仞……"

服装店的小姑娘告诉她，《愚公移山》是刘妙最喜欢的课文。

以凡人之躯，对抗天地。不论成败，皆是英雄。

刘妙原本已经准备走了，却因为她这几句话而停了脚步。

"北山愚公者，年且九十，面山而居……"顾朝曦看着她，继续背诵，"吾与汝毕力平险，指通豫南，达于汉阴，可乎？"

刘妙站在原地，对上顾朝曦的视线。只觉她这一问，不仅是愚公在问他的家人，更是她在问自己。

刘妙动了动脚尖，只觉心口有团火在烧。良久，她说："我不是愚公，移不了山。"

理智告诉她，那些陈旧的思想、多年的惯例，不可能因为一个小小的片子就被改变。

顾朝曦坚持："你不试试，怎么知道？"

"我在这儿长大！我怎么会不知道？"刘妙抬高了声量，还没说完话。

"奥数班？什么奥数班？你省省吧！那就是你们老师骗钱的！你一个女孩子，能把加减乘除学会就行了，学那么多有的没的干吗！"

临河的屋院里，突然传来一道低沉浑厚的男声。

透过窗帘的缝隙，她看到一个干瘦如柴的女孩儿唯唯诺诺地站在餐桌前。小小的脑袋，失望地垂着，像做了什么错事。

而千里之外，同样的年纪。

却有父亲为女儿的好学欢欣雀跃，有母亲为女儿的上进骄傲自豪。

多年以后，同样的年纪，有人肆意张扬地挥洒着青春，有人却蜗居工厂，不知前路几何。

这座贫困的大山，像牢笼般将她们压在底下。腐朽、麻木的思想吞噬着一个个自由、灿烂的灵魂。

"妙妙，这是我高中三年的所有笔记。我把它留给你，希望你也能和我一样考上自己理想的大学。"花花姐姐的话像冬日的阳光为她照见未来的方向。

顾朝曦张了张嘴，又喊："刘妙……"

"五百！"她抬眸，伸出一只手来，"拍片的报酬，我要五百！"

顾朝曦这辈子只拍过 vlog，纪录片还是第一次挑战。

所谓隔行如隔山，她在看了不少经典恶补后，忍不住放下手里的笔记，哀声长叹："啊！好难啊！"

她的脑细胞！

她为数不多的脑细胞！

要死啦！

谢睿端着刚买的夜宵过来，看着她问："怎么？蔫了？"

"嗯，蔫得彻底！"顾朝曦叹口气，可怜巴巴地看他一眼。

讲真的，她都有些后悔自己今儿傍晚急匆匆跑去找刘妙的事了。

怎么说也得先把脚本搞出来再去拉人吧？

谢睿举举袋子，安慰她："没事，吃点东西，重振旗鼓。"

顾朝曦努力打起点精神来，蹬着滑椅凑过去："这是什么？好吃吗？"

"月亮粑。"谢睿拆掉包装，夹起一个说，"这儿的特色小吃。我没吃过，不过看网友推荐，还行。"

"真的？我尝尝！"顾朝曦就着他手里的筷子咬上一口，眼睛陡然一亮，"唔！好好吃！"

"谢睿！绝了！你快！快吃一口！"

谢睿弯唇，被她逗乐："有这么好吃？"

"真的！我不骗你！"顾朝曦抢了筷子，直接把剩下的半个放他嘴边。

谢睿低头咬下："是不错！"

焦香酥脆、馅料饱满，的确是他女朋友喜欢的口味。

"是吧？"顾朝曦高兴一笑，立马又夹了一个放进嘴里，边吃边摇头晃脑地感叹，"郁水人民好口福啊！"

"喜欢吃，明天再买。"谢睿看她一脸陶醉的表情，忍不住笑道。

"那不行！"顾朝曦义正词严地拒绝，"我最近吃太多，肚子都大了！"

谢睿："是吗？我摸摸。"

顾朝曦向后一躲："哎！我肚子多金贵啊，岂是尔等凡人可以随便乱摸的？除非……"

谢睿："除非什么？"

她转了转眼珠子，小眼神向下一瞄，盯着谢睿的肚子："除非，你也给我摸一下？"

他这女友，真是敢想敢说，一点儿不害羞。

谢睿挑眉，忍不住低笑一声，伸手抓住顾朝曦的手掌覆于腰腹之上："摸吧，女朋友想摸，我还能拒绝不成？"

因为长期规律的训练，男人身材极好，肌肉线条流畅。

温热结实的触感，叫人不自觉联想到某些活色生香的画面。

顾朝曦悄悄吸了口气，想起他这两天沐浴后头发濡湿，衣衫半透的样子。

那真是美色惑人，摄魂夺魄。

她动了动指尖，还想多摸两把。

谢睿伸手，扣住她的手腕："行了，你还有正事要忙。先看片子，不然一会儿都没时间睡觉了。"

民宿墙上的时钟表，嘀嗒嘀嗒地跳动着，缓缓靠向夜里11点的位置。

顾朝曦眨眨眼，贼心不死地表示："不差这一分钟吧？"

"一分钟？"谢睿勾了勾唇，垂眸贴着她的额头，低声道，"那是你的时间，不是我的。"

她刚刚只摸了两下，都叫他有些把持不住了。

要真摸上一分钟，今晚怕是不能善了。

昏黄光线里，男人清朗的眼眸不知怎的竟覆了一层暧昧。配合着两人的距离，一下叫她想到他们昨晚在这床上胡闹了多久。

一瞬间，顾朝曦白皙的脸庞变得通红。

"那……那行吧，我先看片。摸你肚子的事情，就……就以后再说吧。"平日里伶俐的嘴巴也变得结结巴巴的。

谢睿弯唇，特贴心地说道："放心，我替你记着。"

2

再去刘家村前，顾朝曦特意去了趟超市，买了不少粮油米面。

她这片子，虽说是以刘妙为中心视角，但他人的观念呈现、对比，也是必须存在的。

村里的大爷大妈听说今儿来个不知什么人，要搞自媒体采访，随便说几句话就有东西拿，纷纷自告奋勇地跑了过来。

顾朝曦只用半天工夫，就收集了一堆素材。

回到车上，她迫不及待地把视频拷进电脑，开始分类。

谢睿看她一眼，开了瓶水递过去："忙了一上午，喝点水吧。"

"啊！好！"顾朝曦抬手接过，仰头就是"咕咚"一口。

上午采访，村里来的人多，一个接一个，几乎没断过。她没时间多喝水，只小抿了几口，缓解干渴。

"救命！突然觉得主持人也不容易啊！"这会儿得了空，她才发现自己口干舌燥，喉咙也干哑得厉害。

谢睿看着她眼底的疲惫，很是心疼："有什么要帮忙的，随时吩咐我。"

顾朝曦偏头，认真道："你已经帮了我很多了。"

刚刚在村里，要不是他帮忙维护秩序，她都录不到音效清晰的视频。

那些大爷大妈为了多拿些东西，会反复过来假装自己没被采访过。

而后边晚来的村民，见他们如此赖皮，生怕自己拿不到东西，便是一番争吵。

那场面，要她一个人，绝对应付不过来。

"谢睿，谢谢你。"顾朝曦思及此，再次说道。

谢睿侧眸，笑了下："你跟我，还要说谢？"

顾朝曦被他宠溺又自然的语气撩得压不住上扬的嘴角，抿了抿唇，挑眉道："也对，男朋友帮女朋友，天经地义。"

谢睿伸手，摸摸她的脑袋："是，所以你随便怎么使唤我都可以。"

顾朝曦这几天忙得前脚打后脚，每天睡觉时间少得可怜。因为脑子里一直在想事情，睡眠质量也不好。

他看在眼里，是真心疼。

也是直到此刻，他才知道原来拍个片子如此费神。

光是一个脚本，就要写上许久。很多时候，还得不断推翻重来。

采访村民，也同样不是易事。得针对不同的对象整理问题，还要根据他们的回答随机追问。

更要命的是，那些村民大多只会方言。她一边拍摄，一边还要努力辨析、记录，以便后期配文。

"嗯……"顾朝曦想了想，郑重道，"那就麻烦我男朋友帮忙找个合适的配音吧，记得别太贵。"

纪录片要火起来，并不容易。她昨晚查了推广价格，简直怀疑人生。

谢睿点头："我砍价，你放心。"

两人分工结束，纷纷开始忙碌。待闹铃响起，窗外已是星云缭绕。

"到时间了，刘妙来了没？"顾朝曦合上电脑，转身探出头去。

村口小道上静谧幽深，空无一人。

谢睿收回视线，打开背包："等等吧，你先吃点东西，我来看着。"

千重灯火是郁水特色，旅客也喜欢在夜间租赁服饰、拍照纪念。若是生意火爆，晚些回来也是正常。

半小时后。

"来了。"他眯了眯眼，看到浓重夜色里，刘妙纤瘦的身影快步出现。

顾朝曦背着相机，跳下车去："刘妙！"

刘妙没时间和她寒暄，点点头继续前行："走吧，上山。"

她为了攒学费，早上到早餐店打工，白天给服装店拉客，深夜再上山碰碰运气，看有没有值钱的菌菇摘来换钱。

而他们，为了拍摄刘妙的一日行程，也跟着天还没亮就起了床。

等在市区的素材拍够了，再火速赶到村里拍摄其他素材。最后，便在车里等着她回来，跟拍她上山采摘的过程。

"山路不好走，你们最好当心点。"刘妙一边走，一边提醒他们。

"放心，我有经验。"顾朝曦应一声，举着相机紧随其后。

夜晚山林，视线模糊。棕色泥地里，时不时冒出凸起的根节和细碎的石块，让人防不胜防。

"啊——"

她刚说完这话没几秒，就不小心被绊了个正着。

刘妙回头，就见谢睿动作敏捷地伸手，将人一把拉入怀里。

她松了口气，想嘲讽顾朝曦两句城里小山的攀爬经验可没办法跟这种原始森林比，眼角余光却瞥见顾朝曦死死护住相机的手，和小臂处明显的擦伤。

尽管谢睿反应迅速，顾朝曦裸露的小臂依然蹭到身旁的树干，磨破了大片白嫩的皮肤，留下一道道血红的伤口。

"你神经啊！这种时候还想着相机！"刘妙忍不住开口骂了一句。

谢睿皱眉拉过她的小臂，蓦地想到冬日南桑那个笑着说保自己，不保相机的女孩儿。

几天后，晚上九点。

热闹的网络世界里，一条片名为"高山中的求学路"的视频横空出世。

视频开头，村民们的议论一下子抓住了人们的眼球——

"哎！女孩子读书有什么用啊？我培养她到大学，最后还不是要嫁给别人？不划算啊！"

"是啊，而且现在大学生工作也不好找，不如早点出去打工，或者就在本地找个条件好的。你看我，字都不认识几个，不也活得挺好的！"

"没错！而且我们家那丫头，成绩那么差！能考上什么好大学？别浪费钱了吧！"

"就是！女孩子又不需要养家糊口，差不多得了！学那么好干吗？还不如趁年轻，多生几个孩子！"

弹幕上，不少网友激动回复：

【女孩子读书怎么没用了？读了书、见了世面，就绝不会再找像你这样的男人了！】

【我就是自己养家糊口，自己赚钱自己花。不用听别人说教，不要太爽哦！】

【啧！说了那么多，还不是舍不得钱！】

视频里，一个黑瘦锐利的年轻女孩儿厉声喝道："我管他们怎么说！我要读书，我就是要读书！"

她坚定的态度引起了不少网友的追捧：

【说得对！就这样怼他们！】

【啊啊啊！小姐姐好酷！我好爱！】

【博主！给个银行账号！这小妹妹的学费我出了！】

然而话好说，事难做。没有大人的支持，女孩儿只能每天跋山涉水、四处奔波，想方设法地到处挣钱。

早上，天蒙蒙亮，她就从村里出发，步行几十公里前往旅游区。晚上，还要摸黑上山，冒着巨大的危险，有时却是一无所获。

画面里，摄影者气喘吁吁地问她："你为什么一定要读书？"

女孩儿说："因为我想我的人生有第二条路。"

事实上，不只是她，还有许多因为种种原因不得不放弃学业的女孩儿也想读书。

视频第三段，摄影师走访了数十位山区少女。

她们有的因为父母的缺席早早挑起了家庭的重担，有的因为山区落后的教育质量没能考上高中……

摆在她们面前的困境，绝不止"贫困"二字那么简单。

看完片子的网友，虽身处异地，却都不约而同地陷入了沉思。

顾朝曦紧张地看着评论，低声道："谢睿，你说我这么做有没有用？"

她买了推广，拜托了所有认识的博主转发，想尽了一切办法去宣传，好不容易把视频热度顶上去了。

现在，却又担心她这么做是否真的能帮到她们。

谢睿倾身将他的女孩儿拥在怀里，附在她耳边道："会的，一定会的。"

因为视频热度持续，顾朝曦很快接到了相关慈善组织的电话，乡镇工作人员也与她取得联系。

他们约定在刘妙家里见面，商讨如何帮助当地女生完成学业、走出大山。

顾朝曦早早出门，心里打了无数遍腹稿。

谢睿偏头看她一脸专注的样子，只觉漫天云霞都不及她身上散发出来的光。

乡镇的人到得比她还早，三人坐在一起寒暄片刻，慈善组织的人便也到了。

该负责人年龄偏大，衣着朴素，整个人笑呵呵的，看起来性格极好。

落座后，负责人从包里掏出一份文件："我做慈善这么多年，还是第一次被人催着搞募集。呵！也不知道他们是怎么找到我的。"

顾朝曦垂眸，只见那文件上清清楚楚地罗列了网友捐赠钱款及物资清单。

"看看！数目不小，我想除了资助贫困生，还可以设立一个特别奖学金。这样，她们的父母就不会觉得读书无法带来经济效益。孩子们呢，也会更有学习的动力。"

顾朝曦点点头："没错，不过郁水经济落后，旅游业又相对饱和。不少旅游区外的村镇青年都会选择离开家乡，外出务工，很多人家里就只剩了老人和小孩。

"这样一来，那些十几岁的女孩儿就成了家庭主要的劳动力。

"如果不解决村里老人的赡养问题和小孩的抚养问题，很多女生依然无法继续学业。"

"这点我们镇里考虑到了。"乡镇派来的工作人员显然和她想到了一起，"后续会由财政拨款，协同村里一起建一个幼托中心和养老机构。

"凡是家里有子女在读高中、大学的，都可以视家庭情况申请免费照料。"

他们娓娓而谈，聊了整整一个下午。等到一切协商妥当，已是黄昏时分。

谢睿载着顾朝曦正要离开，刘妙突然从路边跑来，大喊她的名字。

"还好赶上了！"女孩儿满手污泥，一看就是又去了山上。果然，没等顾朝曦开口，她就反手从包里摸出一把干巴菌塞到顾朝曦手里，"谢谢你！"

黑黑白白的菌菇其实很不好看，但味道很香、营养更好。

顾朝曦抿了抿唇，抬眸看向眼前这个黑瘦平凡的少女，轻声道："不客气。"

她收了菌菇，仔细装好。

再上车，从后视镜里看去，少女奔跑的身影在夕阳的映衬下，鲜活得晃眼。

乡村蜿蜒的小道狭窄又冗长，但以后，将有无数少女从这儿走出，重启人生。

3.

回到民宿，顾朝曦踢掉鞋子，迫不及待地冲进浴室洗了个舒舒服服的澡。出来时她穿着浴袍，顶着一头湿漉漉的鬓发就要往床上扑："谢睿，我先睡一觉！起来再吃炒饭啊！"

谢睿揪住她的胳膊，把人拐到书桌前，将吹风机塞到她手里道："先把头发吹干了再睡，别老了偏头痛。"

顾朝曦撇撇嘴："我要是偏头痛了，你给我开点止痛药不就得了。"

谢睿垂眸，沉默地盯着她。

顾朝曦"哎呀"一声，捏着吹风机妥协道："我吹嘛！吹嘛！

"你去洗澡，我吹！"

她推了推谢睿，一张小脸上写满了"我很听话"四个字。

谢睿叹口气，拿着换洗衣服进了浴室。小小的屋子里飘荡着浓郁的玫瑰香气，有些惹人遐想。

屋外吹风机轰轰的响声在他打开淋浴头时骤然停下，他抹了把日渐增长的短发，无声浅笑。

等他洗完澡出去，顾朝曦已经侧躺在床上睡着了。乌黑的鬓发铺散在白色的大床上，洇开一片深色的水雾，小小的身子缩成一团，像刚上岸的小人鱼，柔软不谙世事。

他拔了书桌旁的吹风机，插到床头柜的插座里，开到最小风，坐在床边将她的长发拎起来仔细吹着。

床上的人儿感受到他的动作，翻身钻进他的怀里。白色的浴袍下，女孩子莹润的皮肤若隐若现地出现在眼前。

他捏着吹风机的指尖一僵，偏头移开视线，后背冒出些细密的汗珠来。

紧闭的窗帘外，云朵游弋、变换颜色。

顾朝曦抱着软绵绵的被子睡了长长的一觉，醒来的时候，外头已经昏沉一片。一米开外的沙发上，手长脚长的男人斜靠在上面，安安稳稳地躺着。

她翻身下床，盯着他深邃的眉眼，忍不住感叹自己眼光真好！

瞧瞧！这嘴、这鼻子、这睫毛……

又黑又长，跟把刷子似的。

她看着看着，手就跟失去控制了一样慢慢伸到他眼皮子底下，轻轻一摸。

那毛茸茸的触感，简直叫人上瘾！

顾朝曦笑了下，手指来回一扫——

"哟……你……你醒了啊？"

谢睿猛地睁眼，抬手扣住了她的手腕："偷袭？"

"男女朋友之间的事，能叫偷吗？"顾朝曦满脸无辜，理直气壮。

谢睿看了她两秒，突然俯身啄了下她的唇角。

顾朝曦瞪大了眼睛，捂着嘴巴，故意控诉："你偷亲我？"

谢睿挑眉："男女朋友之间的事，也叫偷？"

顾朝曦眯了眯眼睛，猛然伸手勾住他的脖子："你亲了我，我也要亲你！"

两人小鸡互啄似的胡闹了一阵，终于舍得下楼吃饭。

顾朝曦拿着筷子，搅了搅碗里的干巴菌炒饭，忽然喃喃道："谢睿……"

他抬头："嗯？"

顾朝曦想了想，说："我突然想到一句话——You will leave life even more beautiful than you entered it.

"生命的结局，会比开端更加美丽。

"我不想仅仅只是旅游了，我想做些什么，让这个世界更美好。"

她从前借着这片广袤土地上的美好风光疗愈自己的伤口，她寻找着，索取着，觅得些生活的力量攥在手里。

而如今，她见到了明媚天空的另一面。她想把她手里攥着的这些力量散出去，让她人生的结局和这个世界一起成为某种更有意义的存在。

尽管，这可能不那么简单。

谢睿定定地看着她明亮的双眸，蓦地想到她那日握着刘妙的手说"我帮你"时的模样，坚定、果决、一往无前。

或许从那时起，她心里的野火便暗自燎原，像飞鸟、像风、像早上的第一缕阳光，注定要在这世间留下点什么。

他弯身，目光沉入她的眼底，低声道："想做什么就去做吧……你是自由的，而我永远支持你。"

青年眼眸干净，满身的爱意与尊重让她沉溺折服。

"谢睿……"顾朝曦抿了抿唇，踮脚抱住他，"我好喜欢你啊。"

他顿了下，粗粝的指腹轻轻蹭着她软乎乎的耳根，轻声道："我也是。"

两周后，保利公寓。

顾朝曦瘫倒在转椅上，无力地对着桌上开了免提的手机哭诉："宋竟择！我要崩溃了！每天十公里啊！十公里你知道是多少吗？我真的觉得我可能没考上记者证，人先给他练废了啊！"

自从她意识到传媒的力量，表示自己想试试成为一名记者后，谢睿便开始给她科普体能锻炼的重要性。

他说当记者可能要面对很多危险的情形，要是遇上应付不了的状况，就三十六计走为上。

她颇觉有理，傻乎乎地点点头，然后在他拖着她绕着公园嘎嘎跑时，才猛然反应过来他当初说的支持是真支持啊！

于是幻想中的林间约会破灭，她被迫体验了"帅哥私教，带你激情燃烧"的运动野趣。

挥洒着汗水的男人当真诱人，也当真要命啊！

她真情实感地控诉完毕，电话那头诡异地沉默了几秒，而后传来一道低沉的男声："他睡着了……"

"啊？"顾朝曦愣了下，结巴道，"这样啊，那我先挂了，你……你们好好休息啊！"

你们？裴霆生蹙眉看着手中突然被挂断的电话，瞥一眼跷着双长腿躺在办公椅上睡得无知无觉的人。

另一边，顾朝曦捧着手机瞥一眼屏幕上的时间自言自语道："啊……是该睡觉了啊。"

她看着白花花的天花板怔了几秒，拖着酸痛的双腿慢慢磨蹭到床上，抱着被子沉沉睡去。

梦里，俊朗的青年拉着她穿梭在美丽的草原间。天地辽阔，野草芬芳，他们快乐地嬉笑着，累了就躺在一棵桃花树休息。

温暖的阳光照到她的脸上，叫她昏昏欲睡。青年不知从哪儿找来根狗尾巴草轻轻扫在她的唇间，逗得她闭着眼睛咯咯笑。

惹急了，她便一口咬在青年的指尖，翻身去挠他的腰腹。两人乱七八糟地打闹着，没有烦恼，没有忧虑……

没有秒表！没有口哨！没有"一二一"！

顾朝曦无声呐喊着，被清晨的闹铃叫醒，现实只有一对无力的双腿和一瓶男友亲情奉献的红花油等着她。

她挣扎起身，慢吞吞走到洗手间刷牙洗脸，而后出来换了件克莱因蓝紧身针织，再套一条白色运动裤，背上背包出门去。

为了弥补专业上的短板，她报了一个记者培训班，地点距离她租住的公寓不算太远。

她买了早餐晃晃悠悠地拖着疲惫的身躯来到教室时，隔壁座的小美正对着镜子化妆。回头一见她这憔悴的模样，小美"啧啧"两声道："这军校男孩儿就是不一样啊！"

顾朝曦面无表情地看着她艳丽的唇色，默默地在心里"呵呵"两声。

4

傍晚，谢睿下了班来教室接顾朝曦。春夏时节，他穿了件白色衬衫，亚麻长裤显得整个人干净又清爽，配上天边橘粉色的霞光和唇角淡淡的微笑，直接站成了一幅画报。

小美拎着包出来，对上夕阳下长身玉立的青年，忍不住凑在她耳边低低地感叹一句："哇哦！"

顾朝曦条件反射地抖了抖隐隐作痛的双腿，一步一步挪到他面前，仰头道："你今天怎么这么早下班？"

"今天没什么病人。"谢睿接过她肩上的背包，轻抚她毛茸茸的脑袋问，"晚上想吃什么？"

顾朝曦想了想，小心翼翼地问："今天还跑步吗？"

谢睿笑了笑，挑起的眼角好看到即便他下一秒说"跑"，她也会乖乖跟着他走。

"不跑。"

顾朝曦愣了下，难以置信地看着他："啊？"

谢睿好笑地揉揉她的脑袋，说："顾朝曦同学，你最近进步很大，所以今天奖励你休息一天，好好吃饭，好好玩。"

突如其来的惊喜砸得她瞬间热泪盈眶，抓着谢睿的手语无伦次道："谢谢！谢谢谢教练！我会继续努力，再接再厉，再创佳绩的！"

谢睿轻咳一声，牵着她的手沉稳地点头："好。"

路上，顾朝曦心情愉悦地戳着手机看了会儿美食点评软件，决定去电台附近新开的广场逛逛。这个时间点，不少餐厅都要排队等号。

她转了一圈，发现最快的餐厅也要等上十来桌人。于是取了号，拉着谢睿去一楼的射箭馆游戏。

谢睿拿了弓，垂着眼眸看了看，伸手拉开弓弦。

一旁的工作人员立马上前，提醒道："先生，您等一下。射箭之前，我们要先穿戴护具以免受伤。"

谢睿"嗯"了声，收回双手。身后不远处忽地传来一声嗤笑，他回头看到一个浑身名牌的男人拎着一把金色的弓箭闲闲地说了句："土包子。"

声音不轻不重，正好叫这片区域里的人都能听见。

顾朝曦偏头，恶狠狠地盯着男人看了两秒。男人不退反进，迎着她的目光嘲讽道："顾朝曦，我还以为你眼光多高呢，就这？"

她皱了皱眉，恍然想起这似乎是李女士给她介绍的众多相亲对象中最自恋的那位："李文伯？"

男人无言数秒，一字一句道："翟！文！斌！"

三个字的名字，她记错了整整两个字！

顾朝曦"哦"了一声，毫无歉意："你很会射箭？"

男人冷哼一声："这射箭馆就是我开的。"

她偏头和谢睿对视一秒，青年眉眼一挑，勾起的唇角像懒洋洋等待猎物的小狼："那比一场？"

翟文斌抬手薅着头发笑了下，觉得这人简直不自量力："行！小爷今天就让你见识见识什么叫真正的实力！"

谢睿微微颔首，没再说话。

射箭馆里有10米、20米、30米三种射程，原本为了体验，顾朝曦选的是最初级的10米道。但改为比赛后，翟文斌为了彰显自身不俗的实力，带着他们改换了30米道。

搭箭、拉弓、瞄准，每一步他都做得无比精细，第一箭射出，电子屏显示中了9环，差一点点10环。

但因为第一箭多少都会有些手生，这一成绩已是不错。

翟文斌悄悄舒了口气，抱弓斜觑谢睿一眼："现在认输还来得及，别一会儿闹得太丢脸了。"

谢睿看他一眼，动作随意地搭箭拉弓，30米的距离，他只简单地眯了下眼便放了手。

现场众人全都愣了下，几乎以为他这是放弃比赛了。结果近前的电子屏轻轻一闪，同样显出9环来，而且距离10环的位置比方才翟文斌射的那一箭还要再近些。

"好！"顾朝曦带头鼓起了掌，白嫩的脸颊红扑扑的，一看就很激动。

身边一人跟着说道："哟，这小兄弟运气不错啊！"

"是啊！我在这儿练了半天，都没这么好运。"另一个围观群众语带羡慕地说道。

没有人认为他那样随意的一箭是实力所致，翟文斌同样如此。但他在射第二箭时，面上的神情显然更加认真了一些，瞄准时间也比第一箭更久。

随着"咻"的一声破空之音，电子屏显示他这次中了10环。

周边围观的众人纷纷喝起彩来，气氛一下子高涨起来，仿佛他这一箭已经定了胜负一般。

只是下一秒，旁边的电子屏上显出一样的画面来。谢睿不知何时射出了第二箭，中靶的位置和翟文斌几乎一致，还距离靶心更近一些。

喝彩声骤停，现场的人们猛然意识到这个连护具都不晓得佩戴的青年或许在射术上当真有着不俗的实力。

一旁，翟文斌的脸色也变得阴沉起来，第三箭他琢磨了许久，终于不偏不倚地正中靶心。

10环和靶心，两者之间到底存在着天壤之别。但谢睿面色平静，似乎一点儿也不为此感到压力。他甚至笑了下，偏头朝顾朝曦伸手道："能借我下你的发带吗？"

顾朝曦抬眼望见他黑色眼眸里那一抹自信的神色，二话不说解了发带递到他掌心。

周围人群察觉到他的意图，窃窃私语道："他不会要蒙眼吧？"

"疯了吧？装也得有个度吧！"

他却丝毫不在意众人的议论，俯身将手里的弓箭搁在一旁，而后闭上眼睛，不疾不徐地绑上发带，再重新拎了弓箭，站直了身姿。

嘈杂的人群安静下来，深色的箭羽搭在弦上，仿似被无形的风吹动。谢睿勾了勾唇角，微微扬起下巴。

那一刻，她仿佛看到广阔的蓝天和无边的草原在他身后铺展开来，五彩的经幡猎猎作响，游牧民族的血液在空中燃烧。

谢睿拉弓放箭，箭头与箭靶相撞的声音传来，电子屏闪动——正中靶心！

周围抽气声一片，那个刚刚说谢睿装的人憋了半天，缓缓挤出一句："我……"

谢睿单手摘了发带，走到翟文斌面前低声问："还比吗？"

轻飘飘的三个字，落到翟文斌耳里，仿佛在当众嘲笑他。

他吸了口气，还没出声，顾朝曦已经跳了过来，一对圆润的小鹿眼滴溜溜地转了一圈，看着他道："李文斌，我还以为你水平多高呢，就这？"

他再度无言，又一次压着火气一字一句道："翟！文！斌！"

5

顾朝曦耸耸肩，无所谓道："好吧，翟文斌，别太难过，好歹创收了不是？"

翟文斌气得无语。

我需要你这三支箭的营收吗？我要的是面子！面子！你懂吗？

谢睿拉过自家女友，把弓箭往地上一放偏头问他："你什么时候开始接触射箭的？"

翟文斌一脸警惕地看着他，迟疑道："干吗？"

谢睿抿了抿唇，道："我五岁上马背，六岁学骑射。如果你不是像我接触得那么早，输了也正常。什么事都是熟能生巧，不是吗？"

突然被情敌维护了面子的翟文斌："是……"

谢睿笑了笑，低头看一眼手机，捞过搁在一旁的背包，牵着顾朝曦的手道："走吧，我们排的餐厅到号了。"

顾朝曦乖巧点头："嗯。"

出了射箭馆，她实在憋不住内心的激动站在自动扶梯上，踩着两级高的台阶转身回头看着他道："谢睿，谢睿，你刚刚好帅啊！"

谢睿抬手，扶住她晃晃悠悠的身子，淡淡道："是吗？"

顾朝曦疯狂点头："嗯嗯嗯嗯嗯！"

谢睿挑挑眉："平时不帅？"

"也帅！也帅！"顾朝曦左右摇着脑袋，捧着他的脸笑道，"我男朋友怎么都帅！"

她咧嘴的时候一双大眼也会跟着收紧，墨色的瞳仁便像闪着光似的亮晶晶的灵动，如同星星掉进海里，海浪携月奔腾。

谢睿弯了眼眸，将人拉到跟前。俯身拢住她飘散的长发，拎着发带仔仔细细地重新扎好。

温热的指尖偶尔划过女孩子柔嫩白皙的脖颈，便叫她小巧的耳根红上一分。

自动扶梯升到最后一级台阶时，他绑好最后的蝴蝶结，双手顺势扣上她的腰间，稍一用力将人提起放到地上道："男朋友再帅，也得看路，知道吗？"

顾朝曦愣愣地看一眼自己的腰，再看看谢睿宽大的手掌。她转了转眼珠，抬头笑得越发狷狂："不知道。"

谢睿歪了脑袋看她，她半敛了笑意，假装乖巧道："知道，知道。"

他俩今天吃的是一家泰国餐厅，菜量虽然不大，但各种汤汁味道浓郁，顾朝曦伴着菠萝炒饭吃得心满意足。

等到肚子里滚圆，她拿湿巾抹抹嘴巴，抱着椰子问他："我们一会儿干什么去呀？"

难得两人都有一个完整的夜晚，还不用跑那该死的步，她一点儿也舍不得回家，只想跟他在一起再多待一会儿。

谢睿从口袋里掏出一张纸条来，放到她面前道："上次说好的电影没看成，这次补给你，想看什么都行。"

她低头，看到那张小小的纸条上用淡色的彩铅仔细地描绘出一幅可可爱爱的电影票的模样，旁边画着一个头戴王冠的鬈发小人，上头写着一行小字：【本影票一切解释权为顾女王大人所有。】

"你画的？"顾朝曦抬头，有些惊讶。

谢睿轻挑眉梢："你的唐卡还是我教的，忘了？"

"对哦！嘻嘻！"顾朝曦笑了笑，莫名有种捡钱的惊喜感。

她仔细看了看影票，小心地将它藏进包里，轻轻拍了拍抬眸道："那去我家看吧，一边喝酒一边看，怎么样？"

谢睿笑笑："行。"

结了账从餐厅出去，两人手牵手慢腾腾地踱回公寓。

银色的天桥沉默地迎接过路的人群，四月的微风带着野花的香气拂过路人的脸庞，他们安安静静的，没说什么话，也觉得人间值得。

回到公寓，顾朝曦从鞋柜里拿了双蓝色的小鲸鱼拖鞋出来放到谢睿脚边。他愣了下，弯眉道："什么时候买的？"

她动动自己脚上的小鲨鱼拖鞋道："从你宿舍回来那天买的。"

谢睿捏捏她的脸："这么期待我来你家做客？"

顾朝曦拍掉他的手，打开冰箱拿了两瓶清酒出来，放到茶几上说："我这叫防患于未然。"

谢睿失笑："我是'患'？"

顾朝曦打开投影机，偏头看他一眼，眯着眼睛道："谁知道呢？"

她的公寓干净整洁，靠窗的柜子上摆着各种型号的镜头。

底下的书桌上放着一台电脑和她先前在南桑画的白色莲花。他环视了一圈这个第一次踏足的空间，心底有一种莫名的柔意悄然蔓延。

"开始了！"顾朝曦调好片子，拍拍沙发招呼谢睿过来。

白色的幕布降下，瑰丽的动画和温暖的故事在现实和想象之间搭起一座金色的桥梁。

热闹的音乐穿越浩瀚的宇宙星河，穿越过往的无忧岁月，穿越生与死的时空距离，找到你，只为你。

顾朝曦抱着酒瓶斜靠在谢睿身上，脸颊和眼眶都是红的。

看到感人处，她偏头将满眼的泪珠全部埋进谢睿怀里，用力吸了吸鼻子，抬起头正好对上满天的星空。

她愣了下，喃喃道："谢睿，你说人死后真的会变成星星吗？"

他抬手温柔地抚上她的脸庞，轻声道："不一定，也可能是月亮，是大海，是高山，是微风，是你目之所及、心之所念。"

顾朝曦静了片刻，低声道："可是如果可能的话，我还是希望他不是月亮，不是大海，不是高山，也不是微风，他就是他，是顾沉舟，是我的爸爸。"

　　谢睿单手挽着她的腰际，另一只手一下一下抚着她披散在背上的长发，像哄小孩儿："顾朝曦，意外随时降临，不可预料。我们能做的，只有活好当下。这样，告别的时候，尽管悲痛却能少些遗憾。"

　　顾朝曦直起身子，看了他几秒，忽地低头亲了他一下："谢睿，我会好好锻炼，好好工作，好好保护自己的。

　　"我还要跟你一起吃很多很多顿饭，走很多很多段路，看很多很多场电影。我会陪你一起活到很老很老，再变成星星、月亮、大海……"

　　谢睿看着她红红的鼻尖和粉嫩的小脸，倾身抵着她的额头吻上她湿润的眼眸，缓缓道："好，那就这样，一言为定。"

　　她靠在沙发上，伸出一根小指钩上他的，抬眸道："一言为定。"

　　屏幕上绚丽的光彩和窗外璀璨的星空，连同满屋的酒香一同见证这场平凡而隽永的约定。

　　静谧又柔和的氛围里，谢睿掐着她的腰肢微微拉开点距离，轻声道："那我们明天……继续吧？"

　　她仰头，不知所以："继续什么？"

　　谢睿笑了下，右手轻捏她软乎乎的耳根，凑近了说："跑步。"

　　顾朝曦："……"

　　"不是说要好好锻炼，陪我一起活到很老很老吗？那明天再多跑两圈吧？"

　　顾朝曦指了指右手边的过道，冷声道："门在那边，慢走不送！"

　　谢睿笑起来，忍不住又低头亲了亲她的额头。两人窝在沙发上闹了一会儿，屏幕上的电影正好结束。

　　顾朝曦送谢睿出了公寓，一路看着他的背影消失在夜色中，才搓了搓滚烫的脸，慢慢转身回去。

/第十章/
重回南桑

▼

1

六月底的时候，谢睿结束了医院的实习，准备返校完成最后的毕业仪式。

难得清闲的周末，顾朝曦抓了抓谢睿的头发，打算充当一回Tony老师，替自家男友修理入伍发型。

乍一听这等提议时，谢睿是拒绝的，但架不住她的软磨硬泡，最终点头答应下来。

左右最坏的结果无非也就是……光头而已……

他做好了思想准备，被顾朝曦拖着走进超市。货架上，各种品牌、型号、颜色的理发器依次排列。谢睿心下一沉，某种熟悉的预感油然而生。

果然，顾朝曦徘徊在货架前，左手一个理发器，右手一个理发器，睁着双懵懂的大眼睛期待地看着他："谢睿，你说我是买这个科科牌的好还是米米牌的好？"

他低头状似认真地在两个品牌的理发器之间来回看了一遍，抬手指着科科牌理发器，熟练地背诵出它包装盒上的广告词："这个，轻柔低音超安静，陶瓷刀头不卡发，时尚发型随心剪。"

他顿了顿，继续道："最重要的是——操作简单好上手！"

顾朝曦垂眸看了看手上的理发器："是吗？"

谢睿微笑颔首，右手拉过购物车，准备将她手中的理发器放入其中。

"那这个呢？"顾朝曦转身又从货架上拎出一款蓝色的理发器，凑在谢睿眼前道，"这个浦浦牌的好像也不错，而且颜色很漂亮！"

谢睿："……"

经过几轮附加题的考验，顾朝曦最终选择了颜色漂亮的浦浦牌理发器。

走出超市的那一刻，他再次情不自禁地感叹蓝天的美丽。

回到公寓，顾朝曦拆了包装，仔细阅读了一遍理发说明，又找了几个视频观看后，信心满满地把转椅从工作台边拖出来，按着谢睿的肩头坐下，从盒子里掏出理发围布给他系上。

蓝色的小布兜可可爱爱，配上谢睿那张俊朗的脸，有种别样的生动。她忍不住抱着他的脑袋咯咯直笑："谢睿，你好可爱！"

夏日的光晕照射在她的脸上，划过嫣红的嘴唇，落到精细的锁骨上，连成一条漂亮的弧线。

她一笑，那道弧线便动上一动，惑人心魄。谢睿抿了抿唇，抓着转椅把手低声道："顾朝曦，你别笑了……"

顾朝曦挑挑眉，弯着眼眸笑得越发嚣张："不行！我忍不住！"

谢睿抬眸看着她张扬的笑脸，忽地搂住她纤细的腰肢，稍一使劲将人抱坐在怀里。他扣着她单薄的背脊，低哑着嗓音道："顾朝曦，你再笑我也要忍不住了。"

她愣了下，双手无措地搭在他的肩上，嘴里蹦出一个："哈？"

下一秒，谢睿贴在她背上的手掌微微用力，薄唇覆上她凸起的锁骨。温热又湿润的触感叫她不自觉挺直了腰，缩着脑袋向后倒去。

谢睿单手抓住她的腿根向内一拉，动作间温柔又亲昵地吻上她柔嫩的脖颈，一下，一下，慢慢向上。

到下巴时，他张嘴用尖利的牙齿轻轻磨蹭了下，最后追着她絮乱的气息，停在唇瓣上缓缓深入。

炙热的季节里，她不由自主地轻颤了下，低着头配合地揽住他的后背。汹涌如浪潮的亲吻令她无可避免地沉溺其中。

小小的胸腔里好似有许多说不出的情绪满溢出来，她急促地捕捉着微薄的空气，又一次次陷入缺氧的境地之中。

男人粗砺的指尖趁机探入她的衣角，覆上小腹。

"谢睿！"顾朝曦惊了下，下意识叫着他的名字向后一躲。

谢睿却是老神在在，单手扣着她的腰肢："怎么？不是说好给我摸肚子的？想赖皮？"

顾朝曦愣了下，猛然想起自己不久前的承诺。

"想起来了？"谢睿低笑一声，贴着她的耳畔，"那我继续了？"

"等……"顾朝曦话未说完，便被他堵了回去。

紧接着，越发猛烈的攻势袭来。她脑中一片空白，只能任由他带着她沉入疾风骤雨之中。滚烫的气息，几乎要烧得她失去理智。

"顾朝曦……"他停了停，低声叫她的名字。

"啊？"她落在他怀里，迷茫地睁眼望向他。黑色的、深邃的眼眸深处似乎隐藏着某种热切的念想，在一个垂眸间被遮掩起来。

谢睿下颌线拐角处的齿骨轻动了下，抬手抚上她的嘴唇，低声道："我去了康城，你会不会想我？"

距离分别还有半月，他却提前思念起近在眼前的人。

顾朝曦被他弄得思绪不清，循着自己内心的想法胡乱说道："我会直接去找你。"

谢睿怔了怔，拉着她的手腕再次吻上她的唇瓣，只是这一次，不再急切，不再热烈，而像微风，像细雨，像他想说而又没有说出口的不舍。

风止雨停时，顾朝曦抓着他的肩膀问："谢睿，你那雪山上有信号吗？"

"有。"他想了想说，"但可能不太好。"

顾朝曦"哦"了声，道："没事儿，有就行，问题不大。"

谢睿笑了下，抱着她跟着说："嗯，问题不大。"

顾朝曦扯扯他脖子上皱巴巴的布兜，重新燃起理发的欲望，自我鼓励道："嗯！问题不大！"

谢睿对上她热情的眼神，悄悄吸了口气，自我安慰道："嗯，问题不大。"

他做好了被剃成光头的准备，原以为这便已经是极致了。但残酷的事实告诉他：孩子，你多少是有那么些轻率了。

顾朝曦对于成为一名优秀的 Tony 老师，高低是有一些野心在身上的。

安静的室内，飞扬的发丝不断落下。理发器嗡嗡的震动声持续了许久，终于停下。"Tony 顾"掸干净他身上的碎发，解下小布兜，语气明朗地大喝一声："好啦！"

他起身走到明亮的镜子前转了转脑袋，而后沉默地看着自己耳根上方那块深深浅浅的花样，斟酌着问道："这是什么设计理念？"

顾朝曦看着镜子里的人，举着理发器悉心解释："GZX 啊！我的名字缩写，看不出来吗？"

谢睿恍然大悟地"啊"了一声，莫名想到各大旅游景点的奇山异石，点头道："看出来了，很……很还原。"

顾朝曦笑笑，满脸得意："是吧！"

谢睿看着镜子里笑得一脸灿烂的人，温声道："嗯。"

"等等。"她拉了拉他的衣袖，走到他面前来踮脚轻柔地触到他的眼睑，"这儿还有一根碎发。"

他条件反射地颤动了下，拉住捻了碎发就要离开的人的手腕，弯身将人圈在狭小的空间里低笑："就一根？再检查下，还有没有？"

暧昧的阴影再度投下，顾朝曦靠着冰凉的落地镜意志混乱。

"咕噜噜"的叫声骤然响起，她捂着肚子略有些慌乱地睁开眼睛。谢睿抵着她的额头努力收住笑意，须臾，牵起她道："走吧，带你去吃饭。"

顾朝曦点点头，胡乱应下。

路上，谢睿捏着她柔软的掌心状似不经意地说道："我的毕业典礼，你要来吗？你要是来的话，我去申请一张通行证。"

"来啊！怎么不来？"军医大平日里都是封闭化管理，她就是想也进不去。如今有机会，那肯定得去啊！

顾朝曦跳了两步，有些兴奋又有些好奇地问："你们毕业典礼的时候也跟我们一样穿学士服吗？"

谢睿摇摇头："我们穿军装。"

顾朝曦想象了一下谢睿穿军装的样子，恨不得立马穿越到毕业典礼那天："那我可以拍照吗？"

谢睿笑："可以。"

几天后，第二军医大门口。

谢睿看着左手"大钢炮"、右手飞行器，一脸灿烂的人蓦然失笑："你这阵仗会不会大了点？"

顾朝曦抬眸，看到灿烂骄阳下，青年一袭橄榄色军装，劲腰长腿，身板挺直，一丝不苟的军帽下棱角分明的下颌线英气十足。

深邃的眉眼隐在阴影中显得更加立体，薄薄的嘴唇弯起来，露出白得耀眼的牙齿，是让人一眼就会心动的存在。

她下意识举起相机咔嚓拍了一张，看着镜头里的人。她跑跳过去，摇摇头道："一点也不！我这么帅的男朋友就得配这么大的阵仗！"

谢睿抬手摸摸她红扑扑的脸颊，笑着问："热吗？"

顾朝曦甩甩头发："不热。"

谢睿挑挑眉看她额角处渗出的细密汗珠，低声又问一遍："真不热？"

顾朝曦点头："真不热！"

"这样啊。"他垂眸，背手从身后掏出一个带电扇的粉色小帽遗憾道，"那看来我这小风扇是白准备了啊。"

顾朝曦眼睛一亮，迅速扒着他的小臂道："热的，热的。给我，给我。"

谢睿低笑一声，拉着她往边上靠了靠，弓着腰凑近了将风扇小帽仔细地戴在她头上。她今天穿了件淡粉色的防晒开衫，和帽子的颜色正好相衬。

长长的鬓发扎成两条松松的麻花瓣，向来素净的脸上难得化了点淡妆，额角处渗出细密晶莹的汗珠，像漂亮的水雾装饰在她柔嫩白皙的小脸上，粉嫩可爱。

"好了。"他戴好帽子又将她鬓边的碎发整理了下，轻拍粉色的帽檐，弯着眉眼道，"很漂亮。"

顾朝曦拿起手机对着屏幕照了照，抬手开了小风扇。微凉的风吹到她脸上，吹跑一颗颗小小的汗珠，吹皱她眼底的一汪湖水。

谢睿接过她拎在手上的相机，自然地拉上她的手，偏头又看了她一眼，牵着她慢慢朝里走去。

走了两步，顾朝曦拉拉他的手心，仰头看着他一身的长袖长裤问道："谢睿，你热不热？"

他低头，迅速道："不热。"

顾朝曦转了转脑门上的小风扇，踮起脚小声道："给你吹吹，凉快吗？"

谢睿笑了笑："凉快。"

军医大的毕业典礼在操场举行，近30℃的温度晒得大地灼热沉闷。

看台上热热闹闹地坐满了学生家长，边上零星站着几个正在指路的男生，看见他俩的身影，纷纷转头看来。

谢睿替她找了座，叮嘱了几句，转身下去准备入队。几个男生看着他们的互动，抬手勾上谢睿的肩膀，一张张阳光的脸上洋溢着灿烂的笑意。

顾朝曦看着他时不时飘来的目光，抿唇偷笑。

坐在她旁边的阿姨热情地同她打了声招呼，好奇地问道："姑娘，那是你男朋友？"

她眨着双亮晶晶的眼睛，愉悦道："嗯。"

"嘿！真帅！真好！"阿姨说，"你说都是在这和尚庙里，怎么人家毕业了就能领个小姑娘回家，我们家那个……哎！"

阿姨絮絮叨叨地和她聊了一会儿，左右张望了下，继续道："对了！他父母呢？还没来吗？你们见过父母了吗？"

顾朝曦顿了下，有些招架不住地摇摇头："还没。"

阿姨还想再问，坐在隔壁的叔叔瞅着腕上的手表，拉拉她的衣袖提醒道："别聊了，仪式快开始了！"

"是吗？"阿姨闻言立马坐直了身子，从包里掏出一只望远镜来，"我看看！"

顾朝曦趁机喝了口水，偏头看一眼满场熙熙攘攘、急切寻找自家孩子踪影的父母。她清亮的眼眸里划过一丝疑惑，随即被刺啦刺啦的广播声吸引了注意。

主持人的声音庄严大气，叽叽喳喳的操场渐渐安静下来。红色跑道上，身着橄榄色军装的青年站成一条条标准的直线。

一时间，所有人都举着手机记录自家孩子这五年大学时光最后的时刻。

片刻后，嘹亮的歌声响起："五星红旗迎风飘扬，胜利歌声多么嘹亮……"

仪仗队捧着国旗缓缓走向旗杆，青年们喊着口号，昂首阔步，脚上黑色的军靴在空中划出一道道整齐的弧线。

歌声停止时，他们正好走到国旗杆下，分毫不差。她挺直了背脊，看到谢睿捧着国旗。全场一片安静，熟悉的国歌骤然奏起。

一瞬间，台上所有人放下手机站了起来。无须言语，无须指示，每一个人的目光都投射在那面鲜红的国旗上，像血液里自带的基因。

璀璨阳光下，青年手捧国旗，迎风用力展开。台上台下便同时响起阵阵歌声。透过这面红旗，人们仿佛又看到了那段艰苦卓绝又自强不息的岁月。

哭声、呐喊声、枪声、欢呼声见证了这片炽热的黄土地一路走来的辛酸。

主席台正中间的话筒前，头发花白的老人身着军装，腰板挺直地站立着。透过他的面容，她依稀可以看到一个年轻的灵魂在向另一批年轻的灵魂宣告他们共同的情怀。

"军医是最特殊的军人，也是最特殊的医生。我拯救过无数战士的性命，也曾扛着枪杆子冲上一线。当战友们需要时，我们是生的希望；当战友们倒下时，我们是战的希望。为了这希望，我可以付出一切，乃至生命……"

底下众人安静地听着，年轻人蜜色的皮肤上划过一道道晶莹的汗珠，顺着坚毅的骨骼流到下巴，砸进土里。

夏风吹过，蝉鸣声声，顾朝曦感到一丝从未有过的动容。她也曾是参加过毕业典礼的人，也曾在大礼堂里听过离别的歌声。但……此刻的盛夏好像承载了一些别的什么说不清的东西。

她形容不出来，但这些东西就在心里，在这些青年的心里，在所有亲朋的心里，在这片黄土地的心里。

最后一列方阵走过，成百上千只白鸽飞上天空，金色的霞光蔓延。如此圣洁，又如此震撼。

主持人宣布结束，青年们列队离开操场。顾朝曦低头收拾相机的工夫，周边人群已经鱼贯而出，挤在那条小小的通道口急着去找自家孩子。

她老老实实等在最后一个，等所有人走空后看到台阶尽头处仰头笑望着她的谢睿。她快速跑下台阶，扑进他怀里："谢睿！"

"跑慢点。"夏日的怀抱带着黏腻的汗珠，分外灼热。谢睿将她放到地上，开了手里的水瓶递过去。

她咕咚咕咚喝了一大口，把水瓶递过去。他自然接过，也顺势喝了一口。

晶莹的汗珠顺着他仰起的脖颈流过滚动的喉结，落入他扣得一丝不苟的衬衫领中。顾朝曦眯着眼睛舔舔唇，深刻感受到了什么叫制服诱惑。

2

典礼结束后，他们还要再拍一组集体照。

顾朝曦摆摆小手和端坐在下方充当合照工具人的陆向晚打了个招呼，抬眼向上看去。

一大群穿着相同制服、身高腿长的青年中，她一眼就看到了谢睿。

他眉眼弯弯，笑得阳光灿烂。她藏在镜头后的眼睛也不由自主地跟着笑起来，像盛了满世界的花开，心头盎然。

院里请来的摄影师蹲了半天，皱着眉头抬起头来，挥手道："后排那个帅哥！看我！"

周边一群青年转头嬉笑着起哄："谢睿，别看你女朋友了！看摄影师！"

顾朝曦瞬间红了脸，拎着水瓶在学院一众老师好奇的目光下跑到边上，等着他们拍完照。

摄影师喊了声"一二三"，所有人欢笑着喊"茄子"，五年的青春便在这一张合照中烙下了永恒的记忆。

谢睿下了照相台，走到顾朝曦身边问："给我拍照了？"

"嗯呢！"她献宝似的举着相机屏幕凑到他眼皮底下道，"拍得可好看了！眼睛是眼睛，鼻子是鼻子的！"

谢睿垂眸，看到小小的屏幕上所有同学都看着正前方，只有自己偏头对着侧方笑。

他勾了勾唇，捏捏顾朝曦被阳光晒得粉嘟嘟的脸问："那你要不要跟这个眼睛是眼睛，鼻子是鼻子的人一起拍张照？”

她转了转眼珠子，蓦地想到好像除了当初在南桑抓拍的那张倒影，他俩之间确实再无合照。于是她点点头，说："要！"

此话一出，一旁晃荡着偷听八卦的男生立马上前，毛遂自荐道："我帮你们拍！"

谢睿含笑应下，牵着顾朝曦走到学院前方的青绿色草坪边。举着相机的男生从镜头前探出头来，指挥道："谢睿！搂上去啊！"

她抿唇，歪着脑袋斜向上看向谢睿。他眉尾一挑，抬手揽上她的肩头。轻薄防晒服下女孩子的肩头柔软如棉絮，叫他轻易不敢用力。

"谢睿你搂紧点！亲密点！你女朋友身上又没刺，赶紧的！"男生再次从相机后冒出头来。

顾朝曦被对方逗乐，挪挪脚步挽住谢睿，靠在他身上甜甜地笑。

"哎！这个很好！再来一张！"男生进入了状态，上上下下左左右右认真找着角度，俨然一副摄影师派头。

谢睿低头看着怀里那颗毛茸茸的脑袋，抬手摸摸她的右耳，而后在她茫然抬头的瞬间，俯身在她额间落下一吻。

温热的触感传来，心跳快得不可思议。她还没反应过来，周边偷摸围观的人群已经发出些许细碎的惊呼。

"很好！Bravo（很棒）！"新晋摄影师激动得嗓子都劈叉了，架着相机的右手以肉眼无法分辨的手速狂按快门。

顾朝曦愣了片刻，粉色的耳根顷刻间血红一片。

另一个单眼皮、薄嘴唇的男生吹着口哨喊："谢睿，可以啊！"

她抽出手，捂着脑门被他拥进怀里，朦胧中，听见他覆在她耳边轻笑了下，低声道："别理他们，还要再拍一张吗？"

男人干净的声线被烈日骄阳晒得沙哑又深沉，像冬日云杉的树干，磨砂似的蹭在人皮肤上，带起一阵酥麻的战栗。

"够了！够了！"顾朝曦缩着脖子，从他怀里钻出来说，"我去看看成片。"

拍完照，绛紫色的云彩渐渐从天边翻上来和大片粉橘交融。

谢睿看一眼身后挤眉弄眼的同学，笑着问她："他们邀请你晚上一块儿去吃烧烤，去吗？"

顾朝曦瞥见那群千手观音似的以各种角度出其不意地伸出手来，同她热情挥手的大男孩儿，点点头道："去。"

吃烧烤不必穿得如此板正，一伙人浩浩荡荡地冲进学院洗手间脱了军帽和外套。

盛夏夕阳下，谢睿着一身绿色衬衫，规规矩矩地扎进裤子里，棕色腰带衬得他腰细腿长，分外惹眼。

顾朝曦看着迎面朝她走来的青年再次感受到了他们的魅力。

他们订的烧烤店就在学校门口的商业街，顾朝曦被谢睿牵着走在队伍最后。她踮脚看看前头一排大高个儿组成的人墙，低声问："你们班没有女生吗？"

下午临时充当了一回摄影师并乐在其中的孙正浩竖着耳朵，立马转头道："咱们班没有，但院里有。"

他举着手掰出四根手指头："就四个！"又神秘兮兮道，"其中两个喜欢你男朋友！"

顾朝曦拖着尾音"哦"了声，而后压低嗓音继续问："那剩下两个呢？"

为什么不喜欢我男朋友？

孙正浩愣了下，指了指前方那个领子开个口、单手插裤兜走得吊儿郎当的单眼皮男人道："剩下两个喜欢他。"

顾朝曦挑挑眉，攀着谢睿的胳膊凑到他耳边轻声道："没关系，我喜欢你。三比二，你赢了！"

谢睿眉头微蹙，又忍不住笑道："我只要你这一票就够了。"

孙正浩瞪着双大眼睛，无声地望向谢睿：该说不说，怪不得你有女朋友呢！

顾朝曦看他一眼，认同道："也是！"

孙正浩端正的五官迅速皱拢，无言的视线转向顾朝曦：该说不说，怪不得你俩是一对呢！

夏日夜间的烧烤摊，呈现出人间最热闹的一面。随风飘摇的烟雾，混在空气里的孜然香气和聊着天偶尔大笑的年轻人，在粉紫色的天幕下碰撞出啤酒泡沫一样美妙的生活图卷。

他们一群人占了两大桌，点了一堆龙虾烧烤，又乌泱泱地去搬啤酒。同行的伙伴替顾朝曦拿了瓶雪碧，她应声道谢，而后将雪碧推给谢睿，自己摸过他的酒杯捧着。

几个年轻人笑嘻嘻地打听他俩的恋爱细节，他一面剥着小龙虾，一面三言两语地说上几句。

顾朝曦抿着啤酒，吃着小龙虾，只觉得今年夏季的晚风舒服得叫人沉醉。

一群人问到谢睿喜欢顾朝曦的理由时，她眨着眼睛竖起了耳朵，凑上去听自己的八卦。他对上她亮晶晶的眼睛，笑了笑道："因为……她值得。"

很奇怪，他明明什么理由都没说，但这一句"值得"便仿佛抵过了千万个理由。告诉她，你身上所有的一切都值得我喜欢。

"哇！"一群人异口同声地发出惊呼。

"过了，过了啊！本人表示受到一万点暴击！"

"喂！妈妈，相亲？我马上去！"

"谢睿你什么时候进修的情话大全？快给兄弟借个笔记抄抄！"

顾朝曦摸了摸自己滚烫的耳根，咧着嘴傻乎乎地笑。

谢睿剥好一只龙虾，顺势送进她嘴里，伸出一根干净的小指轻挠她的下巴，抬眉道："快吃。"

她咽下小龙虾，挪挪脚步，搬动屁股底下的小椅子蹭得更近了些。在人声鼎沸的露天桌席边用一种窃窃私语的音量，她对他说："你也是。"

值得我所有的喜欢。

谢睿笑了笑，忽地又想到了很久之前他们在南桑初见时的景象。

大雪纷飞，起先他以为他遇见了一只林间迷惘的小鹿，后来才晓得那是只跨越了无数山海，偶然落到他身边的飞鸟。

顾朝曦睁眼的时候，对着面前灰白色的座椅发了会儿呆。昨夜良好的气氛让她不自觉多喝了点酒，最后好像是谢睿将她背回家的。

但……

她抬头看到头顶黑乎乎的小电视，漠然地想，这不是机舱吗？为什么她闭眼的时候人还在军医大商业街，一睁眼就跑机舱里来了？

顾朝曦晃了晃混沌的脑子，试图回忆起这中间的过程来，动作间，卷曲的长发碰到身边一人的手臂。

她偏头望去，看到谢睿端坐在一旁，头枕着飞机座椅，睡得安稳。

半明半灭的光线里，他挺立的五官被衬得更加深邃，长长的睫毛连成一道浓重的阴影，像落入凡间的神灵，带着难以言喻的温柔和掩藏其中的力量。

她眯着眼睛，脑海里骤然出现些零碎的记忆。

月落满地的街道，她趴在谢睿背上一会儿高唱《咱当兵的人》，一会儿背诵《我爱这土地》。

爱国情怀升华到高潮的时候，他背上的蝴蝶骨硌到了她柔弱的小胃胃，几声干呕溢出嘴唇，他立马将她扶到街角轻拍她的背部。

她猛地抬头，抱住谢睿开始大哭，一把鼻涕一把眼泪地往他干净的衬衫上蹭："谢睿！我舍不得你走！舍不得！舍不得！"

他却毫不在意，搂着她一遍遍告诉她自己一放假就会回来看她。

温热的夜晚、男人的怀抱和此刻机舱里的冷空调形成鲜明的对比。顾朝曦搓了搓裸露的手臂，依然为自己眼下的处境感到迷惑。

"冷吗？"谢睿不知何时醒了过来，宽大的手掌包住她的手心，"要不要帮你要个毯子？"

顾朝曦摇摇头："不用。"

他站起来，从行李架上取出一件外套，披在她身上。俯身时，她看到他向来齐整的领口处那颗她一直视为眼中钉的扣子不知怎的不翼而飞了。留下的口子不大不小，正好够她瞥见觊觎许久的锁骨。

线条流畅利落，关节处凸起……

顾朝曦怔了怔，脑子里恍惚间又闪过一个画面。

夜晚晦涩暗淡的林荫路上，身高腿长的男人被她逼至角落。她仗着满身酒意，揪住那颗不顺眼的扣子，用力扯下。

"顾朝曦……"他低沉的嗓音被她压了回去，她伸手捂住他的嘴唇，皱眉道，"老板你不要说话！让我好好看看这个鸭架新不新鲜！"

面料硬挺的衬衫领被拉开，她盯着那副漂亮的鸭架看了半天，最终没忍住馋意，张嘴咬了下去。

尖利的牙齿撞上硬邦邦的骨头，一点儿也不好啃，她不死心，茫茫然愣了半刻，伸出舌尖小心翼翼地碰上……

"还冷吗？"机舱里多数旅客都在睡觉，谢睿看着她小声问道。

过近的距离让她更清晰地目睹了自己的罪证，升腾的热意快速在她薄薄的背脊渗出一片细密的汗珠。

顾朝曦咬了咬唇，努力镇定道："不冷了。"

谢睿坐回去，忽然捏捏她的手问："那昨晚的事，你还记得吗？"

昨晚的事？

顾朝曦呼吸一滞，僵直着身子道："什么事？我喝多了，记不起来了。"

谢睿顿了下，缓缓道："就是……你听说我再过一周就要赴职，吵着闹着非要跟我一起回南桑的事。"

他半垂着眼眸，嘴角微勾，看着她问："忘了？"

顾朝曦动了下眉尾，脑子里模糊地蹦出一幅她坐在地上，拖着谢睿的手臂逼着他立刻马上买好双人机票的画面。

她这该死的行动力！

顾朝曦痛苦地抓着头发，简直恨不得穿越回前一晚摇醒醉酒的自己："没忘。"

谢睿看着她，眼神专注："真的？"

她点头，"嗯"了一声。

谢睿笑了下，挨着她问："那你刚刚说记不得了的是什么事？嗯？"

顾朝曦一下顿住，脸上的热气被他那一声弯弯绕绕的"嗯？"搅和得更加猖狂。

她攥紧了盖在身上的外套，蓦地将自己整个脑袋罩了起来，闷声道："我困了，再睡一会儿，你别吵我！"

谢睿看着她裹得严严实实的脑袋，想到昨夜她扑上来时落在他颈间的湿润触感，轻轻摩挲着锁骨上的红痕，无声浅笑。

3

飞机落地时，天色尚早。

柔和的光线从天边的云层漫游到远处的山间，再缓缓降临她的掌心。

顾朝曦深吸一口气，只觉康城的空气都比 S 市的更清新些。

她昨晚闹腾得厉害，以至于他俩除了一个随身背包，什么都没带，就上了飞机。

去南桑前，谢睿带着她先去了趟城里的超市采购一些必备的生活用品。逛到某片特定区域时，谢睿站在一旁自觉背过了身子。顾朝曦左右看了眼，动作敏捷地抓了几套浅色的藏进怀里，拽了拽谢睿的衣袖道："好了，走吧。"

他应了声，斜斜瞥见一角淡蓝色的蕾丝花边和女孩子因羞赧而显得粉嫩可爱的后颈，向来淡然的心绪莫名浮躁了起来。

坐车回南桑的路上，顾朝曦看到沿途的山峰全都冒出了绿意，深的、浅的交融在一起，杂糅成一幅浓郁的油画，和着天空极致的蓝白和暖黄色的夏日光晕，美得叫人说不出话。

灰黑色的公路两旁，曾被白雪覆盖的草原上也郁郁葱葱地长出无数小草和许多不知名的白色小花。马驹、小羊、牦牛像这片草原的主人，慢腾腾地踱着步，吃着草。

桑吉在公路尽头的草地上等着他们，闲散帅气的青年在顾朝曦的镜头里成了后来南桑大火的契机。

眼下，他骑坐在高大的棕色马匹上，居高临下地看着他俩笑："扎西德勒！"

顾朝曦双手合十，和谢睿一块儿回道："扎西德勒！"

桑吉拽了下手里的缰绳，道："走吧，上马回去，德吉已经做好饭等着了。"

谢睿把背包捆上白马马背，摸摸嘴里还不停地咀嚼着新鲜的嫩草的黑色大马，接过缰绳对顾朝曦说："上去吧。"

她抬脚，踩着蹬子用力一拉。视野陡然升高，又在顷刻间落了下来。一片宁静中，她听见桑吉极细微地笑了下，似嘲讽。

倔强的灵魂瞬间烧了起来，她抓着马鞍再次发力，白嫩的小脸迅速涨红！力竭时分，一只手搭在她腰间，轻而易举地将她送上马背。

没等她反应过来说声"谢谢"，男人滚烫的身躯已经贴上她的背脊。谢睿牵着缰绳的手绕过她头顶，将她整个儿环抱在怀中，低声道："顾朝曦，想不想感受一下真正的草原？"

她紧张地挺直了身子，乖巧点头。下一秒，呼啸的风声划过耳畔，绿色的山脊迎面朝她拥来。她在那一刻，嗅到了自由的气息。

其后，辽阔平野上，方才还在抿唇偷笑的桑吉抖着嘴唇，面无表情地看着两人驰骋的背影失语良久。

兄弟，我带了三匹马过来的好吗！

绕过山路，走上熟悉的石子小道，德吉就站在小院门口，穿着漂亮的袍子，戴着先前她买的串珠，不施粉黛的脸上挂着柔和的笑容，便是最好的修饰了。

望着他们出现的身影，德吉挥挥手高兴道："扎西德勒！"

顾朝曦因兴奋而红润的小脸扬起来，松了一边手，朝德吉喊："扎西德勒！"

谢睿驾驭着大马走到德吉面前，将顾朝曦抱下马来。她前后望望，没看见洛桑的身影。

德吉循着她的目光，笑着解释："洛桑上学去了，我们吃饭吧。"

顾朝曦"咦"了声，惊喜道："德吉，你汉语有进步！"

德吉眼眸亮亮的，有些害羞地撩着鬓角的碎发笑："这个季节游客多，我跟着他们学就进步了。"

顾朝曦弯了弯眉眼："那很棒呀！"

德吉手一抬，指了指她和谢睿说："你们也很棒！"

谢睿安置好了马匹，快步朝她走来。顾朝曦耸了耸肩没说话，脸上盈盈的笑意便是最好的答案。

小院里，德吉准备了满满一桌的吃食。有炸土豆条、牛肉面、牛肉饼、糌粑、包子、酸奶拌饭、小火锅等等，简直可以称得上是应有尽有！

顾朝曦掰了一块牛肉饼，发现德吉在鲜香的牛肉粒间还夹了不少剁碎的小辣椒，像是专门为了迎合她的口味。

她舔了舔唇，抬头看到远处的卡瓦尼格，再次臣服于这片赤诚的土地。

小院门口，桑吉跳下马，拎着一壶酒朝里走来，嘴里嚷着："喂！你们也太不够意思了吧！都不等我就上桌了？"

谢睿拿筷子敲敲酒瓶，问："这是什么？"

他得意地晃晃，说："桃花酒，我阿爸今年新酿的，可香着呢！说清楚，我可不是速度比你慢，只是刚刚回了趟家拿酒。"

顾朝曦收回向上滚动的眼珠，立马推了酒杯过去，乖巧道："尝尝。"

桑吉拔了酒塞，浓郁的酒香混着春日桃花的气息便随风飘荡开来。晶莹的酒水干净剔透，在阳光下泛出漂亮的光泽。

顾朝曦低头浅抿一口，唰地抬头，竖起大拇指道："好喝！"

"是吗？"桑吉挑挑眉，咧着嘴笑。

"嗯！"顾朝曦点点头，一双手捧着杯子，追着桑吉手里的酒瓶移动。

"好喝……"他却收了酒瓶，直起身道，"找你家谢睿给你酿啊，上回你走后，他在下村放生了一棵桃树。这会儿虽然桃花已败，但树上还结着几个桃子，可以摘来酿桃子酒，也不错。"

她愣了下，转头看向谢睿。宋竟择曾笑着调侃她那么容易就被人拿下，没有鲜花，没有告白，没有烛光，只有一轮明月见证了他们的故事。

彼时，她翻了个白眼，说他俗套，但心底也未尝没有期待过那些俗套的情节，可谁知，她的男孩儿早在很久之前便为她种下了一树的鲜花，预告了一世的花开。

谢睿浅笑着勾了勾桑吉的脖子，蜜色皮肤下有淡淡的红晕透出。仿若年少时隐秘的心事突然被自己的好兄弟正大光明地摊开，摆在喜欢的女孩儿面前。

他轻咳一声，捏着酒杯道："一会儿带你去看，先吃饭。"

顾朝曦心头盎然，闻言捧起碗筷，吃得风卷残云。

德吉端着刚煮好的甜茶出来，骤然见到她这番吃相，疑惑的神色在谢睿身上停了停，仿佛在问：你饿着她了？

吃过午饭，谢睿牵着顾朝曦慢慢走下山去。

夏季的南桑和冬日的南桑截然不同，又各有各的灵气。他们一路踩着阳光，在一片嫩绿中遇见了那棵小小的桃树。

不及一人高的树上零星结着几颗黄绿色的果子，顾朝曦用力掰下，捧在手心，仰头问他："谢睿，你说这桃子会甜吗？"

谢睿："没成熟呢，怎么会甜。"

顾朝曦看了他一眼，用手搓了搓小桃儿表皮上的细毛："凡事皆有可能嘛！"

谢睿怕她就这么生吃，抢了桃子走到小溪边冲干净。

顾朝曦就着他的手，咬下一口。尚未成熟的小桃儿又酸又涩，叫她满脸的五官尽数皱了起来。

他笑笑，倾身问她："甜吗？"

顾朝曦眯着眼睛，忽地踮脚亲他一下："甜！"

谢睿愣了下，莫名从唇上那抹酸涩的桃汁中感到一丝比春日的桃花蜜还要香甜的味道。

小小的桃树从远处望去，弱小得要命。顾朝曦看着看着，偏头问道："谢睿，你说再过一年。这棵桃树会长多高？"

他想了想，说："大概跟你差不多。"

"那它长高了，树上的桃子会更甜一些吗？"

"会。"

"那我们明年再来摘桃子吧？"

"只摘桃子？"

"嗯……也看桃花！"

"好。"

高远深邃的蓝天下，他们倚靠在一起便抵得上一整个夏季的明媚与张扬。

4

从下村回去的路上，顾朝曦正好撞见放了学蹦蹦跳跳往家跑的洛桑。他今天穿了身大红色的小褂子，像从年画上跳下来的小娃娃，可爱至极。

一双黑亮亮的眼睛远远看到他俩，立刻迈着小短腿吭哧吭哧地跑过来，直往顾朝曦身上扑。

只是中间突然横出一条坚实的手臂，一把将他扛到了自个儿肩上。

洛桑眨眨眼睛，抱着谢睿的脑袋低头问："顾姐姐，你们什么时候回来的？桑吉哥哥说，你跟阿睿哥哥在一起了，是真的吗？"

顾朝曦抱着一堆小桃子，故意逗他："你猜？"

洛桑眼珠子一转，嘻嘻笑道："我猜是真的！对不对？"

"答对了！"顾朝曦点点头，往他手里塞一个小桃子，"奖励你一个桃子。"

洛桑看看手里的桃子，疑惑道："这桃子还没成熟吧？"

"是没成熟，但不影响它甜啊！你阿睿哥哥种的，你还不信？"顾朝曦偏头，朝谢睿抛去一个眼神。

谢睿抿唇表示接收，颔首道："是挺甜。"

洛桑自小被德吉洗脑阿睿哥哥无所不能，听他这么说，小手一伸，摸摸桃子，小心翼翼地放进嘴里，咔嚓一咬。

一秒后，他"哇"的一声哭出来："你们骗人！这桃子明明酸得很！"

顾朝曦抱着肚子，笑得前俯后仰。谢睿无奈地低声去哄被她闹哭的小孩儿。

八九岁的孩童，情绪来得快，去得也快。在得到一根棒棒糖的安慰后，立马又跟顾朝曦成了如胶似漆的好朋友。

回到小院，德吉正抱着木桶打酥油。洛桑从谢睿身上跳下来，拉着顾朝曦去后院看春日里刚出生的小牦牛。

浑身乌黑的小家伙闻到奶香，晃着两个小角顶开木栅栏，凑到洛桑身边来。

洛桑摸摸小牛的身子道："嘿，慢点喝，别着急。"

顾朝曦蹲在一旁，拍拍木栅栏问："洛桑，你怎么不给这儿上锁？不怕它逃出去吗？"

他抬眸，有些莫名："为什么要上锁？格勒是野牦牛的孩子，等它长大了，就会回到山上去。"

顾朝曦从来不知道牦牛还分家养的和野生的。洛桑亲了亲小牛的犄角，道："阿妈说，牦牛是山神的坐骑。山神怜悯我们在这片荒原上生活的困难，便派了一批牦牛来帮助我们。但这雪山上，还有许多野生牦牛，它们是这片土地真正的主人，我们不能束缚它们。"

"自由，是比生命更重要的东西。"洛桑低垂着眼眸看着小牛道，"对它们来说。"

顾朝曦怔了怔，在眼前这两个小生命的身上看到了几乎可以被称为神性的东西。

德吉做好了晚饭，在前院喊他们的名字。洛桑和格勒道了声别，拉着顾朝曦一起出去。

桑吉和谢睿一块儿喂马回来，哪壶不开提哪壶地问道："洛桑，你朝曦姐姐上回留给你的数学题，你做完了吗？"

洛桑瘪瘪小嘴："还差一点儿。"

德吉端着碗筷出来，温和道："没事儿，一会儿吃完饭让你桑吉哥哥教你。"

莫名将自己搭进去的桑吉："？"

夏日南桑的夜里，各种小虫子从树丛中钻出来享受晚风的吹拂。知了不知疲倦地叫着，顾朝曦舀一勺牛肉炒饭，送入口中。

熟悉的味道叫她突然想起一个人来："多吉呢？"

桑吉抓一把坚果，扔进嘴里道："最近这旅游旺季，就我家那民宿都被订满了。他当然被他爸按在山上，拼命干活了。"

顾朝曦点点头，游移的思绪忽地抓住他话里的关键，举着勺子想，旅游旺季，民宿爆满。那她今天晚上，住哪儿？

是夜，星星落在桃花酒里，谢睿牵着她和德吉告别时，她隐隐猜到了自己的去处。

暖洋洋的空气带着点湿意浸润她的指尖，顾朝曦看着眼前的小院，缩了缩脚步，道："谢睿，要不我还是再去问问有没有民宿有空房间吧。"

谢睿回头笑了下，拉着她说："放心，我爸妈不在，屋里有两间房。"

她眉头一挑："你爸妈不在？"

谢睿"嗯"了声，清明的语调里莫名带着点干涩："他们在色农，就是我们之前去过的村子。"

顾朝曦抿了抿唇，抬眼道："那既然这样，我就不客气地住了？"

谢睿揉揉她的脑袋，推开小院大门："千万别客气。"

顾朝曦跟着他走进屋里，好奇地张望着这栋灰白色的小楼。谢睿家整体不算太大，和德吉家差不多，但因为空旷，倒显出几分宽敞来。

屋里各种陈设上了年头，但保养得当，看起来还挺干净。

谢睿开了灯，简单介绍了下屋里的布局，将背包递给她道："你住二楼房间，屋子已经打扫过了，热水器也开了。沐浴露、洗发露都在洗手台上，热水朝左，冷水朝右……"

她等他说完，抱着背包问："你什么时候收拾的屋子？"

他们今天下午除了晚饭前那段时间没在一块儿，其他时间基本都在一起。这动作，未免也太快了一点吧？

谢睿睫毛一动，清了清嗓子道："我和桑吉一起收拾的，他做家务……很有经验。"

顾朝曦想到桑吉家开的民宿，点头道："看不出来，他还挺能干呢！"

谢睿舔舔唇，想到他昨天上飞机前给桑吉发的信息，轻咳一声，带她上楼："是啊。"

小楼台阶有些狭窄，谢睿走在前头拉着她一步步往上走。到了木质房门前，顾朝曦挥挥手和他说"晚安"。

谢睿同样挥挥手道："明天见。"

她开门进去，拎着背包进了浴室。蒸腾的热气从淋浴头里喷洒出来，她放松了身子，洗了个痛快。

谢睿房里的空调制冷效果一般，顾朝曦翻来覆去睡不着，干脆起来去楼下找水喝。

因为不想打扰谢睿，她便没有开灯。只在昏暗的光线里，小心翼翼地摸着墙角循着记忆里的方向朝厨房走去。

"顾朝曦？"突如其来的亮光刺得她下意识抬手，挡住半边眼睛。模糊的视线从指缝下缘溜出，落在他凸起的喉结上。

许是因为天气闷热，他开了睡衣领口处的两个扣子，露出一小片蜜色的皮肤，看着颇具诱惑。

"啊……"顾朝曦瞄了两眼，本就匮乏的睡意更是蒸腾得寥寥无几，"我有点口渴，想喝点水。你不用管我，去睡吧。"

谢睿走到灶台边，替她倒好水："睡不着？"

"没。"顾朝曦捧着水杯，在他明亮的视线里纠结半晌承认道，"好吧，我好像的确不太困，可能是在飞机上睡太多了。"

谢睿屈起食指，敲敲厨房的大理石台面，思忖片刻道："嗯……你要不要跟我一起去看星星？"

顾朝曦愣了下："好啊。"

十分钟后，她坐在小楼屋顶，听着耳边起起伏伏的虫鸣，看着头顶一览无余的星空，只觉今夜美妙不可思议。

谢睿拿了两个冰激凌过来，棕色的包装撕开，巧克力的香气便随风飘到她的鼻尖。

她咬下一口，冰凉的气息卷入舌尖，冲走片刻热意。她问："你什么时候买的？"

"下午，喂马的时候。桑吉说村里新开了一家小卖部，里头会卖些好吃的东西。"他说。

"还有什么？"

他想了想，说："嗯……可乐、薯片、跳跳糖……"

顾朝曦惊道："跳跳糖？我小时候超爱的！可惜后来都没怎么看见了。"

谢睿笑了下："那明天给你买？"

她咽着嘴雀跃道："好！"

明亮的星星落在他黑色的眼眸深处，恍惚间，她觉得自己仿佛回到了小时候。

慈城的夜空也算漂亮，但顾沉舟总说这世上还有更漂亮的夜空。

后来她走了许多地方，终于在南桑见到了这片最美的夜空。没有烟雾朦胧，没有薄云笼罩，南桑的星星亮得无须找寻，自在发光。

仔细想想，旅行的想法大概就是在很小的时候，在顾沉舟的言语里埋下了种子。

"谢睿，你小时候有什么梦想吗？比如……考试考一百分，跑步跑第一？"她叼着冰激凌问。

"我小时候啊……"他看着星空，想到儿时的自己，不自觉弯了弯唇角。那个时候，当真是天真不知愁意味。

整片山野到处都是他东奔西跑的身影，每回跑累了，就扑进母亲怀里，把一身的泥污蹭在她干净的袍子上。

但有时，他也很爱看书听故事。有一回，学堂里的老师给他们讲了哥伦布的事迹，老师讲得绘声绘色，他听得如痴如醉。

那段时间，他常常对着星空幻想那是蔚蓝的大海，而他驾驶着巨轮徜徉其间，探索未知的世界。

只是后来，所有幻想搁置，他在一夜间长大。

"我小时候就想当最厉害的人，军人很厉害，医生也很厉害，所以我就成了军医。"

顾朝曦挑挑眉："那你还真是……梦想成真啊！"

谢睿笑笑："是啊。"

屋檐底下，萤火虫提着小灯在草丛间漫漫飞舞。

她枕着他的肩头，偶尔说话，偶尔大笑，直到倦意翻涌，才爬着梯子下到地面，回屋睡觉。

第二天中午，她醒来走到大厅，却不见谢睿的踪影。只有桌上一张小小的便条报告了他的行踪：【我去山下办点事，你醒了就到德吉那儿去吃早餐。】

她收起便条，看看屋外灿烂的阳光，快速冲上房间将阳台的窗帘和窗子尽数打开。

谢睿在家，她不好意思将自己的换洗衣物晒出来。这会儿他出了门，整个二楼便成了她顾某人的领地。

想晒就晒！无拘无束！

5

晒完衣服，顾朝曦的肚子不负众望地咕噜噜叫起来。

她随意收拾了下，将一头长发编成一股麻花，背上背包往德吉家走去。

今天是周六，洛桑不用上学，但仍然需要完成作业。顾朝曦一进门，就看见他耷拉着一张小脸，愁眉苦脸地对着一道应用题猛戳橡皮。

她实在看不过去这无辜橡皮的可怜遭遇，捧着牛肉面上前给他充当了一回临时家教。

原本地狱级别的难题在她的讲解下变得清晰易懂，洛桑大叫着"顾姐姐厉害"，以前所未有的速度完成了作业，拉着她去村里的小溪边打水漂。

后院的小牛听见他上蹿下跳的动静，也跟着跑出来，兴奋地"哞哞"叫。

天高气爽，顾朝曦嚼着德吉给的奶酪条给洛桑和小牛拍了许多录像。远处，有不少放羊的孩子在山坡上打乌朵。

所有的一切都舒服得让人忘了烈阳的灼晒，她找到一棵大树，把手往眼皮上一搭，仰面躺在绿草地上，昏昏欲睡。

不知何时，大亮的天空渐渐阴沉下来。灰黑色的云朵慢慢覆盖了蓝天，空中弥漫着潮湿的气息，风吹野草，裹上她的面庞。

洛桑从小溪边跑来，蹲在她身边拍拍她的脸颊："顾姐姐，别睡了！要下雨了！"

格勒学着他的样子用它的小角顶着顾朝曦的身子，莫名经受了双重攻击的顾朝曦挣扎着醒来迎面撞上一道惊雷。

"轰隆隆——"

阴暗的天空瞬间被突如其来的亮光劈成两半，复又合拢。豆大的雨点哗啦啦地从空中落下来，穿过树叶的缝隙砸到她头上。

"完了！"顾朝曦颤抖着眼皮醒来，第一时间想到二楼阳台大开的窗户。她爬起来，将遮阳的帽子往洛桑头上一塞，不顾风雨地朝着村里奔去。

洛桑甩着藏袍的长袖，捂着小帽跑得丝毫不落人后，被雨水打了满身的小牛不知所以地保持队形，快乐地奔跑。

二人一牛跑到分岔口时，顾朝曦指指谢睿家方向朝洛桑喊："我要去收衣服！你自己回家！"

"好！"洛桑拖了个长音，原地转了一圈，领着格勒回家去。

顾朝曦穿过院门，冒雨冲上二楼，挂在衣架上的衣物已经被雨水淋了个透彻。窗外瓢泼的大雨还在不断往里飘进来，她用力关上窗户，捧着一堆湿漉漉的衣服进屋去。

小院门口传来"突突突"的拖拉机声，她拉开一条窗帘缝，看到谢睿从车上抱着一个巨大的箱子。

她跑下楼，冲进雨里，抬手抱住箱子一角。谢睿挥挥手，让她回屋。

巨大的雨帘叫她无视他的声音，固执地抱着箱子一角朝里走去。

进了屋，她抹了一把脸上的雨水，拉拉箱子外头那层白色塑料布，问他："这是什么？"

"空调。"谢睿说着，从他一楼的屋子里拿了块浴巾出来，包住她湿淋淋的脑袋。

顾朝曦晃着因为他用力揉擦的动作而左右摇摆的脑袋，好奇地问：

"家里不是有空调吗？还买空调做什么？"

谢睿想到昨夜她红彤彤的脸颊，低声道："时间久了，难免不好用。"

顾朝曦"哦"了声，没说话。

屋外暴雨仍在持续，穿堂风吹皱她身上的湿衣服，显出女孩子独有的线条来。

谢睿顿了顿，停下擦拭的动作，拿浴巾裹住她半边身子道："你先去洗个澡，别一会儿又感冒了。"

顾朝曦敏锐地捕捉到他话里的"又"字，刚想反驳，张嘴却打了个喷嚏出来："阿嚏！"

谢睿暗了脸色，正要说话。

"哎！"她迅速抬手止住他的话头，指指箱子跑上楼去，"剩下的你自己处理！我洗澡去啦！"

跑了一半，她忽然反应过来自己没有换洗衣物，于是又跑下楼去，冲进谢睿屋里："谢睿，我衣服都被淋湿了，没……"嘴里未出口的话被吞回肚子里。

雾蓝色的光线里，他背身掀起一半的衣角。透明的雨水顺着他的皮肤缓缓滴落，划过背脊的凹陷处，然后消失不见。

"对不起，对不起！"顾朝曦十指并拢蒙住眼睛，"我不知道你在换衣服。"

谢睿拎着衣角，一时也不知自己是该放下还是继续。

安静的氛围里，顾朝曦悄悄张开一条指缝，看到黑色的T恤紧贴着年轻人充满张力的身躯，勾勒出结实又不夸张的肌肉来。

微凉的空气无端冒出些热意来，谢睿放下衣角，抓了抓没什么存在感的头发问道："怎么了？"

顾朝曦松开小手，抓住肩上即将掉落的浴巾道："嗯……我的衣服都被雨淋湿了，没有换洗衣服。"

他伸手去拿放在床上的白色T恤，突然想到了什么似的问："都湿了？"

顾朝曦听出他的言外之意，小脸一红，点点头道："都湿了。"

谢睿静了片刻，放下T恤，转而走到衣柜前找了一套黑白色藏袍出来递给她："太阳出来之前，你先穿这个吧。"

"好。"顾朝曦接过衣服，转头往楼上跑去。

女孩儿洗澡向来比男孩子要慢些，谢睿冲凉结束换好衣服时，楼上哗啦啦的水声还在持续。

他揉了揉额角，走到外头去拆空调外机的包装。

屋外的暴雨慢慢小了下来，顾朝曦甩着宽大的袖子从楼上走下来。谢睿抬眸，看到自己平日里穿着的衣服里骤然装了个小姑娘进去，莫名有种说不出的心悸。

再加上，她微卷的长发披散，刚刚洗过澡的皮肤白得发亮，唇不点而红，精致得像个娃娃。他靠在桌边，竟有些看呆了。

"嘿！发什么愣呢？"顾朝曦跳到他面前，挥挥手道。

谢睿敛了神，直起身来将她领口处松垮的扣子扣紧，低声道："你穿藏服很漂亮。"

"是吗？"她弯了弯嘴角，抱着他的腰腹问，"那你要不要多看两眼？"

谢睿捏了捏她的耳垂，故意逗她："只能看看？"

顾朝曦眼珠子一转，一双手攀上他的脖颈，歪着脑袋问："那不然呢？你还想做什么？"

突然凑近的沐浴香气勾断他的理智，他笑了下，食指隔着一层衣物轻轻揉搓她的锁骨，而后揽住她的腰间俯身道："讨债。"

淅淅沥沥的细雨声中，顾朝曦听见自己的心跳在耳边咚咚作响。

唇齿间的厮磨渐渐变得缠绵而深入，她微微后退一步，却被他直接抱坐到了大厅中央的桌子上。

年轻而炽热的掌心贴着她的皮肤，引起一阵阵战栗，脚上的拖鞋被踢掉，她缩起脚尖，无力晃动着小腿。

周遭全是他的气息，温柔不可抗拒。她受不住地呜咽一声，终于得到一点喘息的机会："谢睿……"

他贴着她的唇瓣不肯松开："嗯？"

顾朝曦拽了下他的衣领，小声道："我们晚饭在家吃吧。"

谢睿闷笑一声，不知道她这时候怎么还有心思想着吃的。他低头咬了下她的下唇，哑声道："好。"

/ 第十一章 /
再度分别
▼

1

在南桑无忧无虑地玩了几天后，顾朝曦于最后离别的黎明拉着谢睿来到山上散漫隆达。

山间的微风吹醒隆达卡上的经文，将她的祈愿带到远方的郁水。

谢睿陪着顾朝曦从浓雾漫天等到天光乍现，等她拍下一张最满意的照片寄给刘妙，告诉她风接受了她的祝福，卡瓦尼格的日照金山会保佑她考上自己理想的大学。

下山时，顾朝曦看着脚下一步步减少的路途，指尖用力握紧了身边人的手掌："谢睿，你带充电器了吗？"

"带了。"

"wifi 信号增强器呢？"

"也带了。"

"嗯……手机要不要多带一个，万一坏了……"

谢睿笑着捏捏她的脸："我们那儿不是就我一个人，坏了可以找同事借，再不济哨所里也有卫星电话，别担心。"

顾朝曦"哦"了一声，悄悄睁大了眼睛压下泛出眼眶的泪水。

阳光渐浓的早晨，她细数着网络上查到的乱七八糟的注意事项，和他走过一段郁郁葱葱的山路。

明明他从小就生活在雪山之下，她却拿他当外乡人似的交代着。

台阶尽头，桑吉不知从哪儿搞来一辆越野车，响指一打，领着他们堆好行李。

从南桑到康城的风景和来时一样，经历过大雨的草原甚至绿得更鲜艳，更浓密了些。

但顾朝曦瞧着，却总觉得伤感，像布满了水藻的湖泊，拥挤不透气。

路上，谢睿拉着她的手，一刻没放。

临到大巴站台，他摸摸她的脑袋，低声道："我走了，你一个人在S市，要乖乖的。好好吃饭，注意安全。"

顾朝曦"嗯"了声，沉默地送他走到车前。他松了手要踏上车去，十指分离的瞬间却被她反扣住："谢睿，你一有机会就要给我打电话！什么时候都可以，我不静音，睡得也浅。"

"放心。"他弯起嘴角拍拍她的手背，应声道，"没有机会，我也会创造机会的。"

顾朝曦点点头，没话说了，却依旧不肯放手。

大巴司机按按喇叭，笑着提醒："小伙子，我这快到发车时间了，赶紧上来吧。"

她一回头，发现整个半边车厢的窗口上趴满了探头张望的人。几个年轻的男女对上她的视线，甚至嘻嘻一笑，露出一排排友好的大门牙。

顾朝曦暮地红了脸，手上卸了力道。谢睿同司机抱歉地挥了下手，转身最后抱了她一下，提着背包上车。

汽车"哐哐哐"抖动起来，缓缓驶出停车位。她透过蓝色玻璃看着那道高大的身影慢慢模糊成一片暗淡的投影，突然竭力奔跑起来。

车上几个年轻人立马大喊起来，叫着"师傅停车"，顾朝曦噔噔两下踏上车来，撑着栏杆朝一脸惊讶的司机笑。

谢睿快步走上前，拉住她的手。她喘了口气，说："我……我陪你去昆布吧。"

"那机票怎么办？"他舔了舔唇问。

顾朝曦想也不想："改签！"

S市什么时候都能回，男朋友却不是什么时候都能再见了。

灼热的光线里，谢睿盯着她静静地看了半刻，明亮的眼睛一点一点弯起来："好。"

周围旁观的人群激动得"颧骨飞升"，司机回过神来，笑着拍拍栏杆道："加座要加价啊！"

顾朝曦吐吐舌头："给座就行。"

司机挑眉，故意问："那没座怎么办？"

她正想说"站着也行"，后头一群人拍着座椅大喊："有座！有座！"

康城的大巴不像S市查得那么严格，谢睿谢过司机，拿手机扫了下挂在后视镜上的二维码，牵着顾朝曦往后走。

"你坐这儿！"原本坐在他边上的女孩儿自觉自发地换了个空位坐下，举着手机偷拿余光瞄着他们，一双炯炯有神的大眼睛里全是难以掩饰的精光。

顾朝曦感激地朝她笑了下，脸上的热气再度冒出来。大巴车晃晃悠悠地再次启程，两人对视一眼，面上是掩不住的笑意。

中途路过服务区，谢睿下车买了两个手抓饼。明明是一样的味道，她却非要抢一口他手里的尝尝。

这段好不容易追来的时光漫长又短暂，慢吞吞的大巴开到昆布山脉边时，顾朝曦仰头凝视着这座巍峨绵延的山峰说不出话。

这是世界上山岳冰川最发达的高大山脉，从东国边疆向东南延伸约560公里，宽240公里，长800公里，平均海拔超4800米，为世界上最长冰川集中地。

山间峡谷中，因地处震源，乱石斜坡广泛出现。山上降水少，气温低，空气稀薄，太阳辐射强，温差变化大，并伴有强风。

这样的环境，莫说是在这山上工作，就是单单攀上这座高峰都是一件不容易的事。

谢睿下了大巴后，又转了一趟公交车抵达山脚。她抿抿唇，眼眶不知怎么又红了。他矮身捏捏她的耳根，低声说着告别。

恋爱半年，他们经历了许多次分离，偏偏这一次的"再见"，说了一遍又一遍仍是不舍。

游移的云层放出温暖的阳光，谢睿低头吻了吻她被风吹乱的额发，转过身去。黑色的山脊拉开两人的距离。

他一步三回头，满目皆是她。

她站在原地挥挥手，他便停了脚步再次朝她奔去。金色的暖阳笼罩相爱之人，她最后抱了抱她的爱人，目送他的背影消失在茫茫雪山间。

海拔 5500 米的昆布哨岗，巡逻回来的老李摘了厚重的帽子，抹一把满脸的冰碴，凑在小小的发热器前呼出一口白气。

前年刚来报到的新兵温涛敲了敲门，得到同意后跨进办公室，黝黑的脸上挂着纯朴的笑容："不是，有那么冷吗？这夏天呢！"

老李踢他一脚："废话！我刚为了拉你，掉那陈年老雪坑里去了，能不冷吗？找我啥事儿？"

温涛又是一笑，后退一步，露出身后的人影道："没啥事儿，就是新进的军医来了。"

老李一顿，看到谢睿上前，敬了个礼，站直了身姿道："新兵谢睿，前来报到！"

另一边，顾朝曦下了飞机，打开手机正好接到她先前投给 S 市电视台的实习简历的回复。

对方看中了她丰富的摄影经验，决定给予她为期半年的实习机会。

顾朝曦暗自比了个"Yes（是）"，冲到宋竟择家拉着他去选购通勤穿搭。这人嘴毒人懒，但时尚品位的确不错。

而被冠名时尚达人的宋竟择看着眼前闹腾嘈杂的街巷服装市场，径自掐了掐自己的人中，耷拉着眼皮道："顾朝曦，你把我氧气管拔了吧。"

别叫我干这要命的活儿！

她笑笑，勾着他的脖子道："宋竟择，人要勇于挑战自我！加油！我看好你！"

第二天，S 市电视台新闻部。

顾朝曦穿着一身乖巧的杏色连衣裙出现在人事部经理办公室前，笑眼一弯，朗声道："实习生顾朝曦，前来报到！"

入职后的生活比起先前她做独立博主时要更为忙碌，但每次只要手机铃响她就会第一时间接起。

因着这一缘由，顾朝曦莫名成了台里最受领导认可的实习生。再加上她在谢睿的长久训练下，达成的体力Buff（加成）。

隔壁综艺组缺人时也总喜欢喊她去应急！

可尽管如此，谢睿的电话却总不常来。偶尔打来一次，说不上几分钟就听一旁有人小声提醒道："谢睿，谢睿，时间到了。快点，快点！"

有次她洗着澡突然接到了电话，捧着满头肥皂泡沫都舍不得挂。

当初一块儿培训，如今一块儿入职的小美见她天天对着一个手机魂不守舍的模样，笑称她是"男友宝"。

顾朝曦瞥小美一眼，心想她当初都扛过了被他掐着秒表练跑步的艰苦岁月，如今只是掐着秒表打电话而已，算什么！

更何况，她男朋友那么帅，当然要当宝贝供着了！

同一时间，她的宝贝男友结束了一天的训练，端着饭菜走到温涛对面，踢了踢他的军靴问："今晚你站岗？"

温涛望眼欲穿地看着饭菜，站直了等着班长喊口号，嘴唇微微嚅动道："是啊，怎么了？"

谢睿挑了下眉梢，说："你这周通话时长分我一半，今晚的岗我帮你站，怎么样？"

温涛瞪大了眼睛看他，像看怪物，说话的音量也不自觉加大了些："你昨天不是跟小卢子换了？还换？"

谢睿张张嘴，还没开口。

安静的食堂里骤然响起指导员老李的声音："你俩吵什么！不吃饭了？"

温涛立刻闭嘴，绷紧了浑身肌肉站成一条标准的直线。

老李瞥了一眼谢睿，挥了挥粗糙的大手扯着嗓门喊道："唱军歌！预备！起！"

"咱当兵的人！有啥不一样！"一声令下，小小的食堂里顿时响起嘹亮的歌声。没什么技巧，也不好听，但格外振奋人心。

唱完了军歌，所有士兵以一种快得几乎可以看见残影的速度朝盘里的饭菜发起进攻。

老李走过来，腿一伸，头一扬，温涛马上会意地端起饭盆换了个座。

谢睿放下勺子，起身敬了个礼："指导员。"

"坐！"老李摆摆手，看了他老半天悠然问道，"听说你最近都在跟人换电话时间？"

谢睿弯着眼眸，笑道："是。"

"笑什么笑！"老李皱眉，"你说你一个军医，站什么岗！昨天站了，今天还想站！就为了跟女朋友多打会儿电话？真的是！年纪轻轻的，怎么那么……"

他卡了下，偏头闭着眼睛使劲想了想，终于想起女儿教他的词汇，掷地有声道："'恋爱脑'呢！"

隔壁的温涛从宝贵的吃饭时间里挤出两秒，认同地点点头。谢睿咧嘴，面上的笑容越发灿烂："我这还不都是跟您学的嘛。"

众所周知，老李是标准的老婆奴。当年哨所条件不好的时候，为了给他老婆打一个电话，硬是举着信号接收器跑遍了附近半个山头。

一生威严的男人噎了下，咬牙道："甭跟我这儿扯犊子！我这周电话时间给你，你照常睡觉，少整那要命的活儿！"

他们这地方好不容易有个军医肯来，别一会儿竖着上来，横着下去了。

谢睿顿了顿，收敛了面上的笑意起身又敬了个礼道："谢谢指导员！"

第二天，顾朝曦莫名收到了一笔来自谢睿的转账。当天夜里，期待许久的电话也同时打了进来。

间隔了整整一周的来电响起，她洗着脸眯着眼睛光速接起："谢睿！"

"嗯，在干吗？"

许久不见，他的声音隔着电话线变得有些沙哑低沉。她拿水快速冲一把脸，抹掉泡沫道："在想你呀，刚想着你今晚应该给我打电话了吧，你就打来了！"

谢睿靠在宿舍门外的墙壁上，夜间寒冷的风霜很快便将他裸露的右手吹得通红。他换了只手，笑着问："你怎么知道我今晚会打电话过来？"

顾朝曦甩甩手上的水珠，道："我猜的！"

事实上，每一次电话响起，她都觉得那是他打来的。

宋竟择建议她干脆专设一个特殊铃声，省得每次接到诈骗电话都高兴得跟个什么似的。她瘪瘪嘴，不想搭理他。

跨越数千公里的思念，如果没点鱼目混珠的假象，那该多么难熬啊。

电话那头，谢睿听着她充满活力的声音，忍不住弯了眉眼问："最近工作忙吗？"

"忙呀，我昨天还帮着跑了一个综艺呢！"她说完顿了顿，像是不知道要不要继续说下去。他们之间的时间太过宝贵，常常叫她不舍得谈论自己的日常。

这些生活的点滴，她只敢发到他们的微信对话框里。等到他可以用手机的时候，看到那些闲言碎语，就像陪着她一起度过了那些平凡的时光。

谢睿听出她的犹豫，轻声道："顾朝曦，老李把他这周的电话时间让给我了，所以今晚我可以多打一会儿电话。"

"真的啊？"顾朝曦惊呼，"那你们指导员人也太好了吧！下次要是有机会见面，我可得好好谢谢他！"

谢睿低笑一声："什么机会？我们这可不开放家属探访啊。"

她缩了缩指尖，为他脱口而出的"家属"二字乱了心跳："不一定是探访，也可能是采访啊！我现在大小也是个新闻媒体工作者了好吧，万一有机会呢……"

顾朝曦开了话匣，叽叽喳喳地和他聊起工作的辛苦和趣闻。谢睿安静听着，偶尔问上一句："哦，那个跑得最快的小孩儿帅吗？"

她闻着醋味儿，捂嘴摇头："不帅不帅！没我男朋友帅！"

谢睿被她逗乐，低低地笑了下，忽问："钱收到了吗？"

顾朝曦想起那笔转账，举着手机点点头："收到了，可是你给我转钱干吗呀？"

虽然她实习工资两千五，但这并不妨碍她是个颇有积蓄的小富婆啊！

"嗯……"他拖了个长长的尾音，贴着手机话筒道，"老李说，好男人就是要把工资上交给媳妇儿。所以……我把第一个月工资转你了。"

顾朝曦小手一抖，心尖一颤，对他本就薄弱的意志被那声弯弯绕绕的"媳妇儿"勾得缴械投降，愣了半天不晓得说些什么。

她不出声，他也不说话。两个人静静地捧着手机听着对方的呼吸，浅浅的、深沉的、伴着风声的、夹着汽笛的。

半晌，顾朝曦揪着睡衣下摆问他："那你什么时候回来看你媳妇儿？"

谢睿踢了踢脚下被他踩得结了冰的积雪，缓缓道："等你考上记者证了，我就来找你，好不好？"

顾朝曦捧着手机，轻声道："好。"

他轻轻柔柔地给予她一个承诺，她便奋发图强地"卷"死了坐在身边的小美。

2

十二月，寒风悄然而至，秋天像来人间拐了个弯儿便回去了似的，跨过夏天就直接到了冬天。

老城区上了年纪的树木留不住嫩绿的枝叶，风一吹，便哗啦啦抖落一身的芳华。

顾朝曦慢吞吞地走出考场，拐到一旁的早餐铺去买了一杯豆浆、一个大饼。读书的时候，李莞对她的成绩异常看重，导致她每次考试都会生理性地紧张。

今天也一样，她怕自己突然肚子痛，干脆没吃早餐。

卖早点的阿姨替她重新热了豆浆和大饼，念念叨叨地说着如今的年轻人总不爱惜自己身体之类的话。

很平常，很温暖，很像妈妈。

她笑着接过，低头咬下一口。温热的食物和着陌生人的关心一起滑到她的心头，安抚空乏的身躯。

正午的街道忙碌地充斥着各种声音，她站在原地，仰头看着暖黄的光线如同一个巨大的肥皂泡沫温柔地裹住良善的人间。

这世界偶尔复杂，偶尔不完美，但总有人像冬日的阳光一样叫你流连忘返。

公布考试成绩的前一天，正好是宋锦书的生日。李莞打来电话叫她回别墅给他庆生，顾朝曦点头应下，下了班特意去商场挑了个礼物过去。

别墅区没有地铁，她打了辆车看着窗外的世界像巨大的移动海报慢慢变换着颜色。S市工作日的晚高峰，能从五点一直堵到八点，顾朝曦下车的时候天空已经依稀可见星辰。

白色的雪花落在她眼前时，她有一瞬的错愕。指尖冰凉的触感却真真切切地提醒着她，这会儿的确是下雪了。

而且纷纷扬扬，越下越大。

寂静的别墅区因为这场突如其来的大雪蓦地热闹起来，顾朝曦走到目的地时，宋锦书正拉着李莞的手兴奋地大叫着跑出来，宋鸿声跟在后面，笑着叫他慢点。

宋锦书应一声，脚下速度一点不减。

白雪天里，那张糯米团子似的小脸红彤彤的，很是可爱。一双黑溜溜的眼睛里全是惊喜的亮光，天真活泼。

因为是从室内出来，他身上只穿了一套薄薄的帅气小西装。李莞一面微笑着，一面从保姆手中拎过一件大衣细心地替他披上。

顾朝曦看了一会儿，慢慢走上前。宋锦书接着雪花，骤然瞧见她的身影，快乐地扑进她的怀里："姐姐！"

小小的人儿抱着她，乖乖巧巧地说："我好想你啊！"

她心头一软，摸摸他的头发："姐姐也很想你。"

"骗人！"他小嘴一瘪，仰头道，"你都不来看我的，根本就不想我！"

顾朝曦顿了下："姐姐最近工作太忙了，但是我有给小书买你最爱的奥特曼。"

她提着礼物往宋锦书面前一放，小家伙大叫一声，迫不及待地又要跑回屋里去拆礼物。

李莞跟在后面，挽着宋鸿声的胳膊一道进去。

顾朝曦站在原地停了两秒，抬手拢了拢脖子上的围巾独自走进屋去。

得了礼物的宋锦书异常开心，切蛋糕的时候分了顾朝曦好大一块。她笑着接过，一勺一勺送进嘴里。

宋家的晚餐总是很丰盛，各种各样的美食摆满了一桌子，也不知道四个人要怎么才能吃得完。

席间，宋鸿声问了几句宋竟择的近况。

他们父子关系不佳，又因着这层血缘实在割舍不下。

顾朝曦挑着能说的说了点儿，李莞端着汤羹很快把话题扯到了宋锦书的学习上。

一家人和和乐乐地又笑闹了起来，她低着头只觉得嘴里的美食都失了味道。

离开时，宋鸿声照例要给顾朝曦拿一个红包。

顾朝曦照例拒绝，微笑着推开房门。

李莞靠在玄关处轻轻冷哼一声，低声问："你和那个军医还在一起？"

顾朝曦"嗯"了声，弯腰套上鞋子。

李莞咬了咬牙："你真打算就这么和他过一辈子？"

顾朝曦笑："感情的事，还能有假？"

宋家是别墅区，不好打车。

这会儿夜色又深，宋鸿声便让司机送她。

回到公寓，雪已经下了一地。

一阵冷风吹过，顾朝曦缩了缩脖子，搓着双手跑进楼里。

低垂的视线里，温热的手掌揽住她的腰间。有力的臂膀将她带入熟悉的怀里。顾朝曦抬眸，猝不及防地撞入一双明亮的眼眸。

调皮的雪花顺着开了门的过道涌入室内，她平静的心跳在一秒钟内发生巨大的震动："谢睿？"

他低头，蹭了蹭她的鼻尖柔声道："怎么，不认识了？"

半年不见，他面上的皮肤被高山上的烈风吹得斑驳起皮，薄唇粗糙，裂开一道道缝隙。

"嗯。"顾朝曦红了眼眶，摸摸他的脸颊，心疼得不行，"怎么变丑了？"

谢睿笑笑："变丑了，你还要吗？"

顾朝曦闷头把眼泪往他肩上随意一蹭，抬头道："要的，男朋友丑点没关系，带回家养养就好了。"

谢睿又笑了下，一双清澈的眼眸微微弯起："我这次回来的确无处可去，你要是愿意带我回家，那是再好不过了。"

顾朝曦心头一跳，拉着他不假思索地点头道："我愿意！愿意的！"

她顿了顿，似乎为自己急切的态度感到一丝迟来的羞赧，低着脑袋一转，朝着电梯道："嗯……那我们走吧。"

"好。"谢睿抿唇浅笑，牵着她朝电梯走去。

狭小的空间，冷气被隔绝在外，红色的数字缓缓跳动。顾朝曦看一眼屏幕，偏头问他："对了，你不是说要等我考上记者证再回来的吗，怎么提早了？"

谢睿伸手揉揉她冰凉的耳垂，包住她的手掌，放进自己口袋里淡然道："明天不是就出成绩了吗？我怕晚了，来不及当面祝福你。"

顾朝曦感受着他掌心灼热的温度，仰头问道："你怎么知道我一定能考上？"

谢睿看她一眼："我女朋友那么聪明，怎么会考不上？"

顾朝曦抿了下唇，内心因他无条件的相信而快乐地炸开一朵小花。顾沉舟走后，李莞对她向来都是奉行打击式教育。

考好了，是运气使然，不可骄傲；考差了，是贪玩懈怠，需要警醒。在她的理念里，顾朝曦好像从来不晓得为自己的人生负责。

李莞不信任她，可人到这世上一遭，谁不想拼命活成灿烂又明媚的模样呢？

那些枯燥又乏味的岁月里，她也曾见过凌晨四点的星空，也曾抱着写不完的卷子擦了眼泪又继续，也曾竭尽全力地朝着更自由的人生奔跑。

而此时，多年的委屈在他这一句轻柔的话语里尽数化解。是啊，她那么努力，怎么会过不好自己的人生？

她重重地"嗯"了一声，抬头道："我也觉得我一定会考上的。"

两人对看着，相视一笑。

"叮！"电梯到达的声音响起，谢睿拖着行李和她一同出去。

顾朝曦一面开锁，一面问他："你这次回来可以休息多久？"

谢睿："刨去路程，七天。"

新兵第一年只有二十天探亲假，他拆了两半，一半放在冬天，一半留给春天。

顾朝曦愣了下，有些惊喜："这么久？"

谢睿捏捏她的脸笑："嫌久？"

"没有，没有！"顾朝曦乐呵呵地套上拖鞋转了一圈，重新走到门外抓着门把手道，"那我给你录个指纹吧？方便进出。"

谢睿点点头："好。"

顾朝曦于是低头研究了半天，终于成功将他的指纹录入。抬头的时候，两人紧挨的脑袋陡然撞了一下。

她捂着脑门，又笑了起来。

和他在一起，好像不论怎样的小事，都变得有趣，说过的话、相处过的时光都值得铭记。

公寓走廊的照射灯打在他的脸上，顾朝曦笑着笑着忍不住再次抬手抚摸着他脸上粗糙的皮肤，心疼道："昆布的风怎么这么毒呀，我给你带的面霜你擦了没？"

谢睿笑着揉揉她的长发，低声道："擦了。"

而且还很勤快，甚至在部队里带起了一股护肤风潮，间接提升了哨所士兵的精致程度和求偶欲望。

毕竟，二十上下的小伙子谁不想要一个会给男友准备面霜的女友呢！

"那我这次再给你多带几罐，你多擦点，当药膏那样擦。"顾朝曦想了想，认真嘱咐道。

谢睿应下，她看看他的脸，忽道："要不我给你做个面膜吧？好不好？"

他皱眉："面膜？"

"嗯，面膜！"顾朝曦点点头，像是十分认同自己的主意，当即推着他去浴室，"谢睿，你先洗个澡，洗完澡我给你做面膜！快去，快去！"

他后退一步，看着"砰"的一声被关上的门哑然失笑。

浴室水声响起，顾朝曦打开自己的百宝箱，东翻西找准备好一整套美容工具。谢睿出来的时候，看着她端坐在床边拉着个收纳小推车犹豫道："这是？"

"顾氏美容院，竭诚为您服务！"顾朝曦拍拍床铺，朝他招手，"快来躺下！"

谢睿走得缓慢，她站起身来直接将人拉过去按倒。

顾朝曦学着美容院的手法一点一点将面膜涂抹在谢睿脸上，打着圈儿轻轻按摩。

她做得认真，柔嫩的指尖在他脸上挑起一阵阵酥麻的触感。近距离的呼吸交缠，叫他刚刚沐浴过的身上又出了一层薄汗。

半小时后，顾朝曦拿毛巾擦去他脸上的面膜，小手摸摸顺滑了许多的皮肤，得意道："好啦！"

室内暖气呼呼地吹着，她进门时脱了外套，这会儿穿着一件不算太厚的白色毛衣，长发垂下，眉眼弯弯，柔软得像只小兔。

思念了许久的人就在眼前，他动了动睫毛，最终敌不过内心的渴望抬手将人拉下。

滚烫而灼热的气息烧得她意志昏沉，四周的空气像山间的湖水一般将她一点一点浸润，呼吸变得急促而困难。

宽大的手掌穿过她的发丝，带着不容抗拒的力道将她拖入湖底。粗粝的小石子刮过她的腰际，带起一阵战栗。天旋地转，顾朝曦尚未反应过来，谢睿已经带着她换了个方向。

略有些粗糙的触感再次贴上她的唇瓣，她无处安放的小手抓着他的衣襟像溺水之人抓住漂泊的浮木。

扶在她腰间的手轻轻摩挲，微微挑起一边衣角，顺着她背脊的线条寸寸向上。暧昧的气氛里，顾朝曦忽然向后缩了下，红着脸道："我、我还没洗澡！"

谢睿顿住，漂亮的薄唇拉成一条直线，眉眼低垂，似在憋笑。

片刻，他松了手放某人噔噔噔跑去浴室。明亮的镜前，顾朝曦咬着手指看着镜中满面潮红、水光潋滟的自己抿了抿唇，眯眼低笑。

她窝在浴室里，仔仔细细洗了一个小时的澡，又用身体乳和护发精油将自己收拾得一丝不苟，方才推门出去。

温暖的室内静悄悄的，公寓正中央的大床上躺着一道颀长的人影。顾朝曦凑近了，发现谢睿已经呼吸平稳地睡着了。

她郁结了下，复又心疼起来。

许是真的累极了吧，竟就这样被子也不盖便睡了过去。

顾朝曦静立了一会儿，轻手轻脚地爬上床，替他盖好被子，再小心翼翼地掀开一边被角躺进去。

意想中熟睡的人突然动了一下，伸手将她捞进怀里。熟悉的沐浴露香气萦绕在她鼻尖。

顾朝曦抬头，下巴抵着他的胸口小声问："谢睿，你没睡？"

"嗯。"他又动了下，将人抱得更紧了些，低声道，"被你吵醒了。"

顾朝曦辩驳："怎么会？"

她明明一举一动都很小心的！

谢睿笑笑，右手拍拍她的背，轻轻道："睡觉。"

她顿了顿，小脸在他的手臂上蹭了蹭，闭着眼睛沉沉睡去。

3

第二天，阳光从窗帘缝隙里溜进来，跑到床上。顾朝曦迷迷糊糊地动了动，听到谢睿低哑的声音在耳边响起："醒了？"

她含含糊糊地应一声，抬手攀上他的脖颈，轻柔的呼吸打在彼此的发间，连空气都变得沉稳。

谢睿没动，她也没动。

半晌，顾朝曦终于依依不舍地睁开眼睛，仰头盯着他的下巴笑："谢睿……"

他低了头，下颌划过她头顶的长发带起一小阵窸窸窣窣的动静："嗯？"

四目相对，顾朝曦埋在他怀里，忍不住笑了笑。她声音轻轻的，还带着刚睡醒的软糯，真诚又动情地说："我好喜欢你呀。"

比起早安，比起晚安。

她在看到他的第一眼，脑子里冒出的第一个念头是喜欢。

喜欢他的味道、他的温度、他环绕在她身后的双手和扣在她头顶的重量。

她喜欢所有未知，偏他，最好永远是已知。

谢睿怔了几秒，难以自制地撩开她耳边的长发，俯身道："我也是。"

两人静静地躺了一会儿，谢睿卷着她的发尾问："起床吗？"

顾朝曦抱着他不肯动："再躺一会儿。"

今天是周六，她不用上班，时间充沛，可以肆无忌惮地拥有一个美好的清晨。

谢睿于是停了手，低声道："好。"

安静的气氛里，她闭上眼睛听他的心跳——扑通！扑通！像世界上最隆重的音乐，盛开在她心尖。

"咕噜！"突兀的声音响起。

顾朝曦蓦地睁眼，小小的鼻尖刮过谢睿凸起的喉结。他闷笑了下，捏捏她微微泛红的耳根："饿了？"

她仰起一半脑袋，眨着眼睛点点头："嗯。"

"那起来吧。"谢睿低头亲一下她的额头，"带你去吃早饭。"

熟悉的温度抽离，顾朝曦搭着他的手掌从床上爬起来，再扑进他怀里："抱抱。"

久别重逢，她好像一刻也离不开他，像树懒离不开它的大树。

谢睿浅笑着将她从床上抱下来，踢着拖鞋送到她脚边："别撒娇，快去洗漱，一会儿早餐铺都要关门了。"

她慢吞吞地"哦"一声，同他一块儿走进浴室。

公寓地方小，洗手台也拥挤。长方形的镜子里，一高一矮两个身影齐刷刷抓着一柄牙刷左右移动。

顾朝曦含着牙膏，眉眼弯弯地瞧着镜子里的人，突然踮脚亲一下他的下巴，看着他脸上的白沫止不住地笑。

"谢睿，你这样好像长了白胡子，哈哈！"

她嘴里含着泡沫，一句话说得含混不清。谢睿看她一眼，没说话。

顾朝曦吐掉嘴里的泡沫，漱好口又重复一遍。

谢睿慢条斯理地放好牙刷、毛巾，在她擦脸时忽地伸手将人捞到怀里，俯身吻住她的唇瓣。

清凉的薄荷香气占据她的味蕾，灼人的、缠绵的触碰让周遭的空气一点一点升温。她被他压得抵着洗手台，十指扣在冰凉的瓷盆边缘不断收紧。

不同于往日的温柔，这一次的吻有些急切、有些不可抗拒。顾朝曦缩了缩脖子，承受不住地踢了下他的小腿。

结果这人喘着气贴着她的唇角笑了声，抬手捏住她的下巴更用力地吻了上来，她被逼得毫无退路，只能一次又一次迎合他的攻势。

直到顾朝曦空荡荡的肚子再次不负众望地响起抗议声，他才缓缓退出，尖利的牙齿轻咬她的下唇，哑声道："走吧，吃饭去。"

顾朝曦红着脸悄悄吸了口气，填补胸腔内的空白，点点头道："哦。"

经历一夜的白雪，S市也变得柔软可爱了许多。沿途台阶上，到处积着一层薄雪。有小孩儿在奔跑，有女孩儿在拍照。

马路上全是慢吞吞的车辆，堵得人失了脾气。早餐铺里没多少吃饭的人，倒是聚集了不少外卖配送员。

谢睿带着顾朝曦找了个靠内的位置坐下，问清她的口味，起身去拿早点。

回来时，看到她一遍遍刷着成绩网页，等待更新。

他放下早点，递了个生煎包到她嘴边。这人眼睛盯着手机，看也不看，张嘴咬了个空。

谢睿叹口气，伸手抽掉她的手机，拿筷子敲敲碗沿道："好好吃饭，吃完再看。"

顾朝曦直起身子，抬手要夺。谢睿挑眉看她，她嘴唇轻轻嚅动了一下，嗫声道："遵命。"

吃过早饭回到公寓，考试成绩还没刷新出来。

顾朝曦焦虑地趴在窗边举着手机，自言自语："是不是我这信号不好啊，怎么还没出来啊。"

谢睿捧着一本医书坐在沙发上，看着她到处折腾，忍不住笑："你小心点，别一会儿把手机掉下去了。"

"出来了！出来了！"顾朝曦惊叫一声，捂着手机屏幕迅速跳到沙发上，看着谢睿道，"谢睿，谢睿，你快帮我看看我过了没。"

他放下书本，接过手机："怎么不自己看？"

顾朝曦拍一下他的手臂："哎呀！我紧张嘛！你快帮我看！"

谢睿垂眸，一眼就在一大片名字中看到了"顾朝曦"三个字。身边人还在不停问"看到了吗？看到了吗"，他挑起眼皮，淡淡道："看到了。"

顾朝曦听着他冷淡的声音，心底不由得坠了一下，小心翼翼问："过了吗？"

谢睿舔舔唇，郑重其事地看着她："顾朝曦，你要做好准备……"

她跪坐在沙发上，僵硬道："……没过？"

清亮灯光下，她微微颤动的睫毛和悄悄抿起的唇瓣实在可爱。他凑近了，捏捏她的脸，看着她颇有些难过的眼睛摇摇头道："顾朝曦，你要做好准备，成为一个真正的记者了。"

顾朝曦呆愣住，恍然间有一种失而复得的惊喜感："我过了？"

他笑笑："是。"

顾朝曦蹦起来："耶！我过啦！我就说嘛，我这么厉害，怎么可能不过？说！今天中午想吃什么？你曦姐请客！往贵了点！"

贵的。谢睿想了想："海鲜？"

"行！"顾朝曦打了个响指，一锤定音，"就吃海鲜！"

半小时后，熟悉的超市。

谢睿看着眼前两只几乎一样的龙虾揉揉额角，怎么也没想到大方的曦姐最后看了眼突来的工资短信，骤然表示："谢睿，海鲜……我们自己做吧。"

他点点头，纠正她："好的，我来做。"

"你会做？"顾朝曦问。

谢睿"嗯"了声，淡然道："会一点，你想吃什么？"

顾朝曦认真思索了下，掰着手指道："椒盐皮皮虾、葱油龙虾、粉丝圆贝、白灼螃蟹、红烧小鲍鱼……"

她一口气报了十个菜名，仰头问他："你会吗？"

谢睿平静地应了声："会。"

自媒体时代，只要报得出菜名，就找得到食谱。

只是……比起做菜，让他分析两只龙虾里头哪只更活泼这种事，真的太难了。

谢睿放下手来，指了指其中一只，答复道："这只。"

顾朝曦："为什么？"

他看她一眼，轻道："这只腿长。"

吃过午饭，谢睿依旧回到沙发上去看医书。顾朝曦把腿架到他腿上，躺着浏览旅游攻略。

他眼睛不离书，手却捞了一下她的腿，叫她躺得更舒服些。

落地玻璃上蒙着一层薄薄的水汽，暖阳透过那层水汽照进来，染上七彩的光。她偶尔看一眼眼前的人，便觉得心满意足。

傍晚，金橘色的流云四处奔走，挽留离去的斜阳。

她听着远处的汽笛声，蓦地想起许久之前他们还未重逢时的那个夜晚，海浪和山风隔着千万里路在同一片星空下碰撞的夜晚。

彼时，他们前路未明，却依旧臣服于年轻的感情。

而今，隔了一个春秋的光景，他就在她身边，触手可及。

顾朝曦扔了手机，拿脚踩踩谢睿，伸手拽住他的胳膊，爬起来勾着他的脖子坐到他怀里轻声道："谢睿，我们去海边看日出吧，我们第一次视频的那个海边。"

她曾在深沉的夜里拥有过和他一样温柔的海边落日，可她这人向来贪心，想要同他一起镌刻一个完整的日夜。

谢睿扶住她的腰，避免她掉下去，温声道："好。"

4

十二月底的海边，空无一人。

海鸥在空中自由盘旋，偶尔和海浪一同说上几句话。远处的落日已经跳进了海里，只留下些许眷恋的余温。

顾朝曦坐在车上，闭着眼睛张开双手，感受海风从指缝间划过的温柔。

咸咸的、带着冰凉的潮气，是独属于海洋的味道。

谢睿停了车，将租来的露营装备搬到沙滩上搭好，顾朝曦拎着两条折叠椅紧随其后。

夜里的凉意将翻涌的浪花冻结在某一个瞬间，她伸手一抓，就好像在这一刻拥有了一个童话。

温暖的气息裹上后背，她回头瞧见谢睿的侧脸，深邃又温柔，像收起了所有尖牙的小狼。

"谢睿。"她不由自主地叫他的名字。

他抬眸，直直长长的睫毛刮在她的心上："嗯？"

冬日夜晚的海边，气温骤降。加上昨儿刚下了雪，便真成了寒天冻地。顾朝曦裹着披肩朝他靠近了些，小声问："你冷不冷？"

他看她一眼，轻道："有点。"

"给你暖暖。"她闻言张开双臂，踮脚将一边披肩分到他身上，讨巧道，"我好不好？"

"嗯。"他半垂着眼眸看着她低眉一笑，揽过她的肩头，将人拥在怀里，"你是全世界最好的女朋友。"

熟悉的味道、熟悉的温度带着熟悉的心跳贴近周身，顾朝曦弯着眼眸抿抿唇，靠在他身上看星星跌进蓝海，喃喃道："好安静啊，冬天的大海。"

像避开了俗世的喧嚣，在一个落寞的季节享受片刻的沉寂。海浪、星空全是它自己的，与旁人无关。

谢睿笑了笑，伸手指向海面道："热闹在那儿。"

顾朝曦好奇回眸，男人黑色的眼眸清明，盛下一整片高远的天空和幽深的大海。

海浪声声，他看着远方的深蓝缓缓道："海洋里的生物极少冬眠，这个季节是北极熊、大白鲸、企鹅最快乐的时候。海豚、海狮也会不断跳跃来维持体温，人类安静的时候，它们热闹非凡。"

她静了静，恍然间仿佛在那片幽蓝海域的尽头看到白鲸翻起肚皮，快乐地打个转抬头喷出水花来；海豚成群结队，欢叫着跳出海面；北极熊妈妈带着小北极熊出门玩耍；还有企鹅，一个个排着队冲进水里。

人类安静的时候，他们热闹非凡。

夜里十二点，空气冷得结了冰似的刺骨。顾朝曦吸了吸鼻子，侧坐在椅子上往谢睿怀里蹭了蹭。

人的体温是很神奇的存在，明明独自一人时是那样冰凉，凑在一起却能一点一点升起温度来。

昏暗的视线里，她长长的睫毛处泛着些因困意而生出的泪花，谢睿抬手拭去，轻轻按了披披肩边角，捂住她被风吹得红彤彤的耳垂，低声问："困了吗？"

顾朝曦点点头，忽问："谢睿，去年冬天，我给你发视频的时候，你在想什么？"

谢睿顿了顿，记忆好像又回到了那个夜晚，年轻的心脏因突来的亮光跳得慌乱。他笑了下，拢着她的长发，轻声道："什么也没想，顾朝曦，你给我发视频的时候，我什么都来不及想。"

那时候，光是紧张的情绪已经足够将他淹没。他根本来不及思索，只凭着本能按下了闪动的通话键。

她怔愣片刻，不知怎么觉得他这一句抵得上万千暧昧情话。

"你呢？你在想什么？"谢睿问。

顾朝曦眨眨眼，微红了脸道："我在想……不过异地恋而已，如果对象是你，好像也没什么难的。"

谢睿笑了下，故意调侃她："你那个时候怎么知道，我愿不愿意跟你谈异地恋？"

"我又不傻！"她白他一眼，"哪有人会为了一个不喜欢的女孩，大晚上的跑到那么高的山上去拍一朵杜鹃？"

"哦……"谢睿拖了个长音道，"那你还挺聪明？"

顾朝曦笑："可不是！"

两人叽叽喳喳说了会儿话，渐渐地又安静下来。她听着海浪一下一下拍打在岸上的声音，不由自主地闭上眼睛，打了个哈欠。

谢睿摸摸她的脸道："顾朝曦，去车上睡。"

海边风大，这样睡觉肯定会着凉。

顾朝曦瘪瘪嘴，不肯动："我就眯一会儿，不会睡着的。"

车子距离沙滩太远，她困倦时容易犯懒，往往是得过且过就好。

谢睿叹口气，倾身将人抱起。突然的失重叫她吃惊，温暖有力的怀抱又叫她沉沦，她抬眸看向他坚毅的下颌，弯眉浅笑。

众人口中的死亡角度在他这儿却依旧帅气得不像话，甚至更令人心动。

顾朝曦回头看着被海浪簇拥的沙滩，无声勾唇：你看，我也有人抱！

夜里出行，他们租的是一辆颇为宽阔的越野车，谢睿将她放上副驾驶座，调好座椅高度，绕过车前跳上车来发动机箱。

空调打开，暖气一股一股地从小小的圆口里冒出来。她搓着手，脱了鞋子盘腿坐在椅子上，拢了拢身上的披肩，小声道："谢睿，晚安。"

雾蓝色的夜里，她明亮的眼眸亮晶晶的，像从山间跑出来的小精灵。谢睿摸摸她的脑袋，凑过去浅浅亲了下她微红的鼻尖，温声道："晚安。"

顾朝曦弯唇笑笑，感觉和他在一起的每一刻都美好不可思议。睡意涌来，她蜷缩着身子，侧躺在座椅上沉沉睡去。

几小时后，清晨的微光一点一点亮起，谢睿拉拉她的披肩轻声道："顾朝曦，起床了。"

他说得小心又轻柔，下一秒，震耳欲聋的手机铃声响起——

"姐妹！起来护肤了！姐妹！起来化妆了！"

浑厚有力的男音回荡在小小的车厢内，顾朝曦腾地从座椅上爬起来，闭着眼睛喊："哎呀！哎呀！迟到了！迟到了！"

他忍了忍，还是忍不住"扑哧"一声笑出来。

顾朝曦偏头一愣，睁眼看到谢睿低耷的肩头和微笑的眉眼，蓦地想到今天是周日，她不用上班，且正和许久不得一见的男友进行浪漫的海边约会。

淡淡的潮红爬上她的脸颊，她盯着谢睿面无表情道："你别笑了！"

大家都一样，有什么好相互伤害的。

他轻咳一声，止了笑意，抬手降下车窗道："太阳出来了。"

黎明的曙光破开海岸线从遥远的方向缓缓升起，火红的天际和深蓝的海域仿佛将天地一分为二，潮水和流云一同翻滚，将世界变作一幅不断变化的油画。

顾朝曦趴在车窗上，心里有些说不出的澎湃。

从很小很小的时候开始，她就觉得太阳真是这个世界上最奇妙的事物之一。它消失了，又出现。消失了，又出现。

像所有丧失期待的人们的解药，平凡又伟大。

所以，当她知道自己的名字代表的是清晨的第一缕阳光时，她再也没有抱怨过顾沉舟为什么不给她取一个简单好写的名字。

朝曦，朝曦，再也没有比这更好的名字了。

她想。

5

红色的太阳跳出海面，金色的光芒在翻滚的海浪上铺开一道粼粼的波光。

顾朝曦兴致勃勃地给他介绍了自己名字的由来，而后抬眸问道："谢睿，你爸爸妈妈为什么给你取名谢睿呀？"

他想了想，垂着眼睛，淡笑道："大概是……他们希望我能做个聪明人吧。"

顾朝曦顿了顿，还想问些什么，巨大的手机铃声再次响起——是李念一。

她这些日子做记者、跑新闻，也帮了不少人。

李念一，就是其中一个。

她是山城人，小时候被亲生父母遗弃，丢在路边。幸得养父母发现并带回，才有了新家。

养父母条件一般，都是普通打工人，但性情温和，且久备不孕。三十好几的年纪，突然得了个孩子，对她不仅视如己出，更是倾尽全力地疼她、爱她。

这样平凡的三口之家，不说大富大贵，也是温馨幸福。

李念一小学期末考拿了第一名，李父还特意带她和李母来 S 市旅游。

结果，旅游时一家三口出了车祸。李父李母当场去世，小姑娘被两个大人护着倒是活了下来。

顾朝曦当时负责这个新闻，顺带着照顾了小姑娘一段时间。

回山城后，因为养父母方的亲戚长辈都不愿意继续收养，李念一便被送到了福利院。

刚开始她性格孤僻、内向，后来顾朝曦经常打电话过去。

小姑娘慢慢地，也就对她敞开了心扉。

"顾姐姐？"电话里，她稚嫩的童声里带了点喜悦和期待，以及无法忽视的小心，"我们福利院过两天要举办一次元旦会演，我会表演唱歌，你要不要来呀？"

顾朝曦挑眉："好呀！"

小姑娘没想到她应得这么快："真的？"

顾朝曦笑："我还会骗你不成？"

小姑娘难得邀请，她当然不会拒绝。原本谢睿回来，她就打算将攒了许久的年假请掉，如今干脆一石二鸟。

挂了电话，谢睿看着她问："去山城？"

"嗯。"顾朝曦点点头，点开某蝙蝠软件道，"我请个假，咱们今晚出发？"

谢睿摸出手机："好，我来买票。"

她愣了下，迅速抬头："你哪儿来的钱？"

自从他工作以来，每月工资都按时转到她微信上，虽然她从来不动用这笔钱，但……

没道理他还有私房钱啊！

谢睿摸摸鼻子，轻声道："在军队无聊，我们偶尔会打个牌消遣一下。"

他七赢三输，尺度把控得极好。那些绿油油的"韭菜"便总凑到他眼前来，一茬一茬地求割。

顾朝曦挑挑眉，低下头去继续请假："那你买票吧，住宿我来订！"

大约是怕他拒绝，她抽空抬眸补充道："我有会员。"

谢睿笑笑："行。"

顾朝曦平时工作表现不错，因而领导批假批得也是格外爽快。

两人回公寓简单收拾了下行李，又去商场买了不少玩偶、零食，打了辆出租车去机场。

顾朝曦昨晚只睡了几个小时，一路奔波下来整个人已然困倦，上飞机后，不等起飞，便兀自枕着谢睿的胳膊进入梦乡。

中途，飞机撞上气流，轻微颠簸了片刻。

顾朝曦抱着他，眉头轻皱，两只脚无意识地踢了下前座。

谢睿做了个口型向前面转头看来的人道歉，俯身轻拍她的后背，安抚她梦中的情绪。

飞机平稳下来后，空姐拉着餐车一个一个地过来发放餐食。顾朝曦循着香味睁开眼睛，迷迷糊糊道："谢睿，我要鸡肉饭和可乐。"

她常年旅行，别的不敢说，对各大航空公司的飞机餐单那是了如指掌。

谢睿看一眼远在第一排的空姐，摸摸她软乎乎的后脑勺低声道："好，你再睡一会儿，可以吃饭了我叫你。"

顾朝曦满意地蹭蹭他的肩头，继续梦中的夜宵。

飞机餐味道一般，但他俩都不是挑食的人。倒也吃得挺好，尤其是顾朝曦。这人睡饱了醒来，吃点儿自己的鸡肉饭再蹭点儿谢睿的猪肉饭，快乐得不行。

旅途后半程，两人开了小电视看有趣的老综艺。看到有趣的地方，顾朝曦瞟一眼边上熟睡的大叔，捂紧了嘴巴不敢笑出声。

下了飞机，到达郁水已是深夜。旅游区依旧亮着满街灯火，空中零星飘着些晶莹的雪花。

不少苗户的走马灯上都盖了一层薄雪，底下融化了，上头再铺上来，像飞蛾扑火，生生不息。

顾朝曦订的依旧是上回那家民宿，谢睿拿着房卡抬眼浅笑："我这次可以睡床吗？"

她眨眨眼，小声嘀咕："我上回也不是真想让你睡沙发啊……"

他低头，扬了扬眉梢："你说什么？"

"没什么，我说……"顾朝曦后退一步，快速道，"可以睡床，走吧。"

她说完，拎着行李径自走向电梯。谢睿弯了弯唇，上前拉住她的手笑："走那么快干吗，房卡还在我这呢。"

顾朝曦抿抿唇："我困了！"

"那行吧。"他瞥一眼她微红的脸颊，低声道，"睡觉去。"

很单纯的三个字，被他用那样低沉的音调说出来便叫人想入非非。顾朝曦滚了滚喉咙，强自镇定道："嗯，睡觉去。"

她洗澡速度太慢，便让谢睿先洗。出来时，看到他拿了个枕头靠在后背上，坐着看书。

床头灯打在他脸上，有一种违和的反差萌。

可他安安静静坐在那儿时，你又会觉得他看书的样子也很美好。像一个矛盾体，让人深陷其中。

听到她出来的动静，谢睿掀起眼皮，拍拍床侧的位置示意她过去。

顾朝曦把怀里的脏衣服藏好，踢掉拖鞋爬上床去，熟练地钻到他怀里和敞开书页上彩绘的人体器官面面相觑。

她闭眼，皱着一张小脸问："谢睿，你看了这个还睡得着吗？"

他笑笑："我们看了实物也照样吃饭啊。"

顾朝曦晃晃脑袋，满脸痛苦："可是我睡不着了！"

谢睿"哦"了声，合上书本捏捏她的耳垂，低声问："那你想做什么？"

顾朝曦缩了缩脖子，抓着他的睡衣，仰头道："你给我讲个故事吧，我小时候睡不着了，我爸爸都会给我讲故事的。"

谢睿看着她期待的眼神，张了张嘴没出声。他这辈子从来没给人讲过故事，突然被她提出这么个要求，一时之间竟觉有些无措和羞赧。

但自家女友的要求又不能不满足，他犹豫半晌，强调道："那你闭着眼睛听，不许发表评价。"

顾朝曦听话地抬手做了个拉拉链的动作，用力闭上眼睛。

谢睿轻咳一声，缓缓开口："从前有座山，山上有座庙。庙里有个小和尚，小和尚对老和尚说，师父，你给我讲个故事吧。老和尚说，从前有座山……"

很烂的故事，但用他的嗓音讲出来居然莫名好听。顾朝曦忍住心底的吐槽欲，弯了眉眼，缓缓睡去。

谢睿小心翼翼地将她抱到边上，俯身亲了亲她的脸颊，温声道："晚安。"

我的小太阳。

第二天，顾朝曦伸了个懒腰，舒舒服服地醒来，精力充沛地拉着谢睿上街去。

清冷的早晨，她一个人大气地买了一堆小吃，塞在谢睿怀里，再要去下一家时，只听有人喊："姑娘！"

她下意识回头，对上一张熟悉的面庞和一份熟悉的传单。

那人一见真是她，乐得哈哈一笑："哎哟，我刚远远看着觉得像你，没想到还真是你啊！缘分啊！"

顾朝曦笑笑："是。"

男人嘻嘻一笑，停止叙旧："姑娘，租车吗？老客户，还按上次那价格给你，五百一天，怎么样？"

顾朝曦挑眉，斜眼看向谢睿。

他唇角一勾，微笑着看向男人，淡声问："原本是多少一天？"

男人一仰脖子："七百五啊！小兄弟我跟你说，我租给这小姑娘的可是坦克300呢！还是顶配的那种！这价格！实惠！"

谢睿点点头表示认同："那就还按原价……"

他话还没说完，男人高兴地一手拍在他肩头，朗声道："哟！大兄弟实在啊！"

"我还没说完呢。"谢睿拂开男人搭在他肩头的大掌，抬手指了指路边一溜儿买一送一的小吃店继续道，"还按原价，买一送一，行吗？"

男人顿在原地，不敢相信自己的耳朵。

顾朝曦低头憋笑，乐得不行。

两人周旋一番，最终以四百块一天的价格成交。

收款的时候，男人抹了把脸，无语凝噎。

/ 第十二章 /
折翅蝴蝶

▼

1

福利院距离旅游区有段距离，谢睿将民宿里的玩具、零食全都搬上车后，载着顾朝曦出发。

陌生的城市，她翻出导航来，体贴地架在车前。谢睿瞥一眼，淡淡道："手机你拿着玩吧，我认识路。"

顾朝曦眉头一挑："你确定？"

从民宿到福利院的路他们只开过一次，时隔许久，她早就忘得一干二净，这人居然还记得？

谢睿点点头："确定。"

顾朝曦歪歪脑袋，迟疑地收回手机。却不想他说确定，还真是确定。

一小时后，她看着不远处颇有些陈旧的小楼，单手撑着中控台小声感叹："谢睿，你该不会是过目不忘吧？"

"没那么夸张。"谢睿淡笑一声，想了想说，"只是记东西还算牢固。"

顾朝曦"哦"了声，眼珠子骨碌碌转一圈，忽问："那元素周期表，你还会背吗？"

谢睿看她一眼，面色平静地开口背诵："氢氦锂铍硼，碳氮氧氟氖，钠镁铝硅磷……"

他一口气背到"钡镧铈镨钕"，顾朝曦越听越迷糊，不太确定地摆手问："后面这些，我们学过吗？"

"没学过。"谢睿打了个方向盘，右转进入小道，望向后视镜的视线扫过她的脸颊，"但表格上有，我就顺带记下了。"

顾朝曦："……"

顺带记下了！

我当年就考纲里那些都要死要活背得那么辛苦，你居然说顺带记下了！

气！

她皱眉的样子好笑，谢睿勾了勾唇，抬手挠挠她的下巴："怎么了？我背错了？"

"……没。"

这种东西，对对错错，她怎么知道？

顾朝曦小猫连环小爪式抗拒着拍开他的手掌，抬眸看到福利院门口一个小小的人影，开了车窗挥挥手喊："李念一！"

小姑娘立马小跑着过来，脆生生叫道："顾姐姐！谢哥哥！"

谢睿朝小姑娘抬了下手，稳稳地停在地上白线已经有些模糊了的停车位上。

顾朝曦跳下车，问她："怎么在外面，等多久了？"

李念一摇摇头："没多久。"

但事实上，在她接到顾朝曦的电话说今天会来时就等在了门口。

顾朝曦蹲下身，拿手捧着小姑娘冰凉的脸也没反驳，只左右打量着说："小——好像越来越漂亮了啊？"

李念一五官不错，只是当年出了车祸，消瘦许多，导致那会儿的她看着像个皮包骨头的小人儿。

如今隔了几个月的光景，小姑娘脸上稍微长了些肉，原本粗糙的皮肤也变细嫩了些，整个人看起来便增色许多。

李念一被她夸得不好意思，红着脸轻声辩驳："哪有，顾姐姐才漂亮。"

冷气森森的冬日，小姑娘套着一身略有些宽大的羽绒服看着可可爱爱，像只有趣的小雪兔。

只是羽绒服领口宽大，小姑娘又没系围巾，细细的脖子便冻得泛出紫红来。

顾朝曦看着心疼，不顾小姑娘的阻拦，伸手摘下自己脖子上的围巾替她裹上，拍拍她的脑袋问："怎么不戴我给你寄的围巾？"

她前些日子买了不少衣物寄给李念一，连同李念一身上这件羽绒服都是她寄过来的。这会儿天气寒冷，正好派上用场。

李念一搓搓小手，低头道："在呢，出来得急，就忘戴了。"

顾朝曦笑："急什么？我们又不会消失。"

李念一傻笑着抿抿唇，又低下头去。

谢睿扛着大包小包过来，侧了下脑袋，问："干什么在外面聊，不进去吗？"

"对呀，对呀！"李念一回头要去帮谢睿提点东西，被他轻笑着避开，于是跑到铁门处探手勾开大门门锁道，"咱们快点进去吧。"

她好像这里的小主人，等他们进了门再将铁门锁好，把钥匙仔细揣进兜里。

谢睿走在顾朝曦身侧，将两只手上的东西拎到一块儿，空出右手来将自己的围巾缠到她身上。

顾朝曦抬眸对上他的眼睛，抓着围巾无声咧嘴。

李念一走在前面向他们介绍福利院的设施，最后带他们走向一幢三层楼高的小楼，里头隔了许多个几十平方米大小的房间，每个房间里都有十几二十个孩子。

透过深绿色的玻璃往里看，每个孩子几乎都有明显的残疾。

这会儿是早餐时间，福利院的工作人员拖着一个装了白粥的大盆一个孩子一个孩子地分发，遇到有些无法独立进食的，便拿勺子一口一口地喂。

这些孩子看到她和谢睿，纷纷投来惊喜的目光，目光里是满满的期待。

她对上那些目光，心底莫名难受。他们在长久的等待中，无时无刻不期待有人给予他们一个家，却又在长久的失望中垂下眼眸。

走到其中一个房间时，李念一敲敲门，走到一个正给一个女孩儿喂饭的阿姨面前，小声又兴奋地说："院长，我姐姐来啦！"

那和蔼可亲的阿姨摸摸她的脑袋，笑道："我看到了……欢迎，欢迎！一一，你去我办公室搬两把椅子来吧。"

顾朝曦忙道："不用那么麻烦了！"

院长却很坚持："要的，——你快去吧！"

"好！"李念一轻快答应，临走时还朝女孩儿笑了下。

躺在床上的女孩儿"咿呀"一声，对着她离去的背影努力转动眼珠。她好像无法控制自己的四肢，全身上下只有一条手臂可以活动。但看着也十分无力，只能轻轻地搭在院长的胳膊上。

院长端着饭碗道："不好意思，我先把饭喂完。"

"啊，没有……"顾朝曦摇摇头不知道说什么，过了半晌抿唇问，"她……这是？"

院长抱着女孩儿，擦掉她嘴边淌出来的流食，再慢慢重新喂一口新的，低声道："瓷娃娃症，没听过吧。简单说，就是骨头特别脆特别容易断。"

她顿了顿，又说："咱们这儿的孩子，很多从生下来就被抛弃了。一些身体健全、人也机灵的，都被领养走了，剩下像这样的……"

她没说下去，但顾朝曦明白她的意思。

像这样的孩子，亲生父母都要抛弃，更何况养父母。没有人会想给自己找一个这样的累赘，这是人之常情，但又的确悲凉至极。

女孩儿看着顾朝曦，缓缓朝她伸出那只唯一可以活动的手。顾朝曦蹲下来，把手递过去。

她轻轻地捏住，苍白得几近透明的脸上露出一个有些扭曲和诡异的微笑，嘴里咿咿呀呀哼着几个无意义的音调。

顾朝曦低头看着她的手，很软、很小，也很凉。福利院里的空调坏了大半，暖气片作用微小。

院长收起已经冷掉了的粥，看着顾朝曦道："她很喜欢你，虽然她丧失了表达能力，但依然可以感受到别人的善意。"

顾朝曦小心地摸摸她的小脸，心底发堵，嘴里也涩得说不出话来。

在她原本的理念里，总以为福利院的孩子只是没有父母、流离失所。谁知他们当中许多人甚至没有一副健全的身体，无法接受教育、无法行遍山川，甚至无法独立完成对于普通人来说最基本的进食。

老天何其残忍，给了他们清醒的意识，又剥夺了他们探索世界的能力。

她指尖收紧，捏住自己的掌心。谢睿站在一旁，垂眸包住她的手背。温热的气息代替冰冷的空气，叫她舒缓片刻的情绪。

院长温柔地看着女孩儿，忽道："元旦文艺会演，是我们每年的传统。到了那一天，我们会邀请有领养意愿的人来院里观看表演，期待一些孩子能够找到喜欢他们的新爸爸、新妈妈。

"但是你知道的，这很难。而且最近几年，来的人越来越少。不过有几对夫妇，很喜欢——。我看过他们的条件，也都不错，比福利院好。

"其实我之前就问过她的意见，但她不肯，非要在院里陪我这个老太婆。"院长笑笑，环顾四周道，"你也看到了，我们院里这条件着实不太好。这两年院里财务吃紧，也招不到人手，很多老阿姨都是看着我的面子才留下来的。

"这孩子自从来了以后，就帮着一起干活，给我省了很多心力，但你说她自己怎么办呀？等再大些，或许就找不到合适的父母了。"

她顿了顿，继续说："我让她邀请你过来，是想让你劝劝这孩子，别把时间耗在我这小院里头，该走的时候就走吧。"

顾朝曦垂着眼眸，还没来得及说话，门外便传来一道坚定的声音："我不走！"

李念一红着眼走进屋子里，重复道："我不走！我有顾姐姐，我不需要什么新父母！"

院长大约没想到她会那么快回来，疲惫的脸上划过一丝错愕，而后皱眉道："可她不符合领养条件！"

"那又怎么样！我有人关心，在这里生活得也挺好的！干什么要走？"李念一放下手中的椅子，"我……反正我哪儿也不去！"

"你……"院长还要再说，躺在床上的女孩儿忽地大哭起来，她无法清晰地分辨周围发生了什么，但也知道他们此刻的氛围紧张。

院长顿了下，转头去哄女孩儿。

她哭得声嘶力竭，是那种最原始的小孩儿的哭法，配上那张额头前凸的脸，一点儿也不好看，甚至有些吓人。

但院长抱着她，就像抱着一个正常的、漂亮的孩子，丝毫不介意她把眼泪鼻涕都蹭在了自己的身上。

片刻，等她终于静下来了，顾朝曦上前安抚性地抓了抓院长的手道："院长，您别急。让我跟——聊聊，行吗？"

院长叹口气，点点头道："行，你好好劝劝她吧。"

顾朝曦抿了抿唇，低低地应一声："好。"

2

福利院里没有多余的空房间，顾朝曦便和李念一一块儿坐在楼道的台阶上。

小姑娘这会儿气鼓鼓又委屈巴巴的，两只眼睛里装满了泪水，就是不肯掉下来，瘪着嘴问："顾姐姐，你要听院长的话来劝我吗？"

顾朝曦拍拍小姑娘的肩，摇头道："一一，你想待在哪儿，都是你的自由，我不劝你。"

小姑娘愣愣抬头："真的？"

"嗯。"顾朝曦弯起一点唇角，看着李念一低声道："我不劝你，但你能不能告诉我，你想待在这儿的理由？"

她知道小姑娘不是在等她，也不是不想要新父母，只是想留下来，留在这个已经有些破旧的福利院里。

听她这样说，李念一吸了吸鼻子，想了一会儿道："我在这儿真的挺好的，院长很亲切，阿姨们也很好。而且最重要的是，我想照顾他们。

"就像当初，爸爸妈妈照顾没人要的我一样。"

顾朝曦想到进门时冷清的门卫，院里寥寥无几的阿姨和亲力亲为的院长，捧起她的脸，拂去她满脸的泪珠，看着她道："那么我帮你，一一，我帮你一起守住这个地方。"

另一边，谢睿看她牵着李念一出去，将门边的椅子搬进来，拿玩具逗床上的女孩儿玩了会儿。等到女孩儿愿意让他触碰后，他仔细摸了摸女孩儿手臂上的骨骼，偏头问院长："她几岁了？"

"八岁了。"院长朝女孩儿笑笑，女孩儿便也笑笑，院长哽了哽，满眼都是心疼，"从小一直躺在床上，都没下去过。"

谢睿指了指她身上的被子问："方便打开被子，我看看吗？"

院长眉头轻蹙，看向他的眼神中带上些许疑惑。

谢睿对上她的目光，淡然解释道："瓷娃娃症也分很多类型，我看看她的病症，到底是哪种类型。"

院长一愣："你是医生？"

谢睿颔首："嗯。"

"行，你等一下。"院长有些激动，俯身轻轻在女孩儿身上拍了拍，缓缓拉开被子。

洗得发白的床铺上，女孩儿的腿瘦弱得与她上半身身材完全不相匹配，且像麻花似的卷曲着，看起来十分骇人。

谢睿看了看，问院长："之前看过医生吗？"

院长说："看过，但县里的医生都说这病没得治。你看？"

"他们没说错，瓷娃娃症目前的确是没有可以根治的方法。"谢睿抬眸，看到院长眼里失望的神色继续道，"但通过一些药物和康复治疗，能有所改善，尤其是像她这种Ⅲ型病症。"

他替女孩儿盖上被子，继续说："她的右手还有力气，通过治疗再配合辅助行走的工具，或许可以具备一定的自理能力。当然，这只是我的个人想法，具体的诊断和治疗还要看疗养院的意见。"

事实上，她无法表达的困境也是齿骨发育不良造成的，和声带系统没什么关系。如果医疗水平足够发达、精细，她甚至有可能恢复表达。

但这一点，他没说。从某种角度来说，很多时候，希望是比绝望更残忍的东西。

院长眼里泛红，踌躇片刻问："那治疗费……会不会很高？"

谢睿想了想，还未开口。只听顾朝曦带着李念一走进屋来，脆声道："我来想办法！"

她迎着两人的视线，又说一遍："费用的事，我来想办法。"

院长顿了顿，迟疑着问："什么办法？"

顾朝曦反手勾过肩上的背包，掏出工作证道："人在井底的时候，得想办法把自己的声音传达出去，借助外界的力量让自己脱困。"

她走到边上，伸手推开绿色的老玻璃，扬眉道："你看，开了窗，阳光不就进来了吗？"

院长愣了下，看着窗外淡黄色的光晕铺洒进来，落在顾朝曦明媚的脸上，心底莫名产生了一种如释重负的放松感。

是啊，开了窗，阳光不就进来了嘛。

于是这日，顾朝曦和谢睿在福利院帮着工作人员一起照顾孩子们的起居饮食。和孩子们聊天，了解他们的身体状况，询问他们的过往和爱好。

那么多孩子里，几乎很少有能够完整表述清楚自己想法的。顾朝曦拿了玩具送给他们，他们会玩，也很活泼，却不说话，玩得欢了会嗯嗯哈哈几句，但无法组成一个完整的句子。

他们大部分不是聋哑人，只是长期环境的封闭叫他们丧失了表达的欲望和能力。可他们很热情，会主动拉手、主动求抱，像是在两个陌生的男女身上寻求一种情感的寄托。

晚饭他们就在屋子里和工作人员一起喝点孩子们喝的菜花粥。里头没什么肉，但孩子们依旧吃得狼吞虎咽。

一个在这儿工作了许久的大妈告诉他们，之所以煮粥，一方面是因为这儿的许多孩子只能吃流食，另一方面也的确是没钱。早些年院里没那么多小孩儿的时候还好，现在孩子多了经费便变得紧张起来。

很多时候，他们的工资还是院长拿自己的钱偷偷贴的，但这毕竟也不是长久之计。而且即便如此，院里的工作人员依旧越来越少。

前些年山城经济不好的时候还好，一些没活干的农妇来这儿多少也算赚点钱，贴补家用。如今山城经济节节高升，这点工资便没人瞧得上眼了。

人少了，工作就多了。这样又苦又累还每天都要对着一帮残疾孩子的活儿便更没人愿意干了！他们这些人，也就是干久了，有感情了，加上家里边也没什么拖累，才听了院长的劝说留了下来。

可以后……谁知道呢？等院长老了，谁知道呢？

顾朝曦听着，沉默良久。

傍晚，李念一送她和谢睿出去。上车时，顾朝曦望着那个小小的福利院内心说不出的难受和欣喜。难受于这些孩子经受的苦难，欣喜于院长和工作人员的无私奉献。

谢睿开着车，捏了捏她的手掌。顾朝曦回头看到深沉夜色下李念一雪白的羽绒服在黑暗中发光。

回到民宿，两人熬了一个通宵将白天在福利院收集到的各种资料和网络上查到的国内福利院发展现状整理成一份份文档。因为没带电脑，所有资料都是手写。

小小的书桌上铺开一份份墨色的希望，整到最后几份录音材料，谢睿拍拍她的脑袋低声道："剩下的我来，你先去睡。"

顾朝曦甩甩手上的水笔，打着哈欠摇摇头："我不困，你去睡吧。"

谢睿看着她低垂的眼眸，不再劝说，只安静地戴上耳机，继续未完的工作。小小的房间内，一时只剩下墙上时钟跳动的嘀嗒声和笔尖划过纸张时发出的轻微窸窣声。

月光淡去、日光浮现时，顾朝曦打了个哈欠把资料发到台里并申请做一期相关报道。她困倦至极，却非抱着手机等到肯定的答复再去睡觉。

谢睿拉过她的手腕，替她轻轻按摩着。顾朝曦挪挪椅子，靠到他身上，把左手也举过去："谢睿，这只手也疼。"

因为熬夜，她眼睛红彤彤的，还带着泪花，趴过来的时候，像一个可怜兮兮的撒娇鬼。他接过她的左手捏了捏，看她时不时瞄向手机的眼神，抱着人亲了亲道："别急。"

"嗯。"顾朝曦缩在他怀里点点头，揉着眼睛又打了一个哈欠，轻轻把手腕从他指尖抽出，反拉过他的右手学着他的样子，东按西掐地替他放松。

医学方面的事她不懂，关于孩子各种病症的资料都是谢睿做的整理。福利院那么多孩子，他要记录、诊断、核对，最后还帮她一起复盘录音。

要说辛苦，他一点儿也不会比她少。顾朝曦这样一想，手上按摩的力道更甚。谢睿故意"嘶"了声，捏捏她的耳朵问："你这是恩将仇报还是谋杀亲夫？"

顾朝曦脸一红，卸了力道，直起上半身仰头争辩道："哪有！你刚刚不就是这样给我按的嘛！"

"好了，不要你按。"谢睿笑笑，就着她的手将人重新拉进怀里，抵着她的肩头轻声道，"这样就好。"

这样抱着你，我就一点也不累了。

他声音喑哑低沉，透着浓浓的倦意。顾朝曦动了动，伸手抱住他的腰腹。凌晨微光中，两人坐在椅子里相互拥抱着缓缓闭上眼睛。

早上八点，顾朝曦开了加倍喇叭的手机铃声蓦地响起，她抖了一下，睁开眼睛去摸手机："安姐！"

"嗯，我看到你给我发的信息了。说真的，我已经很久没有见过这么多纸质图片了。"电话对面，知性优雅的女音笑着说，"我从今天起床到现在停好车，一路都在看你的消息，中间被路人按了 N 次喇叭。"

顾朝曦挠挠头发，单刀直入："那……这个新闻我能做吗？"

"不能……"安姐踩着高跟鞋走向电梯，缓缓道，"我花这么多时间看你资料干什么？做吧，我支持你。"

前一秒还被她干脆利落的两个字急得抓椅子的顾朝曦呆呆地愣了下，猛地站起来对着空气鞠一躬道："谢谢安姐！"

电话那头的女人笑了笑，轻道："我要上电梯了，你这两天拿个初稿出来给我。"

顾朝曦点点头，高声喊："Yes, Madam！"

挂了电话，她跳起来，高兴地抱住谢睿："谢睿，谢睿！我可以做这个新闻！安姐同意了！耶！"

谢睿矮身刮一下她的鼻子问："那现在可以睡觉了吗？"

顾朝曦摇头："我不困，要不我现在就写稿子吧？先写在纸上，然后再导入手机编辑好了！"

她嘀嘀咕咕，兴奋得不行，谢睿眯了下眼睛，直接将人打横抱起放到床上，沉声道："不行，你现在必须睡觉！"

他说完，搂着她的腰兀自闭上了眼睛。顾朝曦看着近在咫尺的脸庞舔舔唇，连呼吸都不自觉收敛了一些，刚刚他猝不及防的一抱让她的心跳直到现在都处于失控状态。

大约是她的眼神太过灼热，谢睿微微挑起半边眼皮，右手压在她头顶，左手捂住她的眼睛，凑近了亲亲她的鼻尖又说一遍："乖乖的，睡醒我陪你写，嗯？"

他那一声低低的"嗯？"实在叫人无法反抗，一片黑暗中，顾朝曦摸索着亲亲他的下巴，小声"嗯"了下，把脑袋埋进他怀里，沉沉睡去。

谢睿松手看了看自己的掌心，总觉得女孩儿柔软的睫毛仿佛还在上面煽动着他的心跳。

他垂眸看看怀里那颗黑乎乎的脑袋，低头小心翼翼地亲了亲她的发丝，才勾着唇缓缓进入梦乡。

3

这一觉，顾朝曦直接从日出睡到了日落。傍晚，李念一打来电话同她确认观看表演的时间。她恍惚间一抬头，才发现窗外已经不知不觉红了一片。

顾朝曦对着电话应一声"我们来了"，抓抓头发和谢睿一同起床。这人在军队自律惯了，向来是一睁眼就能恢复清明。

而她坐在床上，生生打了三个哈欠才慢吞吞地爬起来。

这个时间点，再去周边小馆吃个晚饭是来不及了，两人便沿街买了些面包、小吃对付着。

路上，谢睿开着车低头吃一口她递过来的面包，尖尖的牙齿扫过她的指腹时，她忽然就想起了盛夏时节他抱着她一寸寸从锁骨吻上她的唇瓣，最后又轻咬下唇不肯离去的画面。

刹那间，翻腾的热意将她的脸庞蒸得像天边醉酒的晚霞。谢睿偏头瞧一眼身边的人，空出一只手来捏捏她的脸颊，轻道："想什么呢，脸这么红？"

顾朝曦开了车窗，对着北风深吸一口气回头冷静道："没有啊，谁脸红了？"

大家都是第一次谈恋爱，凭什么就我害羞？

夜里，谢睿洗过澡照例躺在床上看书。顾朝曦不知怎么这回洗澡时间在原本就久的基础上变得更久。

等到他都快睡着了，浴室门忽然啪地打开。暖黄色光晕中，顾朝曦迈着流星大步豁然走出，三两步冲上床来，气势汹汹地看着他。

谢睿顿了顿，回想了一下自己白天的表现，不甚理解地迟疑道："怎么了？"

顾朝曦并不回答，只盯着他，两手撑着床板俯身过去。

谢睿被她看得莫名其妙，忍不住笑着又问一遍："到底怎么了？"

顾朝曦深吸一口气，吧唧一口亲在他的唇上，而后张开小嘴，露出一排尖牙，轻轻摩挲他的下唇。

她动作笨拙、不熟练，颤抖的睫毛和泛红的脸颊都表露出她此时心底的紧张。但恰恰是这份生涩的勇敢，叫他沉沦其中，无法自拔。

他弯了弯被她毫无章法地啃咬着的唇角，忽地倾身扣住她的腰肢将她带到身下。浴室的光被挡住，顾朝曦伸手抓住他的背脊，莹白的下巴弯出一道漂亮的弧线。

无法忽视的热意攀上全身，她踢了踢被子试图获得片刻的清醒。谢睿咬着她的唇笑了下，贴着她的耳朵轻道："下次要这样，学会了吗？"

他声音暗哑沉郁，混着一股子说不出的磁性。顾朝曦心跳得厉害，脑子里一片空白，一时竟不知该做何反应。干脆伸手捞过被子往脸上一遮，脚下用力将自己滑进被窝，瓮声道："睡觉！"

谢睿笑笑，摸摸她只露了一半在外的脑袋，低声道："遵命！"

而此时，他尚且不知女友的小小"攀比心"，只挑挑眉，转头专心开车。

道路尽头的福利院门口挂上了一排红色的灯笼以作装饰，李念一穿着件红色大衣站在边上等她。

停车场里零星停着几辆车，真如院长所说没什么人气。但顾朝曦走进去，发现尽管如此，院里头依然认真布置了许多彩带。

表演节目的地方就在福利院后面的一块空地上，没有台子，阿姨们便铺了块红毯子当作舞台。

能下楼的孩子都承担了一个或几个节目，李念一是主持人。院长从网上买了一个粉色的小话筒给她，一身红衣的小姑娘拿着话筒站在台上还真挺有范儿。

顾朝曦举着相机，听见在场几对夫妇小声议论着她。

舞台上，李念一退下去，几个孩子上来表演诗朗诵，他们没什么经验，不知道如何调动情感。但他们很认真，一字一句生怕念错。

下一个节目是唱歌，五六岁孩童的歌声实在不算好听，可他们很勇敢，哪怕唱错拍子，也会红着脸继续往下唱。

几个节目下来，几乎都是不需要道具或特别学习的技艺，S市的小孩儿人手必备的乐器这儿统统没有。

对他们来说，活着已经是很艰难又很幸运的事情了。学习，那似乎是个太奢侈的梦。

即便如此，他们依然尽自己最大的能力呈现了自己所能呈现的最好的表演。甚至有个双腿残疾的孩子，拄着两根拐杖累得满脸通红也努力站上了舞台。

像一只折翅的蝴蝶，就算痛至骨髓，也会尝试着振动翅膀，冲破命运的局限，飞向蓝天。

那种倔强的生命力，叫顾朝曦握着相机的手也不自觉颤抖。

最后一个节目表演完毕，李念一拿着话筒再次上来。一段简单的结束词后，她忽然深吸一口气道："叔叔阿姨好，今天我还有几句话想对你们说。首先，很感谢你们今天的到来。相信你们今天也看到了，我们星星福利院的孩子都是很乖、很听话的小朋友，他们和一般的小朋友相比没有什么不一样。

"他们会在院长妈妈累的时候，给院长妈妈捶背，会主动帮阿姨做一些力所能及的活儿，包括今天你们坐的这些椅子也都是他们一把一把搬来的，虽然这对他们来说很难。"

她哽咽了一下，抬手抹掉脸上的泪珠，继续说："我从小生活在一个特别不好的环境下，那里有很多小朋友虽然身体健全，但总爱欺负比他们弱小的人。所以，在我看来我们星星福利院的小朋友都是天使。希望叔叔阿姨们不要因为他们天生的不足，就错过这些世界上最好的小朋友。最后，我想对院长妈妈说……"

李念一舔了舔唇，看着院长道："我不走，我会把星星福利院的孩子们一个个送出去。如果不行，我就陪着他们长大，看着他们自己走出去。我还要陪你变老，给你当拐杖。我不走，我这辈子就在星星福利院了。"

她哭着说着，小小的人儿脸上全是坚定。或许是因为经历了生离死别，她分外敏感，又分外成熟，在很小的年纪长成一个大人。

院长坐在台下泣不成声，福利院的小孩儿们也抱作一团。

顾朝曦放下相机，只觉今夜星空明亮，揉碎满地光芒照亮他们遗落凡间的孩子。

尽管那些夫妇依旧没有选择带一个孩子回家，但他们已经努力了啊，已经在一次次失望后依旧坚强地选择努力了啊。

晚会过后，她拿着今夜最新的素材快速写出一份初稿，发给安姐。片刻等待后，她又迫不及待地打了个电话过去告诉安姐，自己已经将稿件发送到了邮箱。

安姐眯着眼睛看一眼黑暗中明亮的屏幕——12：43。

安姐坐起来开了灯，无奈道："顾朝曦，你这个稿件质量要是不过关，我真的会……"

顾朝曦立马接上："怎样都行，您先看！"

安姐顿了顿，揉揉眼睛仔细阅读起来。一时间，电话里静悄悄的，只留下两人淡淡的呼吸声。

半晌，安姐重新举起手机点头道："写得不错，个别语句我调整一下，可以直接发了。"

"真的吗？"顾朝曦惊喜，"明天能发吗？"

"顾朝曦，你半夜三更给我的稿子，要我白天发？而且又不是什么时事新闻。"安姐失笑，想了想又说，"如果你一定坚持的话，发线上吧，行吗？"

S市电台这两年做了个官博，粉丝还挺多。像关于福利院现状这样需要一定传播时间的新闻，放线上其实是更好的选择。

顾朝曦原地蹦了一下，高兴道："行啊！特别行！安姐，我爱你！"

"别！"安姐揉揉耳朵，笑道，"你下次不在半夜三更拉我看工作信息我就谢天谢地了，千万别爱我，爱你男朋友去吧。"

顾朝曦"嘻嘻"两声，听着对面挂了电话，兴奋得不知所以。

第二天上午八点，正是人们趁着还未正式上班、上学的空隙，在洗漱间、路上、地铁站刷手机的热门时段。

S市电视台官媒发布了一篇名为《不漂亮的孩子》的新闻，因里面描述的福利院现状同人们想象中的大相径庭引发热议。

天生残疾又坚强无比的孩子，年老善良、坚持守护孩子们的院长都让所有人在这一个普通的清晨受到了一股来自心灵的冲击。

一时间，无数网友自发转载了这篇文章。全国各个办公室、教室、公园等地都聚集着议论此事的人。

有人留言：【赞可夫说过，漂亮的孩子人人都爱，而爱不漂亮的孩子才是一个教育者真正的爱。星星福利院的院长妈妈不仅是孩子们的人生导师，同样也教育了我们这些麻木的成年人。】

关于星星福利院帮扶话题的热度一下子蹿上了热搜，顾朝曦坐在书桌前突然接到安姐的电话："顾朝曦，你现在赶紧联系星星福利院院长建立一个爱心捐款渠道，并帮忙拟一份声明，强调这些爱心捐款一定专款专用、财务透明，接受广大网友监督。"

顾朝曦应了声，听见电话那头的安姐转身不知和人说了些什么，又凑到手机听筒边道："感谢你，让我在拥有一个忙碌的半夜后又拥有了一个忙碌的清晨。现在台里的电话已经快被打爆了，九点前如果你不能办到以上事情，那么我会让新媒体部直接把热线电话转到你手机上，好吗？"

"好！"顾朝曦忙不迭点头，拉着谢睿飞奔出门。

不光是网络世界，星星福利院里头这会儿居然也三三两两来了几波前来看望孩童的大学生。

都是感性又善良的年纪，看见一屋子先天不足的小孩儿还未开口便先红了眼眶。几个女孩子被一群小孩子抱着，一个个问名字的画面，美好得叫人心生柔软。

有男孩子想拍照，李念一小大人似的走过去告诉他不可以拍到小朋友的脸。这些小孩子，也有需要被保护的自尊。

顾朝曦找到院长，向她说明了来意。她欣然同意，又在离开福利院时忍不住踌躇。这些年她吃住都在院里，几乎已经和这些孩子融为一体。这会儿看着福利院的大门，总隐隐觉得不放心。

顾朝曦拍拍院长满是褶皱和老茧的手，低声道："别担心，谢睿和一一都在呢。"

院长点点头，随她慢慢坐上车去。

工作日的银行，排队的人不算太多。顾朝曦取了号，带着院长坐在一旁的等候区内，直接用手机开始撰写声明。

办好银行卡回去，院里的人居然更多了些。李念一小导游似的带着一拨一拨的大学生和社会爱心人士参观福利院设施，谢睿帮着院里的阿姨将他们带来的物资规整到一块儿。

前些天初来时冷清得要命的福利院，这会儿居然热闹无比。院长回来后，几个新闻社的学生拿着纸笔想要对院长进行采访。

顾朝曦笑笑，松开院长的手跑到一边去帮李念一。

这个善良劳碌了一辈子的女人在面对这些突如其来的善意时，竟有些慌乱，不知所措。

但对于福利院的孩子们来说，光有爱心捐助是不够的。他们还需要一定的医疗救助，来弥补自身先天的不足。

关于这一点，谢睿做过统计，也带着几个孩子去了山城的市区医院做检查。他们有的是因为天生脊柱发育不全导致的单腿无力，有的是听力障碍，还有的具有一定程度的智力缺陷。

这些病症对于医疗资源相对滞后的山城医院来说的确非常棘手，很多病症他们可能一辈子都碰不到一两次，根本无法给出合理的治疗方案。

如果单单是手术，福利院可以带着孩子们去具有权威影响力的大城市大医院接受科学的医学救助，但后续的养护、复健也是不容忽视的问题。

手术无法一次性解决他们的病症，所有残障孩童的治疗都是一个漫长且艰难的过程，而且需要足够先进的医疗理念。

而这一点，是山城医院根本无法满足的。

顾朝曦看着这些笑得天真烂漫的孩子，热切了一个上午的心慢慢沉静下来。她抿了抿唇，小声问道："那怎么办？"

谢睿低头，思索良久轻道："我想到一个人。"

S市老城区。

陈松原打着哈欠从睡梦中被电话吵醒，他昨晚又喝了不少酒，这会儿整个人昏昏沉沉得难受。

谢睿听到电话那头那声低沉沙哑的"喂"，便知道自己的计划成功了一半，他酝酿了下情绪，低声道："老师……"

陈松原揉揉眉头："嗯？"

"我跟顾朝曦吵架了，她把我所有银行卡、身份证都拿走了，我现在在民宿前台被扣下了，你能不能来救救我？"

陈松原眯着眼睛看一眼手机号，的确是陌生号码。他晃晃脑袋，从床上爬起来："地址。"

谢睿迅速报了福利院所在位置。

陈松原"嗯"一声，撂下一句"等着"挂了电话。

夜晚，星星爬上枝头。

陈松原在出租车上一觉睡醒，看着眼前陈旧的"星星福利院"招牌和对着他笑得一脸阳光的谢睿皱眉道："这是……民宿？"

谢睿弯了弯眉眼，还没说话，顾朝曦噌地从门卫里蹦出来笑道："陈老师好！"

陈松原："？"

半小时后，他看着满屋子眼睛亮亮的小孩儿，面无表情地回头："你俩这是转行搞起夫妻诈骗了？"

顾朝曦笑笑："助人为乐的事，怎么能说是骗呢？"

陈松原拒绝："谢睿没告诉你吗？我已经做不了手术了，这事儿你们别找我，没用。"

顾朝曦："怎么会！陈老师，不要你做手术。你就告诉那些医生该怎么开药，怎么做复健就好。"

谢睿说了，这里的医生具备基础经验，缺乏的只是先进的理念。他们知道这种病症需要吃什么药，但不知道什么疗程需要吃多少剂量，几种药物之间如何搭配等等。

而这些，恰恰是陈松原具备的。他曾经是第二军医大的著名天才医师，具有非常丰富的理论和临床经验。

陈松原闭了闭眼，再次拒绝："不要！"

顾朝曦垂眸，朝着李念一使了个眼色。小姑娘立马扑上去，抱着陈松原的大腿哭："叔叔！求求您！留下来帮帮我们吧！除了您，没有人能帮我们了！"

她一哭，福利院里的小孩儿便跟着一块儿哭起来，一些连路都走不了的孩子挣扎着要从床上爬下来，陈松原顿了顿，急忙弯身去扶。

那小孩儿双腿残疾，一双手却十分有力，紧紧抓着陈松原的胳膊道："叔叔，我想走路，我想走路！"

那双黑色的眼眸里充满着对生活的恳切和向往，让人看了心头震动。

他以为自己已经跌落谷底，深陷泥沼；以为自己接受现实，也算坚强。

却在这些孩子面前，窥见一个胆小又怯懦的灵魂。

屋子里，孩子们还在哀求。谢睿拉着顾朝曦悄悄退出房间，她靠着门板低声问："陈老师他会留下来吗？"

他垂眸，想到当年那个意气风发的人影，轻道："会的。"

许多人只知陈松原傲慢，却不知他这人内心最是柔软。当初院里有家属因凑不到高昂的手术费崩溃哭泣时，他表面没说什么，私下却悄悄替人将不够的部分补上。

医闹事件后，所有人都说军医大最耀眼的天才陨落了。可是……即便一辈子都拿不了手术刀，他也照样可以是最好的医生啊。

/第十三章/
橡树之恋

▼

1

谢睿猜得没错，陈松原看着冷淡，实则心软得很。面对一群孩子的恳求，他最终答应留下一段时间。

从福利院回去的路上，顾朝曦看着满路星光，心里高兴得像喝了两斤桃花酒一样。直到路过一个红灯，看着上头倒数的数字，她忽然想到谢睿的七天假期似乎只剩两天。

她偏头看着他道："谢睿，你的假期泡汤了。"

他靠在汽车后枕上歪了下脑袋，看着她笑："你也一样啊。"

顾朝曦想了想，摇头道："不一样的。"

她还有双休日，还有法定节假日，还有事假病假，可是他就只有这一个假期。

谢睿勾了勾唇，对上她的眼睛一字一句道："好吧，可是顾朝曦，这是超过我所有期待的最棒的假期。"

因为我和你一起，做了一件让世界变得更美好的事。

顾朝曦看他两秒，用力点头："嗯！"

山城这边的事情完结，她和谢睿在民宿休息一夜后，便搭了一早的飞机回S市。

电视台那边还有一些相关的存档资料需要处理，顾朝曦把行李往公寓一丢就急忙忙赶回台里去。

谢睿笑了下，低头去换拖鞋。手机屏幕突然亮起，他点开，是一个陌生号码发来的信息，但上面的文字让他一瞬间便猜到号码的主人。

他看了看地上的拖鞋，弯身重新收好放回鞋柜里，整了整身上的衣衫，慢慢朝公寓楼下的咖啡厅走去。

李莞坐在一个靠里的位置里，并不好找，但他依然一眼就看到了她。

接近零度的天气，她穿了一身看着就十分昂贵的雪白大衣，坐得端正优雅。

他走过去，低声道："阿姨。"

李莞抬头看他一眼，薄唇抿成一条线，嘴里淡淡地吐出一个字："坐。"

谢睿坐下，两人沉默许久。

李莞忽然开口："谢睿，对吗？"

"是。"他应。

"你喜欢小曦？"

"是。"

她笑了下："可你不是她最好的选择，你知道吧？"

谢睿低头："……我知道。"

李莞有些惊讶，她本以为他会反驳。但这并不要紧，她转了转手里的咖啡勺，继续说："既然你知道，那我就直说了。你们年轻人总说喜欢一个人就要为她付出一切，我不需要你为她付出什么。我只希望你放弃她，让她可以有一些更好的选择，而不是把大好的青春蹉跎在一条错误的道路上。"

她说着，抬眸看向谢睿柔声道："你明白我的意思吗？"

谢睿不知怎的嗓子有些发痒，他轻咳一声清了清嗓子低声道："我明白，可是阿姨……我不愿意放弃。"

他抬头，对上李莞的视线，坚定道："我知道我不是她最好的选择，所以如果有一天她告诉我她不想和我继续走下去了，我会放手。可在这种假设出现之前，我不愿意放弃。"

每个人的生命中或多或少都有一些无法割舍的存在，顾朝曦对他来说，就是这样的存在。他不愿放弃，也无法放弃。

"你！"李莞深吸一口气，瞪着眼睛看他，一时间竟想不出来要说些什么。

谢睿垂着眼帘，站起来朝她鞠了个躬道："阿姨，很抱歉我无法满足您的要求。如果没什么别的事，我就先走了。"

大庭广众，李莞向来在意自身形象。她虽气得要命，却也只能眼睁睁看着这个油盐不进的家伙走到柜台前打包了一份甜点施施然走人。

回到公寓，他将顾朝曦最爱吃的甜品放在冰箱里，一个人坐在沙发上静静地呆了许久。

顾朝曦进门时，瞧见屋子里黑漆漆的，忍不住低声唤："谢睿？"

谢睿恍然间回神，才发现时光在不知不觉间已从午后游荡到了傍晚。他侧身开了灯，站起来应了声："我在。"

顾朝曦换好拖鞋走进来，抱着他问："你刚睡着了？"

"没。"谢睿说，"在想事情。"

"什么事情？"

他顿了顿，抬头道："我在想……这世上道路千千万，宽敞的、舒服的、便捷的、漂亮的，那么多路，你怎么偏偏就选择了我这条路呢？"

又远又不好走，甚至孤独、不被理解。

顾朝曦愣了下，看着他问："谢睿，你听过《致橡树》吗？"

他睫毛轻颤，似乎预感到了她接下来要说的话。

顾朝曦抿了抿唇，缓缓道："我如果爱你，绝不像攀缘的凌霄花，借你的高枝炫耀自己；我如果爱你，绝不学痴情的鸟儿，为绿荫重复单调的歌曲……

"不，这些都还不够！我必须是你近旁的一株木棉，作为树的形象和你站在一起……我们分担寒潮、风雷、霹雳；我们共享雾霭、流岚、虹霓。仿佛永远分离，却又终身相依……"

这是她高中时最爱的一首诗。不是我依附于你，也不是你依附于我。而是我们彼此独立，又彼此珍惜。

"谢睿，我不是选择了你才在这条路上。而是因为我本来就在这条路上，才遇见了你。"

室内寂静无声，隔着一束光的距离，他在她眼里看到了一只永不停歇的飞鸟和一场惊心动魄的迁徙。

谢睿俯身，右手顺着她的耳郭抚至脑后插入发间，左手揽住她的腰，轻吻她的唇瓣。

许久，谢睿重新开了灯，抱着怀里懒洋洋的人问："我帮你洗？"

"不用！我们独立女性从不假手于人。"顾朝曦面上一红，挣扎起身，抱着被子挪了两步后，又关了灯捂住他的眼睛严肃道，"我去了，你不许偷看啊！"

谢睿笑笑，点头道："嗯，保证不偷看。"

顾朝曦倾身，迅速捡起地上的大衣披上，拖着两条酸痛的双腿走向浴室。

谢睿靠坐在床上，眯着眼睛看一眼她慢吞吞的步伐，悄悄弯起唇角。

等两人洗好澡，再次躺到床上时，谢睿卷着她的长发忽问："要不要吃甜品？你最喜欢的巧克力千层。"

顾朝曦抬眸，惊喜道："要！"

谢睿于是下床，替她将甜品拿过来。她举着小勺犹豫了下"在床上吃，会不会把被子弄脏啊？"

他顿了下，只舔了舔唇道："没事，脏了我来洗。"

顾朝曦弯着眼眸嘻嘻一笑，快乐地挖下一勺送进嘴里。

她咬着勺子想，她的小蛋糕很甜，她很喜欢。

2

第二天，顾朝曦赖在床上不肯起来。谢睿干脆连人带被子一块儿抱起来放到沙发上，换了床单枕套，再将人抱回床上。

她眨眨眼，指指身上的被子问："那被套怎么办？"

谢睿叹口气，笑道："还不起床？"

顾朝曦往下一滑，整个人只露出一只眼睛看着他道："不想起。"

他俯身，抱住被子里的人，低头蹭蹭她的鼻尖，贴着她的唇瓣问："真不起？"

顾朝曦噌地红了脸，向下滑得更深，闷着被子道："起了！起了！"

谢睿笑一下，抱着换下的床单枕套去浴室："给你十分钟，十分钟后我来换被套。"

顾朝曦"啊"一声，动作迅速地裹着被子爬到衣柜边翻腾起来。

好不容易等她穿好衣服，已是下午一点。两人下楼随意吃了个便饭回去，谢睿就得收拾行李了。

他东西不多，顾朝曦却准备了一大堆瓶瓶罐罐的护肤品，很快将小小的箱子塞满。怕他分不清，她甚至贴心地贴上了粉色标签标注每个罐子的功能和使用步骤。

谢睿听着，只觉这是比病理解剖更令人头大的存在。但……

这个絮絮叨叨的老师他很喜欢。

他弯了弯唇，屋外的暖阳和他的视线一同落在她抬起的眉眼之上，眷恋不肯离去。

再次来到机场，顾朝曦依旧忍不住红了眼眶。

相聚那么少，离别却是常事。

谢睿摸摸她的头发，拖着行李慢慢走向登机口。过了长长的通道回头看，顾朝曦仍然站在原地朝他招手。

红色的飞机信号灯划过天际，在空中留下一道波澜。他低头看着云下的Ｓ市，像是知道他有一段灵魂留在了这儿。

一月时，Ｓ市电视台联合禁毒办准备制作一期专题节目，需要派遣一名记者到春城边境去采访当地一线禁毒警员。

顾朝曦自告奋勇地报名，带着一名刚入职的实习生乘坐长途火车前往春城。

先前星星福利院的新闻叫她名声大噪，安姐破例给她提前转了正，气得小美在某宝上连下十单才缓和了被完虐的心情。

同时，台里还给她配了一个男孩儿做徒弟。而他，也是她这次之所以选择搭乘火车而不是飞机的主要原因。

第一次从Ｓ市到春城，如果坐飞机很可能因为适应不了突然攀升的海拔而产生强烈的高原反应，坐火车则可以适当避免这一局面。

尽管这样一来，路途和时间都会加长，但同时，也可以收获一路的美景。

千里冰封的措那湖、荒草满天的可可西里、自由自在的牦牛、藏羚羊和藏野驴，以及零下十几度的天气里对着火车敬礼的护路人。

路经康城时，顾朝曦望着窗外绵延千里的雪山出了神。

徐梓轩拖着刚吐完的身躯慢腾腾地从车厢厕所挪到座位上，抱着水瓶咕咚咕咚灌了一大口顺着她的视线看出去。

白茫茫的光景刺得他情不自禁地偏了偏头，这会儿阳光猛烈，车上大部分人都放下了帘子。

徐梓轩眯了眯眼，低声道："顾姐，又看你男朋友呢？"

顾朝曦笑笑："是啊。"

他凑近了些，又道："那要不咱们今晚在康城休息一下，你俩见个面，聚一聚，明天再出发去春城也来得及。"

顾朝曦闻言回头，挑眉看他："我倒是也想，不如你给军区领导打个电话，叫他放我男朋友下来吧？"

徐梓轩愣了一下："这……这么严格的吗？那你当我没说，我继续吐去了。"

顾朝曦勾了勾唇，鼻尖不自觉又有点酸楚。他们之间的距离是近在咫尺，也遥不可及啊！

她抿唇，抬手从包里拿出一盒VC丢给他："吐完再吃一片，习惯习惯就好了。"

徐梓轩手忙脚乱地接住，就着矿泉水吃下一颗，看着她再度偏向窗外的脑袋好奇道："顾姐，你男朋友应该长得很帅吧？"

把你迷成这样。

顾朝曦"啧"一声，非常不客气地点头："当然！"

徐梓轩来了劲儿，上半身倾斜着趴在台面上，睁大了眼睛看向顾朝曦"有照片吗？See See（看看）！"

她笑了下，食指一勾从脖颈处掏出一串古铜色项链来，盘丝的盖子一打开，里头是两张拼接在一块儿的照片——

一张白雾茫茫，啥也看不清；一张曝光过度，人脸糊成一团。一旁，顾朝曦还在嘚瑟地询问："怎么样？帅吧？"

他恍然间想到安姐在他刚入职时语重心长地告诉他，顾朝曦是台里最具潜力的摄影记者，他跟着她好好学习日后必有所成的样子——再垂眸看看眼前的拼图，默默抬眼："帅！"

火车晃晃悠悠开了七天，终于抵达春城。顾朝曦带着徐梓轩下车后，先在预订好的酒店办了个入住。

再出门，沿街找了家餐馆就餐。端起香浓的酥油茶，徐梓轩抿了一小口就放下，悄悄拿手指戳戳杯子，叫它远离。

顾朝曦看他两眼，捧着杯子问："喝不惯？"

徐梓轩实话实说："嗯，咸的。"

她笑了下，拿筷子敲敲杯沿道："喝不惯也得喝，这茶可以防高反。你别回头去了人家警察叔叔的地儿，又吐人家一屋子。"

徐梓轩皱眉："我就不能吃药吗？"

他刚查了攻略，说有一种藏红花做的药对付高反很管用。

顾朝曦看他一眼，淡淡吐出一个字："贵！"

徐梓轩顿了顿，举起小手轻声道："那个……我可以不用报销的。"

顾朝曦扭头，立刻改口："那行！"

台里报销流程太麻烦，每次填表都得去了她半条命。

徐梓轩也高兴地弯了弯眉眼，迅速正大光明地将自己的茶杯放得远远的。

然而他到底高估了自己的身体素质，在寻找药店的路上直接被春城的太阳晒得蹲在路边狂吐不止。

他面色实在难看，顾朝曦拍着他的后背，一时间也有些慌乱。徐梓轩吐干净了胃里的东西，整个人又开始发热。

她摸摸他的脑袋，招了辆车子就往医院赶。

春城医院不大，也没有Ｓ市那样的预约机制，通常就是"先到先看"，因此小小的诊室里往往聚集了许多等候的人。

一个看完了，另一个立马挤上去。

但这些病人，同样也讲究医生资历。一些年纪大、资历深的医生门口排满了吵吵嚷嚷的人群，一些年纪轻、资历浅的医生门口则门可罗雀。

徐梓轩这样子显然等不了太久，她也没自信抢得过那些大妈大爷，便直接架着人往人少的诊室里去。

冷清的诊室里头，坐着一个戴眼镜的清秀女孩儿和一个穿军装的年轻男孩儿。

这会儿大约是已经问诊完毕，在开单子了。女医生头也不抬，拿着笔唰唰唰地在病历本上写着些什么，嘴上淡然交代着服药相关的注意事项。

男孩儿撑着头一面应声，一面笑眯眯地看着女孩儿道："还是你们厉害啊！不像我们那军医，只会看看感冒。"

女孩儿笔一顿，抬手扶了扶鼻子上的镜片缓缓道："每一个基层军医都是在顶尖大学读了五年本科甚至更高的学历出来的，他们看不了你的病不是因为他们水平不行，而是因为基层卫生所设备少、药品少。"

她顿了顿，平静的视线落到男孩儿脸上，粉色的唇角一动，漠然道："你不了解，就别瞎说。"

男孩儿愣住，黝黑的脸上泛起一股潮红来。

女医生垂下眼眸，唰唰两笔写完最后的病历，往他身上一塞，朝外喊道："下一个！"

顾朝曦回过神来，快步扶着徐梓轩上前，道："医生，我朋友好像高反了。"

"衣服脱了，我看看。"女医生抬了抬下巴，冷酷道。

徐梓轩抱着自己瘦弱的身躯，有些错愕："啊？"

女医生眼皮不抬，挂上听诊器，直接伸手去扒徐梓轩的衣服。他吓得一抖，红着脸道："我自己来，自己来。"

陷入无人搭理的窘境的男孩儿拿了病历本，咬牙看了看女医生，推开门径自离去。

诊室内，徐梓轩磨磨蹭蹭地掀起毛衣一角来。女医生瞅着空儿，捏着听诊器往里一钻。

冰凉的金属贴上滚烫的皮肤，徐梓轩抖了抖，脸上红得更厉害了。

女医生听了一会儿，摘下听诊器，又拿出一支体温计来，面无表情地看着他道："张嘴。"

江南男孩徐梓轩轻启朱唇："啊——"

女医生："……张大点。"

"啊——"

"……再大点。"

"啊——"

片刻，徐梓轩脸颊连着眼尾红成一片，闭上嘴巴小声问："医生，我发烧了吗？"

女医生冷淡的眼神瞥过来，放下体温计，唰唰唰又开始写病历："你自己的身体，自己心里没数？拿着，去药房开药，挂点滴。"

顾朝曦接过病历本，扶着徐梓轩出去时忽地回头问道："医生，基层军医……"

"很难做。"女医生抬头，食指屈起又扶了扶眼镜，像是知道她想问什么一般快速道。说完，她顿了顿，又补充道，"但他们最难的地方在于没有人觉得他们难做。"

总有人觉得基层军医就是窝在一个卫生所里闲来无事给士兵们开点感冒药的职业，很少有人肯定他们作为医生的价值。

顾朝曦垂着眼眸滚了滚喉咙，努力扬起一丝笑意，朝女医生点了点头以示感谢，慢腾腾地带徐梓轩去点滴室扎针。

3

傍晚，这人打着点滴晕晕乎乎地仰面坐在椅子上沉沉睡去。

顾朝曦拿着笔记本将不知理了多少遍的采访稿合上，踱到窗边去看晚霞。手机就在身边，人就在山下。她却无法给他打一个电话，更无法见到他的面容。

她静静地站着，好像在这一瞬间真实地明白了"千里共婵娟"的期望与苦涩。

女医生下了班，路过走廊时瞧见她的背影抬手拍了拍她的肩膀，低声问："小朋友退烧了吗？"

顾朝曦怔一下，回头道："退一些了，这会儿已经睡着了。"

女医生点点头："行，醒了记得让他多喝水。大口喝，别小姑娘似的张不开嘴。"

顾朝曦笑笑："没问题，谢谢医生。"

彼此并不熟悉的两人沉默下来，没话了。女医生却还不走，靠在窗台边眯着眼睛看了会儿晚霞忽问："有认识的军医？"

顾朝曦"嗯"了声，说："我男朋友。"

女医生垂着眼帘低低地笑了下，她面容清秀干净，笑起来却别有风情："同是天涯沦落人呀！"

顾朝曦："你男朋友也是军医？"

"是啊。"女医生指了指窗外的高山，"喏，就在那儿。明明那么近，却一年也见不了几次面，牛郎织女似的。"

"是呀。"顾朝曦吸了口气，睫毛无声低落。

"你们在一起多久了？"女医生问。

顾朝曦："快一年了，准确地说，是 314 天。"

"记得还挺准。"女医生勾起一边唇角道，"我们在一起 8 年又 237 天了。"

顾朝曦笑："你记得更准。"

她低头："可不是嘛，他不在的这些时候我除了数数日子还能干吗？对着他的照片哭吗？"

顾朝曦一愣，张了张嘴发出一句无意义的："啊……可不是嘛……"

女医生拍拍她，屈起拇指做了个开瓶的动作问她："同难人，要不要一起喝一杯？"

顾朝曦收起惊讶的情绪，偏头看她两眼，轻道："好啊！"

于是深夜，徐梓轩打完吊瓶人还虚弱着，却不得不跑去附近的烧烤店里接 S 市电视台未来的新星、此刻的醉鬼——顾朝曦。

这人不知喝了多久，一张脸醉得通红，和刚认识不久的女医生抱在一起，称姐道妹，如胶似漆。

他费了九牛二虎之力，才将两人拉开，一个扔回医院，一个扛回宾馆。

上楼时，前台小妹妹看他的眼神怪异得几乎在他转身的下一秒就要举起电话报警。

等徐梓轩好不容易把顾朝曦拖到床上，顾朝曦身上的手机却突然响了起来——

"宝贝，接电话了！宝贝，怎么还不接电话呢？再不接电话我可就生气了哦！宝贝，干什么还不接电话！"

刚刚还昏沉不醒的人忽然一个鲤鱼打挺猛地坐起来，摸索着从口袋里掏出手机，中气十足道："谢睿！"

做了一路人肉司机的柔弱男孩徐梓轩："……"

你能走路！装什么醉！

他气呼呼地站了一会儿，小心翼翼地将她装相机的背包放在宾馆的桌子上，转身离去。

电话那头，谢睿听着她充满活力的声音笑了笑，站在冰天雪地里换了只手道："怎么今天这么久才接电话？"

往常几乎用不了两秒，她就一定会接电话。今天他足足数了十五声，一直等到电话快要自动挂断，才听到她的声音。

顾朝曦皱眉："我每天都在等你，你等我几秒钟怎么了？"

她慢吞吞地说完，对着话筒打了个响亮的酒嗝。

谢睿顿了下，低声问："你喝酒了？"

"对啊！"顾朝曦点头。

谢睿："和谁？"

"我的同难人！"顾朝曦挥手，慷慨激昂地回答，"她男朋友是一个和你一样天天蹲在山上拔草的……大笨蛋！"

在遇到她的同难人之前，她一直以为谢睿在山上应该是和在 S 市时一样替人看病、救死扶伤的。

结果，同难人告诉她基层军医大病治不了，小病不用治。

在他们的同学考研、学习、日益进步时，他们却天天被指导员拎去跟士兵们一块儿拔草、铲雪。

她吸吸鼻子，大声骂道："你爸爸妈妈不是希望你做个聪明人吗？"

谢睿沉默片刻，轻声道："顾朝曦，这世上总得有人去做呀。"

基层生活的确枯燥无味，和平年代也似乎没有战时急救的需要。但生命的脆弱往往就在一瞬间，医生从来都在死神手里抢夺时间。

军医院里不缺医生，但昆布缺。尤其是，在某些难以挽回的时刻。

一夜宿醉，第二天顾朝曦醒来时整个人还有些晕乎。徐梓轩输了液，精神头倒是好了点儿，甚至能够帮她去药店买一盒解酒药来。

她早上起得太晚，错过了餐点，这会儿正坐在路边和一个半米高的小孩儿对望着啃牛肉饼。

徐梓轩拆了解酒药和水瓶递给顾朝曦，顾朝曦仰头吞下去，看着远方的蓝天和雪山禁不住又发了会儿呆。

她想到昨晚和谢睿的对话，摸着额头笑了笑，鼻子却有些发痒。

徐梓轩戳戳她的手臂，提醒道："顾姐，我们跟春城警方约的采访时间快到了。"

她"哦"了声，抬手将最后一小半牛肉饼整个塞进嘴里，鼓着腮帮子拎起相机转头对不知何时悄悄挪了两米远的徐梓轩道："走吧。"

去往春城警局边境分区的路并不好走，她嚼着牛肉饼好几次差点被半路蹿出的电瓶车吓得呛到。

到地方的时候，站岗的警员过来询问他们的来意。

顾朝曦将自己新鲜出炉的记者证和身份证一并出示，说："我们是S市电视台的记者，来采访你们禁毒大队的钱队长。"

警员挑挑眉："哦，我知道。钱队长今儿上班的时候跟我们交代过，那行，你们登记一下，进去吧。"

顾朝曦点点头，跳下车在访客表上写好自己的来访记录，又重新上车按照警员的指示开到警区后院停好。

下车时，钱队长已经得了信息等在了警务大厅门口。

他个子不高，皮肤又黑又糙，看着其貌不扬，即便是穿着警服站在那儿，也很难叫人相信这么个农村老头儿似的人居然是身经百战的缉毒警察。

顾朝曦和他握了握手，寒暄一番，一块儿走到办公室去。

沿途路过办公区时，看到里头有打群架被逮住的少年在嗷嗷叫唤，有刷单被诈骗的大学生在呜呜哭诉，整个大厅里充斥着各种嘈杂的声音。

钱队长笑笑："我们所里日常就这样，别介意。"

顾朝曦摇头："你们辛苦了。"

他一愣，黝黑的手抓抓头发："嗨！民警辛苦，我们就是……危险了点儿。"

办公室就在二楼，里头装修简单干净。顾朝曦坐下来，按照先前确定的采访稿问了钱队长几个问题。

最后快结束时，她喝了口水问出本子上最后一个问题："很多缉毒电影里都会有警察卧底的桥段，请问现实中也是这样的吗？"

"是，卧底工作其实没那么神秘。就算是S市，也有很多警察为了探寻事实真相去做卧底。"钱队长说，"所有的警察都很辛苦，我们只是……更危险一些而已。"

"具体是怎样的危险呢？"

他笑笑，看着窗外的朝霞道："嗯……就是偶尔会想，这么漂亮的朝霞明天不知道还能不能见到的那种危险。"

顾朝曦喉头一紧："即便如此，依然有人愿意担任卧底工作？"

钱队长说："在春城，有多少人愿意成为一名缉毒警察就有多少人做好了牺牲的准备。"

她心中一凛，脑子里莫名想到谢睿昨晚说的那句——"顾朝曦，这世上总得有人要去做呀。"

接下去的几天，她和徐梓轩来回往返于宾馆和警局，收集了不少禁毒故事，甚至跑去戒毒所采访了一些吸毒青年。

回到S市后，用这些素材做了一期禁毒教育纪录片，名为《守护春城》。

事实上，在毒品泛滥之前，那是最美的边境小城。四季如春的气候，一碧如洗的海湾，还有从茶卡绵延至昆布的雪山都叫人心神往之。

所以顾朝曦这次为其命名"守护"，即希望所有人都可以以远离毒品之姿，守护春城，守护春城警察。

节目一经播出，立马吸引了众多网友的关注。

不同于一般纪录片严肃说教的风格，这档节目里头很多禁毒故事离奇曲折，警察叔叔面对吸毒青年离谱的言论无力吐槽的画面也生动有趣。

视频最后，钱队长平淡朴实的话语又让人们在欢快娱乐的情绪后骤然意识到缉毒警察面对的艰险和困难。

一时间，网络上关于节目内容的讨论沸沸扬扬。

徐梓轩看着顾朝曦，第一次深刻意识到自己这个看着不咋靠谱的师父或许真的有可能是S市电视台冉冉升起的新星。

当初剪片时，他还不理解顾朝曦这种纪实与幽默并存的风格。如今再看，却是他守着老一套模板，故步自封了。

他这样想着，不免殷勤地晃晃转椅，捧着自己刚买的奶茶进贡给顾朝曦，顺便低声求教："师父，你是怎么想到要这样剪片的？"

顾朝曦啪地将吸管戳进奶茶盖里，伸出一根食指朝他勾了勾。

徐梓轩凑过去，睁着双求知若渴的眼睛巴巴看着她。

顾朝曦低头喝一口奶茶，满足地喟叹一声，低声道："经验。"

徐梓轩："……"

你别以为我进台里时间少，我就不知道你进台里时间也少。

顾朝曦抬眸对上他幽怨的眼神，笑道："知道我干记者之前是做什么的吗？"

徐梓轩一愣："什么？"

她扬扬下巴，屈起食指敲敲桌面道："打开手机抖音，搜索野火，那个粉丝量五百万的就是我。"

4

除夕前，电视台紧急通知今年上面策划了一档节目，要组织各大卫视的记者前往昆布记录高原战士的春节影像。

S市电视台分到了一个名额，安姐力排众议推荐了顾朝曦前往参与。

时隔许久，顾朝曦再次乘坐大巴顺着绵延的山脉来到昆布脚下，带着当初玩笑似的假想奔向她的爱人。

这日天气很好，透过摇摇晃晃的大巴玻璃她能看到不远处的雪山下站了几个绿油油的人影。

心脏"扑通扑通"地剧烈跳动起来，随着逐渐拉近的距离占据她所有思绪。

谢睿就站在那里，在她眼前，在隔着一扇车窗触手可及的路边，弯着眉眼，比冬日里的阳光还要耀眼。

顾朝曦笑起来，心底软成一片。

大巴车停稳，车上的记者一个个下去，她走在最后，眼睛不离谢睿。

他穿一身迷彩棉袄，背脊挺拔，站成了一棵树的姿态。脸上的皮肤这回总算没开裂，但依旧粗糙了不少。只是那双眼睛，永远干净明朗、坦荡纯粹。

带行的记者走过去和老李握了握手，年轻的男孩儿们便仰起脖子，大声喊："昆布雪原噶喇哨所全体士兵欢迎记者团的到来！"

顾朝曦举着相机记录这一幕，忍不住又红了眼睛。

上山时，老李顺着谢睿的视线特意看了顾朝曦几眼，把谢睿安排在最后，带领众人慢慢向上攀爬。

平均海拔 4800 米的雪山并不好走，更何况他们此行的目的地是海拔 5500 米的最高哨所。

尽管记者团里许多人已经提前做好了功课，穿上了适宜登山的衣物和鞋子，准备了登山杖，却依然被山上忽来的大风吹得东倒西歪。

昆布的气候变得实在太快，顾朝曦眯着眼睛偏头避开忽然从墨镜缝儿里飘进来的雪花时，脚下踉跄一下。

熟悉的手掌立马贴上来，拉住她的胳膊低声道："小心！"

她抬手抓住他的手腕，唇角不自觉弯了起来："谢谢。"

他垂眸看她一眼，反扣住她的手掌，沿着指缝与她十指交缠。雪花飞旋，扑到她的脸上。顾朝曦深吸口气，指尖用力将自己的手与他紧紧贴合。

昆布雪山没有补给点，他们走走停停，高反药和吸氧管一瓶一瓶地耗，终于在夜幕降临前到达哨岗所在。

晚餐就在哨所食堂和所有士兵一起就餐，出于职业习惯，记者团们尽管累得不行，依然人手一台相机记录着就餐画面，就连吃饭时也不忘询问些食谱相关的问题。

老李表示哨所如今条件不错，士兵们都能吃上蔬菜水果。但再往前倒推几年甚至十几年，因为运输问题士兵们很少能够吃到新鲜的蔬菜水果，因此常常出现营养不良的状况。

好在山下的群众常常会送一些粮食上来，让士兵们补充营养。直到现在，食物运输问题已经解决，依然偶尔有人来哨所送些吃的。

老李滔滔不绝地说着，温涛偷瞟一眼记者团，拿军靴踢了踢谢睿道："谢睿，我以前怎么没发现你是这种人呢？"

谢睿顿了下，挑挑眉道："哪种人？"

温涛："陈世美、负心汉、见异思迁、中央空调。"

他一口气用了五个形容词，给谢睿扣了好大一项罪名。谢睿无言半晌，虚心问道："何以见得？"

温涛小翻了一个白眼，看一眼顾朝曦道："你当我没看见呢！就咱上山那会儿，你是不是给人女孩儿拍雪来着？"

他放下勺子，生动地摸摸自己的肩膀、脑袋低声道："那拍拍小肩膀、拍拍小脑袋的，多亲昵呀！还有刚刚，那小姑娘隔那么老远的座儿还直勾勾盯着你，可不是瞧上你了嘛！哎，你不但不避嫌，还跟人对视！"

"我告诉你，你可是有对象的人！别以为嫂子人在 S 市，管不到你，你就可以为所欲为！"温涛两指一抬，比了比自己锐利的大眼睛说，"我可替嫂子盯着呢！"

谢睿笑笑："是吗？那我有没有告诉过你，你嫂子是记者？"

温涛点点头："说过呀！"

谢睿等了两秒，见他还没反应过来，抬手揉了揉额角，无奈道："那么你说，有没有一种可能我见异思迁的对象就是你嫂子呢？"

温涛愣了下，想了半天默默扭头又看了一眼顾朝曦，缓缓吐出一句："……什么？"

吃完饭，老李带着记者团到宿舍休息。路过走廊时，谢睿悄悄往顾朝曦手里塞了张纸条。她捏紧了，攥在手里等到洗澡时打开看一眼心跳得怦怦响。

从浴室出去，另外两个女记者已经吹好了头发，坐在床上讨论队里的士兵哪个最帅。

荔枝台的娃娃脸记者抱着被子，嘻嘻笑道："我觉得那个军医最帅，五官深邃、立体、像混血儿。"

菠萝台长发美女记者疯狂点头以示同意："是的！是的！比我们台里男主持都帅！而且有一种很阳光的气质，很不一样！"她说着，回头抛了个眼神给顾朝曦，"是吧？"

顾朝曦轻咳一声："啊……是。"

荔枝台记者笑着，忽又喷声道："可惜了，是个基层军医。要是部队医院的，还可以考虑考虑。"

菠萝台记者不解："为什么？"

荔枝台记者："一般军医大毕业，要么去医院，要么下基层。去医院的一般都是家里有路子或者成绩名列前茅的，剩下的就会被分到基层去。那苦得嘞，一年也见不到几回。"

菠萝台记者明白了，这意思就是那帅哥多半是个没背景的，成绩也一般，总之不是良配。

顾朝曦抿抿唇，想说谢睿是这一届军医大临床医学系最好的学生，他只是自己选择了成为一名基层军医。

但这话谁听了都不信。

她于是垂眸，一句话也没说。

夜里十二点，宿舍里寂静一片。顾朝曦悄悄摸下床来，小心翼翼地按下门把手溜出门去。

黑漆漆的楼道里，突然伸出一双手将她拉到一旁的墙边。

顾朝曦心下一动，借着微弱的月光抬眸看到一张熟悉的脸庞："谢睿。"

他低头，看向他穿着毛绒睡衣的女朋友，双手抱着她的腰肢，凑近了抵着她的额头，压着嗓音道："嗯。"

两人静静对望着，心底都有一种难言的情愫在发酵。

须臾，谢睿亲了亲她的鼻尖，又顺势勾起她的下巴，吻上唇瓣。熟悉的温热一下一下传来，顾朝曦闭上眼睛，抬手攀上他的脖颈。

许久不见，两人都有些动情。

片刻，他站直了身子，抬手捻着她耳边的长发，用依旧有些喑哑的声音道："怎么来了也不告诉我？"

顾朝曦看着他，轻声道："想给你个惊喜呀！"

谢睿笑笑，又将她揽在怀里。

顾朝曦把脸埋在他年轻的胸膛里，听着他强有力的心跳，缓缓道："谢睿。"

"嗯？"

她动了动手，从口袋里掏出一条和她脖子上挂着的一模一样的项链来："送你的礼物，里面是我们的合照。"

谢睿接过，看看里头的照片笑道："帮我戴上？"

顾朝曦挥挥手："那你低头。"

谢睿顺从低头，盯着她将项链穿过他的头顶，再调了调位置保证照片位于正中间，最后拍拍项链轻快道："好了。"

他弯了弯眉眼，为她认真又专注的样子折服。

圆鼓鼓的项链挂在他军绿色的外衣上，有些突兀、有些可爱。

顾朝曦抬起头来，小声嘱咐："谢睿，你训练的时候记得把它摘了，别弄坏它，也别弄伤你。"

他捏捏她的耳垂，轻声应道："好。"

宿舍走廊里没有空调，她站这么一会儿，原本热乎乎的耳朵已经开始发凉。谢睿最后抱了抱她，低声道："回去吧。"

顾朝曦拽着他的衣物，不肯动："再抱一会儿。"

谢睿亲亲她的侧脸："不行，再抱明天你就得来卫生所报到了。"

顾朝曦歪头："那不是挺好？"

谢睿眯了眯眼睛，敲敲她的额头："别闹。"

顾朝曦瘪瘪嘴，松手道："那我走了？"

"嗯。"

"我真走了？"

谢睿笑了下："嗯。"

顾朝曦扑回来，搂着他道："再抱一分钟吧，就一分钟。"

他俯身，拢住她小小的肩头投降道："好，就一分钟。"

/第十四章/
雪原日常

▼

1

回到宿舍，顾朝曦悄悄躺下，激动的心情却好像怎么也平复不下来。

裹上被子，鼻尖仍然全是谢睿身上的味道，她翻来覆去，滚了好几圈终于傻笑着睡去。

第二天清晨一早，顾朝曦还抱着被子缩在床上做着美梦，窗外已然响起士兵们晨起拉练的口号声，整齐、响亮、充满男性荷尔蒙。

菠萝台和荔枝台的记者因昨晚睡得早，这会儿已经爬起来趴在窗口七嘴八舌地欣赏起这一难得的美景。

"你别说，帅是真帅！看看也好啊！"

"哎！你看那边那个娃娃脸士兵，也很可爱！"

顾朝曦闻声掀开被子爬起来，正好看到谢睿偏头向她看来。她忍不住笑了笑，他也忍不住弯了眉眼。

一块儿晨跑的士兵叫起来，左右对望一眼，震耳欲聋地朝她喊："嫂子好！"

这些年轻人大多二十不到，十八九岁的样子。谢睿一个二十三岁的混在里头，居然成了最大的。

她咧了嘴角，笑得眼睛弯成一道月牙。老李吹着哨子呵斥了一声，凌乱的队伍瞬间再次整齐地喊起口号来。

床边两个女记者顿在原地，略有些僵硬地朝她看来。顾朝曦转头笑笑，歪着脑袋道："那个军医是我男朋友。"

荔枝台记者睫毛乱颤，有些慌乱地解释："啊……对不起，我不知道……我昨天晚上那些话都是道听途说的，你别放心上啊。"

"没事。"顾朝曦摇摇头，十分大度，"我看脸。"

士兵们拉练结束后，便乌泱泱地冲进食堂去吃早饭。顾朝曦抱着碗豆浆，看这一群小伙儿声嘶力竭地唱完军歌后，狼吞虎咽抢食的模样乐得不行。

队里的记者听说了她男朋友就是这儿的军医，甭管年纪多大，这会儿都八卦了起来。

她被一群人盘问着，笑着说起那年大雪纷飞，他骑着骏马出现时的样子，队里顿时发出一声"哇"的惊叹。

为了让记者团的拍摄素材更为丰富，老李除了士兵日常铲雪、拉练的活动以外，还特意安排了一场比武演练。

于是他们吃完早饭，唠完八卦又回宿舍去扛了各自吃饭的家伙出来。白茫茫雪地里，黑乎乎一排摄像机围着演武场架在那儿，颇为壮观。

被安排对战的士兵们开始有些拘谨，进入状态后便忘了那些镜头的存在。

热血、呐喊、青春在这片海拔 5500 米的雪域高原上挥洒开来。

她看到那个娃娃脸士兵被掀在地后仰面冲着天空大叫一声，忽地爬起身来朝四周喊："谢睿！出来！给你兄弟报仇！"

周围安静了一秒，而后更热烈地喧闹起来："谢睿！谢睿！谢睿！谢睿！"

所有人都在喊他的名字，顾朝曦从镜头后探出头来看到他站在人群中笑了下，而后慢慢脱了厚重的军棉袄，缓缓走到演武场中去。

周围欢呼声更甚，叫得记者团都一愣一愣的。

这人不是顾记者男朋友吗？顾记者男朋友不是个军医吗？这段拍不拍？

顷刻间，各种念头划过他们灵活的大脑，却没有一种猜测到了他的胜利。

演武场中央，谢睿站定后捏紧双拳，摆出作战姿势。对面的士兵同样绷紧了浑身的肌肉，准备迎敌。

欢叫的士兵静了下来，他们谁都没动。片刻，谢睿低声问他："休息好了吗？"

对面的士兵怔了下，嘴角一挑看着他道："好了。"

他说着，脚下已经快速移动，倾身上前朝着谢睿的侧脸挥出一拳。他出拳速度很快，可见已经恢复了体力。

谢睿眼神专注，紧盯着他的动作，在对方快要袭上来的前一秒抬手挡住他的攻势，另一手攻向他的下颌。

对方脚下一动，仰面向后一退，同时抬手挡下这一击。待站稳后，他的动作变得更加强劲，手上出拳的下一秒转身又是一个横踢。

谢睿拍着他的手向边上一推，矮身躲过他的攻击，顺势抬脚踢向他胸口。这一击又快又狠，瞬间将他踢得身形踉跄。

两人打斗间，积雪飞溅。边上围观的士兵被谢睿快速的反应能力炫得激动，忍不住再次叫唤起来。

那个被踢中的士兵很快调整过来，扭了扭脑袋，眼神凌厉地看向谢睿。

谢睿沉着身子，微微眯起眼眸，冷静而专注地盯着他，像草原上的小狼盯着猎物。

很长一段时间，顾朝曦觉得自己几乎都快叫他的温柔掩埋得忘了他身上与生俱来的那股子野性，而今又在这片雪原上见到了。

她吸了吸鼻子，莫名有些激动。

"这人，你说怪不怪？"老李不知什么时候走到了她的身侧，抱胸道，"体能好得不行，却不当兵，反倒做了军医。做军医嘛，人都想往医院里跑。前些年来的军医一个个打着报告要走，他倒好天天打报告要设备。"老李揉了揉眉头笑，"你说你男朋友是不是挺有意思？"

顾朝曦抿抿唇："他向来如此。"

干净澄澈得像个笨蛋。

老李看着场中的人摇摇头，自言自语："也不知道他爸妈怎么教的？"

让他还能保持这么一颗赤子之心。

顾朝曦一愣，脑子里碎片式地冒出许多回忆来。月下天桥、南桑屋顶、海边星空、春城醉酒……

她好像从很早以前就自然接受了谢睿要来昆布的决定，甚至在了解军医的职业道路后依旧天然地理解他选择做一个"笨蛋"的想法。

可如今想来，那时候在南桑他明明说过他儿时的梦想是成为最厉害的人；那时候在海边，他望着那片深蓝海域的眼睛里有星光，有远方，还有向往。

她想到自己，想到顾沉舟，想到他很少提及的父母，所有的理所当然好像都变得透明起来。

一个人的本性会敦促他在面对抉择时走上属于他的道路，可那个抉择前面的事情呢？那个促使抉择出现的契机是什么？

她看着镜头，沉默着，思索着。那条孤独的道路被不断回溯，回溯到一条分岔口前。那儿站着一个小小的谢睿，他低着头，不知在想些什么。

演武场内，那士兵再次袭上来，速度更快，力道更猛。谢睿不避不让，仰头避开他的攻击，一脚勾住他的左腿。对方顺势抓住谢睿的右手，试图直接撞击上来。

谢睿却丝毫不慌，他反手抓住对方的手腕，朝着他袭来的方向用力顶去，在纯粹力量碰撞的间隙抓住对方的肩膀向下一压，右腿膝盖屈起攻向对方的腹部。

对方慌忙避开，瞬间露了破绽。谢睿快速抢攻，连人带势地砸上去，将人压倒在地。

四周安静了几秒，而后欢呼声乍起。都是自己人，年轻男孩儿也不计较输赢。谢睿将人拉起，两人抱了抱，一块下来。

下一对比武的男孩儿上场，一旁的记者调了下机位，走过来拍拍顾朝曦的肩膀："你男朋友可以啊！"

顾朝曦回过神来，看着人群中微笑的青年，弯了弯唇："是还行。"

2

热热闹闹一个上午下来，中午吃饭时免不了又是一番饿狼扑食的景象。

下午，老李搞来一堆红纸和笔墨让士兵们自己写点春联把哨所布置起来。队里的男孩儿从小调皮捣蛋在行，舞文弄墨却是不行。

一群人推推搡搡互相谦虚半天发现大家水平都不咋地后，便都不客气地挥洒墨毫起来。

温涛写了个"披星戴月，保家卫国"被围观的记者夸奖后，嘚瑟得几乎要把"我牛吧"这三个字挂在脑门上。

他拎着自己的作品到处溜达了一圈，惨遭老李的"去去去"嫌弃后，又继续坚持不懈地晃到谢睿面前，得意道："看看！你兄弟这字怎么样？"

谢睿看一眼这"矮个子里拔出来的高个子"，"嗯"一声评价道："挺端正。"

"什么？"温涛瞪大了眼睛，无法相信自己的耳朵，"挺端正？我这仅仅只是端正？"

谢睿笑起来，改口道："挺大气！"

温涛哼了一声，拉着谢睿硬往桌前拖："笔给你！你来写！写一个我看看！"

谢睿想了想，写下一句"战士血热融冰雪，哨所威高镇边关"。他没怎么写过毛笔，当初刚上大学时硬笔字也是烂得一塌糊涂。

陈松原每每看见，就要拧着眉头说你这破字损毁我们军医形象啊！

话虽如此，这人回头却买了一堆字帖放他桌上扬眉道："送你的礼物，把你那破字儿练好了。"

他于是在学习之余硬是每日抽出一小时来练了三年，总算达到了陈松原的及格线。不过尽管如此，他这手字在温涛面前却还能称得上一句"好"。

周边战士看了一眼，纷纷笑话温涛又被衬托了。

温涛不服，又跑去拉了老李过来。人老一辈出来的，多多少少带点底子在身上。他一写，谢睿立马也被衬托了。

队里年轻人一面围观，一面起哄："老李！看不出来啊！你有这一手！"

老李把笔一搁，抬着下巴喊："去去去！信不信明天让你绕着哨所跑十公里！"

起哄的人立马哀声一片，抱着自己写的狗爬字如鸟兽散。

晚上吃过饭，一伙人又端着个铁桶，抱上些木柴和吃食跑到白天的演武场搞起篝火晚会来。

夜色深沉的天空下，他们穿着迷彩的军棉袄，踏着厚重的靴子，手拉手唱起军歌来格外嘹亮，格外动情。

记者团坐在中间，忍不住也跟着左右跟着吼上一嗓子。

老李走过来，朝篝火里又丢了两块木柴，火焰便像雪山上的凤凰向上蹿起，朝着天空奔腾而去。

谢睿坐在她身边，拿了件外衣披在她肩头，低声问她："冷不冷？"

顾朝曦背靠在他怀里，手里攥着他刚从篝火里捞出来的玉米一粒粒掰着摇头道："不冷。"

谢睿看一眼她红彤彤的鼻子，俯身将她的手掌包住，塞进羽绒服口袋里。自己接了玉米掰着喂到她嘴里。

近旁的士兵"哦哦"叫唤起来，惹得顾朝曦被火光照耀的脸庞烫得越发明显。谢睿拿玉米丢了下带头的温涛，这人抬手接住往嘴里一丢，快乐道："谢睿哥赏赐！"

其他人也有样学样地跟着喊："睿哥，我也要！"

谢睿垂眸笑了笑，扬起下巴朝篝火处指指勾唇道："要吃，自己去拿！"

昆布哨所的雪地距离天空好像格外近，黑暗的夜里，年轻的灵魂在这儿兀自灵动，没有拘束。

十二点钟声敲响，山上蓦地静了下来，山下的世界依旧热闹非凡。顾朝曦看着连绵的火光恍惚间想起这日是除夕，是春节前夜，是所有人合家团聚的日子。

温涛从宿舍里抱了个吉他出来唱歌："黑黑的天空低垂，亮亮的繁星相随。虫儿飞虫儿飞，你在思念谁。天上的星星流泪，地上的玫瑰枯萎。冷风吹冷风吹，只要有你陪……"

低沉的声音、缓缓的音调，莫名勾起人的想念。有士兵在漫天飞雪中无声地流下泪来，喃喃着念叨起远在故乡的家人的名字。

一个记者掰着红薯偏头问身边的士兵："你来这儿多久了？"

"两年了。"

"以往过年的时候回过家吗？"

"没。"

记者顿了下，声音莫名有些哽咽："那你想家吗？"

"想啊。"士兵笑笑，"怎么不想？我爸妈还盼着我早点回去娶媳妇儿呢！"

另一个士兵指着满天星空对身边的记者说："我老家的星星也这么亮，大片大片的，漂亮得不成样子。小时候傻，看到星星出来了就朝着天边跑。总以为自己能摘到一颗，我奶怕我翻沟里去，就跟后头追……"

他说着说着，眼底慢慢湿润起来，看着天空低声道："也不知道我奶这会儿在干啥，有没有想我？"

记者转身也偷偷抹了一把眼泪，为这些年轻的战士。

"李队长——"

黑暗中，有年轻的声音响起。莹莹火光中，顾朝曦看到几个略有些佝偻的身影在雪色中慢慢显出颜色来。

一个士兵带着几个穿着藏袍的女人走过来，她们面上挂着腼腆的笑容，手里提着自家刚做好的饼子递到老李手中，而后双手合十，轻声说了句什么。

她们用的是藏语，顾朝曦听不懂，扭头问谢睿。他说，她们说的是："新年快乐！愿山神保佑你们永远平安！吉祥如意！"

老李谢过村民，接了几个新鲜出炉的烤地瓜放进袋里，塞到她们手里。又派了一个士兵护送她们下山，才拿着饼子去哨岗慰问此时仍在风雪中守护边防安全的同志。

零下几十度的天气，他们年轻的脸庞被风吹得皱巴巴的，嘴唇已经干裂，但扛着枪杆的身姿依然挺直，甚至纹丝不动。

老李拿着面饼递到他们嘴边，别过脸时向来坚毅的脸上也有些动容，湿润的眼眶在高清镜头下清晰可见。

再次回头，他俯身抱了抱站岗的士兵，低声说了句"新年快乐"。

后来这部关于高原战士的生活纪录片播出，有网友在底下留言：【这座山上有没有神明我不知道，但那儿永远有一群穿着军装的青年。】

他们也有想念的家人，也有思念的故土，却为了祖国边防安全，舍弃了团聚的时光和平凡的日常，驻守在这雪山之巅。

热血，又寂凉。

篝火边，菠萝台记者仰天眨眨眼，忽然举起手道："同志们！我带了仙女棒！我们要不要一起放烟花？"

荔枝台记者立马拍手道："好呀！好呀！我陪你回去拿！"

于是这夜，向来热血的硬汉青年每人一根小小的仙女棒，看着金色的细线在暗夜里熠熠生辉，接二连三地对着天空大喊：

"新年快乐！"

"新年快乐！"

"新年快乐！"

温柔的月光洒下，伴着满天星光记录下这一刻的美好。顾朝曦仰头，在一片光亮中对他说："谢睿，新年快乐！"

谢睿低头捏捏她的脸颊，同样回道："新年快乐！"

她抱着他的腰腹，歪着脑袋问："谢睿，你有没有什么新年愿望？"

"你就是我的新年愿望。"他温柔地弯起眼眸，抵着她的额头问，"你呢，有什么愿望？"

"你要帮我实现吗？"

"如果我能的话。"

"嗯……"顾朝曦抿抿唇，"暂时想不到，可以先保留吗？"

谢睿笑："可以。"

顾朝曦点点头，忽地又问："保质期多久？"

谢睿看着她轻声道："一辈子。"

3

过完除夕，士兵们仅仅睡了几个小时，早上六点依旧穿戴整齐地出来铲雪、晨练。

顾朝曦打了个哈欠，被窗口处传来的口号声喊醒，干脆也爬起来换上衣服、扎好头发出去跟着跑步。

场地里，这些半大的小伙子看到她又是异口同声地喊道："嫂子好！"

她笑笑，扭了扭脖子跟上去："早上好。"

温涛看她一眼，语带惊讶："嫂子你要跟我们一起跑吗？"

顾朝曦点点头："是啊。"

温涛强调："我们要跑十公里！现在才四公里，还剩六公里！"

顾朝曦："我知道啊，你们昨天不也是十公里吗？"

"你知道还跟？"温涛惊呆了，转头拿手肘杵杵谢睿，"你也不劝劝？"

谢睿弯弯眉，看一眼顾朝曦笑道："放心，你嫂子跟得上。"

温涛半信半疑，觉得他睿哥怕不是情人滤镜有些严重。结果这一圈一圈跑下来，她还真跟得上，甚至并不是很吃力的样子。

他瞪大了眼睛，忍不住竖起一根大拇指对着顾朝曦说："嫂子，牛哇！"

一群人转头跟着竖起大拇指喊："嫂子，牛哇！"

她忍了忍，还是忍不住乱了呼吸节奏笑得不行。谢睿也被这些人闹得眉眼飞扬，深邃的眼眸弯成一道好看的弧度。

路过宿舍门口时，带队记者出来看到顾朝曦和他们一块儿晨跑，挑挑眉乐道："哟，小顾体力不错啊！要不今天你跟巡逻线？"

顾朝曦扬起下巴，应声道："行啊！"

沿着边防线巡逻是高原战士很重要的工作之一，顾朝曦跑完步，吃过早饭回宿舍洗了个澡，背上相机，跟着十名战士和另一个记者一起出发巡边。

昨夜刚下了雪，巡逻线上全是积雪，给他们的行进加大了难度。老李走在最前头开路，其余人跟在后面连成一排。

谢睿紧拉着顾朝曦的手，一刻也不肯松开。

巡逻线又长又难走，饶是走惯了的战士，在走过一片野树林后也开始喘起粗气来。

顾朝曦举着相机喝了口谢睿递过来的水，拍拍温涛的肩膀问："你们平时每天都是这样来回巡逻边防线的吗？"

温涛悄悄整了整衣衫，认真道："是啊。"

"那一般这样一趟需要走多久呢？"

"四五个小时吧，天气不好的话再更久一点。"

"途中会遇到什么危险的事情吗？"

温涛挠了挠脑袋："偶尔会有吧，毕竟这山上地形复杂，一下雪路全被盖住了，就难走，有时候可能一个不注意就会摔下坡去。"

顾朝曦"噢"一声，还想再问。

"风大了……"谢睿站在边上，突然开口。

他们不知不觉来到了一片大斜坡上。因为树木稀疏，这地方的风力便显得更加强劲。

老李站在前头喊："大家小心点，都走慢些。"

战士们高声回道："好！"

谢睿没应，黑沉沉的眸子紧眯着，不知在想些什么。

顾朝曦戳戳他的胳膊，小声问："怎么了？"

谢睿仰头看着天空："我总觉得……这风好像有些不对劲。"

他是雪山下长大的孩子，对山上的一切都高度敏感。尽管这片斜坡原本就比其他地方要难走，但这会儿的风速似乎有些超乎寻常。

冰凉的雪花带着强劲的力道扑在脸上，刀刮似的刺骨。

远方有乌云飘来，遮掩光线。呼啸的狂风越来越大，吹得人睁不开眼。

"暴风雪……"谢睿垂眸，低声呢喃道，"这是暴风雪的前兆。"

他突然加快脚步，走到老李身边说了些什么。

老李眉头紧锁，盯着他看了两秒，而后转身大喊："绑绳子！大家都快点，尽量在一小时内爬过这个坡！"

所有人训练有素地行动起来，用集体的力量对抗越来越强的风力。

扑面而来的风雪已经将镜头遮得严严实实，北风低沉地号叫着，像野兽在耳边嘶吼。

顾朝曦喘了口气，抬手抹去镜头上的雪花。

"别怕。"谢睿回头，将她的手搭在自己的腰上，"你累了，就拉着我走。"

顾朝曦笑笑："嗯。"

恶劣的天气，让他们的巡逻路变得越发艰难。队伍里，开始有人感到呼吸困难。

"涛哥，我走不动了……"刘华祖是刚来的新兵，本就对这儿的气候不太适应，这会儿还遇到了这种天气，肿胀的肺部让他异常难受。

温涛拉住绳索，朝前打了个手势，立马摸出氧气瓶，架在他边上："来，吸点氧气。"

"涛哥，还要多久啊？"

巨大的风雪已经让他们分不清方向，只能凭经验摸索着前进。

温涛低头，安慰他："快了。"

"啊！"两人正说着，队伍中蓦地传来一声惊叫。一个记者脚底打滑不小心扑倒在雪地上，打翻了身侧的氧气瓶。

银色的金属罐迅速滑落下去，撞向后方战士。

"砰"的一声巨响。

那人脚下一个趔趄，仰面倒了下去。

谁也没有预料到这变故，巨大的惯性瞬间拖着所有人向下滑去。

大片大片的雪花迎面落下，顾朝曦感到一股强烈的失重感从脚底蔓延上来。

"制动！快制动！"老李的声音在巨大的风雪中，显得沉闷而渺小。

她咬牙摸出腰际的冰镐，砸向雪面。

但他们滑行的速度实在太快，被厚重的衣服包裹着的右手又使不出力气。顾朝曦急红了眼睛，却丝毫改变不了此刻的境况。

"铮！"

千钧一发之际，谢睿手里的冰镐终于刺破雪层，拖住了下滑的趋势。

"让开！让开！"下一秒，队伍上方的人顺着惯性滑落下来，和下面的人撞在一起。

巨大的冲击力让冰镐松动了几分，再次向下滑去。

顾朝曦呼吸紧绷，想伸手抓住些什么，却什么都抓不到。

短暂的失重感后她猛地被身上的绳索勒住了胃部，老李不知什么时候抱住了雪面上一块凸起的岩石。

"方杰！你没事吧？"温涛缓了一口气，吐掉嘴里的积雪，转头向后瞥去。

队伍最末端，被氧气瓶砸了个正着的战士："没事，就擦破点皮。"

他刚才虽然第一时间避开了要害，但脸颊和肩膀依然遭了殃，殷红的血渍掉在白色的雪地里，瞬间便被铺天盖地的风雪掩盖。

整片天空阴沉沉的，像随时都会倒下来。

天气越来越糟了。

老李抱着岩石大喊："咳咳……聊什么天！还不赶紧起来！我撑不

住了！"

　　不知是错觉还是什么，顾朝曦觉得他的声音好像更闷了。

　　这场突如其来的暴风雪，让大伙儿多多少少挂了彩。

　　谢睿的左脸被顾朝曦的背包拉链划出了一道半指长的血痕，温涛的小臂被新兵的冰镐戳了个洞。

　　"看什么！我没事！"谢睿简单处理了下众人的伤口，刚走到老李边上就被人打发了回来。

　　"再磨叽……咳，这路就更不好走了。"他说。

　　漫天的风雪带着凛冽的气势扑到众人脸上，队伍继续向前行进。

　　从远望去，他们像广袤白雪中的一只小虫。

　　艰难又坚定地向上、向上。

　　下午两点。

　　老李踩上最后一块岩石，在昆布巡防线的最高点插上了国旗。

　　"敬礼！"鲜艳的红旗飘荡在空中，他们在猎猎大风中举起了右手，"起来！不愿做奴隶的人们……"

　　不知是谁先起的头，年轻的战士们昂首挺胸唱起了国歌。

　　顾朝曦抿了抿唇，红着眼睛记录下这一幕。

　　"前进！前进！前进进！"歌词唱到最后一句，老李深吸口气，突然剧烈咳嗽起来。

　　从雪坡上滑下去的时候，他的胸口狠狠撞在了那块岩石上。

　　"嘶……"胸腔内好像有只大手抓住了他的五脏六腑，搅得他不得安生。他猛地跪倒在地，那种喘不过气的感觉又来了。

　　坡上，众人脸上的笑容凝固。温涛瞪大了眼睛，嘶喊道："老李！"

　　谢睿单手撑着雪面，俯身扑到他身上。

　　老李艰难地抬眸："我没事。"

　　谢睿皱眉，迅速将人平躺着放在地上，扒开他身上的衣物："都这样了还没事？你以为你是神仙？"

　　老李抖了抖唇，还想反驳，胸口的疼痛让他像溺水的鱼一样呼吸急促，说不出话来。

温涛急得不行："谢睿！老李他到底怎么了？"

"急性血胸，需要马上做胸腔闭式引流。"谢睿头也不回，快速取出包里的急救工具一一铺开。

"什么？什么？"温涛一个字也听不懂，"严重吗？你会治吗？"

说实话，谢睿平日里也就给他们配配感冒药、治治跌打伤什么的，别说他不信自家兄弟，就这种一听就很专业的病症……谢睿真的能行吗？

温涛思来想去："要……要不还是送山下医院吧？"

谢睿抿抿唇，手上动作一刻不停："别说老李扛不扛得住这颠簸了，就这山上山下的距离。等你送到医院，黄花菜都凉了。"

温涛没主意了："那你……你一定要把老李救活啊！"

"嗯。"谢睿垂眸，继续剪开老李里面的衣服，摸到伤侧锁骨中线第二肋间隙露出他身上黝黑的皮肤来。

大约是察觉到冷了，老李喘着气睁开一条眼缝看到谢睿垂着眼眸神情专注地盯着他。

深邃的眉眼和高挺的鼻梁恍惚间叫他想起一个人来，也是这样对待任何事情都如此认真。但私下里，又对他们这些新兵好得不得了。

尽管自己也才二十七八，却总端出一副老人做派来。谁的忙都帮，什么事都管。管到最后，把命都给管丢了。

他眯着眼睛，游移的思绪蓦然回到十五年前。那天，也是这样下着茫茫大雪，五个人一块儿出去，最后却只剩了他一个人。

鲜血，火一样的鲜血顺着他的脸颊流下。他睁着眼，眼前满目黑暗。

模糊的视线里，他轻咳一声，伸手抓住谢睿的衣袖，红着眼小声道："谢班长……"

谢睿一愣，拆麻醉的手顿了下，眼底似有水光流动。须臾，他定了定神，将针头套在针管上，按压推筒挤出空气，俯身扎进他消过毒的皮肤上。

麻醉剂的作用慢慢显现，原先强烈的痛感不再，但呼吸依旧困难。

温涛组织着所有的战士围成一道人墙，挡住呼啸的风雪。

谢睿抽出手术包，将刀片消毒后破开他的皮肤，而后沿肋骨上缘骨上缘伸入血管钳，分开肋间肌肉各层直至胸腔。

等到有液体涌出时立马置入引流管，接着用丝线缝合胸壁皮肤切口，并结扎固定引流管，敷盖无菌纱布，引流管末端连接至引流袋。

等到一切处理完毕，谢睿松下肩膀："好了。"

温涛捂着嘴巴："好……好了？"

这么快？

谢睿点头："暂时没事，但如果内部出血量大，可能扛不了多久，需要马上开胸手术。"

温涛立马大喊："快！担架！"

下山的路依旧不好走，众人重新编排了队伍，将老李护在中间，说什么也不能让他出事。

深夜十一点。

医院手术室的灯还亮着。

所有人都累得不行，但没人离开。夜里的星星闪烁，随风散落眼中。

温涛紧闭着眼睛，双手合十嘀嘀咕咕地做着祷告。

须臾，手术室的灯骤然熄灭，所有人站起来，心里说不出是期待还是恐惧。他们就那样紧紧地盯着，盯着那扇门打开，盯着医生解下口罩，盯着他脸上每一个细微的表情。

最后，迫不及待又小心翼翼地问："医生……"

老李怎么样？

医生笑了下，看着眼前焦急的青年们说："你们急救做得不错，手术很成功，病人还没从麻醉中醒来，你们现在可以跟护士一块儿陪他去病房了。"

"老李没事！老李没事！"

众人悬着的心终于放下，温涛偷偷地流下一滴泪来，疯也似的和大伙儿抱在一起，又飞快冲向护士推出来的病床。

谢睿抬手勾住他后脖处的衣领，将人拉回来："老李没事，你这伤得处理了吧。别回头等他醒来，发现自己手下多了个伤残人士。"

温涛顿了顿，转头抱住谢睿狠狠道："兄弟！我爱死你了！"

谢睿淡笑着将人推开："别，我女朋友还在这儿呢！"

4

温涛挠挠头，开心得不知所措。

一切尘埃落定，顾朝曦抿唇看他两秒，忽地俯身抱住他道："谢睿，我后悔了。"

谢睿愣了下："怎么？"

"太危险了。"海拔 4800 米的雪山，太危险了。

在没有经历这件事以前，她可以耐心地等他回来，无论多久。因为她知道他一定会回来，无论多远。

可是如今，她忽然发现这儿没有她想象中那么安全。他站在危险的边缘，稍不留神便可能再回不来。她无法避免地感到害怕，恐惧失去，也变得自私。

曾经理所当然的支持也开始动荡，她没有哪一刻比现在更希望他重新做一场世俗的选择。

谢睿睫毛轻颤，抬手抚上她的背脊，像抚顺一张褶皱的白纸一般试图抚顺她的情绪："顾朝曦，我们不是安全下来了吗？"

"我知道。"她抬头，眼眶已经泛红，"可是我没法阻止自己去想象出事的人是你怎么办，刚刚手术室里的人是你怎么办？"

顾朝曦拧眉，咬牙克制住流泪的冲动，摇头道："不，如果今天出事的是你，根本没有人能救你……"

你根本撑不到进手术室。

这队里只你一个军医，你只能救别人，你救不了自己，也没人能救你。

她忍了忍，还是没能忍住滚落的眼泪。她抬手抹去，撑着谢睿的手臂抬起身来，看着他用一种哀求的语气低声道："谢睿，你去其他地方，更远更久都没关系。只要安全，安全就行，好不好？"

他低头，脑子里想到她无忧无虑的快乐的笑容，一遍遍道："对不起，顾朝曦，对不起……"昆布这地儿，是他这些年从未变过的决心。他不可能离开，也无法离开。

顾朝曦抓着他的衣襟，一双黑色的眼眸直直望进他的心里："为什么？谢睿，为什么不能是其他地方？为什么非得是昆布？"

她低问着，眼眶红得要命，几乎又要哭出来。

谢睿沉默片刻，温和地、带着长久的怀念说："因为昆布，是我父亲曾经守护过的地方……"

他说着，缓缓垂下眼，静静地任由那些许多年的记忆将他淹没——

小时候。

父亲不常回家，但只要回家总会待上很久，带他骑马，射箭，漫山遍野地疯玩。

父亲总在大雪纷飞的日子里回来，一身戎装，伴着月光。那顶军绿色帽子上的五角星，在微光下一闪一闪，好看极了。

那时候南桑没有通电，一封信要走好久才能寄到母亲手上。信上内容简单，偶尔配上几幅手绘的图片，但母亲总是看了又看。

到了冬天，她便老搬把小凳子坐在院子门口等着父亲。他有样学样，常常也搬了凳子去陪她。

等一会儿，桑吉来喊他玩了，他心里痒得不行，回头看一眼阿妈。瞧见她笑着朝他挥挥手，便腾地跳下凳子跑去玩了。

日子一年一年这样过着，直到那一年冬天。

母亲坐在院子门口等了好久好久，父亲都没回来。他头一次没有跟着桑吉去玩，而是老老实实地待在母亲身边。

像是心底隐隐有了某种预感，在他自己都没有察觉的瞬间。

雪越下越大，像直接从天上倒下来似的。

他们靠在一起等了不知多久，终于有挺拔的人影在道路尽头出现。

他激动得跳起来，几乎要飞奔过去扑在那道人影的怀里。但母亲没动，她仿佛早早知道那人不是父亲一样，静坐在原地，一动不动。

大雪飘摇，他蓦然发现那不是一抹人影，而是一群人影。那群人影走近了，领头的人捧着一个木制的盒子和一包衣物递到母亲面前。

他回头，看见母亲毫无预兆地流下泪来。

她向来坚强又乐观，脸上总是挂着可亲的笑容，此刻却是这样哀伤。

那种神情，是叫他这个做儿子的看了，要心碎的难过。

直到，他知道那盒子里装着的是什么。

陌生的叔叔对母亲敬了个礼，黝黑的脸上挂着难言的悲伤，沉声道："嫂子，节哀。"

他那一年八岁，人生第一次理解了什么叫"牺牲"，第一次清楚了什么是"英雄"，第一次听说了"抢救"这个词。

那个叔叔说，他们发现他父亲的时候他父亲还有一线生机。但昆布太高，医院太远了，等他们将人送到山下时，他父亲已经永远地闭上了眼睛。

他茫茫然说不出话来，脑子里有各种乱七八糟的念头跳过。

母亲沉默着，忽问："平措呢？"

平措是母亲的弟弟、他的舅舅，也是爸爸的战友。他们在部队认识，两个人好得不得了。

以至于舅舅在结识父亲的第二年便将他拐回了南桑，介绍给母亲。

这样两个语言不通的人，居然就那样谈起了恋爱。

他的舅舅，则在他出生后的第三年娶了色农的一个女孩儿。

他们结婚五年，没有孩子。家里老人着急，舅舅却总说他们还小，不着急，以后有的是时间。

可如今……

时间没了。

那个叔叔低垂着脑袋，没说话。

那年冬天，出去巡逻的五人小队最后只剩下了年纪最小的一个新兵。

人群里，有人咬着牙哭了起来，突然跪倒在母亲面前，自责道："对不起！嫂子！对不起！"

母亲静静地没说话，只捧了盒子一寸一寸抚过那些木头的纹理，像抚过父亲的身躯一般。

半晌，她终于抑制不住地放声大哭起来。他茫茫然站立着，跟着哭成一片。

后来，军队又送来了一本父亲的日记，里头写着：【走过昆布雪山，我们就是祖国的界碑，脚下的每一寸土地，都是祖国的领土。】

他父亲一生正直善良，用生命捍卫脚下的热土，践行了自己的诺言。

"可是顾朝曦……他保护祖国，谁保护他呢？我常常想，如果那一年队里军医没有空缺，有人替他争取一点下山的时间。那么现在，我是不是还有父亲，母亲是不是还有丈夫。如果那一年舅舅没有出事，那么这会儿我或许还有一个弟弟或者妹妹。"

谢睿笑着,淡淡道:"顾朝曦,我很高兴。很高兴老李不用像我父亲那样在冰天雪地里眼睁睁看着自己的生命一点一点流逝,很高兴他的妻子不用像我母亲那样一日一日地沉浸在没有尽头的想念之中。"

也很高兴,他的孩子可以无所顾忌地追逐自己的梦想。

谢睿抬手,粗粝的拇指轻轻擦去她脸上的泪珠,低声道:"你明白吗?"

5

她哭着扑进谢睿怀里,喉咙哽咽说不出话来。

曾经走过的每一寸旅途这一刻都在她眼前一点一点铺陈开来。

原来那些她以为的自由和美好,是有人日复一日、年复一年一步一步守着边界走出来的。

她垂首,忽然理解了她先前从未读懂过的《致橡树》的最后一句:"爱——不仅爱你伟岸的身躯,也爱你坚持的位置,足下的土地。"

谢睿,我明白了,我明白了。

她在心里一遍遍说,面上却还在不住地掉着眼泪。

战栗的肩头被他一下一下温柔地安抚,她抬眸,眼眶还红成一片,嘴唇还颤抖着,眼神却异常坚定地说:"谢睿,昆布不会一直这样。"

热血不应该孤寂,英雄不应该沉默,昆布不会一直这样。

谢睿看着她,仿佛在那白色的雪山下看到了一丛燃烧的火焰,热烈、旺盛、执着。

他低头亲了亲她的眼眸,缓缓地拥住她的背脊。

温涛处理完伤口从诊疗室里出来时,见到的便是这样一幅场景。从来没谈过恋爱的小伙子瞬间红了脸,轻轻咳了一声道:"公共场合!注意影响啊!"

顾朝曦埋头蹭了蹭眼泪,笑道:"我们正经情侣,亲亲抱抱怎么了?"

温涛看着她红肿的眼睛一愣,抬眸对上谢睿脸上的伤口"哎哟"一声道:"你这伤口怎么还没处理呢!这不平白吓人嘛!赶紧的,我带你去看医生!"

谢睿笑笑,任由他将自己拉到诊室里坐下。

上了年纪的医生刚收了一包器械，又拆开一包器械笑着问："你们这后头还有没有人了？别一个个来，一起啊！"

他这话这腔调颇有意思，不晓得的人还以为这儿正打群架。

温涛笑笑，摆摆手道："没了，没了。这就最后一个，医生您仔细点，这可是我们队里唯一一个脱单的，别回头留了疤，咱嫂子不要他了。"

医生看一眼顾朝曦，好笑地挑挑眉："人正主都没说什么，你倒是急。小伙子长得帅，留疤也好看。"

顾朝曦看着谢睿，眼神柔软："嗯，我男朋友怎样都帅。"

谢睿弯眉，被温涛毫无表情的脸逗得不行。

一伙人说归说、笑归笑，正式处理伤口时，医生对着谢睿的伤口还是仔细得不行。

用他的话来说，就是不能被小辈落了口舌，回头跟人说，这康城部队医院的主任医师还没他自个儿水平高。

谢睿低眉忍着疼痛，捏着顾朝曦的手，轻捂住她的眼睛怕她看了害怕。

屋外霞光渐落，医生贴好纱布、收了器械时，那边一群士兵正好迈着大步鬼哭狼嚎地跑过来拉他："睿哥，睿哥，老李找你！"

温涛跳起来，满脸惊喜："老李醒了？"

"醒了！"一群人答，"醒来第一句话就是要见睿哥。"

温涛一伸手揽上谢睿的脖子："行，那走吧！"

病房里，老李挣扎着坐起来。一抬头，对上一排黝黑的笑脸挥挥手道："干啥！看猴子呢！都出去，谢睿留下。"

他叫谢睿时，低着头不知在想些什么。温涛挠了挠头，带上门出去。

谢睿走过去，抽了把椅子坐下，垂眸看着老李，像是知道他要说些什么，默默等他开口。

老李顿了顿，刚做完手术的脑子还因麻醉有些昏沉，抬眸对上谢睿的脸，恍惚间再一次与十几年前的谢思远重合。

他这人向来不爱看文字，谢睿报到那天的简历和资料还扔在办公室里半分未动。

可这会儿他等不及回去了，只想现在立刻确认这一猜测。只是临到眼前，见着人了，心里反而又生出些慌乱来。

怕他是，又怕他不是。

老李沉默半晌，最终舔了舔唇问：“谢睿，你父亲是不是……”

“是。”谢睿看着他，没等他说完便应道，“我父亲是谢思远，69316部队战士谢思远。”

老李坐在床上，十指紧握成拳。长满褶皱的眼尾慢慢泛出红意来，心纠得难受。那么多年了，他始终无法忘记那天。

他张了张嘴，哑着嗓子低声道：“对不起……”

对不起，我当年太弱小，一点忙也帮不上，还要连累他们。

对不起，我当年太幸运，那么多人，却只活了我一个。

……

他抓着衣襟，棕黑的脸上皱皱巴巴地淌出许多情绪来。

谢睿俯身握住他的手，一点一点轻轻地掰开：“别用力，一会儿针头偏了又得挨一下。老李，你守在昆布十几年，没有对不起任何人。”

谢睿低低地说着，沉沉的语调像大雨过后屋檐上滴落的最后一丝雨水，预示着阳光和释然。

老李闭上眼睛，攥着谢睿的手道：“谢睿，你下山吧，到部队医院来。”

他在部队十几年，这么些人脉和人情总还是有的。

谢睿摇头，慢慢道：“老李，这是我的选择。”

不会更改。

老李咬牙：“这不是一个军医最好的路。”

谢睿笑了下：“我知道。”

青年深邃的眼眸干净又坚定，隔了十几年的光阴与当年那个意气风发的谢思远重叠在一起。

老李仰面躺在病床上，蓦然想起自己前些天同顾朝曦嘀咕的那句“也不知道他爸妈怎么教的”，终是无法遏制地滑下一滴泪来。

病房外，温涛趴在门上听了半天没听出些什么来，正要将耳朵挤得再近些，这看着不咋隔音实际还挺隔音的铁门忽地从里打开。

他一时收不住势头，四仰八叉地朝前扑去。

谢睿站在门后惊了一下，条件反射般向后一退避开了他伸出的双手。

温涛扑腾了几下，稳住身形，抬眸朝谢睿看去：“谢睿！”

兄弟有难，你第一反应居然是躲开？

谢睿看看自己的脚步，摊了摊手笑："有妇之夫，理解一下。"

温涛气极，一时又不知如何反驳，一张黑脸涨得通红。

老李躺在床上看着他们，弯了弯唇，开口道："我要休息，滚出去！"

"喳！"温涛迅速敬礼，拉着谢睿溜出门外。

他回身瞥一眼室内，低声问："老李找你干啥呢？"

谢睿抬眸轻挑眉梢，慢腾腾道："咳……他找我感谢一下救命之恩。"

温涛恍然大悟："我就知道，老李那个脸红红的。还不让我们进去，小老头儿还挺害羞。"

谢睿看他两秒，应声道："嗯，所以你别去问。"

温涛摆手："我又不傻！"

谢睿抿了抿唇，极细微地挑了挑嘴角，转身朝着顾朝曦走去。

老李出院后，他们在山上一起拍了张照。顾朝曦把它打印出来，放在了办公桌上。

彼时，隔壁座的同事正偷偷刷着综艺，手机里传来低低的吟唱："你是遥遥的路，山野大雾里的灯。我是孩童啊，走在你的眼眸……

"我也将见你未见的世界，写你未写的诗篇。天边的月，心中的念，你永在我身边。与你相约，一生清澈，如你年轻的脸。"

顾朝曦听着歌，坐在电视台办公位上，看着照片里神采飞扬的青年无声地勾起了嘴角。

几天后，他们前往昆布哨所记录的片子播出，真实激烈的雪难场面和青年们日日思乡不得归的情志让无数网友动容。

电视台官博下一溜儿全是网友对高原战士的钦佩之情，这些守望祖国山河的青年终于被人看见，也终于有更多的人愿意成为他们中的一员。

再后来，昆布卫生所的设备申请逐渐被批了下来。大雪弥漫的高山，从此不再有生命遗憾离去。

/第十五章/
雪山求婚

▼

1

"谢睿哥哥好帅！我宣布今后你就是我的偶像！"

"那军医小哥也太帅了吧！这眼睛、这鼻子，要命啊！妈妈，我恋爱了！"

办公室里，小美滑着椅子念出微博上的留言，卷了站稿纸做话筒凑到顾朝曦身边沉声问道："朋友，你男朋友火了，请问瞬间拥有无数情敌的你做何感想？"

顾朝曦眯着眼睛回眸，挑眉回答："感谢小美记者的访问，首先我觉得这些小朋友很有眼光！其次……"

她转了转电脑屏幕，扬起下巴指指自己刚放上微博主页的二人合照以及转发评论的一条"帅吗？我的"，笑道："希望她们对于谢军医'名草有主'的事实不要过于难过。"

小美无言，默默竖起一根大拇指道："牛！"

越过凛冬，春日的气息在 S 市悄无声息地蔓延开来。街道两旁的老树又发了新芽，天空湛蓝无比，不知名的野花从每一片沾了雨水的土壤里钻出来。

顾朝曦下了班，照例窝在床上一边剪辑视频，一边等待谢睿的电话。

她如今算准了规律，但在那前后几分钟的不确定里也总忍不住一而再、再而三地探头去看手机。

等到屏幕亮起，立马伸了手划开通话键叫他的名字："谢睿！"

电话那头，谢睿笑着应一声"哎"，而后不厌其烦地问她最近过得好不好，吃得好不好。

顾朝曦看一眼堆在床头的泡面盒子，指腹轻轻摩挲了下手机屏幕，忽然就不想撒谎了："不太好，谢睿，我想吃你做的饭了。"

她声音委屈巴巴，带着一点儿淡淡的思念。他几乎是在一瞬间就心疼了，脑子里想象出她眉眼低垂的样子，水灵灵的，让人不自觉想要揽入怀里。

他低头，看看自己的左手，抿了抿唇举着手机说："再过几天，我去看你，好不好？"

顾朝曦赶紧问："再过几天是几天？"

她记得他今年还有一半的假期没用。

谢睿思忖片刻："五天。"

她点点头："行。"

过了几秒，也像他方才那样一件件交代他："那你在那边也要多休息，别太拼，一周一个电话就够了，不要再去跟别人换时间了。"

谢睿"嗯"了声，说："我知道。"

顾朝曦看一眼流动的通话时间，鼻子又有些泛酸："你知道什么？"

谢睿摸摸鼻子，不说话了。

安静的呼吸中，她在黑漆漆的屏幕里看到自己的脸，深切又真实地充满了对另一个人的思念。

顾朝曦扭头，望见窗外的月亮，轻声道："谢睿，你在那边要注意安全。"

他说："我知道。"

她舔了舔唇，这次不再说什么了。

第四天下午，谢睿从昆布雪山上下来时看着蹲在红色吉普车边上捧着泡面吹气的女孩儿，平静的心底顷刻间涌起巨大的波澜。

他飞跑过去，而后调整了下呼吸，悄悄靠近。

春日阳光正盛，顾朝曦对着眼前忽然出现的阴影抬头，叼着一撮软趴趴的面条撞入一双黑色的眼眸。

她迅速咽下嘴里的泡面，抹了把嘴，同那年深夜路灯下一般顶着一张皱巴巴的小脸站了一半又蹲回去，哭唧唧道："谢睿！我腿麻了！"

红彤彤的汁水在空中跳动，他弯腰一手接过她手里的泡面搁在车顶，一手穿过她的手臂抱住她低声问："等多久了？"

"嘶……"她踮着脚跳了两下，趴在他肩头算了算，"早上八点到现在……下午三点，七个小时？"

谢睿看她半晌，忽然伸手撩了下她被风吹到面上的长发，低头吻上她的眉心、鼻尖、唇瓣。她后退一步，柔软的身躯被压在硬邦邦的车门上。

温热的气息自缠绵的唇舌间席卷而来，湿润的指尖下意识地收拢，穿越他宽阔的肩头挠在后颈。

纤细的腰肢被人抱住，微微向上提起，连带她的下颌也不自觉上抬，迎接他的攻势。

风吹草低，过路的牛羊"哞哞""咩咩"地叫着，偶尔驻足停留，黑溜溜的眼珠子疑惑地望向这对奇怪的男女。

他们相互拥抱亲吻，耳边只留彼此的心跳。

片刻，谢睿轻啄她的唇瓣，蹭了蹭她的鼻尖问："怎么不在家等我？"

顾朝曦仰头咬了下他的下唇，说："我等不及了呀。"

灿烂天幕下，他们藏在一片暧昧的阴影里再次闭上了眼睛。

从昆布到南桑，距离不远，谢睿开着车慢腾腾地绕过牛羊迎着落日而去。

顾朝曦斜靠在座椅上，偏头吹着青草味的微风，看一眼后视镜，低笑着摸摸自己的嘴唇心道：好了，这下不仅腿麻，嘴巴也麻了。

这次上山，他俩没骑马而是直接开着车上去的。

路上飞沙走石，边上又没栏杆，刺激得像在拍好莱坞大片。

谢睿家还是老样子，两层小楼可可爱爱。顾朝曦抱着相机进门时，看见谢睿自然而然地推着她的行李放进一楼房间。

她弯了弯唇，跳过去凑在他身旁故意问："我不是住二楼吗？"

谢睿偏头，摸摸她的脑袋沉声道："别闹。"

顾朝曦瞧一眼他微红的耳朵，伏在他身上拖着长音"哦"了声，抖着肩头低低地笑。

晚饭就在家里吃，谢睿做饭，她跑去叫了桑吉、德吉、洛桑和多吉来家里做客。几月不见，洛桑好像又长高了些，汉语说得越来越溜。

看见她帮忙端着菜出来，咬着筷子说："顾姐姐，你这样好像阿睿哥哥的小媳妇儿啊！"

顾朝曦脸一红，整个席间都被这句话挠得酥酥痒痒，心不在焉。

等到夜里无人时，她凑到正在洗碗的谢睿跟前，戳戳他的脸颊小声道："谢睿，你好贤惠啊。"

他手上动作不停，斜眼看一下醉酒的某人勾唇道："是吗？"

"嗯！"顾朝曦大睁着眼睛点点头，得寸进尺道，"我家里要是能有你这么个贤惠的人就好了。"

谢睿心下一动，喉结滚动了下。他关了水龙头，将人拉到身前低声问："那我把自己打包了，寄到你家里好不好？"

顾朝曦歪了歪脑袋，伸出一根小指高兴道："好呀！一言为定，不许耍赖哦！"

他低头，笑着钩住她柔嫩的指尖轻声道："一言为定。"

顾朝曦眨眨眼，还想再说些什么，熟悉的温度已经再度缠上她的齿间，桃花酒的香气在她昏昏沉沉的脑袋里炸开一树一树的艳粉。

蓝色长裙晃动，湿漉漉的台面叫她难受得仰起头来，将自己的指尖埋入他短短的发间。

晚风摇曳，她攀着他的脖颈报复性地咬住他的耳垂。

这人倒也不在意，只低笑了下，然后抱着她一路走到卧室去。她被他磨得彻底没了脾气，软绵绵地抬脚踢他一下。

他轻轻柔柔地亲一下她的额头，其余的动作却和温柔二字再无关系。

第二天，顾朝曦醒来只觉得浑身酸软无力。

谢睿还睡着，躺在阳光里，看起来安静温柔，似无半点攻击性。但她知道，这人爪牙尖利、手段高明，愣是折腾得她这会儿连根手指都抬不起来。

许是她的目光太过幽怨，谢睿紧闭的眼皮动了动，缓缓睁开眼来。

长而浓密的睫毛眨巴眨巴，蝴蝶似的煽动，看得她很是嫉妒。

不知今夕何夕的清晨，他俯身亲了下她的额头，刚睡醒的嗓子还有些沉郁沙哑，低低地附在她耳边说了句："早。"

顾朝曦控制不住地想起昨夜的片段，指尖收拢揪着被角想，到底是哪个电视剧说喝了酒会断片的！

怎么回事！她不仅没断！还记得很清楚！

她蒙头，将脑袋埋在枕头里不自觉地思考人在醉酒后是否有焕发第二人格的可能。

谢睿笑笑，俯身将人捞进怀里，说："干吗？新年都过去了，还给我拜年？"

顾朝曦偏了偏头，不想理他。

这人昨天乘人之危哄骗无知少女搞了不少小动作，她暂时有点生气。

谢睿挑挑眉，沉思片刻，勾着她的长发问："早上吃牛肉饼，还是牛肉面？"

顾朝曦顿了下，思索再三皱眉道："我不能两个都要吗？"

谢睿不禁失笑："行！那你再躺一会儿起来洗漱，我去德吉家给你带早饭。"

顾朝曦点点头："再带点儿土豆条吧。"

她好久没吃，有点想念了。

"好。"谢睿坐起身来，揉揉她的脑袋朝着浴室走去。

金色的阳光透过薄薄的窗帘照耀在他漂亮的背部肌肉上，映出几条淡淡的红痕来。顾朝曦低头看看自己的指甲，忍不住再次红了脸。

2

吃过早饭，谢睿带着她下山去色农见他的母亲。

当年他父亲牺牲后，他母亲住在南桑这间小屋里总是难以自制地想起丈夫。

每年冬天一下雪，她便如同从前一样搬了条小椅子坐在小院门口等着父亲归来。

雪一片一片地落，她一日一日地等，丈夫的身影却再也没有出现。

那段时间，她神情恍惚，总觉得丈夫就在身边。

那段时间，谢睿看着空荡荡的饭碗，跑去多吉家学了一碗最简单的牛肉炒饭。

后来，他上了高中，没有时间山上山下来回跑着照顾母亲。

舅母在他的高中门口等他，叫他将母亲送到色农来与她同住。谢睿抿了抿唇，带着母亲去了色农。

走的时候，她什么都忘了带，独独捧着那年士兵送来的木盒子和丈夫的衣物，微笑着流下泪来。

顾朝曦见到他母亲的时候，阳光很好，彩色条纹的袍子衬得她依旧美丽。尽管她的眼角已经起了细纹，皮肤也不再年轻。但她轻抚着那身绿色军装时，眼底的柔情仍然像个十八岁怀念情郎的少女。

谢睿走到她面前，牵着她的手低低地叫她："阿妈，我回来了。"

她抬头，摸摸谢睿的眉头："见到你父亲了吗？"

谢睿点头："见到了。"

"他在军队里过得好吗？"

"挺好的。"

"你们这次怎么没有一起回来？"

"他忙呀，就叫我先回来看你了。"

她笑着又摸摸军绿色帽子上的五角星，低声道："再忙也要记得回家呀。"

谢睿红了眼眶，没说话。她又抬头，捏着谢睿的手说："阿睿，你回去的时候记得告诉你阿爸，阿妈过得很好，叫他别担心我。还有，军队里的事情再多，也要好好吃饭，注意身体……"

她絮絮叨叨说了许久，忽然看着窗外的绿草喃喃道："今年冬天，不晓得你阿爸会不会回来呢？"

谢睿低下头去，悄悄吸了下鼻子。

她汉语说得不好，顾朝曦听不懂，但也能感受到他的情绪。

晨间的暖风带着野草的香气飘到室内，他母亲眨了眨眼睛忽然对上顾朝曦的视线。

她看了看两人交握的双手，弯着眼眸笑道："阿睿，这是你女朋友？"

大概是怕顾朝曦听不懂，这句话她用的是汉语，发音并不标准，但"女朋友"三个字她说得格外认真。

好像当年有人就着这三个字，一字一字地教过她怎么说似的。

谢睿点头："是。"

她笑起来，弯弯的眉眼和谢睿很像："好漂亮的小姑娘呀！眼睛圆圆的，像只小海豚。你小时候最喜欢小海豚了，你还记得吗？"

谢睿顿了下，淡淡道："是啊。"

"还有白鲸，很大很大，又很可爱，你说它高兴了还会喷水。你说等你长大了，一定要去看看养育了这么多神奇生命的大海……"

她说着，手上偶尔还会比画几个小动作。许是怕顾朝曦听不懂，她绞尽脑汁地用自己当年从丈夫那儿学到的汉语努力表达着。

顾朝曦抓着其中一两个词汇，偏头看向谢睿，脑子里忽然想起冬日看海时他眼底的向往，深沉又隐晦，如同那些藏在乌云后的繁星，等待着某刻的风吹。

回南桑的时候，已是深夜。路上下了点小雨，满地都是汽车轮胎压过地面的泥泞。

因是春季，顾朝曦来时就穿了一双棕色的小短靴。

谢睿怕这满地泥污弄脏她的鞋子，俯身将她拉到背上，慢吞吞地走到月光照耀的小路上。

年轻人的背脊温暖又有力，顾朝曦趴在他身上，听着雨丝打在透明伞面上滴滴答答的声音只觉内心格外宁静。

走了几步，她想到自己今晚吃的两大碗米饭，搂着谢睿的脖子偷偷问："谢睿，我重不重？"

他笑笑，偏头对上她的眼睛："不重，你还可以再多吃点。"

她转了转眼珠，咽着嘴咽了咽口水提议道："那我们明天去桑吉家吃包子吧，牦牛包子。"

他什么意见都没有，托着她的双腿将人往上托了托说："好。"

到家后，谢睿脱了鞋进屋去洗澡。顾朝曦看一眼他脏乎乎的鞋子，套了拖鞋到屋外去找刷子。

小小的楼梯间下藏了许多各种各样的东西，她翻了半天忽地翻出一个铁盒来。里头是一艘精巧的轮船模型，底部有蓝色的液体涌动，像广袤无垠的大海。

顾朝曦看着昏暗光线里的这抹幽蓝，毫无预兆地难过起来。

她在这一刻，突然明白了她的谢睿为了成为高山的守护者，付出了怎样的代价。他将自己的梦想和热爱锁在了这个小小的铁盒里，用十六年的人生走上了一条不属于他的道路。

她在这一刻，突然意识到自己爱上了一个怎样的灵魂。温柔、生机都不足以形容他，他笨拙又无私，是天底下独一无二的最好的谢睿。

谢睿从浴室出来的时候，没有看到顾朝曦，等出了门，才在那个小小的楼梯间里见着她一颤一颤的背影。

他走过去，看到她手里的模型顿了顿，低声道："顾朝曦……"

她抬眸，红彤彤的眼睛对上他的视线晃了晃，轻声道："谢睿，我知道我的新年愿望是什么了。"

"什么？"

"我希望你有朝一日能做回真正的自己，我想有一天拥抱一个真正的谢睿。"

他低头，俯身环住她瘦小的肩头："会的，顾朝曦，我会的。"

昆布不会一直是这样，谢睿也不会一直是这样。

总有一天，他会成为真正的自己的。

顾朝曦垂眸，看着自己手里小小的模型轻轻地点了点头。

此后三年，谢睿在昆布缠着老李一遍一遍不厌其烦地朝上打着报告，将条件简单的卫生所一点一点打理得麻雀虽小五脏俱全。

顾朝曦则用尽了自己所有的休息时间，一个基地一个基地地了解军医的职业现状，然后用自己收集到的素材自制了一档节目。

开始的时候，节目反响并不太好，只引发了一小部分军医的共鸣，并没有掀起任何波澜。

后来，顾朝曦特意将每期节目里最帅的军医剪辑到封面，并通过穿插对话的方式贯穿全片。这部起先几乎称得上是无人问津的片子居然就这样意外地被小哥哥的颜值盘活了。

再后来，她又特意剪辑了一期"最美军医"的片花，放到自己的账号上。这个短短几十秒的视频再次为片子带去无数流量。

　　借此，人们逐渐意识到军医这个职业群体的困境，网络上关于这一讨论的声音越来越多。

　　直到此刻，顾朝曦坐在公寓楼下的咖啡馆里看着被万千新闻泯灭的一小条消息默默地弯起了嘴角——

　　【自2024年起，部队军医将贯彻落实"统管共用、派出保障"制度，基层军医及中心医院军医实行交换轮岗，轮岗时间每年一次……】

　　努力多年的改变终于降临，她抱着手机几乎想要立马飞到谢睿身边。

　　熟悉的香水味飘来，顾朝曦抬眸看到李莞端包坐到她面前。

　　许久不见，她依旧美丽温婉。

　　顾朝曦笑了笑，抬手将咖啡馆的菜单递过去，轻声问："这儿的小蛋糕还不错，你看下吃什么？"

　　李莞抿了抿唇，望着眼前越发独立的女儿，无可奈何道："顾朝曦，你要是铁了心和他在一起，那就叫他回来吧，工作我来安排，房子我会买好。"

　　顾朝曦睫毛轻动，喉咙里苦涩的咖啡莫名间生出点淡淡的甜味来。但……

　　她已经长大了呀。

　　顾朝曦屈起指尖，轻敲了下透明的玻璃台面，扬起眉梢，摇摇头道："妈，你还记得吗？当年你反对我出去旅游，说小姑娘家家的找个安稳工作，安稳人家嫁了才是最好。

　　"当时我没听从你的意见，我说……这世上不是只有一条路。人生有很多种样子，我想走一条属于我自己的路。谢睿也一样，他有自己的路要走。不是为我，不是为其他人，而是为他自己。这么多年，他从来没有为自己走过一步，我怎么能叫他剩余的人生再为别人而活呢？"

　　李莞愣了下，恍然间在女儿身上看到了顾沉舟的影子。

　　当年花月正好，他牵着她的手对她说："李莞，你首先是你自己，其次才是我的妻子。"

　　年少烂漫的她为这一句话，爱上了这个男人。而后在世俗的洪流中，被懦弱的自己亲手剥去了一身的脾气，做了得体温柔的宋太太。

如今想来，好像很久很久都没有人在看到她的时候叫她一声"李莞"了。

她垂眸，在玻璃台面上看见自己模糊的影子，上面贴满了宋鸿声的标签。李莞笑笑，抬起头来看着自己勇敢又倔强的女儿，轻声道："所以，你要去找他吗？"

顾朝曦点头："嗯，我要告诉他：谢睿的人生从这一刻开始，即将重新启动。"

从八岁那年的停滞，到二十六岁这一年的返航。谢睿的人生，从此以后再无风雪飘摇，全是星辰大海。

李莞抬头，看着她步履坚定地走在春风里，走向她命中注定的爱人，无声地笑了下。

3

同一时间，南桑。

谢睿牵着德吉家新生的小牛左看右看，迟疑道："你确定，你顾姐姐会喜欢……这么小的？"

按照她的口味，不应该喜欢肉多的吗？

洛桑拍拍胸脯，自信道："阿睿哥哥，你就相信我吧！没有哪个女人不喜欢萌萌的动物幼崽！包括我们班主任！"

谢睿看一眼眼前黑乎乎的牦牛，总觉得这家伙小归小，却实在同"萌"搭不上什么边儿。

桑吉举着榔头敲下一根木桩，回头道："行了！你这匆匆忙忙地要一头牛，那牛长大不要时间啊！别纠结了，我保证只要是你送的，顾朝曦肯定喜欢。"

他说着，扔了根木头过去："赶紧的，先来把这篱笆搞了。把你那辣椒苗撒下去，等那辣椒苗长大了，这牛不也大了嘛！"

谢睿一时无言，手里攥着的手机蓦地响了起来。屏幕上闪烁的"顾朝曦"三个字吓得一屋子人心惊肉跳，他轻咳一声接起电话："喂？"

顾朝曦惊了下，原本不抱希望的电话居然一下被接通了。她顿了顿，脑子里转过无数个念头，最终问道："你……下山了？"

谢睿"嗯"了声："我退役了。"

顾朝曦坐在出租车上，看着窗外飞驰而过的风景，咬了咬唇问："那你现在在哪儿？"

谢睿看一眼周围疯狂朝他打手势的人，想了想诚恳道："南桑。"

桑吉捂着脑门，无声痛呼。洛桑跑去自家小院，疯狂采摘已经长好了的辣椒，掏出手工课必备的502胶水。

电话那头，顾朝曦红着眼眶笑了下低声道："那你等我。"

谢睿弯着眼眸，轻轻摩挲了下手机轻声道："好，我等你。"

电话挂断，桑吉将榔头一把塞进谢睿手里，沉痛道："什么也别说了兄弟，今夜注定无眠！"

谢睿笑起来，满眼都是揉碎了铺在深蓝天空的星辰。

顾朝曦到的时候是第二天上午十点，谢睿接着她从车上跳下来，迎面撞上刚从屋子里冲出来的小牛。

紧接着，洛桑和桑吉挂着满身辣椒追出来和顾朝曦面面相觑。

小牛"哞"叫一声，绕开两人朝着山下狂奔而去。

顾朝曦脑子还没转过来，人已经跟着转动脚步，跑在洛桑和桑吉后头去追小牛。

谢睿看一眼一片狼藉的室内，闭了闭眼，同样跟着跑下山去。

于是南桑狭窄的石子路上，莫名出现了四人追一牛的有趣画面。追到下村时，小牛七拐八拐，直愣愣地冲着草原中央的桃树而去。

尖锐的牛角撞上树干，满树桃花摇曳着随风落下。洛桑怔在原地，抱着眼冒金星的小牛呆呆地吐出一句："哇哦！"

顾朝曦看着漫天飞舞的桃花，同样惊得合不拢嘴。

谢睿愣了愣，忽然觉得此时就是最好的时机。尽管一切准备都被打乱，尽管所有事物都不符合预设，但只要她在，此时就是最好的时机。

他屈膝，掏出早就准备好的戒指跪在她面前柔声道："顾朝曦，戒指我买了很久，求婚这事儿也想了很久。要对你说的话，打了很多遍草稿。

"在遇见你之前，我没想过恋爱，在遇见你之后我没想过分手。那年天桥牵手，是我这些年做过最自私又最庆幸的决定。见不到你的很多个日夜里，我会自责，却不愿意后悔。"

"二十六岁之前，我为成为一个军医和做好一个军医。二十六岁之后，我想做回谢睿，也想成为顾朝曦的丈夫。所以，如果这个二十六岁一无所有的男人想要继续牵着你的手走过往后余生，你愿意吗？"

顾朝曦垂眸，看着眼前的谢睿和远方的雪山，摇头道："你不是一无所有，你拥有我对生活的一切向往，拥有这个世界上最美好的灵魂。你是我踏遍千山万水，才找到的最好的谢睿。

"你的人生从二十六岁开始，一点也不晚。你的人生从二十六岁开始，每一步都有我。我愿意，谢睿，我愿意！"她说着，弯唇笑起来，黑色的眼眸深处有晶莹的泪花闪动。

此时午后阳光正好，春日的气息顺着山风一缕一缕地吹动凡人的心田。桑吉挑挑眉，靠在洛桑身边同样缓缓吐出一句："哇哦！"

一路冲跑下山，撞得自己头晕眼花的小牛坐在地上，晃了晃金光闪闪的脑袋跟着挤出一声："哞！"

桃树下，谢睿俯身，替她套上挑选了许久的戒指，又亲了亲她的指尖，低声道："大小正好。"

顾朝曦笑道："你那时候趁我睡着了，偷偷拿绳子套我手指，当我不知道呢！"

他抬眸："你没睡？"

她弯眉："嗯。"

所以……

求婚这事儿，你想了多久，我便盼了多久。

三年，1095 天，每天都在期待你问我一句："你愿意吗？"

三年，1095 天，每天都在想你要是这么问了，我该用怎样的语调回答你："我愿意！"

谢睿定定地看着她，许久，低低地探下头去吻上她的唇瓣。

桑吉睁大了眼眸，迅速捂住洛桑的眼睛。小牛懵懂，左右看看，抬脚走了几步，又晕乎乎地倒在桃树上，撞落一地繁花。

求婚后的日子平淡，他俩付了首付，将S市租住的公寓买了下来，顺理成章地住在了一起。她继续工作，谢睿在家备考S大海洋生物科学专业硕士。

　　剩下的一些积蓄则交给桑吉，投资了他在南桑新开的民宿。

　　那儿如今成了爆火的旅游景地，德吉的丈夫也从外面打工回来帮忙家里的早点生意。多吉因为每天炒饭，练就了一身的肌肉。

　　有一天晚上，她躺在谢睿怀里看着桑吉和多吉在群里聊天，仰头对上他漂亮的下颌线，伸手攀上他的脖子。

　　树袋鼠似的挂在他身上，眯着眼睛亲了亲他的下巴，毫无理由地叫他的名字，明明没什么话想说，但就是想叫他的名字，好像那样就能感觉到幸福。

　　谢睿低头，放下手中的书籍。他单手揽过她的腰身，将人压在身下微微弯了唇问："怎么，不累了？"

　　顾朝曦抬脚踢他一下，眯着眼睛道："你这人，现在怎么这样了啊？"

　　能不能好好聊天了！

　　谢睿笑笑，绕着她披散在床上的长发附在她耳边低声道："我只对你这样。"

　　顾朝曦抿了抿唇，背手去捞他刚看的书籍："谢睿同学，你这个样子，我可要怀疑你刚刚有没有认真看进去东西了啊。来，我考考你……"

　　谢睿看着她微红的耳根挑挑眉问："会了有奖励吗？"

　　顾朝曦眨眨眼："你要什么奖励？"

　　谢睿勾勾唇，贴在她耳畔小声说了两句。顾朝曦满脸通红，掐着他的手臂将人推远。

　　十二月底的时候，顾朝曦站在S大教学楼的路灯下看着暗色林荫路前唯一亮着灯的考场默默对着星星许愿，希望谢睿考试顺利。

　　飘摇的白雪懒洋洋地从天上落下来，模糊她的视线。干枯的树枝随风晃动，晃得星星仿佛也在眨眼。她笑笑，权当她的请求被夜空应允。

　　晚上九点，安静的考场渐渐涌动起来。结束考试的考生对着答案、搜着手机从里面出来。

　　顾朝曦踮脚借着微弱的路灯望了望教学楼大门，很快找到了谢睿的身影。他个子高、身姿又挺拔，是在人群中很突出的存在。

她跑过去，听到周边有考生低低地说着今年的试题好难，心下不由得一紧。

谢睿接住扑上来的人儿，点点她微微蹙起的眉心，低声问："怎么了？等太久，腿又麻了？"

"没，我今天带了小凳子的。"顾朝曦摆摆手，递上她一早准备好的酥油茶说，"怎么样，考得还行吗？"

谢睿拧开杯子，喝一口暖洋洋的茶水，淡淡道："还行。"

顾朝曦轻挑眉梢，看着他眉宇间的平静与自得道："你说还行，那就是挺好。看来咱们家要出一个研究生了呀！"

谢睿看她一眼，弯着眼眸道："以后还会有博士。"

顾朝曦愣一下，随即高兴道："那我以后岂不是博士夫人了？"

谢睿垂眸，对上她理所当然的表情，心底柔成一片。他抬手，轻轻捏了捏顾朝曦的耳垂轻问："你支持我继续读书？"

顾朝曦莫名："读书是好事，我为什么不支持？"

谢睿顿了顿，"嗯"了一声道："你说得对，那就谢谢……夫人的支持了？"

他声音低沉，偶尔挑了尾调压着嗓音说话时格外撩人。

顾朝曦被他那声"夫人"烫得红了耳根，拍开他的手，跳开一步道："你先考上再说吧！"

谢睿搓了搓温热的指尖，缓缓将手收进口袋里，站直了身子，低声问："我考上了，咱们就去领证？"

顾朝曦怔了怔，脸红得白雪也盖不住她心底的热意。她想了想，悄悄拉了拉谢睿的手道："考不上也能领证。"

明天，后天，大后天，随便什么时候都可以。

只要是你，只要民政局上班。

谢睿心下一动，停了脚步，低头撞入她明亮的眼波。四周昏暗吵嚷，她仰头看他的样子像极了燎原的野火。

他笑了下，不知怎的又想到那年天桥上她迎着月光朝他伸出的那一只手。

这世界辽阔苍茫，散落满地的遗憾和错失。何其有幸，他遇见一只勇敢的飞鸟，不顾风的阻挠落在他身旁。

/ 番外一 /
南桑婚礼

▼

1

领证后，顾朝曦原本不打算举办婚礼，但架不住宋竟择一天天的念叨，最终决定在南桑举办一个露天的小型仪式。

婚礼现场的布置由桑吉完成，地点就定在谢睿当年种下的那棵桃树下。

春日绿遍山野，柔嫩的草原和成群的牛羊就在不远处的河边好奇地盯着叽叽喳喳的人群。

刘妙和洛桑为谁送戒指这事儿石头剪刀布了十次，依旧没有确定。

顾朝曦坐在房间里，打着哈欠任由宋竟择找来的化妆师折腾。她去掉了所有七七八八的环节，一直睡到早上八点才起。

德吉看着心疼，趁着化妆师还没化口红，掰了一大块牛肉饼塞到顾朝曦嘴里。

她人眼睛闭着，吃东西倒是敏捷，吃了一口，张着嘴巴冲德吉撒娇："德吉，你的手艺又进步了，好吃！还想要！"

化妆师拍拍她的脑袋，捏着唇刷道："不能再吃了，要化口红了。"

她老实地"哦"一声，然后趁着化妆师调色的工夫迅速探头叼下一大口牛肉饼。

婚纱是宋竟择拉着她几乎跑遍了所有的高级婚纱店选定的一套半袖复古蕾丝礼服，她原本想这只穿一次的衣服租下来便好，但宋竟择不同意，直接刷卡付钱把它买了下来。

完了又找裁缝按照自己的想法重新缝制了领口处的串珠花样，好叫她拥有全世界独一无二的婚纱。

看到婚纱成品的那一刻，她吸了吸鼻子，感动地抱住宋竟择真情实感道："哥，你好有钱！"

宋竟择拍一下她的脑袋，看着她红红的眼眶，一时间竟也骂不下去，只好把人往试衣间一塞，高声道："赶紧试试合不合身！"

顾朝曦"哦"一声，在店员的帮助下憋着气穿上婚纱，提议道："腰围可以再大点，留点吃饭的空间。"

宋竟择满意地点点头，无视她的想法，大手一挥道："好！收工！"

因着这一茬，顾朝曦到底也不敢多吃，转头朝悄咪咪又递了块奶酪酥过来的德吉摆摆手表示"我很自律哒"！

化妆师盯着她的动作，默默放下心来。

等她做完造型，穿好婚纱准备出去，屋外的院门正好被敲响。

谢睿穿着一身暗红色袍子，牵着长得又高又大的白雪站在阳光底下，弯了眉眼朝她微微一笑。她便提了裙摆，忍不住朝他奔去。

屋子里没人堵门，一来新娘不让，二来所有人都知道他们不需要。

那些琐碎的承诺是该做到的人不用说便会做到，做不到的人即便说了也依旧做不到。

她不要做一日的女王，也不用凌驾于谁之上。

白色的婚纱飞扬，连风都是自由的形状。谢睿拥住他最美的新娘，将她送上马背。

三月时节，天气算不上太热，甚至还带着些凉意。

他粗粝的指尖却因紧张出了层薄汗，黏黏的，叫人莫名心动。

顾朝曦抿唇伸出一根手指朝他勾了勾，谢睿走过去，仰头看她，她笑笑，俯身亲了亲她的新郎。

摄影师捂胸，只觉这画面美得超乎想象。

刘妙和洛桑也不争了，两人齐齐转头又齐齐被人蒙住眼睛，挣扎着体会到了身为一个未成年人的苦楚。

送婚戒行动决策到最后，德吉家新生的小牛被赋予了这项重任，由它的两个牛角串着两枚戒指上台。刘妙和洛桑则作为守牛人，各立一旁。

粉色桃树下，顾朝曦看着硬是被人贴上两朵红色腮红的黑色小牛，笑得几乎直不起腰来。

小美作为伴娘取婚戒时，都在心里暗道这是哪个人才想出来的主意。

草坪上，《Head in the Clouds》（《云端遐思》）的音乐响起：

Who can say where the path will go?

（谁能阐明这条路会通向何方？）

Philosophers guess but they just don't know.

（哲学家们纷纷猜测，但他们其实一无所知。）

Maybe that's why we had our heads in the clouds.

（也许这就是为什么我们在云端遐思）……

谢睿接过戒指，执起她莹白的手指缓缓戴上。她抿了抿唇，内心有一种奇妙的归属感蔓延开来。

她曾枯败于生活的无趣，也曾热烈地祈祷岁月漫长；她见过爱情崩塌的模样，依然义无反顾地朝他伸手。

二十五岁那年，他在大雪纷飞的冬日出现于她的生命之中。

三十岁这年，她在桃花漫天的春日穿着白纱嫁作他妇。

顾朝曦眨眨眼，小声道："谢睿，我好像被你套住了。"

连绵雪山下，他低眉虔诚地吻在她指尖，摇头低声道："顾朝曦，你仍然是自由的。"

她弯唇，忽然想到了很久以前偶然读过的一句话：【你可以成为新娘，但不必是谁的妻子。】

另一边，陈松原懒懒散散地站着，勾勾陆向晚的指尖，歪了脑袋问："喜欢吗？"

陆向晚拍着手，抽空看他一眼："嗯。"

"那咱们回去也办一场？"

陆向晚笑："可以，但我想我们是不是先得把证领了？"

陈松原蹭蹭藏在裤兜里的指尖上冒出的细密汗珠道："哦，好啊，那回去领吧。"

"好，回去领证。"陆向晚说。

远处，飞鸟越过山林，午后阳光温柔，南桑的微风吹过山间的杜鹃，笑看爱意洒满人间。

2

谢睿入学后，每日流连于图书馆和实验室之间不可自拔，顾朝曦作为台里的新星也同样忙得不可开交。

某日，她做完一个新闻瘫倒在转椅上，抬眼一看时间，居然才下午两点。她闭眼，含着嘴里的咖啡仰头咽下去。看着头顶的白炽灯缓缓反应过来，她不是从今儿早晨开始上的班，而是从昨儿凌晨一直熬到了这个点。

徐梓轩看她一脸的疲惫，拍拍她的肩膀说："顾姐，要不你先回家休息下吧。"

顾朝曦恍恍惚惚地"嗯"一声，拎着背包回家去。

今天是工作日，屋子里没有人。她洗了个澡出来，闷头趴在床上睡了会儿。

尽管她的意识叫嚣着要睡觉，但流淌在血液里的咖啡因却兴奋异常。顾朝曦翻滚片刻，抓着头发爬起来，打算去接谢睿放学。

走到洗手间，发现镜子里的女人脸色苍白，一头乱发，像刚从电视机里跑出来的鬼魂。

顾朝曦忍不住笑了下，抬手擦着耳郭边缘将满头长发束成一个高高的马尾，接着拿洗漱台上的口红给自己增添一抹气色。

左右看看像个人了，随手捞起相机便出了门。

S大路线繁复，但去得多了，倒也还好。顾朝曦快到实验室门口时，给谢睿打了个电话，他没接。

迎面正好遇上他同学，两人见过几次，还算熟络。这会儿撞上，她还没开口，他便已经"哎呀"一声扶一扶眼镜道："嫂子来了？睿哥刚被院里几个人拉去打篮球了，就在食堂边上那个篮球场。"

顾朝曦回忆了下那地儿，笑着点点头："这样啊，我知道了。谢谢你啊！"

"客气！"那人摆摆手，问，"要我带你过去吗？"

顾朝曦看一眼他身上的实验服，摇摇头："不用，我知道路，你忙你的吧！"

她同人寒暄几句，转身朝着篮球场走去。这会儿正值夏季，路上全是穿着短裙露出一双长腿的少女。

奶茶的香气弥漫在闷热的校园里，连汗珠都跳跃着青春的气息。

顾朝曦路过水果摊时，买了个椰子捧在手里慢腾腾地踱到篮球场内。少年身上的红色球衣是和夕阳一样耀眼的颜色，谢睿混在其中居然也不显年龄。

灰色的水泥看台上坐着一排排漂亮的女孩儿，叽叽喳喳地争论着场内哪个男孩儿最帅。

她咬着吸管看谢睿跳起来，红色球衣飞扬，露出一小截精壮的腹肌，引发一片小小的尖叫。

"好帅！真的好帅！这谁啊？怎么这么帅？以前没见过啊！新生？"

"对，听说是海洋学院新来的研究生，以前是军医！跨专业考进来的，不过据说已经结婚了。"

"啊！"一个女孩儿栽倒在另一个女孩儿怀里，压着嗓音哀号，"为什么帅哥都'英年早婚'了啊？为什么！为什么！"

顾朝曦被女孩儿逗笑，抿唇抖了抖肩膀。冰凉的椰子汁顺着喉管流进滚烫的身躯里，她眯着眼睛莫名觉得惬意，连以往最讨厌的蝉鸣都变得可爱。

"嘟嘟嘟"的哨声吹响，谢睿拍着篮球站在三分线外投篮。校园里的阳光好像自带滤镜，比哪儿的都明亮些。

顾朝曦举起相机，对准他的背影咔嚓按下快门。

不知是心灵感应还是什么，谢睿突然喘着气朝她看来。

坐在她前面的少女一阵激动，相互拉着手低声道："他看过来了！看过来了！"

顾朝曦勾勾唇，从镜头后探出头来。谢睿弯起眉眼，漂亮的眼眸和着天边的晚霞勾得人心荡漾。

中场休息时，他甩甩汗水迫不及待地朝她奔来，蜜色的皮肤因运动而泛出些红意来，显得他更加年轻。

顾朝曦递过去一瓶水，指尖触到他湿漉漉的指腹，轻问："你们这一场还要打多久？"

谢睿仰头灌下一大口水，说："不打了，有人替我，我们回家。"

她点头应了声"好"，看他仔细用毛巾擦干了手再牵上她的手，缓缓走出球场。背后有一大片目光跟随，她忽然觉得自己好像成了某本青春校园小说的女主。

晚饭就在校门口的商业街随意点了个砂锅，他俩坐在一起，来来往往居然依然有不少视线偷摸落在谢睿身上。

顾朝曦眯了眯眼睛，敲敲碗沿道："谢睿同学，你好像有点招蜂引蝶。"

他笑笑，有些无奈："我都破相了，还招什么蜂引什么蝶。"

"是啊，都破相了，怎么还这么帅呢？"顾朝曦抬手摸摸他脸上的疤痕，又想起好几年前他在昆布穿着军装的样子。

柔嫩的指腹摩挲在皮肤上，叫他心底发痒。谢睿看她一眼，抓着她的手叹口气："好好吃饭。"

顾朝曦"哦"了声，低下头去嗦粉。

回到公寓，谢睿进了浴室洗澡，脖子上的项链摘下来就放在书桌上。她从角落里翻出工具箱来，对着台灯将项链上的金属盖子卸下，露出里头两人的合照。

她第一次干这种技术活，做得居然还很不错。顾朝曦举着项链又看了几眼，很是满意地点点头。

谢睿擦着头发从浴室里出来，看到自己被改造过的项链愣了下，转头问坐在转椅上剪片子的顾朝曦："你弄的？"

"嗯呢！"她扭过头来，神情有些得意，"怎么样？我手艺还行吧？"

谢睿："好好的，拆项链干吗？"

"没办法啊，我老公太帅，觊觎的人太多，我得告诉她们……"顾朝曦扬眉，继续道，"你——是我的。"

/番外二/
婚后日常

▼

1

顾朝曦发现自己怀孕时，谢睿正在屋外泡甜茶。

浓郁的香气飘散在小小的公寓里，好闻得叫她几乎落下来泪。

她慢吞吞从洗手间挪出去，探头探脑地询问谢睿："网上说怀了孕不能喝奶茶，甜茶算奶茶吗？"

谢睿泡茶的动作一顿，偏头直勾勾地盯着顾朝曦："你怀孕了？"

她"啊"一声，道："如果我买的验孕棒没有质量问题的话。"

谢睿舔了舔唇，觉得自己心跳有些剧烈。他回想了下顾朝曦上一次生理期的时间，果断回身从抽屉里抽出医保卡和车钥匙，拉着人上医院验血。

春日的阳光和煦，天上鳞片状的云朵自在飘动，顾朝曦趴在车窗边任由微风抚过自己的脸庞。

S市的交通向来堵塞，谢睿屈起食指轻敲着方向盘，内心急切。顾朝曦看着他侧脸的线条，不自觉思索孩子的模样。

应该……还挺好看的吧。

性格呢，会像谁？聪不聪明？现在小孩儿的学习压力好像很大？她要怎么教育？

顾朝曦乱七八糟地想着，从停车到挂号再到验血，几乎已经想到了等孩子长大办婚礼时她作为母亲要说些什么。

谢睿偏头，看她一脸严肃的样子，以为她是害怕抽血。他抬手轻柔地捂住她的眼睛，捏捏她的耳垂低声道："别怕，不疼的。"

抽血的小护士面上平静，内心已经被萌得恨不得立刻蹿回休息室和姐妹分享自己此刻的见闻。

等待验血报告的时间好像分外漫长，顾朝曦扒拉着谢睿的衣服仰头问他："谢睿，你喜欢小孩儿吗？"

他点点头："喜欢。"

顾朝曦想了想又问："那你喜欢男孩儿还是女孩儿？"

谢睿低头看她一眼，某种熟悉的预感缓缓爬上心头。他抿了抿唇，试图扯开话题："顾朝曦，你渴不渴？我去自动贩卖机那边给你买瓶水吧？"

"我不渴。"顾朝曦摇摇头，锲而不舍，"你还没说你喜欢男孩儿还是女孩儿呢！"

谢睿轻咳一声，反问道："你呢？喜欢男孩儿还是女孩儿？"

顾朝曦思索片刻，看着他道："我都行，你呢？"

谢睿放下戒备，柔声道："我也是。"

"哦。"顾朝曦了然颔首，过了几秒又目光炯炯地盯着他问，"那如果一定要选一个呢？"

前一秒还以为自己已经逃过一劫的谢睿："……"

顾朝曦见他不说话，摇摇他的手臂，小声道："嗯？"

他舔了舔唇，看着她认真道："事实上，比起男孩儿或女孩儿，我更喜欢孩子他妈。"

顾朝曦愣了下，心跳不自觉加快。那边小护士看一眼电脑屏幕，快乐地冲他们喊："顾朝曦，你的报告出来了！"

"好！"谢睿应一声，动作迅速地拿着医保卡去旁边的自助机器上取报告。

上面七七八八的数据顾朝曦一个也看不懂，但她看到谢睿脸上难以掩饰的激动，就知道了验血的结果。

得知顾朝曦怀孕的消息，宋竟择第一时间把当初的"备婚群"改成了"备产群"，第二时间在线发起了一场关于孩子取名的视频会议，称——314会议。

会议开启后，德吉第一个发言："我觉得是不是可以在他们两人的名字里各取一个字组成一个新的名字呢？"

桑吉沉默半天，缓缓道："……谢谢惠顾？"

宋竟择摇头："也可以不用这么局限，谢谢光临、谢天谢地也行。"

裴霆生喝着水，差点被他呛到。

多吉蹲在山上，对着断断续续的手机信号倔强发言："对啊，对啊。我想了一个名字，谢扎西，和曦字同音，寓意吉祥平安，怎么样？"

陆向晚举手："我也想了一下，如果是男孩儿就叫谢云游，如果是女孩儿就叫谢晚秋，行吗？"

陈松原挑眉："不错，挺好听的。"

陆向晚偏头看他："是吗？"

陈松原摸摸她的肚子："不如咱们也生一个，你给起个名儿？"

桑吉："喂喂喂！"

一群人叽叽喳喳争论半天，到底也没个结论。顾朝曦窝在谢睿怀里，挠挠他的下巴问："孩子他爸，你有什么想法？"

谢睿低头看看她，放下举了半天的手机道："想起来问我了？"

"嗯！"

"叫不迟，谢不迟，好不好？"

顾朝曦低低地跟着念两遍，抬头问："为什么？"

"因为春意不迟，万物复苏。"

他希望他们的孩子像南桑大雪下的植物那样，带着一整个冬季的生机在春日里长成他自己最爱的模样。

顾朝曦眨眨眼睛，埋头蹭了蹭他的脖颈道："那就按照你说的，叫不迟吧，谢不迟。"

谢睿笑笑，摸着她的头发说："好。"

小名采纳了多吉的提议叫"扎西"。

小扎西出生时，哭声洪亮，小腿儿蹬得老高。接生的医生摸着莫须有的胡子，"嚯"了一声道："你们这孩子挺有劲儿啊！"

彼时，顾朝曦看着他皱巴巴的小脸还没意识到"有劲"的评价意味着什么，只觉得自家儿子怎么没有想象中好看。

甚至，还怪丑的。

她心中忧虑，连谢睿煮的粥都少喝了一碗，白天夜里都要拉着他的手问："谢睿，你以前是不是偷偷整过容啊？"

谢睿无言，抿唇刮了刮她的鼻子又递过去一杯浓汤："想什么呢。"

顾朝曦接过保温杯咕噜噜喝着汤，眼睛瞟到儿子身上，依旧忧虑得不行。

所幸随着日数的增长，小扎西长得越来越好看，眼睛黑黑亮亮，鼻子小巧挺拔，皮肤白皙光滑，头发自然卷曲，身上还带着浓浓的奶香味，可爱极了！

曾经担心自家儿子长大没人要的顾朝曦瞬间变身，她这样幻想的时候，小扎西正穿着开裆裤举着奥特曼模型精力充沛地在家里爬上爬下。

总之，就是不肯吃饭。

一点也不像她！

谢睿将人抱过来，小家伙忽然对着他脸上淡淡的疤痕，"咦"了一声问："粑粑（爸爸），你脸上介（这）个是什么？"

他还没开口，顾朝曦举着小小的碗筷，忽地抢白道："爸爸脸上这个呀，是英雄的徽章。"

小扎西转头，睁着一双乌溜溜的大眼睛疑惑地看向她："英雄？"

"嗯，英雄！"顾朝曦笑着点头，"就是像奥特曼一样和大怪兽打架，保护我们的人。"

"粑粑是奥特曼？"小扎西惊喜道。

"是呀！"顾朝曦弯眉，点了点小扎西的鼻子笑。午后的斜阳照在她身上，她便像从光里走出来的似的温暖。

小扎西来了兴致，眼睛亮亮地问："那他是肿么（怎么）打怪兽的？"

晚风浮动，吹起从前的记忆。顾朝曦偏头，亲一下小扎西的脑门儿轻道："这个嘛，你吃一口饭我再告诉你……"

2

顾朝曦怀孕后，胃口变得有些刁钻，而且善变。

上一秒说要吃牛肉饭，下一秒又说想吃鱼了。

谢睿变着花样给她倒腾了一桌子晚餐，这人捏着双筷子东戳戳、西戳戳，最后说没胃口。

他低头："那你想吃什么？"

顾朝曦伸出一只小手挥了挥，暗示他凑近点。

谢睿配合地弯下腰去，她仰着一张俏生生的脸抬手揽住他的脖颈，用一种极轻极低的声音说："我想吃你。"

她怀孕后，整个人相比从前多了一点儿说不出来的韵味。

这会儿配着窗外红紫色的夕阳一笑，便像一只不怀好意的小狐狸。明明知道他不会动她，还故意拿这事儿勾他。

谢睿顿了下，忽地低笑一声："如你所愿。"

顾朝曦瞪大了眼睛，只见他低下头来亲昵又温柔地覆上她的唇瓣。

谢睿平缓了下呼吸，十分理性地道："先吃饭，再继续。"

顾朝曦瞪大了眼睛不可思议地看着谢睿，这哥面色沉稳地端着碗挑了刺的鱼肉摆到她面前。

这事儿之后，顾朝曦的挑食总算改善了一些。

谢睿刚松了一口气，结果孕后期时，他家这小祖宗的饭量又开始变少了。之前每餐能吃一碗饭的人，现在只吃半碗就喊饱了。

谢睿觉得奇怪，但也没说什么。直到某次，顾朝曦积极主动地要去快递站拿快递。

他才忽然意识到她最近的网购频率，有些超常。

平日里十天半个月不见一单的人，最近几乎每隔两天就要往快递站跑一趟。

买回来的东西也不急着拆，就那么堆在角落里吃灰。

"我走啦！"大门处，顾朝曦笑嘻嘻地和他打了声招呼，蹿进电梯。

谢睿安安静静地等了片刻，跟下楼去。

九月份的天还很热，太阳亮堂堂地挂在云层上，照得底下的人睁不开眼。顾朝曦下了楼，拐进小区门口的便利店买了块奶砖，快乐地啃着。

手里的电话响起，外卖小哥拎着袋汉堡旋风一样出现："你好，你的外卖到了，请到小区门口来拿一下。"

顾朝曦笑嘻嘻冲人招手："这儿！这儿！"

外卖小哥愣了下："你这……还吃汉堡呢？"

顾朝曦拎着袋子，乐呵呵地给人科普："当然，除了生食和酒精，孕妇啥都能吃。"

身后，一道熟悉的声音响起："是吗？"

她背脊一凉，僵着脑袋转过头去。

谢睿双手插兜，微笑着看着她。

顾朝曦滚了滚喉咙："……谢睿？"

"嗯。"他应道，眼神仍然落在她手里的雪糕和汉堡上，"不是来拿快递？"
怎么变成外卖了？

"本……本来是要拿快递的，但……"顾朝曦抱紧了手里的吃食，
编不出理由，只能可怜兮兮地看他，"我真的太久没吃了，我就吃一口，
就一口行不行？"

说真的，这人自从知道她怀孕后，就敏感得不行，这也不让干，那也
不让吃。

明明自己就是个医生，还喜欢天天上网刷各种七七八八的论坛，瞅着
个个例草木皆兵，怕她血糖高，怕她钙不足。

每天的食谱恨不得把营养成分精准到克，奶茶只给喝无糖的。

这日子她实在受不了了，只能这样偷偷搞点东西吃。没想到他这么快
就发现了，顾朝曦泪目，面上神色更凄凉了。

谢睿被她看得一顿。

"那医生都说了，孕妇得保持愉悦的心情……"顾朝曦看着被人夺走
的汉堡据理力争着。

"就一口。"他抬手抽出里头的生菜说，"不能多。"

顾朝曦愣了下，快乐地尖叫道："老公你最棒！最体贴！最善解人意了！"

她说着，陡然张大了嘴巴贪心地想要一口来个大的。

谢睿伸出一只手，掐着她的脸颊手动缩小了这一口的容量。

孕妇的快乐很重要，但孕妇的快乐也要适度。

总而言之，不知道是不是受她孕期挑剔的胃口和对各种食品的执念的
影响小扎西出生后也不爱吃饭，只爱零食！

这种现象一直持续到了幼儿园，开学没几天，顾朝曦就接到了老师的电话。

彼时，她正在外地出差。于是千里迢迢赶赴幼儿园哄儿吃饭的重任，
就交到了谢睿身上。

幼儿园老师接到谢睿到校的电话，心说这爸爸声音还挺好听，再一抬
头，幼儿园门口那道顾长的身影更是赏心悦目。

"爸爸！"小扎西看到谢睿，开开心心地趴在窗口摇着手。

谢睿抬头，忍不住笑了下。

他刚开完一场学术会，身上穿的还是白衬衫。五官深邃又清俊，一双

明亮的眼眸弯着，像午后的雪松，有种清爽又松弛的感觉。

小扎西从食堂里跑进谢睿怀里，快乐地扭着："爸爸！你怎么来啦？"

谢睿单手抱起自家的好大儿，刮了下他肉嘟嘟的小鼻子："因为有人不好好吃饭，我怕他把我儿子饿坏了呀！"

"唔……我不饿呀。"小扎西噘着嘴巴，试图"萌混"过关。

谢睿眯了眯眼睛："真不饿？那让老师把你下午的小点心取消了吧。"

小扎西："不行！不行！"

园区内，父子俩一来一回地相互拉扯着。老师悄摸摸举着手机，咔嚓拍了张照。

她拍完照，举着手机编辑发疯语录和同事们分享自己内心的激动。

家长群里，潜水的妈妈们叮叮咚咚地冒泡了。

刘子豪妈妈：【这谁？幼儿园新来的老师？这么帅？】

蒋欣欣妈妈：【大帅哥啊！】

徐佳莹妈妈：【帅老师是在哄小孩儿吗？园里收三十岁的大龄儿童吗？】

老师顿了顿，猛然发现自己不小心发错了群。手机上，妈妈们的热情仍在持续发酵。

看这架势，撤回是不可能了。

她灵机一动，以谢睿为例迅速编辑了一条"让父亲参与到孩子的教育过程中来"的微信发到家长群里。

激动的妈妈们停了片刻，纷纷@顾朝曦道：【你是会找老公的！】

顾朝曦坐在高铁上编着稿子，被不断振动的手机吵得思路中断，点开微信，就看见一排刷屏的"你是会找老公的"。

她蒙了下，往上翻了翻记录才看到老师的照片。

照片里，男人温柔地抱着半大的小卷毛，侧脸温柔挺括。

顾朝曦一边笑，一边点了点保存。

晚上到家，已是深夜。她小心翼翼地开了门拐进儿童房，谢睿已经哄着小扎西睡着了。

顾朝曦看了两眼，轻手轻脚地退出房间走到主卧，正准备洗漱。

"回来了？"身后，熟悉的双臂环上她的腰际，将她拉入怀中。

顾朝曦转了下脖子，拿额头蹭他的下巴："你不是睡了？"

谢睿低头亲了亲她，说："我没睡着，骗他的。"

"等我？"顾朝曦扭过身，抱住他的后背。

谢睿笑："嗯，等你。"

顾朝曦被他笑得一晃眼，忍不住起了坏心思，小声道："等我干吗？"

"干坏事。"谢睿滚了滚喉咙，抬手将人一把抱起。

柔软的床铺因着突如其来的重量深陷下去，顾朝曦仰着脖子被人侵占了呼吸。

她胡乱扯着他的衣襟，将他身上的白衬衫抓得乱七八糟，窸窣的衣料摩擦声在安静的夜里显得格外清晰。

男人的轻吻顺着她的唇舌，一路蔓延至锁骨。周遭气温攀升，顾朝曦尽力克制着喘息。

"吱！"房门开启的声音突然响起，她猛地推开谢睿从床上弹坐起来。

下一秒，小扎西抱着奥特曼小毛毯出现在了主卧门口："妈妈！你回来了？我好想你！"

顾朝曦平缓了下急促的呼吸，笑着将他抱起："真的吗？妈妈也很想你！"

谢睿无言片刻，忍不住掐了下自家儿子的小脸："你不是睡着了？"

小扎西捂着嘴巴"嘻嘻"两声，用一种分享秘密的音量道："爸爸，我骗你哒！我没睡着哦。"

顾朝曦看着他一脸吃瘪的神情，笑得不行。

母子俩腻歪了会儿，被谢睿打断："好了，你妈妈要休息了，你也赶紧睡吧！别明天上学又起不来。"

"爸爸，我今晚跟你们一起睡吧！"小扎西赖在床上，不肯走人。

谢睿义正词严地拒绝："不行，你现在是小大人了，不能再和爸爸妈妈挤一张床了。"

他抱起小扎西一边准备将他送去儿童房，一边回头咬着顾朝曦的耳朵低声道："等着。"

顾朝曦乐得不行，转头就躺在床上睡着了。

谢睿回来时瞅着她乱七八糟的睡姿顿了下，轻手轻脚地替她盖好被子。

柔和的月光透过窗户洒进室内，他们还有许多平凡又有趣的日子要过。